KNAUR

Über die Autorin:
Anne von Vaszary, 1975 geboren und aufgewachsen in Sachsen, studierte Dramaturgie und Drehbuchschreiben an der Filmuniversität Babelsberg Konrad Wolf und schlug den damals ungewöhnlichen Weg ins interactive Storytelling ein. Ihre Werke erhielten mehrere Preise, u.a. den *Lara Kino Award* für die Beste Kinoadaption 2009 sowie den *Deutschen Entwicklerpreis* für das Beste Adventure 2009 und die Beste Story 2016. 2016 gewann sie auch das Arbeitsstipendium der Mörderischen Schwestern, das den Weg zu ihrem ersten Kriminalroman »Die Schnüfflerin« ebnete. Ein weiterer Band ist für 2021 bereits in Arbeit. Anne von Vaszary lebt mit ihrer Familie in Berlin und schreibt in Sachsen und auf Sylt.
Mehr auf: www.annevonvaszary.de

ANNE VON VASZARY

DIE SCHNÜFFLERIN

KRIMINALROMAN

Besuchen Sie uns im Internet:
www.knaur.de

Originalausgabe Januar 2020
Knaur Taschenbuch
© 2020 Knaur Verlag
Ein Imprint der Verlagsgruppe
Droemer Knaur GmbH & Co. KG, München
Alle Rechte vorbehalten. Das Werk darf – auch teilweise – nur mit
Genehmigung des Verlags wiedergegeben werden.
Covergestaltung: Alexander Kopainski
Coverabbildung: shutterstock.com
Satz: Adobe InDesign im Verlag
Druck und Bindung: GGP Media GmbH, Pößneck
ISBN 978-3-426-52382-7

2 4 5 3 1

*Für alle, die Väter und Mütter und Kinder sind.
Und ganz besonders für Laszlo, Lucy & Vincent
und meine Eltern.*

1

Warum eigentlich der?, fragte ich mich und musterte Ricky. Sein knallrotes Shirt, seine ungeduldig trommelnden Finger, seine Stirn, die von Haarlack glänzte.

Als er mich auf dem Rücksitz des Cabrios küsste und meine Hände seinen Lackpony berührten, war ich kurz davor, den Abend abzubrechen, doch dann drehte Ricky sein Gesicht in meine Handfläche, und das war der Moment, von dem an ich den Dingen ihren Lauf ließ. Ich ließ Rickys Zunge meiner Lebenslinie folgen und allen anderen, die ihr in die Quere kamen. Lauschte dem Rauschen des Windes im Weizenfeld neben uns und sah an Rickys auf und ab federndem Kopf vorbei in den Himmel, der voller Sterne war. Voller funkelnder Sterne und blinkender Satelliten und Sternschnuppen, die an einem Mond vorbeizischten, der riesig war. Manche Menschen fühlen sich klein und unbedeutend angesichts so eines Himmels, ich aber fühlte mich lebendig, gewollt, als wäre die ganze Welt mein Zuhause, so als wäre ich nicht allein.

Nun, fast genau sechs Wochen später, war es Ende September, nieselig und verhangen. In den Pfützen spiegelten sich betongraue Wolken.

Bis heute war es mir gelungen, Ricky aus dem Weg zu gehen, doch die Dinge hatten sich geändert, und darum saßen wir jetzt hier in diesem netten französischen Restaurant namens *Oscars*. Ricky in der Erwartung, dass es eine Fortsetzung des Sternschnuppenabends geben würde. Ich, weil ich festgestellt hatte, dass ich schwanger war.

»Ist doch ganz schön hier«, sagte Ricky und hielt mir die Speisekarte hin, »goldener Einband und alles auf Französisch: Süpee gratinee ... äh ... was auch immer wir gerade bestellt haben, es ist jedenfalls das Längste, was hier steht, und darauf kommt's an.« Er lachte, warf die Karte auf den Tisch und streckte sich.

Andererseits konnte ich das Kind auch einfach abtreiben lassen. War ja meine Entscheidung.

Auch wenn ich nicht immer die besten traf. Wieso zum Beispiel war ich bloß bei Ricky im Auto gelandet?

Er arbeitete am Gewinnspielstand eines Autohauses direkt vor dem Center, in dem ich acht Stunden täglich Kaffeebecher füllte. Gleich bei unserer ersten Begegnung hatte er mich gefragt, ob meine Augen wirklich turmalingrün wären oder ob ich Kontaktlinsen tragen würde. Dann steckte er mir ein Gewinnlos für eine Probefahrt zu und hakte immer wieder nach, wann ich es denn endlich einlösen würde. Ich lächelte nur schweigend, schäumte seinen Latte macchiato auf und überließ ihm die Brezeln vom Vortag kostenlos.

Am 12. August war verkaufsoffener Sonntag gewesen. Ich hatte bis 22 Uhr fast ununterbrochen Kakaoherzen auf Milchschaum gepudert. Alle Leute schienen süchtig nach Koffein, es gab praktisch keine Ruhepause. Ricky tauchte noch öfter auf als normalerweise, so oft, dass ich ihm nur noch koffeinfreien Kaffee verkaufte. Er wirkte an dem Tag aufgedreht, redete schneller als sonst und auch lauter, lachte an den unpassendsten Stellen. Er spielte den coolen Ricky auf eine so verzweifelte Art, dass er mir leidtat. Nachdem ich kurz vor Mitternacht aus dem Center gekommen war, hatte Ricky draußen gestanden, zufällig oder nicht, und zwar ganz still. Kein wippender Fuß, kein knackendes Fingergelenk, keine Augenbraue, die sich vielsagend hob. Er stand da, neben der geöffneten Autotür, schaute mich an, und da war mir, ehrlich gesagt, keine Ausrede mehr eingefallen.

Wir düsten im silbergrauen Cabrio über die Stadtautobahn, tranken Dosensekt, der in ausklappbaren Haltern steckte, und als wir die letzten Lichter hinter uns gelassen hatten und auf einen Feldweg einbogen, öffnete Ricky das Verdeck, und da war dann dieser Himmel über uns …

Ricky bestellte eine Flasche Champagner.

»Ein Glas reicht!«, rief ich dem Kellner nach, der schon beim nächsten Tisch war, um einem älteren Herrn Rotwein nachzuschenken.

»Komm schon, Ninja«, sagte Ricky. Er hatte mir diesen Spitznamen gegeben, weil er fand, dass ich die ganze Zeit kämpfen würde. Und zwar würde ich dagegen ankämpfen, mich in ihn, Ricky, zu verlieben. Was er natürlich für aussichtslos hielt. »Ich glaub, du hast eine ganz falsche Vorstellung von mir, kann das sein?« Dabei wedelte er mit den Fingerspitzen durch die Flamme der Kerze auf dem Tisch zwischen uns. Sie rußte ziemlich stark und färbte seine Finger schwarz, die er gleich darauf am blütenweißen Tischtuch abwischte.

»Welche denn?«, fragte ich aus reiner Neugier auf Rickys Selbstwahrnehmung.

»Na ja, der Turbogang, den ich eingelegt hatte – zack ins Auto und ab ins Feld –, ich meine, normalerweise werde ich nur bei Vollmond zum Werwolf …«

»Es *war* Vollmond.«

»Erwischt.« Ricky fixierte mich mit ernstem Blick. »Was war eigentlich los mit dir in letzter Zeit? Hattest du 'ne Tarnkappe auf? Mittags im Coffeeshop war immer nur die Trulla mit dem abgefressenen Pony. Die meinte dann, du wärst kurz weg. Hast du dich unterm Tresen versteckt, oder was?«

Damit lag er goldrichtig. Und Ricky wusste ganz genau, dass die »Trulla« Carmen hieß. Mit ihr hatte er auch schon Proberunden gedreht. Ich konnte nur hoffen, dass sie uns nicht über den Weg lief. Heute wäre eigentlich ihr freier Tag gewesen, aber schon auf der Rolltreppe war mir in unerträglicher Intensität das ganze Sortiment unserer Aromen in die Nase gestiegen, von Amaretto bis Zimt, sodass ich Carmen bitten musste, meine Schicht zu übernehmen.

Nachdem ich dann den Schwangerschaftstest auf dem Centerklo minutenlang angestarrt hatte, verließ ich das Einkaufszentrum das erste Mal seit Wochen wieder durch den Vorderausgang, auf wackligen Beinen an Ricky vorbei. Das Laufen fühlte sich an, als müsste ich es erst neu lernen, als wäre mein Körper nur eine geliehene Hülle, ein Bewegungsapparat mit kaputter Lenkung. Mein Kopf nickte, als Ricky meinem Körper hinterherrief: »Heute Abend Futter fassen im *Oscars?*« Klar doch, bis dann.

Ich hatte versucht, Fanny zu erreichen, aber wenn sie mit ihrer Theatergruppe auf Tournee war, ging sie selten ans Handy, ich schickte ihr nur eine Sprachnachricht.

Auf einer Bank im Humboldthain in der Nähe eines Spielplatzes war ich dann endlich zur Ruhe gekommen, hatte die Augen zugemacht und einen schwachen Ölgeruch wahrgenommen, der von den Schaukeln herüberwehte und mir auf seltsame Weise tröstlich erschien. Ich stellte mir einen aufmerksamen Vater vor, der die quietschenden Schaukeln und Wippen ölte und die tiefe Kuhle am Ende der Rutsche mit frischem Sand auffüllte. Einen Vater, wie ich ihn selbst nie gehabt hatte. Keine Ahnung, warum ich ausgerechnet bei dem Geruch von Schmieröl daran dachte.

Seit ein paar Tagen ging das jetzt so – kaum nahm ich einen Geruch wahr, galoppierten die Gedanken mit ihm davon, in Bilder, Farben und Erinnerungen hinein, ganz von allein. Ich fühlte mich dabei wie ein Kutscher, dem die Pferde durchgehen und der nicht weiß, wohin die Reise ihn führt. Hier im Restaurant roch es nach vielen verschiedenen Zutaten und Gewürzen, nach dem Zigarettenatem des vorbeieilenden Kellners, nach Rickys Haarlack, nach Schuhen, nach Dingen, die an Schuhen klebten. Vor allem aber roch es nach Ruß, dank Ricky, der nicht aufhörte zu kokeln – und gegen Rußgeruch hatte ich was. Fannys Theorie war, dass ich als kleines Kind einen Brand überlebt hatte und seitdem unbewusst mit Todesangst auf jede Art von Brandgeruch reagierte. Überprüfen ließ sich das nicht – meine Oma, bei der ich aufgewachsen war, konnte mir keine Antworten mehr geben.

Rickys Rauch zog nun in meine Richtung und mit ihm ein solcher Schwall Käsefußgestank, dass es mir schlagartig hochkam. Ich beeilte mich zur Toilette zu kommen und musste dabei das Tischtuch mitgerissen haben, denn die Kerze kippte um, und – Poff! – raste eine Flamme über Rickys Stirn hinauf zum Lackpony.

Ein Glück, dass der Kellner gerade mit dem Champagnereiskübel im Anmarsch war.

Über die Kloschüssel gebeugt, betrachtete ich mein schwappendes Spiegelbild im Spülwasser. Sah so mein Leben aus? Ich war jetzt dreiundzwanzig, wohnte bei Fanny zur Untermiete und jobbte mal hier, mal dort. Das Jahr im Centercafé war die längste Anstellung bis jetzt. Es hätte ewig so weitergehen können, ohne je irgendwohin zu führen. Ich hatte für nichts eine wirkliche Begabung oder, wie meine Oma gesagt hätte, für alles. Und nun war ich schwanger. Von einem Kerl, der seine Socken nicht wechselte. Ganz ehrlich – Ricky roch heute wie meine schlimmste Busfahrt. Damals hatte ich im heißesten Monat des Jahres in einem vollbesetzten Reisebus im Stau gestanden, mit ausgefallener Klimaanlage. Die Leute schmolzen dahin wie Butter in der Pfanne – und zogen sich die Schuhe aus. Dann war David Bowie in den Bus gestiegen und hatte *Space Oddity* gesungen. Als ich wieder zu mir gekommen war, standen wir mit geöffneten Türen an einer Raststätte, das Radio auf volle Lautstärke gedreht. Seitdem habe ich bei Begegnungen mit üblem Fußgeruch immer auch Major Tom im Ohr.

Die Toilettenspülung wurde leiser, hörte aber nicht auf, stetig lief

Wasser nach. Ich sah zu, wie es in der Dunkelheit des Abflusses verschwand. Am liebsten hätte ich mich in diesem Augenblick auch auf dem Weg irgendwohin befunden. Auf dem Beifahrersitz, mit geschlossenen Augen und dem Vertrauen, dass der Sprit im Tank bis zum Ende der Fahrt reichen würde, zu einem Ort, an dem jemand mich erwartete.

Seit dem Tod meiner Oma gab es so einen Ort für mich nicht mehr. Ich fragte mich, ob es Schicksal war oder einfach nur Dummheit, dass ich die Fehler meiner Mutter wiederholte. Sie war damals auch Anfang zwanzig gewesen, als sie mit mir schwanger geworden war – während ihrer ersten großen Reise nach dem Mauerfall. Einer langen Reise, noch auf dem Rückweg wurde ich geboren, zwei Monate zu früh. Ich blieb bei meiner Oma, während meine Mutter weiterzog. Inzwischen lebte sie in Australien. Vor ein paar Tagen hatte ich eine Karte von ihr bekommen: *Big Hugs & Kisses for You! From Jeany & Don*. Keine Ahnung, wer Don war, aber Jeany war meine Mutter. Wie weit sie auch von mir entfernt sein mochte, immerhin hatte sie mich auf die Welt gebracht. Das war zum jetzigen Zeitpunkt mehr, als ich meinem Kind versprechen konnte.

Der rosafarbene Kloduftstein roch nach Himbeerbonbons. Ich würgte wieder. Und weit und breit war kein Klopapier in Sicht. Jemand klopfte an die Trennwand der Nebenkabine, und eine besorgte Frauenstimme fragte: »Brauchen Sie Hilfe da drinnen? Soll ich einen Arzt rufen?«

Ich hätte gern laut JA! gerufen, stattdessen sagte ich: »Es war nur eine Probefahrt!« Und dann heulte ich los.

Die Frau auf der anderen Seite ließ sich davon nicht verjagen, sie wartete in aller Ruhe und reichte mir schließlich ein großes, kariertes Stofftaschentuch unter der Wand hindurch. »Nehmen Sie es ruhig, ich weiß, dass das Papier alle ist«, war alles, was sie noch sagte, bevor ich die Tür zum Restaurant hinter ihr zuschlagen hörte.

Ich nahm das Taschentuch, schluchzend, schniefend, und drückte es mir ans Gesicht. Es hatte einen intensiven Geruch, scharf und gleichzeitig belebend, würzig und irgendwie sommerlich leicht, mit einer leicht bitteren Note. Ich sah eine Wiese vor mir, saftig grün, voll summender Insekten und blühender Gräser, mittendrin ein Fahrrad, das achtlos hingeworfen dalag. Und noch während ich darüber nachdachte, was das Rad dort zu suchen hatte, war meine Übelkeit verflogen. Ich bedauerte, mich für das Tuch nicht bedankt zu haben.

Auf dem Weg zurück zum Tisch kam ich an der Durchreiche vorbei, auf der unser Essen schon bereitstand. Über die Teller hinweg schaute ich direkt in das gerötete Gesicht eines Mannes mit Plastikhaube auf dem Kopf. Er wirkte ertappt und versteckte etwas hinter seinem Rücken. Außer der Haube trug er eine karierte Schürze über weißen Klamotten, und ich fragte mich, wobei man einen Koch in seiner Küche wohl ertappen könnte. Dabei, ein falsches Gewürz zu benutzen? Zu rauchen und in die Töpfe zu aschen? Ich nahm mir vor, die Suppe nur mit Vorsicht zu genießen.

Ich pustete mir ein paar Haarsträhnen aus dem Gesicht, straffte den Zopfgummi, der meine Haare in einem schiefen Knäuel am Hinterkopf zusammenhielt, und warf einen Blick aus dem Schatten des Ganges hinaus in den Gästeraum. Das Paar hinter Ricky starrte schweigend in die Kerzenflamme zwischen sich wie in eine Wahrsagerkugel, Händchen haltend – die Arme durch ein Labyrinth aus Gläsern gefädelt. Der ältere Herr am Nebentisch schenkte sich so eilig Rotwein nach, dass er das Glas überlaufen ließ und das Tischtuch rot färbte. Währenddessen bohrte Ricky sich gedankenversunken in der Nase. Noch war er ahnungslos, und ich konnte dem Kind später dieselbe Geschichte erzählen, die ich von meiner Mutter gehört hatte: »*Ein One-Night-Stand auf einer Reise im Nachtzug. Er wusste nicht, wer ich war, ich wusste nichts von ihm. Als die Fahrt zu Ende war, sind wir ausgestiegen, und jeder ging in seine Richtung davon.«*

»Wo seid ihr ausgestiegen?«

»In Budapest. Dort hat meine Freundin schon gewartet – der Zug hatte drei Stunden Verspätung. Du kennst die Geschichte.«

»Und er? Warum ist er in Budapest ausgestiegen? Wohnte er da?«

»Weiß ich nicht. Ich weiß nur, dass er in Prag eingestiegen ist.«

»Dann war er Tscheche?«

»Auch möglich. Jedenfalls habe ich nichts von dem verstanden, was er gesagt hat.«

»Russisch war es auf jeden Fall nicht, Russisch hättest du verstanden, stimmt's? Und du hast ihn nie wiedergesehen?«

»Niemals.«

Die Geschichte von meinem Vater – eine Geschichte über Flüchtigkeit. Ich bestehe zu fünfzig Prozent daraus. Die andere Hälfte besteht aus Luft.

»Was ist los?«, fragte Ricky, als er sich zu mir umsah. Seinem versengten Pony schien es gut zu gehen, er war nur unwesentlich kürzer als vorher, dafür waren Teile seiner Augenbrauen weg, und auf der Stirn hatte die Stichflamme eine rote Spur in Form eines Fragezeichens hinterlassen. Ricky griff nach meinem Arm, aber ich wich aus und zeigte auf seine Stirn. »Da muss Salbe drauf. Lass uns lieber nach Hause gehen. Heute ist kein guter Tag.«

Ich konnte für nichts garantieren, wenn ich seinen Käsegeruch noch einmal in die Nase bekam.

»Nein, du musst erst mal was essen.« Er schob mir seinen Stuhl hin. »Wo bleibt denn das verdammte Futter?«

Statt des Kellners kam der Koch um die Ecke, das Geschirr aus der Durchreiche vor sich herbalancierend. Ich erkannte ihn auch ohne seine Plastikhaube. Das leuchtende Rot seiner Haare relativierte seine Gesichtsfarbe. Er stellte zwei gefüllte Suppenteller vor uns hin.

»Was ist das?«, fragte Ricky. »Habt ihr das aus den Bettpfannen von 'nem Altersheim, oder was?«

»Soupe à l'oignon gratinée traditionnelle des Halles de Paris«, erwiderte der Koch und wandte sich den restlichen Bestellungen zu.

»Das ist genau das, was du bestellt hast«, sagte ich, »französische Zwiebelsuppe.«

»Ernsthaft?« Ricky schnaufte genervt und wischte dann seinen Ärger mit einer Handbewegung weg. »Egal jetzt, hau rein!«

Aber ich war vorsichtig mit der Suppe von diesem Koch, und tatsächlich fuhr mir beim prüfenden Schnuppern ein Geruch in die Nase, der so gar nicht zum Aroma einer Zwiebelsuppe passen wollte, französisch oder nicht, irgendwie bitter und mandelartig. Ich sog den Suppenduft tiefer ein, bemüht, herauszufinden, was genau mich daran störte.

Ricky hielt inne. »Das mit den Bettpfannen war doch nur ein Witz«, sagte er. Und als ich nicht aufhörte, die Nase zu rümpfen: »Ninja, ich hab die Suppe nicht gekocht, ich hab sie nur bestellt, okay? Du kannst sie ruhig essen.«

»Das ist es nicht, es ist ...« Ich suchte nach den richtigen Worten, um meine Wahrnehmung zu beschreiben.

Ricky haute auf den Tisch, dass die Suppe in den Tellern wackelte. »Was ist los mit dir? Machst du das mit Absicht? Du willst es nicht wahrhaben, okay, aber glaub es einfach – da läuft was.« Ricky wedelte mit dem Löffel auf Herzhöhe zwischen uns hin und her, so als gäbe es da eine Verbindung. »Pass auf, ich wollte es dir jetzt noch nicht sagen, aber ich hab was für dich. Etwas Großes, das wird dich umhauen! Wie wär's, wenn du nach dem Essen mit zu mir kommst, dann kann ich's dir zeigen.«

»Ich weiß schon, was du meinst. Und so groß, wie du denkst, ist er gar nicht.«

»Scheiße, Ninja! Das mein ich doch gar nicht. Ich hab ein echtes Geschenk für dich. Da bastle ich schon seit Wochen dran. Es ist noch nicht ganz fertig, ich wollte es dir eigentlich erst zu Weihnachten zeigen, aber vielleicht muss es jetzt schon sein. Ich verwette mein Cabrio drum, dass es dir gefällt!«

»Das Cabrio gehört dir doch gar nicht. Und du musst mir nichts schenken. Schon gar nicht zu Weihnachten! Jetzt ist September, und im August hatten wir einen One-Night-Stand, Ricky. One Night. Eine Nacht – eine einmalige Sache.«

Ricky schüttelte den Kopf, griff nach dem Weißbrot, das im Korb zwischen unseren Tellern stand, und biss davon ab wie ein Wolf, der ein Schaf riss. Er spielte den leidenschaftlichen Kerl wirklich konsequent. Das würde ihm sicher gleich vergehen. Der Augenblick der Wahrheit war gekommen.

»Du bist nicht verliebt in mich, Ricky, seien wir doch mal ehrlich. Und ich bin's auch nicht. Aber ich bin was anderes ...« Ich sah ihm fest in die Augen. »Ich bin schwanger von dir, Ricky.«

Ich hörte ihn scharf einatmen, dann hielt er die Luft an. Mit großen, ungläubigen Augen sah er mich an, öffnete seinen Mund, der noch voller Weißbrot war, blieb jedoch stumm und schüttelte den Kopf. Auf seinen Wangen machten sich rote Flecken breit, während das Rot des Fragezeichens auf seiner Stirn sich heller färbte. Ich hatte mir ja schon gedacht, dass Ricky nicht gerade begeistert sein würde.

»Halb so wild«, versuchte ich ihn zu beruhigen, »es sind erst sechs Wochen rum, Ricky, wir haben noch Zeit.«

Sekunden später war sein Gesicht knallrot angelaufen, das Fragezeichen auf seiner Stirn leuchtete schlohweiß. Hatte er sich an dem Brot verschluckt? Er griff sich an den Hals und würgte, röchelte und sah mich Hilfe suchend an. Was sollte ich machen? Ihm vielleicht auf den Rücken klopfen oder irgendwie den Brustkorb zusammenpressen mit so einem speziellen Griff?

Ricky rutschte vom Stuhl und verschwand unterm Tisch.

Ich hoffte, dass er aufspringen und mich auslachen würde, bis ich all die anderen Leute wahrnahm, das Ehepaar, den alten Mann, die genau wie Ricky röchelten und von den Stühlen rutschten. Und als ich sah, wie der Koch sich verwundert im Raum umschaute und sein Gesicht sich vor Entsetzen verzerrte, fing ich an zu schreien.

2

Als die Sirenen der Rettungswagen in der Ferne verhallten, verlor sich mein Blick in dem Maul des röhrenden Hirsches auf dem Plakat einer Litfaßsäule schräg gegenüber vom Restaurant.

Vier schwere Vergiftungen. Vier Menschen, die um ihr Leben kämpften, einer davon Ricky.

Ich suchte vergeblich nach einem Gefühl, das angemessen war, und starrte weiter in das Maul des Hirsches, so als ob ich mich dort in Sicherheit bringen könnte, vor all den Bildern, die mir im Kopf herumschwirrten. Ricky, wie er langsam unter dem Tisch verschwand, sein nach Luft schnappender Mund, sein ungläubiger Blick.

Als ich von einem Sanitäter gefragt worden war, ob ich mit ins Krankenhaus fahren wollte, hatte ich wie auf Knopfdruck den Kopf geschüttelt. Jetzt bereute ich es. Ich hätte auf jeden Fall mitfahren müssen. Hätte bei Ricky bleiben, ihm Mut zusprechen müssen. Stattdessen hatte ich mir eine Decke über die Schultern legen und Beruhigungspillen verabreichen lassen.

Ich warf die Decke weg und lief auf den nächstbesten Mann in Weiß zu. »Ich will doch ins Krankenhaus. In welches haben Sie Ricky Schmidt gebracht? Ich kann ein Taxi nehmen.«

Der Sanitäter schüttelte den Kopf. »Niemand darf das Restaurant verlassen. Und jetzt fassen Sie bitte nichts mehr an und setzen sich da hinten hin, hier sind sowieso schon zu viele Leute durcheinandergerannt!«

Jetzt erst erkannte ich, dass der Mann gar kein Sanitäter war. Die waren in weiße Hosen und Jacken gekleidet, während er einen weißen Ganzkörperanzug trug. Und einen Koffer. Den stellte er nun krachend auf dem Boden ab und ließ ihn mit einem leisen Knall aufschnappen. Darin befanden sich viele verschiedene Pinzetten, Tütchen, Pinsel und zahllose andere Utensilien, die ich noch niemals zuvor gesehen hatte.

Er drehte den Kopf zu mir und gab mir mit einem Blick zu verstehen, dass ich mich hinsetzen sollte. »Und nichts anfassen!«

Nach der ersten Verwirrung rückte ein Expertenteam nach dem anderen an. Ich wurde befragt, abgescannt, untersucht. Als gerade ein komplett vermummter Mann, der auch eine Frau hätte sein können, meine Hände unter einer violetten Lampe auf unsichtbare Spuren untersuchte, polterte eine Stimme aus der Küche: »Lâchez-moi!« Kurz darauf wurde der Kellner in einen Einsatzwagen verfrachtet und weggebracht.

Der Koch seltsamerweise nicht. Er und ein bärtiger Mann mit Brille, der unglaublich stark nach Zwiebeln roch, saßen noch immer mit mir hier in einer Ecke des Gästeraums.

Das Restaurant war nicht sehr groß, und es schien, als würde die Anzahl der herumwuselnden Leute stetig wachsen. Trotzdem bekam ich mit, wie von beiden die Personalien aufgenommen wurden. Das hatte ich bereits hinter mir.

Ninella-Pritilata Buck.

Wie immer hatte mein voller Name Verwunderung ausgelöst.

»Ist das ein Künstlername?«

Nein, ich war hauptberuflich kein Clown. Dieser Name war mein richtiger, amtlich eingetragener, von meiner Mutter gewählter Name. Und einer der Gründe, warum ich diese Frau nicht verstand. Ninella war angeblich italienisch, Pritilata indisch und bedeutete nichts weniger als *Blume der Liebe*. Und diese *Blume der Liebe* wurde bei der Oma zurückgelassen, wo sie von ihrer Mutter alle paar Jahre einmal besucht und in impulsiven Momenten zu ihr geholt wurde. Ohne Vorankündigung und nie länger als eine Woche. Am Ende stand ich aber doch wieder vor Omas Tür, neu eingekleidet und mit anderer Frisur.

Nicht, dass es mir bei Oma schlecht ergangen wäre. Sie war lieb, aber auch viel beschäftigt. Als Hebamme immer auf dem Sprung und abrufbereit für die Frauen, die sie betreute. Sie riefen auch nachts an, und dann hörte ich Oma mit beruhigender Stimme Anweisungen geben. Ich hörte auch das Rascheln ihrer Kleider, wenn sie sich anzog, leise nach draußen schlich und mit einem dumpfen Klick die Tür hinter sich zuzog. Dann war das Motorbrummen des klapprigen VW Polo zu hören und wie es sich langsam entfernte.

War ich nachts allein im Haus, kroch ich unter die Decke und hielt mir die Ohren zu, damit ich die Holzschränke und Dielen nicht knacken hörte. Am Tag aber war das vergessen.

Ich mochte Oma, und ich mochte auch den kleinen sächsischen Ort, in dem wir wohnten, nahe der polnischen Grenze. Was ich nicht mochte, waren all die Stolpersteine und Merkwürdigkeiten, die meine Mutter in mein Leben streute.

Jedenfalls hatte mich meine Oma immer nur »Nina« genannt.

Obwohl der Zwiebelmann ein Stück entfernt saß, trieb er mir mit seinem Aroma die Tränen in die Augen – von Gauloises geräucherter Zwiebelschweiß.

Mit gekrümmtem Rücken saß er da, die Ellbogen auf die Oberschenkel gestützt. Ein Häufchen Unglück. Der Rothaarige wirkte dagegen wie ein Marmorblock: mit steifem Rücken und eckigen Schultern, den Blick starr auf die Polizistin gerichtet, die ihn nach seinem Namen fragte.

»Unser Oleg kann kein Deutsch«, half der Zwiebelmann weiter, »verstehen wohl, aber nur wenn's ums Kochen geht.«

Dann buchstabierte er Olegs Nachnamen: Kowalczyk.

Das klang polnisch. Als Kind hatte ich viele Sommernachmittage in Polen verbracht. Bis zur Grenze waren es nur wenige Kilometer, und direkt dahinter gab es einen Badesee mit einer Eisbude.

»Dwa razy waniliowa i jedna czekoladowa proszę!« Und immer eine Waffel extra dazu.

Ich musterte Kowalczyk verstohlen. Seine Miene wirkte verschlossen, die breite Stirn unter seinen roten Haarlocken war von Sorgenfalten zerfurcht. Ich hatte sein Gesicht gesehen, als er die Leute nach Luft ringen sah, als er beobachten musste, wie einer nach dem anderen vom Stuhl rutschte. Erschrecken hatte sich darin widergespiegelt, echtes Entsetzen. Schwer vorstellbar, dass er es gewesen war, der den Leuten etwas ins Essen gemischt hatte.

Er schien meine Blicke zu spüren, denn er hob seinen Kopf und sah mir direkt in die Augen. Schnell schaute ich weg – mitten hinein in das graubärtige Gesicht des Zwiebelmanns, der mich seinerseits anstarrte. Plötzlich gellte ein Pfiff durch den Raum, der uns alle zusammenzucken ließ.

Der Zwiebelmann rieb sich die Ohren und sah sich – wie ich – vergeblich nach dem Pfeifer um.

Immer mehr Passanten und inzwischen auch Presseleute drängten sich vor das Panoramafenster, starrten oder fotografierten. Einige Polizisten dirigierten sie hinter das Absperrband zurück, während andere das Fenster von innen mit einer Plane verhängten. Alle arbeiteten konzentriert, unterhielten sich gedämpft, nur hin und wieder gellte ein Pfiff durch das Stimmengewirr, als würde jemand einen Hund zu sich pfeifen.

Dieses Gift im Essen – noch war unklar, um was es sich dabei handelte. Klar war, dass ich ohne meine Nase auch im Krankenhaus gelandet wäre. Ich fühlte mich schlecht und hatte doch das erste Mal das Gefühl, dass dieser lästige Geruchssinn zu etwas nütze war.

Eine Seite der Plane, die das Fenster verdecken sollte, hielt nicht und klappte auf. Augenblicklich wurden durch den frei gewordenen Spalt mehrere Blitzlichter abgefeuert. Ich fragte mich, was die Journalisten zu fotografieren erhofften. Das Ungeheuerliche war bereits vor zwei Stunden passiert. Dieser Raum hier mit all diesen weiß gekleideten Leuten hatte nichts mehr mit dem zu tun, den ich mit Ricky betreten hatte. Schlagartig wurde mir bewusst, dass das nicht nur das Restaurant, sondern mein ganzes Leben betraf. Nach diesem Tag würde nichts mehr so sein wie zuvor.

Kommissar Rieb von der Kriminalpolizei war nicht nur sauer darüber, dass ich nicht zum Restaurantpersonal gehörte und trotzdem mit dem Zwiebelmann und Kowalczyk zusammensaß, er war auch erkältet. Mit roter Nase und dicken Augenringen knotete er die beiden losen Enden seines Schals vor der Brust zusammen und warf sich zwei Hustenpastillen in den Mund, die an seinen Zähnen klapperten.

»Was ist das für eine Geschichte mit dem Geruch?«, fragte er, nachdem er mich in eine ruhigere Ecke manövriert hatte. Die Intensität seines Salbeiatems war ekelerregend.

»Welche Geschichte?«

»Ich spreche von der Zwiebelsuppe. Die haben Sie doch angeblich nicht gegessen, weil sie komisch roch. Wie definieren Sie komisch?« Ungeniert pumpte Rieb sich Meerwasser in sein linkes Nasenloch und zog so laut den Schnodder hoch, dass mir die Ohren klingelten.

»Na ja, sie roch bitter und irgendwie nach Mandeln.«

»Aber da waren gar keine Mandeln drin!« Rieb klemmte sich das Nasenspray unter den Arm und blätterte in seinen Notizen. »Zwiebeln, Hühnerbrühe, Weißwein, Kräutersalz, Pfeffer, Knoblauch – keine Mandeln.«

»Das war ja das Komische.«

»Sie haben den Raclettekäse vergessen, Herr Kommissar«, rief der Zwiebelmann von seinem Platz aus herüber. »Wenn der Oleg die Zwiebelsuppe kocht, dann reibt er immer ein bisschen Raclettekäse mit rein. Stimmt doch, Oleg?«

Oleg Kowalczyk zuckte die Achseln, und Rieb zog die Stirn kraus. »Wieso kochen? Herr Kowalczyk, sind Sie hier nicht offiziell als Spülhilfe eingestellt?«

Kowalczyk zuckte erneut die Schultern und schielte zum Zwiebelmann.

»Der Oleg kann kochen. Das gebe ich Ihnen offiziell. Als polnischer Staatsbürger beherrscht er die französische Küche wie kein Zweiter. Freddy hat ihn sogar an die Saucen gelassen.« Mit Freddy meinte er Frédéric Lavalle, den Kellner, der auch der Besitzer des *Oscars* war. »Ja, er wollte ihn zum Koch ausbilden. Im nächsten Monat ...« Er verstummte. Keiner wusste, wie es mit dem Restaurant weitergehen würde. Er nahm seine Brille von der Stirn, blinzelte, und in seinen Augenwinkeln glitzerten Tränen, die er sofort mit dem Handrücken abwischte.

»Wie geht denn so was?«, hörte ich ihn murmeln. »Zwanzig Jahre Zwiebeln schälen und immer noch Wasser in den Augen.«

Kowalczyk tätschelte ihm die Schulter. Rieb wandte seine Aufmerksamkeit wieder mir zu und dämpfte seine Stimme: »Sie kamen wenige Minuten, bevor das Essen serviert wurde, an der Küchendurchreiche vorbei. Stand da schon was? Bitte beschreiben.«

»Drei Teller mit Zwiebelsuppe und eine Glasschale mit Eis für zwei Personen. Mit Schirmchen und Löffeln drin.«

»Haben Sie jemanden in der Nähe gesehen?«

»Ihn.« Ich schaute zu Kowalczyk.

»Unsinn!«, protestierte der Zwiebelmann. »Der Oleg war mit mir im Keller. Er hat mir geholfen, den Eisschrank zu verschieben.«

»Den Eisschrank. Ich dachte, Sie hätten mit Freddy im Hinterhof eine geraucht?«, warf ihm Rieb über die Schulter zu.

»Kann nicht sein«, sagte ich mit leiserer Stimme, »denn als ich an der Durchreiche vorbeigekommen bin, war der gute Oleg allein in der Küche, und er hat etwas hinter dem Rücken versteckt. Hundertprozentig.«

»Was hat er versteckt?«, hakte Rieb ebenso leise nach, aber der Zwiebelmann mit seinen guten Ohren sprang trotzdem auf. »Rufmord, Verleumdung! Das lassen wir uns nicht länger gefallen. Wir gehen jetzt zu Freddy.« Er nickte Kowalczyk zu und lief los.

»Ruhe, bitte! Hinsetzen!«, krächzte Rieb und wurde von einem Hustenanfall geschüttelt. Klappernd landete sein Nasenspray auf dem Boden. Der Zwiebelmann und Kowalczyk waren schon an der Tür, als ein Pfiff durch den Raum gellte, der einem direkt in die Knochen fuhr. Sogar Riebs Husten ließ schlagartig nach, sein Gesichtsausdruck verfinsterte sich, und er drehte sich einem Mann zu, der eben den Raum betrat. Der Kerl war blond und riesig, mit einem gewaltigen Schnauzbart unter einem Zinken von einer Nase. Seine Haare zottelten ungekämmt herum, aber der graue Anzug, den er trug, saß wie angegossen. Beim Laufen zog er das rechte Bein etwas hinter sich her, was ihm einen hinkenden, aber nicht weniger zielgerichteten Gang verschaffte. Im Gegenteil, es wirkte so, als wäre er es gewohnt, Hindernisse zu überwinden – und zwar ohne Angst vor Verlusten.

Noch bevor er vor Rieb zum Stehen kam, wollte er von ihm wissen, ob er sich schon im Hausflur umgesehen hätte.

»Noch nicht«, erwiderte Rieb in einem Ton, als hätte der Schnauzbart von ihm verlangt, den Hausflur zu wischen. »Ich habe mich auf die Zeugen konzentriert und wollte die Vernehmung jetzt im Präsidium weiterführen.«

»Erst der Hausflur.« Der Schnauzbart griff mit seiner prankenartigen Hand nach meinem Arm, sodass Rieb einen Schritt zur Seite treten musste.

»Aber die Zeugen hätten schon längst voneinander getrennt werden müssen«, protestierte Rieb.

»Ich übernehme das. Gehen Sie und klingeln bei den Nachbarn. Denken Sie auch an den Hinterhof, sehen Sie nach, ob und wie man von dort Einsicht in die Küche hat«, dirigierte der Schnauzbart, dann drehte er Rieb den Rücken zu und pfiff durch die Zähne, woraufhin zwei Polizisten auftauchten, die er mit dem Zwiebelmann und Kowalczyk nach draußen schickte. Mich hingegen schob er Richtung Küche. Sichtlich verärgert warf Rieb seine Schalenden über die Schulter und machte sich Richtung Treppenhaus auf.

Der Griff von Schnauzbart an meinem Arm lockerte sich erst, als Rieb außer Sichtweite war. Bis dahin beschwor die Nähe seines Körpers eine Erinnerung herauf, die mich für einen überwältigenden Moment lang mit Glück erfüllte. Die Erinnerung an den Hund meiner Nachbarn, den ich als Kind bürsten und ausführen durfte, ein freundlicher Labrador. Sein Fell war oft verfilzt und voller Kletten und ebenso blond wie die Haare von Schnauzbart.

»Entschuldigen Sie, ich bin Hauptkommissar Koller. Ich leite die Ermittlungen. Sie sind die Zeugin mit der guten Nase?«

»Na ja, ist eigentlich nur eine Überempfindlichkeit«, erklärte ich und spürte, wie mir beim Gedanken an die Schwangerschaft das Adrenalin in den Körper schoss und mein Herz schneller schlug. »Könnte jederzeit wieder vorbeigehen.«

Koller erwiderte nichts, sondern nickte nur freundlich. Dass er lächelte, sah man vor allem an seinen Augen, der Bart warf einen mächtigen Schatten auf den unteren Teil seines Gesichts. Mit einer behandschuhten Hand hielt er mir etwas hin: »Würden Sie mir einen Gefallen tun und einmal daran riechen?«

Das, was Koller mir unter die Nase hielt, war eine Armbanduhr. Genau genommen eine Uhr mit einem Lederband daran, dessen eine Hälfte fehlte.

Ich nahm an, dass es sich um ein wichtiges Beweismittel handelte, möglicherweise vom Giftmischer selbst, fragte aber nicht weiter nach, sondern roch daran, genau wie Koller es wollte, und erschnüffelte aromatisch duftendes Bienenwachs.

Für meine Oma war Bienenwachs ein Allheilmittel gewesen. Sie hatte damit alles eingerieben – vom Mückenstich bis zum Wandschrank – und stets auf seine wundersamen Kräfte vertraut. Die Nachbarn mit dem Labrador kannten sich mit Honig aus. Der Vater war Imker, ich sehe ihn noch heute mit seinem Schleierhut auf dem Gepäckträger den Siedlungsweg hinaufradeln. Jedenfalls hatte meine Oma dank ihm immer genug Bienenwachs parat.

Einmal den vertrauten Geruch in der Nase, fiel es mir schwer, die Gedanken an meine Oma wieder zu verdrängen. Sie war gestorben, als ich achtzehn war. Zwei Jahre lang hatte ich die Schule vernachlässigt, eine Klasse wiederholt, um ihr zu helfen. Pflegen lassen wollte sie sich nicht. Aber am Ende fütterte ich sie dann doch, weil sie zu schwach war, den Löffel zu halten. An dem Tag, an dem ich die Wiederholungsklausuren versiebte, starb sie.

So in Gedanken lief ich mit Koller im Schlepptau herum, als ich schließlich, ein wenig abseits der Schwelle zum Hausflur, die fehlende Armbandhälfte entdeckte.

»Fantastisch!« Koller hob das Armband auf und versuchte es sogleich an den Rest der Uhr zu montieren, was mich verwunderte. Sollte er das Ding nicht mit Handschuhen anfassen oder – noch besser – gleich der Spurensicherung übergeben?

»Sie könnten Fingerabdrücke verwischen«, mahnte ich, und Koller warf mir einen irritierten Blick zu.

»Wie? Ach, die gehört einem Kollegen. Er hat sie vorhin verloren und sucht sie schon die ganze Zeit.« Daraufhin sah er sich um und drückte die Uhr einem vorbeikommenden Polizisten in die Hand, mit der Bitte, sie weiterzureichen.

Koller hatte mich im wahrsten Sinne des Wortes an der Nase herumgeführt. »Hey!«, rief ich empört. »Ich bin kein Hund!«

»Willkommen im Club«, murmelte jemand hinter mir, gefolgt von etlichen Lachern aus der Polizistenmenge.

Koller machte keinerlei Anstalten, sich zu entschuldigen. Vielmehr sah er mich neugierig an, so als wartete er darauf, dass ich mich noch mehr aufregte, noch mehr von mir und meinen Gefühlen preisgab. Da wurde mir klar, dass es – genau wie bei den Streitereien mit meiner Mutter – besser war, sich zurückzuhalten.

»Der Geruch nach Bittermandeln, den Sie wahrgenommen haben«, sagte Koller schließlich, »war der von Kaliumcyanid – besser bekannt als Zyankali.«

Davon hatte ich schon mal gehört. »Das ist tödlich, nicht?«

Ich wagte nicht, die nächste Frage zu stellen – die Frage nach Ricky.

»Das kommt auf die Dosis an. Auf jeden Fall können wir mit dem Nachweis dieser Substanz eine Vergiftung durch verdorbene Lebensmittel ausschließen. Zyankali ist extrem wirksam und kaum zu bemerken. Soweit ich weiß, sind nur zwanzig bis fünfzig Prozent der Menschen genetisch überhaupt in der Lage, diesen Geruch wahrzunehmen, und Sie haben ihn trotz des intensiven Geruchs von kiloweise Zwiebeln bemerkt.«

»Das war Glück.«

»Ich würde das Begabung nennen.« Koller sah mich ernst an. »Oder Täterwissen.«

»Ich habe niemandem was ins Essen gemischt«, protestierte ich.

»Das werden wir herausfinden«, erwiderte er seelenruhig. »Nehmen wir mal an, dass das Gift unmittelbar vor dem Servieren ins Essen gelangt ist. Was fällt Ihnen dazu ein?«

»Der Koch«, sagte ich. »Dass er es serviert hat. Wieso nicht der Kellner?«

Koller nickte. »Berechtigte Frage. Sagen wir, der war anderweitig beschäftigt.«

»Freie Bahn für den Koch – voilà.«

»Schön und gut. Aber warum sollte der Koch sein eigenes Essen vergiften?«

Wieso fragte Koller mich das, war *er* nicht dafür zuständig, die Motive der Verdächtigen zu ermitteln? Aber vielleicht ging's hier gar nicht um den Koch, vielleicht ging es hier um mich und darum, herauszufinden, wer ich wirklich war, was ich dachte und was ich gesehen hatte.

»Zum Beispiel …«, überlegte ich, »… weil er im Auftrag von jemandem gehandelt hat. Konkurrenz, Sabotage. Es ging ihm darum, das Restaurant zu ruinieren.«

Endlich konnte ich die Gedanken formulieren, die sich schon die ganze Zeit über angesammelt hatten: »Natürlich wollte er nicht, dass die Leute sterben, er dachte wahrscheinlich, das wäre ein Durchfallmittel, das er da reinrührt. Sein Auftraggeber hat ihn belogen.«

Koller sah mich während meiner Ausführungen abwartend an.

»Ich hab Kowalczyks Gesicht gesehen, als die Leute umgefallen sind«, fuhr ich fort. »Nie im Leben hat er damit gerechnet, dass das kein Durchfallmittel ist.«

Koller sah mich weiter an, ohne ein Wort zu sagen.

»Was denn?«, fragte ich. »Könnte doch sein.«

»Könnte. Aber Wahrscheinlichkeiten sind was für Rieb. Ich konzentriere mich auf Wahrheiten.«

Diese Behauptung klang gut, auch wenn ich stark bezweifelte, dass Koller Wahrheiten von Wahrscheinlichkeiten besser unterscheiden konnte als Rieb oder irgendein anderer Mensch.

»Fangen wir noch mal am Anfang an. Wie war die Situation im Restaurant, bevor das Essen kam? Wer saß wo? Könnte noch jemand an der Durchreiche vorbeigekommen sein? Überlegen Sie genau. Je mehr Ihnen einfällt, desto besser.«

Ich atmete tief durch und ignorierte das Unbehagen, das mich bei dem Gedanken an Rickys ungewisses Schicksal beschlich. Jetzt kam es darauf an, mich an jedes Detail des Abends zu erinnern, so nebensächlich es mir auch vorgekommen war.

»Da war eine Frau auf dem Klo, sie hat …«

Ich biss mir auf die Lippen. Das Taschentuch – die letzten Stunden hatte ich überhaupt nicht mehr daran gedacht. Es steckte noch immer in meiner Hosentasche. Zu gern hätte ich jetzt daran gerochen, den beruhigenden Duft der Kräuterwiese eingeatmet und nachgesehen, ob das Fahrrad noch dort lag.

»Was für eine Frau?«, hakte Koller nach.

»Ich weiß nicht, sie war in der anderen Kabine.«

»Sie wissen es nicht?«

»Ich habe sie nicht gesehen. Sie hat mir unter der Trennwand ein Taschentuch durchgereicht, weil das Papier alle war.«

»Sie haben sie vorher nicht gesehen – und nachher auch nicht?«

»Nein.«

»Kann es nicht die Frau vom Tisch neben Ihnen gewesen sein?«

»Die saß ja noch bei ihrem Mann, als ich aufs Klo ging.«

»Und Sie sind sicher, dass sie nicht nach Ihnen auf die Toilette gegangen ist?«

»So genau habe ich da nicht drauf geachtet«, musste ich zugeben. »Aber sie hätte ja vor mir gehen müssen, weil doch die eine Kabine abgeschlossen war, als ich kam. Da war definitiv jemand drin.«

»Rechts oder links?«

»Was?«

»Die Kabinenseite, wenn man reinkommt.«

»Rechts war verschlossen, links war frei, da bin ich rein.«

»Wann genau war das?«

»So kurz nach sechs, schätze ich. Ich bin mindestens zehn Minuten dringeblieben. Als ich an den Tisch zurückkam, ist das Essen serviert worden, das war dann vielleicht um Viertel nach.«

»Und das Klopapier war alle?«

»Ja. Ist das wichtig?«

Koller verstummte und versank in Gedanken, wobei ich ihn nicht zu unterbrechen wagte.

Jemand rief laut nach einem Rex, und Koller ging, ohne noch etwas zu sagen. Ich tastete nach dem Taschentuch, holte es heraus und hielt es mir prüfend unter die Nase. Und sofort waren sie wieder da –

der Geruch der Kräuterwiese und auch das Bild vom Fahrrad, dessen Hinterrad sich noch drehte, während es auf der Seite lag. Diesmal konnte ich sehen, dass die Wiese sich über einen Hügel erstreckte. Vom Fahrrad aus führte eine Spur geknickter Gräser zur Kuppe hinauf. Ich versuchte, der Spur zu folgen, doch ich kam nur schleppend voran, zeitlupenartig wie in einem beklemmenden Traum.

Plötzlich tauchte Koller wieder auf. »Haben Sie danach gefragt, oder hat Ihnen die Frau das Taschentuch von selbst angeboten?«, wollte er wissen.

Ich ließ das Tuch sinken und brauchte ein paar Sekunden, um von der Wiese zurückzukommen. Wie war das gewesen? Ich klemmte heulend zwischen Kloschüssel und Kabinenwand, und nebenan war diese Frau, die mich fragte, ob ich zurechtkam. Ihre Stimme hatte besorgt geklungen, mitfühlend, mütterlich.

»Von selbst.«

Koller nickte bedächtig und ging wieder. Ich schaute auf das Taschentuch, das ich noch immer in der Hand hielt. Braun-rot-weiße Karos, ein klassisches Großvatertaschentuch. Und auch wenn ich es am liebsten behalten hätte, wegen seiner beruhigenden Wirkung und weil ich wissen wollte, ob es möglich war, den Hügel irgendwann zu erklimmen und zu sehen, was dahinter lag, so wusste ich doch, dass es besser war, es Koller zu geben. Ich pfiff durch die Zähne, gar nicht mal so leise. Koller blieb stehen und drehte sich mit einem überraschten Gesichtsausdruck zu mir um. Ich hielt ihm das Taschentuch entgegen.

»Hier – das ist es.«

»Was?«

»Na, das Taschentuch.«

»Das war gar kein Papiertaschentuch? Ich dachte …« Koller musterte es verblüfft. »Ein Stofftaschentuch also. Aha.«

Er holte einen Stift aus seiner Jackentasche, auf dessen Spitze er das Tuch balancierte, darauf bedacht, es nicht zu berühren.

»Ich nehme an, Sie haben es seitdem in Ihrer Hosentasche gehabt?«

Ich nickte.

»Hm, na schauen wir mal, ob da noch was Brauchbares zu finden ist.«

Es kamen andere Polizistinnen und Polizisten, die ich noch nicht kannte, ich musste mich wieder ausweisen, meinen Namen erklären und wurde abermals befragt. Dieser Abend war einer der schlimmsten meines Lebens – und er schien kein Ende zu nehmen. Inzwischen konnte ich alle Antworten ohne nachzudenken abspulen. Wann wir das Restaurant betreten hatten: ungefähr drei viertel sechs. Zwei alte Damen verließen gerade das Restaurant. Das Ehepaar und der ältere Herr saßen schon da, nach uns kam keiner mehr. Wann das Essen serviert worden war: viertel sieben bis zehn vor halb. Gegen halb sieben kippte der Letzte vom Stuhl, und zehn Minuten später traf der erste Krankenwagen ein.

Ob ich den Notruf abgegeben hätte: nein. Ob ich gesehen hätte, wer den Notruf abgegeben hat: nein. Ich musste dann den Satz »Alle Gäste sind vergiftet, bitte kommen Sie schnell!« in ein Diktiergerät sprechen. Zweimal. Einmal mit unverstellter Stimme, einmal sollte ich breitestes Sächsisch imitieren, und zwar in der tiefstmöglichen Stimmlage.

Das ließ vermuten, dass ein männlicher Sachse den Krankenwagen gerufen hatte. Der Zwiebelmann war es demnach nicht gewesen. Bei ihm klang eher Norddeutsch durch. Seinen Angaben nach befand er sich entweder mit Kowalczyk im Keller beim Eisschrankschieben oder im Hinterhof beim Rauchen zusammen mit Freddy Lavalle, dessen französischer Akzent sich mit dem sächsischen biss. Blieb also nur Kowalczyk für den Notruf. Aber der sprach ja nur polnisch. Ein anderer kam nicht infrage, es sei denn, meine hochdeutsch sprechende Unbekannte war eine hervorragende Stimmenimitatorin.

Irgendwann kam Koller wieder und sagte: »Es sieht nicht gut aus, Frau Buck. Niemand hat die Unbekannte gesehen. Nicht einmal Sie selbst, Sie haben sie nach eigener Aussage ja nur gehört. Die Fenster im Klo sind vergittert. Da ist sie nicht raus. Die Hintertür zur Küche wurde von zwei rauchenden Männern blockiert, dem Kellner und seinem Zwiebelexperten. Nachbarn bestätigen das. Dort kann sie also auch nicht rausgegangen sein.«

»Und was heißt das jetzt?«

Koller sah mich ganz ruhig an. »Dass die Unbekannte, falls es sie wirklich gegeben hat, vorn rausspaziert ist, direkt an allen Gästen vorbei.«

»Dann wird sie einer gesehen haben. Der alte Mann oder vielleicht kann Ricky ja …«

»Sind Sie religiös?«, unterbrach Koller mich.

»Nein. Wieso?«

»Sonst hätten Sie jetzt darum beten können, dass wenigstens einer überlebt. Denn wenn nicht, haben wir vier Tote und zwei Mordverdächtige. Und einer davon sind Sie.«

Es hatte angefangen zu nieseln.

Der Fußweg vor dem Restaurant war großräumig abgesperrt worden. Alle Gespräche und Befragungen wurden in Kleinbusse verlegt. Ich saß in einem davon und verbrachte die Zeit damit, jedes Detail während meiner Ankunft mit Ricky im Restaurant zu rekapitulieren. Zwei ältere Damen waren von dem Tisch aufgestanden, an den wir uns gesetzt hatten. Sie waren in jeder Hinsicht unauffällig gewesen. Schließlich musste ich aus meinen Gedanken und dem Van aussteigen, um unverschämten Leuten Platz zu machen, die sich darüber aufregten, dass ihre Tischreservierung verfiel.

Es herrschte allgemeines Chaos, aber man ließ mich nicht im Regen stehen, sondern verfrachtete mich in einen anderen Van, in dem bereits Kowalczyk saß, zusammen mit einer Polizistin, die damit beschäftigt war, Dinge in Papiertüten zu sortieren. Ihre Haare waren zu einem Pferdeschwanz zusammengebunden, der bei jeder ihrer Bewegungen wippte und Salven wohlriechenden Vanilledufts verbreitete.

Kowalczyk saß mir schräg gegenüber und fummelte an seiner Armbanduhr herum, das Zifferblatt leuchtete im Halbdunkel. Es war kurz vor neun. Kaum zu glauben, dass erst zweieinhalb Stunden vergangen waren. Mir kam es vor, als wäre es schon Mitternacht. Es fiel mir schwer, diese alles überschattende Ungewissheit auszuhalten. Wie ging es Ricky? Was passierte mit mir? War dieser Kowalczyk gefährlich? Wieso saßen wir in diesem Auto?

Wenigstens roch es gut hier drin, dank der Vanillehaare der Polizistin. Ich schaute ihr dabei zu, wie sie das Beweismaterial in größere Tüten verpackte. Ein paar Sachen erkannte ich wieder – die Dekoration vom Tisch des Ehepaars und die Tischdecke des alten Mannes mit dem Rotweinfleck. Bei anderen Sachen hatte ich mitgekriegt, woher sie stammten – wie zum Beispiel das Shampoo und das Deutsch-Polnische Wörterbuch aus Kowalczyks Spind. Das Shampoo war speziell für koloriertes Haar, und ich fragte mich, ob Kowalczyks Rotschopf echt war. Falls nicht, welchen Grund sollte er haben, sich die Haare rot zu färben? Er machte auf mich nicht den Eindruck, als würde er die neuesten Trends der Frisierkunst ausprobieren. Irgendetwas stimmte mit dem Kerl nicht, so viel stand fest. Ich überlegte, ihn direkt anzusprechen, ihn irgendwie aus der Reserve zu locken. Außer »zweimal Vanille und einmal Schoko, bitte!« waren mir noch andere polnische Sätze im Gedächtnis geblieben, aber ausgerechnet jetzt fielen sie mir nicht ein. Als ich einen Blick durch die abgedunkelten Scheiben des Vans hinauswarf, sah ich den Zwiebelmann in

Begleitung eines Polizisten aus einem anderen Van aussteigen. Also war er auch noch nicht nach Hause gelassen worden. Das beruhigte mich etwas. Er pinkelte unter der Aufsicht des Polizisten, der ihn mit einem Schirm vor unerwünschten Blicken schützte, an den Zaun der S-Bahn-Gleise.

»Weiß man schon was aus dem Krankenhaus?«, fragte ich die Polizistin.

»Auch nicht mehr als vor fünf Minuten.«

»Irgendeine Information, wie es den Leuten geht? Schweben sie immer noch in Lebensgefahr?«

»Das kann ich Ihnen nicht sagen.«

»Können Sie es nicht sagen, oder wissen Sie es nicht?«

»Sie werden so bald wie möglich informiert.«

Als wäre ihr eben bewusst geworden, wie trostlos die Floskel klang, fügte sie hinzu: »Machen Sie sich keine Sorgen. Im Krankenhaus könnten Sie auch nichts anderes tun als warten.« Dabei nickte sie mir aufmunternd zu, doch ich wich ihrem Blick aus. Ich hatte keine Lust, mich von jemandem aufmuntern zu lassen, der mich bewachte, auch wenn er nach Vanille roch. In dem Moment fiel mir endlich ein Satz aus den Nachmittagen am polnischen Badesee ein. Es war eine einfache Frage, die ich Kowalczyk stellte. Aber er antwortete nicht. Stattdessen ließ er von seiner Uhr ab und sah mich stirnrunzelnd an.

Ich probierte es noch einmal: »Która godzina?«

Kowalczyk schaute unsicher zur Polizistin hinüber, die sich augenblicklich einschaltete. »Sie dürfen sich nicht unterhalten. Weder auf Polnisch noch sonst wie.«

»Geht ja auch gar nicht …«, sagte ich zu ihr und in Kowalczyks Richtung: »Która godzina, na?«

»Frau Buck, bitte lassen Sie das!« Die Stimme der Polizistin rutschte eine Tonlage höher, klang wie die von Carmen.

»Er antwortet ja sowieso nicht.«

»Lassen Sie es, sonst bin ich gezwungen, Maßnahmen zu ergreifen.«

Maßnahmen? Ich schätzte die Lage ab – bis zur Tür waren es für mich nur ein, zwei Schritte, und sie saß eingekeilt zwischen ihrem Klapptisch und den Beweismittelkisten.

»Okay, gut, und geben Sie dem Kommissar Bescheid, dass Kowalczyk kein Polnisch versteht. Ich werde übrigens nicht länger hier rumsitzen, während ein Freund vielleicht stirbt. Sie finden mich im Krankenhaus.« Damit war ich draußen, mit einem Satz um den Bus herum, und von dort spazierte ich direkt in die Menge der Schaulustigen hinein – löste mich unter ihren Regenschirmen in Luft auf. Ich würde ungehindert von hier verschwinden, ein Taxi suchen, ins Krankenhaus fahren, und alles würde gut werden.

Doch dann sah ich Koller vor der Litfaßsäule, wo er mit besorgter Miene telefonierte. Mit dem Krankenhaus?

Der Nieselregen hatte bereits den Stoff seines Anzugs um die Schultern herum dunkler gefärbt. Er stand direkt unter dem Hirschplakat, die Hufe des Hirsches berührten seinen Scheitel, und es sah aus, als trüge Koller diesen prächtigen Zwölfender auf seinem Kopf spazieren. In seinem grauen Anzug wirkte er wie ein Granitberg, den das Treiben um ihn herum nicht berührte. Doch sein Blick verriet etwas anderes.

Ich trat aus der Menge heraus, und als er mich bemerkte, winkte er mich zu sich.

Gar nichts würde gut werden.

3

In der Nacht träumte ich davon, dass Ricky noch lebte. Er und auch die anderen drei – das schweigsame Ehepaar, der alte Mann. Ich träumte, dass sie nicht gestorben waren und schon gar nicht auf diese grausame Weise, von der Kommissar Rieb mir erzählt hatte.

Nein, sie lebten und saßen auf der Rückbank eines Cabrios, Ricky auf dem Beifahrersitz, ich am Steuer.

Ricky verteilte Dosensekt, und zwar gut geschüttelten. Alle öffneten mit Getöse ihre Dosen und bekleckerten sich mit dem herausspritzenden Sekt. Im Rückspiegel konnte ich sehen, wie der ältere Herr ebenso ratlos auf die Flecken auf seinem Hemd starrte wie am Abend zuvor auf den Rotweinfleck auf der Tischdecke. Doch dieses Mal ärgerte mich seine Hilflosigkeit. Ich fragte mich, wie ein erwachsener Mann von solchen Banalitäten nur derart überfordert sein konnte.

Im Traum trat ich das Gaspedal bis zum Anschlag durch und rauschte in einer wahnsinnigen Geschwindigkeit über die Straße, die sich bis zum Horizont vor mir erstreckte, kurvenlos geradeaus. Ich spürte das Vorbeirauschen körperlich, hörte es auch, wusste, dass ich vorwärtskam, doch wenn ich aus dem Fenster schaute, rauschte alles in entgegengesetzter Richtung an mir vorbei, so als würde ich die 200 km/h im Rückwärtsgang fahren. Aufbrodelnde Übelkeit weckte mich, und ich brauchte eine ganze Weile, um mich in der Realität zurechtzufinden.

Der Raum, in dem ich untergebracht worden war, musste vor Kurzem frisch gestrichen worden sein. Ich setzte mich auf, die metallenen Federn der Liege quietschten, der Hosenstoff fühlte sich rau an und roch nach Kernseife. Das waren nicht meine Sachen, die ich anhatte. Ich trug einen Jogginganzug der Polizei. Selbst in der

Dunkelheit konnte ich die großen weißen Buchstaben quer über meiner Brust erkennen. Und auch die weiße Keramik des Waschbeckens und der Kloschüssel neben dem dunklen Viereck der Tür.

»Sie bekommen Ihre Sachen so bald wie möglich zurück.« Koller hatte mir das mit einer Eindringlichkeit mitgeteilt, als handele es sich um ein Versprechen. Aber wer wusste schon, was *so bald wie möglich* hieß? Meine Sachen waren jetzt bei der Spurensicherung und wurden auf Giftrückstände untersucht. Der Jogginganzug war mir eine Nummer zu groß. Ärmel und Hosenbeine musste ich hochkrempeln, den Bund hatte ich in den meiner Unterhose eingeschlagen, damit er nicht rutschte. So war ich die halbe Nacht vernommen worden, hatte meine Fingerkuppen auf die Glasscheibe eines kleinen Kastens drücken lassen und war schließlich in einer Übernachtungszelle gelandet. Einer Zelle, die für Leute reserviert war, die verdächtig genug waren, um sie vierundzwanzig Stunden im Präsidium festzuhalten, bevor man genügend Beweise für einen Haftbefehl zusammenhatte.

Und wie es aussah, fehlte nicht mehr viel. Ich stand unter dringendem Tatverdacht. So jedenfalls hatte Rieb das formuliert – und Koller hatte nichts dagegen eingewandt.

Das karierte Taschentuch wurde im Labor auf Spuren von Zyankali untersucht. Dem Gift, durch das Ricky und die anderen gestorben waren. Qualvoll. Rieb hatte mir das ausführlich erklärt: Zyankali verhinderte die Aufnahme von Sauerstoff ins Blut. Das hieß, so viel man auch atmete, die Luft kam nicht in den Lungen an. Eine Zyankalivergiftung fühlte sich an wie ein Erstickungstod. Ebenso schrecklich wie schnell – bei einer Menge von 140 Milligramm pro Person. Die Dosis in Rickys Suppe und den Speisen der anderen war noch nicht ermittelt worden. Bis klar gewesen war, um welches Gift es sich handelte, war wertvolle Zeit verstrichen. Zeit, die keiner von ihnen überlebt hatte.

Nur ich.

Aber anstatt mich meines Lebens zu freuen, saß ich nun hier.

Was hätte ich darum gegeben, jetzt mit meiner Oma reden zu können. Sie hatte immer gewusst, was zu tun war, und es geschafft, meiner Sprunghaftigkeit Gründe zu unterstellen, Sinn zu finden, wo ich keinen vermutete, mich auf den Boden zu holen.

Ein Telefonat stand mir frei. Das hatte ich schon vor zwei Stunden, kurz vor Mitternacht, in Anspruch genommen.

Mein erster Impuls war es, meine Mutter anzurufen. Doch das ließ ich bleiben, weil sie die Begabung hatte, Sorgen zu verschlimmern. Sie schaffte das auf zwei Arten: erstens durch Vorwürfe *(Warum gehst du auch in dieses Restaurant?)*, zweitens durch Herunterspielen *(Ach, das wird schon wieder!)*. Ebenso wenig gesprächsfördernd war auch ihr neuester Spleen. Seit sie mit Don zusammen war, sprach sie nur noch Englisch, auch mit mir, nannte sich Jeany statt Janine und mich Nelly *(Hey Nelly, my dear, what's going on?)*. Ich sprach Deutsch mit ihr, sie antwortete auf Englisch. Außerdem wiederholte sie alles noch einmal für Don, der anscheinend immer in unmittelbarer Nähe saß und seinen Senf dazugeben musste. Keine guten Voraussetzungen für ein Krisengespräch.

Also hatte ich Fanny angerufen. Obwohl ich nicht damit gerechnet hatte, dass sie rangehen würde.

Sie war sturzbetrunken, saß mit ihren Schauspielkollegen an der Hotelbar und feierte den vorletzten Auftritt. Als sie hörte, von wo aus ich anrief, hielt sie ein flammendes Plädoyer für die Freiheit und schrie zum Schluss ins Handy – wahrscheinlich, um die Beifallsrufe im Hintergrund zu übertönen –, dass sie in zwei Tagen nach Hause käme und dann die Couch wieder bräuchte. Sie hätte Übernachtungsgäste dabei. Als ich sie daran erinnerte, dass ich mich in polizeilichem Gewahrsam befand und es noch nicht sicher war, wann ich wieder nach Hause käme, meinte sie, dann könnten ihre Gäste ja auch in meinem Zimmer schlafen, der Brandgeruch wäre doch inzwischen bestimmt verflogen. Im Übrigen sollte ich mir keine Sorgen machen, sondern einen Anwalt nehmen und mich durch sämtliche Instanzen klagen – bis zum Obersten Gerichtshof für Menschenrechte in Den Haag.

Dann brach die Verbindung ab.

Nie hatte ich mich einsamer gefühlt.

Dabei war ich es gar nicht.

Oma hätte meine Hände genommen und sie mir auf den Bauch gelegt, genauso wie ich es jetzt tat, damit ich besser fassen konnte, was sich so unbegreiflich anfühlte – dass ich ein Kind bekam. Ein echtes lebendiges Menschenkind.

Ich lehnte mich mit dem Rücken an die kalte Wand, zog die Beine an, Knie unters Kinn, und stellte mir vor, wie es sein würde mit dem Kind an der Hand durch die Stadt zu schlendern. Im Frühling würden wir an jedem Vorgarten stehen bleiben, um die ersten Krokusse zu bestaunen. Unsere Hosen- und Jackentaschen wären voll mit bunten Scherben, Steinen, leeren Schneckenhäusern, und was es sonst noch an Schätzen zu finden gab. Im Sommer wäre kein See vor unseren Arschbomben sicher, und im Herbst würden noch am Abend Borkenstücke aus unseren Kleidern rieseln, von all den Laubhaufen, durch die wir am Tag gesprungen waren.

Kaum zu glauben, dass alles schon bald einen Sinn ergeben würde. Warum ich mich mit nervigen Jobs und Kollegen rumärgern musste, warum ich jeden Morgen aufstand, warum ich auf keinen Fall im Gefängnis landen durfte – für einen Menschen, der mich brauchte, für eine eigene Familie.

Ich ging die Fakten noch einmal durch: Kowalczyk könnte bezeugen, dass ich an der Durchreiche vorbeigegangen war, ohne das Essen zu vergiften. Aber Kowalczyk schwieg. Wahrscheinlich tat er das, weil er sich nicht selbst belasten wollte. Denn wenn ich aus dem Rennen war, gab es nur noch ihn.

Und die Dame X aus der Nebenkabine vom Klo, der außer mir niemand begegnet war.

Bei dem Gedanken daran schien alles andere zu verblassen – ich hatte mich vielleicht von Rickys Mörderin trösten lassen. Hatte ihren beruhigenden Worten gelauscht und mich an ihrem Taschentuch festgehalten.

Wer war diese Frau?

Soll ich einen Arzt rufen?, hatte sie gefragt und dabei durchaus besorgt geklungen. Wie konnte sie das tun und eine Minute später vier Menschen vergiften?

Sie war skrupellos. Aber auch clever. Denn solange erst einmal herausgefunden werden musste, wer überhaupt die Opfer waren, war es schwierig, eine Verbindung zum Mörder herzustellen. Zur Mörderin. Zur Taube auf dem Dach.

Als Spatz in Kollers Hand konnte ich nichts machen, außer mir vorstellen, wie seine Leute gerade meine Schubladen durchwühlten und meine Notizbücher nach Mordfantasien durchsuchten.

Aber ich hatte keine Gedichte über Ricky verfasst, nur mit Fanny über ihn gesprochen. Sie war Expertin für One-Night-Stands. Die Masche mit den Probefahrten hatte sie durchschaut, noch bevor ich von Carmen erfuhr, dass er es auch bei ihr probiert hatte. Und bei der Blonden vom Eisstand.

Schlüssel klapperten, jemand nannte meinen Namen und erzählte etwas von Kowalczyk.

Er hatte endlich bestätigt, dass ich an der Durchreiche vorbeigegangen war, ohne etwas ins Essen zu mischen. Mit anderen Worten: Er hatte mich entlastet – hurra! Aber die Laborwerte waren auch da, und in dem Taschentuch aus meiner Hosentasche waren Cyanidionen gefunden worden – oje.

Der Mann, der mich aus meiner Übernachtungszelle holte, trug Zivilkleidung, war Mitarbeiter des Morddezernats und ziemlich korpulent. Beim Betreten des Fahrstuhls bebte die Kabine unter seinem Gewicht und füllte sich sofort mit dem Duft von Kiefernnadeln. Kam der Mann frisch aus der Badewanne? Ich ging davon aus, dass er mich zu Rieb oder Koller ins Büro bringen würde. Er fuhr mit mir aber nicht in den zweiten Stock hinauf, sondern ins Untergeschoss, das sich als Zugang zum Parkhaus der Polizeifahrzeuge herausstellte.

Mir war mulmig zumute. »Wohin gehen wir?«

»Ich bring Sie ins *Oscars*. Kommissar Rex wartet dort auf Sie«, antwortete er und hielt mir die Tür zur Rückbank eines ockergelben Opels auf.

»Kommissar Rex?«

»Äh, nein, Hauptkommissar Koller, Verzeihung – Macht der Gewohnheit.«

Ich stieg ein und wartete, bis der Mann seinen Bauch um das Auto herumgetragen und hinter das Lenkrad gezwängt hatte. Im Wagen roch es noch intensiver nach Kiefernnadeln, sodass ich darum bitten musste, das Fenster zu öffnen.

»Schienbeinprellung, könnte die Salbe sein, die Sie stört.«

Er ließ das Fenster einen Zentimeter hinunter und sagte dann: »Wenn Sie sich übergeben müssen, dann bitte in die Tüten im Seitenfach.«

Beinsalbe also. Ich zog einen Ärmel über die Fingerspitzen und hielt ihn mir vor die Nase. Langsam lernte ich Kernseifenduft zu schätzen.

Der Mann startete den Wagen und riss noch vor der ersten Kurve eine Tüte mit Schokolinsen auf. »Wollen Sie auch?«

»Nein, aber danke. Wieso haben Sie Koller vorhin Kommissar Rex genannt?«

»Ach, der Herr Hauptkommissar war früher bei der Hundestaffel, und da hat er, na ja, noch so seine Gewohnheiten, sagen wir es mal so.«

Ich lehnte mich auf dem Rücksitz zurück, den Ärmel fest an die Nase gepresst, und dachte darüber nach, was mit Koller nicht stimmte. Erst die Pfeiferei, dann die Labrador-Assoziation und die Sache mit dem verlorenen Armband und jetzt noch die Hundestaffel und dieser Spitzname. Kommissar Rex. Als Kind hatte ich einige Folgen der Krimiserie gesehen.

»Wieso ist er nicht mehr dort?«, fragte ich durch den Ärmel hindurch.

»Seinen Kollegen hat's entschärft. Können Sie googeln, stand in allen Zeitungen. Ich glaub, Sherlock wurde sogar ein Denkmal gebaut.«

»Sherlock?«

»Kollers Hund.« Der Beinsalbenmann warf den Kopf in den Nacken, um sich den Rest der Schokolinsen in den Mund zu kippen. Kauend sagte er: »Ohne Sherlock kein Watson.«

Koller wartete bereits vor dem Restaurant, das weiträumig abgesperrt war, um die zahlreichen Schaulustigen fernzuhalten. Mein Fahrer reichte mir eine Sonnenbrille und eine Uniformjacke nach hinten. »Hier, ziehen Sie das über. Kapuze auch.«

»Warum?«

»Von mir aus lassen Sie es sein. Dann beschweren Sie sich aber nicht, wenn Sie auf allen Titelseiten landen und nie wieder einen Job finden.«

Alles klar. Bis jetzt hatte ich weder eine Zeitung zu Gesicht bekommen noch die Nachrichten gehört. Ich konnte mir aber denken, dass die Sache ziemlich viel Aufmerksamkeit erregte. Vier Gäste, die in einem Restaurant vergiftet worden waren – das dürfte den gastronomischen Umsatz der ganzen Stadt für ein paar Tage beeinflussen. Vielleicht sogar für Wochen – je nachdem, wie lange der Mörder frei herumlief. Wenn ich erst wieder zu Hause war, würde ich mich durch die Medien fräsen. Aber im Augenblick war ich froh, frische Luft atmen zu können.

Ein Blick auf mein Spiegelbild in der Autoscheibe versetzte mir allerdings einen Dämpfer. Mit Sonnenbrille, Kapuze und der viel zu großen Jacke sah ich aus wie ein Promi auf der Flucht. »Unauffällig ist anders.«

»Sie sollen vor allem nicht erkannt werden, darum geht's«, erklärte der Beinsalbenmann.

»Wurde in den Zeitungen etwa mein Name genannt?« Meine Stimme klang vor Schreck ganz piepsig.

»Nein. Später gibt es die erste Pressekonferenz.«

»Und was wird Koller da sagen?«, fragte ich. »Dass ich die Mörderin bin?«

Der Beinsalbenmann sah mich mit undurchdringlichem Blick an, hob seine wulstigen Schultern, ließ sie fallen, was seinen ganzen Leib zum Wackeln brachte, und zeigte zu Koller hinüber. Zusammen gingen wir an den Leuten vorbei, die Fotos von uns mit Handys, aber auch mit dicken Kameras schossen. Koller begrüßte uns mit einem kurzen Kopfnicken und winkte uns gleich weiter.

Im Restaurant mussten wir im Eingangsbereich warten, die Spurensicherung packte gerade zusammen.

Der Raum war mit extrem hellen Lampen ausgeleuchtet, weil das Panoramafenster noch immer verdunkelt war. Dieses grelle Licht sorgte dafür, dass viele übereinandergelagerte Schatten verschiedenster Dunkelheitsgrade an die Wände projiziert wurden. Ich kam mir vor wie in einem Theater. Zu meiner Überraschung nutzte Koller die Situation, um Small Talk zu halten.

»Ich hoffe, Sie haben einigermaßen gut geschlafen?«

»Ja, ganz gut, danke«, log ich. »Und Sie?«

»Kaum, ich habe mir die halbe Nacht den Kopf darüber zerbrochen, was ›Kotza gotschina‹ heißen mag, habe sogar Rieb angerufen.«

Ich sah ihn fragend von der Seite an, er erwiderte meinen Blick.

»Das war es doch, was Sie Kowalnik gefragt haben? Jedenfalls hat mir die Kollegin das so gesagt.«

»Kowalczyk, meinen Sie. Und der Satz war: ›Która godzina.‹ Das heißt: ›Wie spät ist es?‹«

»Kotoruij tschas. Natürlich – Rieb hatte mit seinen russischen Überlegungen gar nicht so unrecht. Und Kowalski wollte nicht antworten?«

»Kowalczyk. Nein, er konnte es nicht«, sagte ich. »Ich bin sicher, dass er kein Polnisch spricht.«

»Das stimmt, er spricht ein wunderschönes, singendes Sächsisch.«

»Dann hat er den Notarzt gerufen?«

Koller nickte. »Seine Papiere sind in Ordnung – Bewerbungsunterlagen, Lebenslauf. Geboren in Polen, dort aufgewachsen. Nur spricht er gar kein Polnisch. Wie sind Sie darauf gekommen? Ich meine, was hat Sie dazu gebracht, an seiner Identität zu zweifeln?«

Ich zuckte die Achseln. »War nur so eine Idee. Wegen des Wörterbuchs aus seinem Spind.«

»Was ist damit?«

»Na ja, es war ein Deutsch-Polnisches. Ein Pole hätte sich doch ein Polnisch-Deutsches besorgt, oder nicht?«

Koller sah mich eine Sekunde lang verblüfft an, bis er schließlich anerkennend nickte.

»Sie haben richtiggelegen, Frau Buck. Die Sache läuft noch, aber ich kann Ihnen sagen, dass der Mann weder Pole ist noch Koslowski heißt.«

Das überraschte mich nicht, denn er hieß ja Kowalczyk.

Ich wartete ab, ob Koller noch mehr erzählen würde, was er aber nicht tat. Also standen wir stumm herum und schauten den weiß gekleideten Männern und ihrem Schattentheater an der Wand zu. Einer von ihnen wollte an uns vorbei. Koller wich ihm aus und kam mir dabei so nah, dass ich wieder von der Erinnerung an den Nachbarshund meiner Kindheit überrumpelt wurde.

Wie weich sein Fell sich anfühlte, wenn ich es gekämmt und alle

Distelkletten herausgesammelt hatte. Das war gar nicht so einfach gewesen, konnte sich einen ganzen Nachmittag hinziehen. Und schon am nächsten Tag war sein Fell wieder strubbelig und voller Kletten. Grizzly – so hatte er geheißen. Nach dem Haustier von Grizzly Adams, dem Mann in den Bergen. Er war die Hauptfigur einer amerikanischen Fernsehserie aus den Siebzigern, in der es um einen Mann ging, der sich in die Einsamkeit der Berge zurückgezogen hatte und dort Abenteuer mit anderen Outlaws und wilden Tieren erlebte. Immer an seiner Seite ein Grizzlybär, der ihm treu ergeben war.

»Tut mir leid, dass Rieb Sie gestern so in die Mangel genommen hat, vor allem, was Ihr Verhältnis zu Ricky Schmidt betrifft«, sagte Koller, und Grizzly trottete in die Distelbüsche meines Unterbewusstseins zurück. Stattdessen tauchte Rieb vor meinem inneren Auge auf, und wie er sich am Kerzenunfall festgebissen hatte: »*Der Kellner hat ausgesagt, Sie hätten Ihrem Freund die Haare angezündet und wären weggerannt.*«

»Das war keine Absicht«, versuchte ich mich jetzt auch vor Koller zu rechtfertigen.

Der winkte ab. »Monk ist manchmal wie ein kleiner Pitbull. Wenn er sich irgendwo festgebissen hat, bekommt man ihn nicht mehr davon los, ohne ihm den Kiefer zu brechen.«

»Monk?«

Koller fing meinen verwunderten Blick auf. »So habe ich Rieb früher genannt – nach diesem hypochondrisch veranlagten Superdetektiv, kennen Sie den nicht? Manchmal rutscht es mir noch raus, dumme Angewohnheit.«

Hypochondrisch veranlagt war Rieb auf alle Fälle, aber bestimmt kein Superdetektiv. Rieb hatte meine Aussage, dass ich mit Ricky nicht zusammen gewesen war, ignoriert und war davon ausgegangen, dass er bei mir gewohnt hatte. Wieso eigentlich? Hatte Ricky keine eigene Wohnung gehabt? Rieb war davon überzeugt gewesen, dass die Durchsuchung meiner Wohnung jede Menge Fingerabdrücke und eine Zahnbürste von Ricky zutage fördern würde.

»Was ist das für eine Sache mit der Spedition? Wann haben Sie da gearbeitet?« Jetzt fing Koller auch noch damit an.

Nachdem Rieb mit Rickys letztem Wohnort nicht weitergekommen war, hatte er sich auf meinen mäandernden Lebenslauf konzentriert, ritt auf der Wiederholung der zehnten Klasse und den nicht bestandenen Prüfungen herum, fragte, warum und wie ich an die ganzen Gelegenheitsjobs gekommen war – in den Cafés, einer Bäckerei, einem Hotel, einer Tierhandlung, einem Altenheim und einer Spedition, deren Namen ich schon fast vergessen hatte. Ausgerechnet über diesen Speditionsjob wollten Rieb und Koller jede Kleinigkeit wissen. Meine Arbeitszeiten, die Pausen, den Anfahrtsweg, die Namen der Kollegen und Kunden, alles.

»Ich hab dort Joghurtpaletten sortiert, drei Monate lang, wenn überhaupt, vor mehr als zwei Jahren. Was ist so spannend daran?«

»Sie müssen nicht antworten«, meinte Koller. »Sie wissen, dass Ihnen ein Anwalt zusteht. Warum wollen Sie keinen?«

»Finden Sie es merkwürdig, dass ich Vertrauen in die Polizei habe?«, fragte ich. Koller hielt meinem Blick stand. »Oder meinen Sie, dass ich zu viele amerikanische Serien gesehen habe?«

Darauf antwortete er nicht, schaute wieder auf seine Papiere und strich sich über den Schnauzbart. »Ich muss Ihnen leider sagen: Keiner glaubt an die Theorie mit der Unbekannten. Niemand vom Küchenpersonal hat sie gesehen, auch der falsche Krawalczyk nicht. Alle weiteren Zeugen sind weg. Tot, meine ich.«

»Und Sie? Glauben Sie mir?«

Koller sah mich wieder direkt an und zuckte die Achseln.

Diese Reaktion zog mich ganz schön runter. Wahrscheinlich hatte ich gehofft, dass, wenn schon sonst keiner, so doch wenigstens Koller auf meiner Seite stand, dass er nicht nur den Good Cop spielte, sondern es auch wirklich war. Warum? Nur weil er nach

Labrador roch? Verdammt noch mal, das war nur eine Assoziation, ein Geruch aus meiner Kindheit, mit dem ich glückliche Zeiten verband. Das hatte nichts mit dem Kommissar zu tun! Diese Geruchssache beeinflusste mein rationales Denken und lenkte mich in trügerischer Sicherheit durch ein Minenfeld von Gefühlen, die nichts mit der Realität zu tun hatten. Und meine Realität war nun einmal die, dass ich tatverdächtig war, in einem Fall, in dem es sonst nicht sehr viele Verdächtige gab.

Ich zuckte kraftlos die Schultern. »Die Frau war da. Ich schwöre es.«

Koller seufzte. »Wann genau sind Sie noch mal ins Restaurant gekommen?«

»Drei viertel sechs«, sagte ich und übersetzte vorsichtshalber, denn bei dieser Zeitangabe gab es so gut wie immer fragende Gesichter: »Viertel vor sechs. 17 Uhr 45.«

»Und da waren diese beiden älteren Damen, die sich gegenseitig in die Jacken halfen, stimmt's? Sicher, dass beide das Restaurant verlassen haben und nicht aufs Klo verschwunden sind?«

»Ganz sicher. Ich habe sie noch am Fenster vorbeigehen sehen. Die eine zog einen Rollkoffer hinter sich her.«

»Was für einen Rollkoffer?«

»So einen karierten mit Reißverschluss.«

»Die beiden sind also als Letzte aus dem Restaurant raus, fünfzehn Minuten vor sechs«, hielt Koller fest. »Auffällige Jacken?«

»Beigefarben und mehr so Blousons, wenn ich's mir recht überlege. Der Abend war ziemlich warm, ich hatte auch nur einen Pulli an und keine Jacke.«

Koller sah mich stirnrunzelnd an. »Beigefarbene alte Damen mit Rollkoffern gibt es wie Sand am Meer. Das reicht nicht, um sie aufzuspüren. Ist Ihnen sonst nichts aufgefallen?«, fragte er mit einer gewissen Schärfe in der Stimme, die von zunehmender Ungeduld zeugte. Unser Gespräch führte zu nichts, wir traten auf der Stelle.

Ich erinnerte mich, dass ich im Zusammenhang mit den alten Damen an Rotkohl gedacht hatte. War es das, was Koller hören wollte? Ich spürte, wie auch ich ungeduldiger wurde.

Auf dem Tisch hatte viel Geschirr gestanden – Teller, Tassen, Sahneschüsseln. Und noch während die beiden sich gegenseitig in ihre Blousons halfen, hatte Ricky schon seine Jacke auf eine der Stuhllehnen geworfen, was ich ganz schön unhöflich fand. Die Damen taten aber so, als störe es sie nicht. Eine von ihnen griff nach dem Rollkoffer, und der Duft von Rotkohl wehte herüber. Dann tippelten sie aus dem Restaurant. Ende.

Die Mannschaft der Spurensicherung hatte die Küche freigegeben und winkte uns durch.

»Sie können ja später noch in Ruhe darüber nachdenken«, sagte Koller wieder mit etwas mehr Wohlwollen in der Stimme. »Jetzt habe ich etwas anderes mit Ihnen vor.«

Er nickte mir aufmunternd zu und führte mich in die Küche, in den Bereich, in dem ich Kowalczyk gesehen hatte. Ein paar Polizisten liefen darin herum. Koller bat mich, mich davon nicht stören zu lassen. »Zyankali ist kristallin und schneeweiß, von Salz nicht zu unterscheiden. Und Salz in der Küche – Sie kennen die berühmte Nadel im Heuhaufen? Wir haben von allen Salzkörnern und -streuern, die wir finden konnten, Proben genommen, auch von allen anderen Gewürzen.« Koller sah mich eindringlich an. »Das ist das, was wir tun können. Jetzt möchte ich Sie bitten, zu tun, was Sie können.«

Ich sah mich um. »Was denn, was kann ich denn tun? Wollen Sie auf dieses Hundeding hinaus? Soll ich etwa herumrennen und alles beschnüffeln?«

»Wieso nicht?«

Ich sah Koller ungerührt an. »Vergessen Sie's.«

»Ich will nur, dass Sie Ihre Fähigkeiten nutzen, weiter nichts.«

»Wenn Sie so scharf auf einen schnüffelnden Kollegen sind, dann holen Sie sich doch einen. Waren Sie nicht bei der Hundestaffel?«

»Wir hatten heute Morgen schon einen Polizeihund hier. Er hat nur wild mit dem Schwanz gewedelt. Der Vorteil bei Ihnen wäre, dass Sie all die Gerüche, die Sie wahrnehmen, auch benennen können.«

Mir wurde klar, dass Koller alles dafür tun würde, um an die Informationen zu kommen, die er sich von mir erhoffte – olfaktorische. Vermutlich hatte er früher auf diese Weise seine Fälle gelöst, als sein Hund Sherlock noch lebte. So etwas gab es ja, dass man sich mit einem Tier verstand, eine gemeinsame Sprache entwickelte, wusste, was Gesten und Blicke bedeuteten. Aber Sherlock war tot, und mit seinen menschlichen Kollegen harmonierte Koller anscheinend nicht so gut. Jetzt hoffte er, mit mir wieder seine alten Ermittlungsstrategien aufleben lassen zu können. So viel stand fest: Dieser Mann hatte nicht mehr alle Leckerlies im Napf.

Ich würde mich nicht mit ihm anlegen. Dafür roch der Duft der Freiheit viel zu verlockend. Wenn ich mit Koller kooperierte, dann würde der Fall vielleicht nicht schneller gelöst werden, aber ich würde ganz bestimmt öfter aus meiner Zelle herauskommen. Also tat ich Koller den Gefallen und schnupperte vage in die Küchenluft hinein. Die roch, wie Küchenluft in einem französischen Restaurant riechen sollte, mehr nach mediterranen Gewürzen als nach Reinigungsmitteln.

Das war aber auch schon alles.

»Sie glauben gar nicht, wie viele Geheimnisse Gerüche verraten und wie lange sie sich in der Atmosphäre halten«, sagte Koller.

»Schön und gut, aber ich rieche alles durcheinander. Es ist purer Zufall, wenn sich mal ein Geruch stärker aufdrängt, und meistens kriege ich das nur dadurch mit, dass mir irgendwas aus der Kindheit einfällt, verstehen Sie, der Geruch selbst ist dann schon wieder verflogen, und oft kann ich ihn noch nicht einmal genau benennen.«

»Dann lernen Sie das eben.«

»Ich würde lieber lernen, wie sich das wieder abstellen lässt.«

»Wer so eine Begabung hat, muss sie nutzen, sie verleiht Macht, und aus großer Macht erwächst große Verantwortung.«

»Das haben Sie jetzt nicht gesagt, Koller. Sie haben jetzt nicht aus *Spiderman* zitiert.«

»Das Zitat stammt von Voltaire«, behauptete er. »Und Geruchserkennung ist kein Hokuspokus, es ist hartes Training und eine Wissenschaft für sich. Geruchspartikel sind winzige Fragmente zersetzter Materie, von Bakterien verdaut und durch den Sauerstoff transportiert. Winzige Fragmente von Dingen, Lebewesen, von allem, was verdampft, veratmet, verschwitzt wird. Geruch ist wie ein Abbild des wirklichen Körpers, eine Art Schatten, eine Bestätigung für seine Existenz. Durch den Geruch sind Dinge noch anwesend, wenn sie für das Auge längst schon unsichtbar sind.« Kollers Augen funkelten angesichts der Möglichkeiten, die mir seiner Meinung nach mit meinem Geruchssinn offenstanden.

»Aha. Und woher wissen Sie das so genau? Sind Sie der Cop, der mit der Nase spricht? Oder hat Ihr Wunderhund das Morsealphabet gebellt?«

Koller setzte zu einer Antwort an, verschluckte sie, kaute stattdessen auf seinem Bart herum und betrachtete seine Schuhe. Diese Sherlock-Geschichte war ein Päckchen, das er mit sich herumzuschleppen hatte.

»Sorry«, sagte ich schnell, »es ist nur ... ich weiß nicht, was ich tun soll. Ich bin kein Geruchskünstler. Ich bin ...«

Fast hätte ich Koller erzählt, dass ich schwanger war. Aber dieses Geheimnis wollte ich für mich behalten. Es gehörte mir allein, machte mich stark, sagte mir: Wir sind zwei – uns kann keiner was!

»... ahnungslos, was Ihr Können betrifft«, führte Koller meinen Satz fort. »Und darum bitte ich Sie: Denken Sie nicht länger darüber nach, tun Sie es einfach!«

»Was denn?«

»Dinge bemerken, die außerhalb der normalen Wahrnehmung liegen«, sagte er.

»Also doch *Spiderman*.«

»Buck, Sie unterschätzen den Geruchssinn kolossal. Sie müssen sich das so vorstellen: Die Geruchssignale schießen vom Riechzentrum direkt ins limbische System. Die evolutionär älteste Gehirnregion. Da werden Reflexe ausgelöst, Triebe, Sorge um den Nachwuchs, Liebe, Angst – aber auch Gefühle und Bilder gespeichert. Wenn Sie sich plötzlich ekeln oder traurig werden, ohne es erklären zu können, dann haben Sie etwas gerochen und wurden erinnert. Was sind Erinnerungen anderes als ganz spezielle Gefühle und Bilder? Manchmal auch Worte, Melodien. Die nehmen nicht viel Speicherplatz weg, deswegen ist es so, dass wir alles, was wir je gerochen haben, mit einer Erinnerung in Verbindung bringen – und die wird aktiviert, sobald wir den Geruch erneut wahrnehmen. Das, was abgespeichert wird, ist bei jedem Menschen anders. Der eine ekelt sich vor Benzingeruch, den anderen erinnert er an seinen Großvater, der vielleicht Tankwart war und den er sehr geliebt hat. Ich will damit nur sagen: Lassen Sie sich auf die Bilder ein, die Ihnen die Gerüche bescheren, aber lassen Sie sich davon nicht überwältigen. Nehmen Sie sie als Hinweis, lernen Sie sie zu lesen, zu verstehen – und helfen Sie mir, das zu finden, was der Mörder übersehen hat.«

Nach diesem Plädoyer hielt ich meine Nase bereitwillig in alle Töpfe und Schüsseln. Ich schnupperte in die Schränke und Gewürzregale, an allen Arbeitsflächen, darüber und darunter, in den Ecken. Koller beobachtete mich dabei sehr aufmerksam, und ich gab mir wirklich alle Mühe.

»Tut mir leid, aber ich rieche hier nirgendwo Zyankali«, musste ich schließlich zugeben.

»Gut. Ist Ihnen irgendwas anderes Ungewöhnliches aufgefallen?«

»Das einzig Ungewöhnliche ist ein schwacher Geruch nach Hamster.«

»Nach Hamster?«

»Könnte auch eine Maus sein. Es ist eher der Geruch nach Sägespänen, Kleintiermuff. Ich hab mal in einer Tierhandlung gearbeitet, da roch es ähnlich.«

Koller nickte. Er schien alles, was ich sagte, absolut ernst zu nehmen, doch es kam, wie es kommen musste: So sehr Koller und seine Kollegen auch suchten, ein Nagetier ließ sich in der Küche nicht auftreiben.

Als ich die ratlosen und leicht angesäuerten Gesichter der Polizisten sah, für die sich dieser Vormittag als reine Zeitverschwendung entpuppte, bereute ich es, Kollers Bitte gefolgt zu sein und mich auf diese Superheldensache eingelassen zu haben. Vielleicht hatte ja einer vom Küchenpersonal oder von den Polizisten zu Hause eine Maus oder einen Hamster. Vielleicht war der Geruch auch aus einer der Nachbarwohnungen hereingeweht oder ich irrte mich.

»Tut mir leid«, wandte ich mich an die Polizisten. »Diese Mausgeschichte ... ich weiß, wie verrückt sich das anhört.«

»Machen Sie sich nichts draus!«, meinte einer. »Ich wette, nicht mal der Koch weiß, was in seinen Buletten wirklich drin ist.«

Alle lachten. Außer Koller.

»Was soll das überhaupt?«, fragte ein anderer. »Selbst wenn hier eine Maus wäre – ist das nicht eher ein Fall für die Gesundheitsbehörde?«

»Bei einer Kellermaus schon, aber bei einer aus der Tierhandlung nicht«, sagte Koller. »Sorgen Sie dafür, dass die Küchenbrigade befragt wird.« Dann veranlasste er, dass ich ins Präsidium gebracht wurde, wo Rieb bereits auf mich wartete. Das Verhör sollte also weitergehen.

Das fühlte sich wie eine Strafe an.

Koller begleitete mich zum Auto, hielt mir die Tür auf, und während ich mich auf die Rückbank setzte, meinte er ganz beiläufig: »Übrigens: Wir haben in Ihrer Wohnung nichts Belastendes gefunden – kein geheimes Zyankalilager, keine kompromittierenden Notizen, keine Fingerabdrücke von Ricky Schmidt. Nichts, was auf Sie als Täterin hinweist, und auch keinen Hinweis darauf, dass Sie, was Ihre Beziehung zu Ricky betrifft, gelogen haben. Nur Ihr Bett wirft ein paar neue Fragen auf ...«

Der verdammte Brand. Ich hatte mich schon gefragt, wann Koller mir damit kommen würde. Einen Abend vor dem One-Night-Stand mit Ricky war mein Bett abgebrannt. Mit allem, was darauf gelegen hatte. Heizlüfter zu nah am Synthetiküberwurf. Das jedenfalls hatte ich Fanny erzählt. In Wirklichkeit war ich betrunken gewesen, hatte zu viel von Fannys Zigaretten geraucht und nicht aufgepasst. Ich hoffte inständig, dass Fanny jetzt keine Probleme mit dem Hauseigentümer bekam, weil wir den Brand nicht gemeldet hatten.

»So wie es da aussieht, war das nicht nur ein Aschenbecher, der gekokelt hat«, meinte Koller.

»Nein, das stimmt, ich hätte das auf jeden Fall melden müssen. Es ist nur so, ich bin nicht versichert und Fanny ...«

»Darum geht es mir gar nicht, Buck. Mich interessiert nur, was alles verbrannt ist – und warum. Die Spurensicherung findet bestimmt eine Antwort. Aber mir wäre es wesentlich lieber, wenn ich die von Ihnen bekommen könnte.«

»Das ist jetzt sechs Wochen her. Ich wüsste nicht, was das mit dem Fall zu tun haben sollte.«

»Das lassen Sie mal meine Sorge sein.«

»Von mir aus«, sagte ich und setzte mich auf die Rückbank. Damit war das Thema für mich erledigt.

Koller sah mich ein paar Sekunden lang fragend an, dann ließ er die Fensterscheibe herunter, schloss die Tür und beugte sich von außen zum offenen Fenster hinunter.

»Eins steht fest: Die Person, die die Leute umgebracht hat, hat nicht im Affekt gehandelt. Zyankali muss beschafft werden. Die Tat war geplant. Und wenn sie geplant war, muss es irgendwann vorher zu einem Entschluss dazu gekommen sein.«

Was meinte er damit? Einen Entschluss? Einen Auslöser?

Wenn Koller darauf hinauswollte, dass der Brand mehr als nur mein Bett vernichtet und etwas bei mir ausgelöst hatte, dann lag er zwar nicht falsch, aber komplett daneben. Denn ich war nicht schnurstracks zum nächsten Zyankalidealer gelaufen, sondern hatte vorübergehend den Verstand verloren und war zu Ricky ins Auto gestiegen. Aber das ging nur mich und Ricky etwas an. Diesen dämlichen Kerl mit dem abgebrannten Pony und dem Fragezeichen auf der Stirn. Wieso zum Teufel hatte es ausgerechnet ihn erwischt? Hieß es nicht, Narren und Kinder hätten einen Schutzengel? Plötzlich und ohne Vorwarnung schnürte es mir die Kehle zu, Tränen schossen mir in die Augen. Ich drehte mein Gesicht schnell von Koller weg. Der wartete noch einen Moment, gab dann dem Autodach einen Klapps, woraufhin der Fahrer den Motor anließ und losfuhr. Die ganze Brunnenstraße lang musste ich schlucken, bis der Kloß im Hals sich wieder aufgelöst hatte und die Tränen weggeblinzelt waren.

Die Beinsalbe verströmte wieder Brechreiz förderndes Kiefernnadelaroma, aber zum Glück war mein Fenster dieses Mal offen. Ich ließ mich in die Polster sinken und dachte über Koller nach. Einerseits schien er mir Glauben zu schenken, fragte mich sogar um Rat und verfolgte alle meine Bemerkungen und Hinweise mit einer Ernsthaftigkeit, die nicht nur auf seine Kollegen, sondern auch auf mich befremdlich wirkte. Und andererseits ließ er durchblicken, dass er mir dennoch alles zutrauen würde. Ich konnte nicht einschätzen, in welchem Bereich der Psychoskala diese Hundemanie sich bewegte. War das noch harmlose Trauerbewältigung oder schon Irrsinn?

Wenn ich mein Bauchgefühl zu Koller befragte, trabte Grizzly heran, und ich wollte nur noch meine Hand ausstrecken, um seinen wärmenden Rücken zu streicheln.

Was sollte ich Koller über den Brand erzählen? Die Spurensicherung würde Reste der Fotos finden, die auf dem Bett gelegen und sich zum Teil in Rauch aufgelöst hatten oder mit der Bettwäsche verschmolzen waren. Na und? Die Fotos hatten nichts mit dem Fall zu tun und würden zu seiner Aufklärung auch nicht beitragen. Ich beschloss, mich dazu gar nicht zu äußern und auch nicht weiter darüber nachzudenken. Warum etwas wie interpretiert werden konnte – das lag außerhalb meiner Kontrolle. Was ich aber in der Hand hatte, waren die Schlüsse, die ich aus dem zog, was ich selbst wahrgenommen, gehört, gedacht, gefühlt hatte – und gerochen.

Für einen Moment kam die Sonne heraus und wärmte mein Gesicht. Wie Koller wohl von der Hundestaffel zum LKA gekommen war? Sicher gab es jemanden, der ihn durchs bürokratische System gelotst hatte. Der Chef der Mordabteilung oder der Polizeipräsident, einer von diesem Kaliber. Das würde erklären, warum Rieb so schlecht auf Koller zu sprechen war. Und natürlich die Art und Weise, wie Koller mit ihm umsprang, mit allen Leuten, nicht nur seinen Kollegen, wie er nach ihnen pfiff, statt zu rufen, und mir Dinge vor die Nase hielt, an denen ich riechen sollte. Ich fand nicht, dass das ein Verhalten war, mit dem man sich Freunde machte. Andererseits war er, wie der Beinsalbenmann auf dem Hinweg angedeutet hatte, so etwas wie eine lebende Legende, der man einiges durchgehen ließ. Und vielleicht hatte er mit seinen Methoden für Gerechtigkeiten gesorgt, für die ihm Leute ihr Leben lang dankbar waren oder auch etwas schuldig. Die richtigen Leute an den richtigen Stellen.

4

Rieb war alles andere als begeistert davon, dass Koller seinen Zeitplan über den Haufen geworfen hatte. Das Verhör mit mir hätte schon längst anfangen sollen. Stattdessen schleppte Koller die Hauptverdächtige zum Tatort und ließ sie Mäuse jagen.

»Na schön«, murrte Rieb, »immerhin hatte ich so die Gelegenheit, mich vor unserem Gespräch ein bisschen an Ihrem Arbeitsplatz im Center umzuhören.«

Erst in dem Moment fiel mir siedend heiß ein, dass ich heute ja Nachmittagsschicht hatte. Carmen würde stinksauer werden, wenn ich schon wieder nicht aufkreuzte. Wenigstens anrufen musste ich sie.

»Ihr Chef weiß schon Bescheid«, sagte Rieb. »Ich war so frei, Sie zu entschuldigen.«

Na toll. Eine Entschuldigung von der Mordkommission. Den Job war ich mit Sicherheit auch wieder los.

Ich beschloss, Rieb meinen Ärger nicht spüren zu lassen.

Es wäre mir ohnehin nicht möglich gewesen, einfach wieder zur Arbeit zu erscheinen, so als wäre nichts passiert. Kein Ricky am Haupteingang, dem ich ausweichen musste, keine Mittagspausen mehr, in denen ich nach einem Versteck suchte, nur um nicht mit ihm reden zu müssen. Keine Ahnung, wie ich damit klarkommen sollte, dass ich ihn die letzten Wochen seines Lebens so geschnitten hatte. Merkwürdigerweise wehte mir genau jetzt ein ganz schwacher Rußgeruch in die Nase und brachte mich dazu, mir die Augen zu reiben und Rieb um ein Taschentuch zu bitten. Bildete ich mir diesen Geruch jetzt schon ein? Nachdem ich mir ausgiebig die Nase geputzt und Rieb währenddessen eine Vitamin-C-Kapsel heruntergespült hatte, rollte er mit seinem Bürostuhl näher an den Tisch heran, schaute mich an und sagte: »Ninja …«

Mir war klar, dass er damit auf Rickys Spitznamen für mich anspielte und mich damit provozieren wollte, also wappnete ich mich mit einer gleichgültigen Miene.

»… ist die männliche Bezeichnung für japanische Spezialkämpfer. Kämpferinnen werden aber nicht Ninja genannt, sondern Kunoichi. Weiß hier kaum jemand und interessiert auch keinen. Ninja geht ja auch wesentlich leichter über die Lippen, nicht?«

Er legte eine Kunstpause ein, um diese Information etwas sacken zu lassen. Wer hatte ihm von dem Spitznamen erzählt? Carmen?

»Ninja oder Kunoichi, ganz egal. Ricky hat es generell nicht so genau genommen, stimmt's?« Rieb legte ein Foto aus der Mappe vor mir auf den Tisch. Es zeigte Ricky vor einem nagelneuen Cabrio, flankiert von zwei langbeinigen Schönheiten, aufgenommen auf einer Automesse. Dann las Rieb Namen von Mitarbeiterinnen aus dem Center vor, die ausgesagt hatten, mit Ricky »befreundet« gewesen zu sein. Eine Quelle, die Rieb nicht nennen wollte, behauptete, dass ich an einer Beziehung mit Ricky interessiert gewesen wäre, von ihm jedoch fallengelassen wurde, was wochenlang an mir genagt hätte. Das kam eindeutig von Carmen. Sie hatte nie verstanden, warum ich mich vor Ricky in die Küche verzog und lieber Pancaketeig für den ganzen Tag anrührte, als mit ihm zu reden. Stattdessen redete sie mit ihm, schäkerte und schenkte ihm kostenlos Kaffee nach. Und jetzt erzählte sie der Polizei, dass ich sauer auf ihn war.

»Wie fühlt sich das eigentlich an, so eine Konkurrenz zu haben?«, wollte Rieb wissen und zeigte mir noch mehr Fotos mit Ricky neben unbekannten Schönheiten. Während ich diese Bilder anschaute, spürte ich Riebs Blicke auf meinem Gesicht. Offenbar erwartete er einen entlarvenden Gesichtsausdruck, Minderwertigkeitsgefühle, Wut, Eifersucht. Aber davon konnte ich ihm nichts bieten. Diese Fotos zeigten Ricky, wie er war – frech grinsend, lebendig. So sollte er mir in Erinnerung bleiben.

»Können Sie mir davon einen Abzug machen?«, fragte ich und hätte Riebs verdattertes Gesicht gern fotografiert, aber ich hatte ja mein Handy nicht, und außerdem schaute der Beinsalbenmann zur Tür herein und wollte wissen, wo Rex ist.

»Woher soll ich das wissen?«, blaffte Rieb ihn an, und schon ging die Tür wieder zu. Allein die Erwähnung von Koller verdarb Rieb die Laune.

»Dieser Hund von Koller soll ja ganz toll gewesen sein«, sagte ich spontan boshaft. Ich war eigentlich keine Provokateurin, aber Rieb wollte das Gemeine in mir ja gerne sehen. »Sherlock. Eine richtige Spürnase. Wie fühlt sich das eigentlich an, so eine Konkurrenz zu haben?«

Riebs Gesicht versteinerte, und im gleichen Moment schien die Raumtemperatur ein paar Grad zu sinken.

»Da fällt mir ein«, tat Rieb betont beiläufig und holte zum Gegenschlag aus, »diese Spedition, für die Sie vor anderthalb Jahren gearbeitet haben …«

»Was ist damit?«

»Dachsmeier und Söhne beliefern neben Supermärkten und Kaufhäusern auch Apotheken und eine Chemiefabrik. Könnte auch Zyankali dabei gewesen sein.«

Mir lief es kalt den Rücken hinunter, ich starrte Rieb nur an, wartete darauf, was er als Nächstes sagen würde.

»Wir prüfen das gerade, und wie die Sicherheitsmaßnahmen in solchen Fällen aussahen.«

Was sollte das mit dieser Spedition? Wieso belieferten die ausgerechnet Apotheken und eine Chemiefabrik? Wenn ich Pech hatte, dann stand genau in der Zeit, in der ich da war, ein Fass Zyankali herum, am besten noch ohne Deckel, mit einer Schöpfkelle daneben, die Rieb dann bei mir zu Hause im Besteckkasten finden konnte.

»Ach ja, noch etwas …« Rieb verschwand unter der Tischplatte, kam wieder hoch und stellte einen Schuhkarton ohne Deckel mit Fotos und Postkarten vor mir auf den Tisch. *Meinen* Schuhkarton mit Fotos und Postkarten. Der Deckel war mit dem Bettzeug verbrannt. Wochenlang hatte der Karton in meinem verräucherten Zimmer gestanden, bis er in Riebs Büro gelandet war – daher also der Brandgeruch. War ich froh, dass ich ihn mir nicht eingebildet hatte.

»Der war schon mal voller, stimmt's?«, fragte Rieb mit Blick auf den Karton. Dann holte er eine kitschige Rosenpostkarte hervor, die mit kyrillischer Schrift beschrieben war, adressiert an Janine Buck, meine Mutter.

»Ein russischer Brieffreund. Eine Ahnung, wer das war?«

Ich zuckte die Achseln. Rieb legte die Karte zurück in den Karton und holte Fotos heraus.

»Was meinen Sie? Wie viele Fotos sind bei dem Brand in Ihrem Zimmer vernichtet worden?«

Ich blieb weiterhin still, wartete nur ab. Rieb breitete ein paar der Fotos aus. Ich und meine Oma, ich und die Nachbarskinder, Grizzly mit Kletten im Fell. »Sieht nach einer glücklichen Kindheit aus.«

Er holte einen leeren Briefumschlag heraus, ebenfalls an meine Mutter adressiert. »Ich nehme an, da waren auch Fotos drin?« Rieb besah den Absender und den Poststempel genauer. »Von A. Lauterbach, vor dreiundzwanzig Jahren verschickt.« Rieb sah zu mir auf. »In Ihrem Geburtsjahr. Und wer ist A. Lauterbach?«

Ich zuckte die Achseln. »Der Brief war an meine Mutter adressiert, nicht an mich.«

»Zu dumm, dass sie nie zu erreichen ist.« Rieb schob alle Fotos wieder zusammen und legte sie in den Karton zurück. »Tja, jetzt brauchen wir also Informationen zu den Fotos, die verbrannt sind«, sagte er, und weil ich darauf nicht reagierte, fügte er hinzu, »von Ihnen, Frau Buck.«

Dabei zückte er Block und Kugelschreiber und sah mich auffordernd an.

»Informationen«, wiederholte ich.

»Genau.«

Ich überlegte, was für Informationen ich Rieb geben könnte. Zum Beispiel könnte ich behaupten, dass auf den Fotos, die vor sechs Wochen verbrannt waren, alle Opfer aus dem *Oscars* zu sehen waren, das Ehepaar, der alte Mann, Ricky und ich – und zwar nackt, Haschisch rauchend und mit verbundenen Augen. Oder ich könnte behaupten, dass ich und der falsche Kowalczyk darauf zu sehen waren, wie wir den Bund unserer Liebe mit Blut besiegelten. Oder einfach nur ich, wie ich ein Zyankalifass aus der Spedition Dachsmeier und Söhne rollte.

»Keine Ahnung, welche Fotos das waren.«

»Wollen Sie damit sagen, dass Sie keine Angaben über die verbrannten Fotos machen können?«

»Genau.«

Wieder ging die Tür auf, und der Beinsalbenmann schaute erneut herein. »Rex ist nirgendwo. Ist aber wichtig.«

Er hielt zwei Blätter hoch und wedelte damit. Rieb seufzte, benutzte sein Nasenspray und winkte den Kollegen heran. »Na, geben Sie schon her, Heffner.«

»Das ist alles, was wir gefunden haben.«

Rieb nickte, schniefte, griff sich eins der Blätter und besah es sich genauer.

»René Horn. Schon mal von ihm gehört?«, fragte er mich.

Ich zuckte die Achseln. »Wer soll das sein?«

»Ein Mann, der drei Jahre im Jugendknast gesessen hat, wegen Diebstahls und Sachbeschädigung.«

Rieb hielt mir das Blatt hin, das Heffner ihm gegeben hatte.

Es war ein Computerausdruck, auf dem links oben ein Polizeifoto zu sehen war, das Kowalczyk zeigte, mit hellbraunen Haaren, aber gewohnt rotgesichtig. Daneben standen Angaben zu seiner Person: René Horn, geboren in Meißen.

Heffner wedelte indes ungeduldig mit dem anderen Blatt vor Riebs Gesicht herum. »Und das hier ist das Fax aus Warschau. Kaminskis Mutter ist sehr besorgt, weil sie schon ein halbes Jahr nichts mehr von ihrem Sohn gehört hat. Sie kommt in einer Stunde am Bahnhof an.«

»Kowalczyk«, verbesserte Rieb und griff nach dem Fax. »Benutzen die da noch Faxgeräte?«

»Komisch, dass keiner sich den Namen merken kann«, sagte Heffner, »ist doch eigentlich ganz einfach: Kowalski.«

»Kowalczyk, Herrgott noch mal!« Rieb schickte Heffner los zum Bahnhof und mich in einen abschließbaren Wartebereich am Ende des Ganges.

Und da saß ich dann. Auf einem der abgewetzten Stühle zwischen einem Mülleimer, der süßlich nach Abfällen roch, und einem nagelneuen Wasserspender, der Plastikgeruch verströmte, hinter Glaswänden und unter polizeilicher Aufsicht. Aus dem Büro nebenan warfen zwei Polizistinnen abwechselnd Blicke zu mir herüber.

Ich drückte mir mal wieder einen Ärmel an die Nase, atmete flach und dachte über Oleg Kowalczyk nach. Wenn er rothaarig war, dann könnte das die Erklärung für René Horns gefärbtes Haar sein. Er hatte wie der echte Kowalczyk aussehen wollen, sich sogar ein Wörterbuch gekauft. Warum hätte Horn das auf sich nehmen sollen, wenn niemand wusste, wie Kowalczyk aussah und sprach?

Seit einem halben Jahr hatte Kowalczyks Mutter nichts mehr von ihrem Sohn gehört. Hieß das, dass er tot war? Dass dieser Horn etwas mit seinem Verschwinden zu tun hatte, ihn womöglich aus dem Weg geräumt hatte, um seine Identität zu übernehmen? Name, Haarfarbe, Job, Wohnung, Lebenslauf? René Horn war nicht nur ein Lügner, er war auch ein verurteilter Dieb. Das war also das Geheimnis, das er die ganze Zeit mit sich herumgetragen hatte. Aber warum hätte er den echten Kowalczyk umbringen sollen? Weil er dessen Stelle als Küchenhilfe wollte? Nicht unbedingt ein Job, für den man morden würde.

Und selbst wenn Horn den armen Kowalczyk umgebracht hatte, was hatte das Ganze mit den Restaurantmorden zu tun?

Und was bedeutete das alles für mich?

Ich war gerade so richtig schön in meine Grübelei versunken, als René Horn auf einmal leibhaftig auf dem Gang auftauchte. Rotgesichtig und grimmig wie bei unserer ersten Begegnung. Ich versuchte mir meinen Schrecken nicht anmerken zu lassen, doch aus irgendeinem Grund blieb Horn direkt vor meinem gläsernen Käfig stehen und stierte zu mir herein. Es gelang mir kaum, seinem Blick standzuhalten, es fühlte sich so an, als könnte er alles, was ich über ihn gedacht hatte, von meinem Gesicht ablesen. Und es schien, als antwortete er mit einem Kopfschütteln darauf. Erst unmerklich, dann immer deutlicher. *Alles nicht wahr.*

Hinter ihm tauchte ein Polizist auf, der ihm auf die Schulter tippte und zum Kaffeeautomaten neben dem Fahrstuhl zeigte. Horn wandte sich von mir ab und ging mit zum Automaten, wo sich beide Männer einen Kaffee zogen. Ich ließ sie nicht aus den Augen, wartete darauf, dass Horn noch einmal zu mir schaute. Doch er verschwand Kaffee trinkend in Kollers und Riebs Büro.

Ich spürte ein leichtes Kratzen im Hals und hoffte, dass es nur dem Durst geschuldet war und Rieb mich mit seiner Erkältung nicht angesteckt hatte.

Ein paar Minuten später kam Koller den Gang entlang, und das Rieb-artige Krankheitsgefühl verschwand augenblicklich. Ich winkte Koller zu mir, und kaum hatte er die Tür aufgeschlossen, überfiel ich ihn schon mit meiner Frage.

»Haben Sie Lavalle nach dem Bewerbungsgespräch gefragt?«

Koller humpelte zum Wasserbehälter, zog sich einen Becher und hielt ihn unter den Wasserhahn.

»Trinken Sie das nicht, das riecht giftig«, warnte ich ihn.

Koller zögerte kurz, dann kippte er den Becher über der Zimmerpflanze aus, die auf dem Fensterbrett stand.

»Wieso Lavalle?«

»Weil er die neuen Mitarbeiter einstellt.«

»Worum geht's genau?«

»Um das Einstellungsgespräch mit Kowalczyk, vielleicht war es ja der echte, mit dem Lavalle damals geredet hat. Wieso sonst hätte Horn sich die Mühe machen müssen, ihm ähnlich zu sehen und sich auch beim Sprechen nicht zu verraten?«

Koller knautschte den Becher zusammen und warf ihn in den Papierkorb, dann setzte er sich, wobei er das rechte Bein ausgestreckt ließ, und sah mich an.

»Ja, so war es.«

»Wirklich? Sie haben schon mit ihm gesprochen?«

»Ja. Kalbowsky kam zum Einstellungsgespräch und arbeitete zwei Tage dort, aber schon am dritten Arbeitstag erschien Ivan Drago. Ich meine natürlich Horn. Finden Sie nicht, dass er so guckt wie dieser russische Boxer aus *Rocky IV*?«

»Keine Ahnung. Die *Rocky*-Filme hab ich nie gesehen.«

»Wirklich nicht?«

»Nein. Wieso ist denn keinem aufgefallen, dass Horn statt Kowalczyk auftauchte?«

»Weil seine Kochkünste sich als phänomenal herausstellten. Jeder scheint sich erst ab dem Moment an ihn zu erinnern, als er Koriander nicht mehr mit Petersilie verwechselte. Das Einzige, was als übereinstimmendes Merkmal bestätigt wird, sind seine roten Haare und dass er so gut wie nie gesprochen hat.«

»Und warum hat Horn Kowalczyks Platz eingenommen?«

»Keine Ahnung. Wir wissen nur, dass an Horn alles falsch ist, nicht nur die Haarfarbe. Genau wie Sie gesagt haben, Frau Buck. Sie haben nicht nur eine gute Nase, sondern auch noch eine hervorragende Beobachtungsgabe.«

Ich versuchte mir meine Freude über dieses Lob nicht anmerken zu lassen. Kollers unberechenbares Verhalten hatte mich vorsichtig werden lassen. Auch wenn er sich hin und wieder mentorenhaft und manchmal geradezu väterlich benahm, so konnte ich nicht sicher sein, ob er nicht im nächsten Moment wieder in den Kommissarmodus schaltete und mich mit irgendeiner Unterstellung aus dem Konzept brachte.

Ich sagte also nichts und wartete ab, womit Koller als Nächstes kam.

Es war die Sache mit der Maus, die ich in der Küche gerochen hatte. Kollers Leuten waren – dank meines Hinweises – zwei Nachbarskinder aufgefallen, die mit Blechdosen und einer weißen Maus spielten. Auf die Frage, ob diese Maus ihnen gehörte, bejahten sie erst, gaben dann aber zu, dass sie sie am Tag zuvor im Hinterhof gefunden hätten. Einer der Jungen wollte sogar gesehen haben, wie die Maus in hohem Bogen aus dem Küchenfenster geflogen war. Bei nochmaliger, gezielter Suche waren schließlich unter einem Schrank unterhalb der Durchreiche Mäuseköttel und ein wenig Streu gefunden worden.

»Ebenso im Abfalleimer der rechten Damentoilette«, sagte Koller. »Ihre Fingerabdrücke, Frau Buck, konnten in der linken nachgewiesen werden. In der rechten nicht, dort aber wurde neben den Kleintierspuren natürlich jede Menge DNS von zig Toilettenbesucherinnen gefunden, die wir nur im Falle einer Person eindeutig zuordnen können.«

»Und welcher?«

»Das darf ich Ihnen nicht sagen. Aber ich bin mir sicher, dass Sie da selbst draufkommen.«

Was meinte Koller damit? Außer mir und der großen Unbekannten gab es doch sonst keine Frau in diesem Spiel. Schon gar keine, deren DNA-Spuren ohne Weiteres zugeordnet werden konnten.

Nein, stimmte nicht, eine Frau gab es noch.

»Sie meinen die vom Pärchentisch. Aber wieso? Sie und ihr Mann sahen glücklich aus. Sie haben Händchen gehalten und die ganzen Kerzen ...«

»Gedeckt für eine Henkersmahlzeit.«

»Aber wie kann das sein? Das würde ja bedeuten, sie hätte Selbstmord begangen. Selbstmord plus Mord – das ergibt keinen Sinn.«

»Erweiterter Suizid. Für manche Menschen ergibt das durchaus Sinn.«

»Ja, davon hab ich schon gehört – das sind Leute, die über Trennungen nicht hinwegkommen und dann ihre Kinder in ihre Rachefantasien mit reinziehen. Aber die Frau hier hat das Essen von sich, ihrem Mann und wildfremden Menschen vergiftet. Das ist ganz was anderes.«

»Selbstmordattentäter reißen manchmal Hunderte von fremden Leuten mit in den Tod.«

»Mit einer Bombe und richtig viel Tamtam. Das ist laut und brutal. Ein politischer Akt.«

»Finden Sie den Zyankalitod nicht brutal?«

»Doch, auf jeden Fall! Aber eben auf eine andere Art.«

»Die da wäre?«

»Na, leiser«, versuchte ich die Sache auf den Punkt zu bringen. »Es stürzen keine Gebäude ein. Unblutiger. Schleichender. Hinterhältiger ... nein, eine Bombe zu zünden ist genauso hinterhältig ...« Ich suchte nach den richtigen Worten. »Privater. Ja. Diese Giftsache ist auf jeden Fall privater.«

Koller nickte. »Und damit gezielter. Es fliegen keine Teile durch die Luft, die weiter entfernt stehende Leute verwunden. Nein. Verwundete sind ausgeschlossen. Diejenigen, denen das Gift verabreicht wird, sterben und fertig.«

Die letzten Worte hallten unangenehm in mir nach. Ich schluckte hart, die Trockenheit in meiner Kehle fühlte sich wieder Rieb-artig an.

»Sie glauben also, derjenige, der das Gift verabreicht hat, wollte nicht nur, dass Leute sterben, er wollte, dass genau *diese* Leute sterben.«

Koller nickte. »Ja, das denke ich. Und deshalb müssen wir so viel wie nur möglich über die Opfer erfahren. Da gibt es ganz bestimmt einen Zusammenhang, ich bin mir absolut sicher. Und damit meine ich nicht nur die, die tot sind.« Koller sah mich eindringlich an. »Denken Sie nach. Vielleicht gibt es irgendwas in Ihrem Leben, was mit all dem hier zu tun hat.«

»Heißt das, dass der Mörder es noch immer auf mich abgesehen hat?«

»Das ist nur eine von vielen Theorien«, sagte Koller. »Sie setzt natürlich voraus, dass Sie nicht die Mörderin sind.«

Ich warf Koller einen ärgerlichen Blick zu.

»Nehmen wir stattdessen an«, fuhr er ungerührt fort, »dass die Ehefrau vom Nachbartisch dahintersteckt. Dann brauchen Sie sich auf jeden Fall keine Sorgen mehr zu machen. Und wenn es Horn war, auch nicht. Zumindest nicht, solange er sich in Gewahrsam befindet.«

Koller stand auf und schüttelte seine Hosenbeine aus. »Ansonsten hilft nur eins: dem Mörder auf die Spur zu kommen. Wenn Ihnen also irgendetwas einfällt, was Sie mit den anderen in Verbindung bringt, oder wenn Sie etwas über Ricky wissen, was Sie uns noch nicht gesagt haben, dann raus damit. Was hatte er für Gewohnheiten? Was wissen Sie über seine Verwandten und Freunde? Hat er mal einen Namen erwähnt oder ein Ereignis, irgendwas, das uns auf eine Spur zu den anderen bringen könnte? Wo hat er die letzten sechs Wochen gewohnt? Alles ist interessant für uns. Ganz besonders seine letzte Adresse.«

Mir schwirrte der Kopf von all den Fragen und möglichen Zusammenhängen. Langsam wurde mir klar, was Koller und seine Leute da eigentlich den ganzen Tag taten. Wie vielen Spuren und Gedanken sie nachgehen mussten, um aus dem Chaos einen Weg zu finden. Und was für eine Leistung es war, das Knäuel aus Wahrscheinlichkeiten und Tatsachen zu entwirren, um am Ende zu der einen unverrückbaren Antwort zu gelangen.

Es war nicht viel, was ich von Ricky wusste, aber ich erinnerte mich an etwas, das er auf der Probefahrt erwähnt hatte. Die laue Nachtluft, der weite Sternenhimmel, die Radiomeldung, dass dies die Stunde für den Meteorstrom der Perseiden war, der mit über hundert Meteoren pro Stunde ein regelrechter Sternschnuppenhagel war. Dem Radiosprecher zufolge waren die Perseiden nach ihrem Ursprungsort am Sternenhimmel benannt worden – dem Sternbild des Perseus.

Begeistert wies der Radiosprecher noch auf weitere astronomische Ereignisse hin – den Supermond an diesem Abend und eine im November anstehende Sonnenfinsternis in Australien. So waren wir auf meine Mutter zu sprechen gekommen, die seit zig Jahren in Australien lebte, und darauf, dass ich außer ihr keinen Verwandten hatte, jedenfalls keinen, den ich kannte. Und Ricky sagte, dass er wüsste, wie es sich anfühlte, auf sich allein gestellt zu sein – er wäre noch ein Kind gewesen, als seine Eltern bei einem Autounfall ums Leben gekommen waren. Ja, das sagte er, kurz nachdem wir aus der Stadt heraus waren und er das Cabrio auf 200 km/h beschleunigte.

»Keine Angst, ich kann besser fahren«, hatte er mir mit einem Seitenblick und einem Grinsen versichert. Im Radio lief das Beste aus den Neunzigern, und Alanis Morissette sang, dass sie sich high fühlte und doch irgendwie geerdet, vernünftig und von Gefühlen überwältigt, verloren und hoffnungsvoll. Ricky drehte den Song lauter, und, die eine Hand in der Hosentasche wie Alanis, trommelten wir mit der anderen den Takt mit.

Später hatte Ricky mich gefragt, ob mir schon mal aufgefallen sei, dass meine Sommersprossen wie Galaxien aussahen, sich auf der Stirn zu Sternenhaufen bündelten und am rechten Mundwinkel das Bild des Orion darstellten mitsamt seinen drei Gürtelsternen. Er wusste sogar ihre Namen: Mintaka, Alnilam und Alnitak.

Als ich Koller erzählte, dass Ricky seine Eltern bei einem Autounfall verloren hatte, fühlte ich mich wie eine Verräterin. Ricky hatte mir das anvertraut, und nun posaunte ich es einfach heraus.

Die Information schien Koller nicht so zu beeindrucken wie mich. »Ein Waisenknabe also«, sagte er, und zwar so, als wäre das kein Puzzlestein aus Rickys Biografie, sondern aus dem Strategieplan seiner Eroberungsmasche. *Ricky, the lonesome Cowboy.* Ich konnte nicht glauben, dass ich – wenn es wirklich nicht stimmen sollte – ausgerechnet auf diesen Klassiker hereingefallen war. Vor Scham schoss mir das Blut in die Wangen.

»Sie glauben ihm das nicht?«

Koller sah mich gutmütig an. »Wissen Sie, bis jetzt hat mir kein Mensch über Ricky irgendetwas Interessantes erzählen können. Seine Kollegen machen sich über ihn lustig oder neiden ihm seinen Erfolg bei den Frauen. Was er in seiner Freizeit sonst noch getrieben hat – keiner weiß es. Beim Chef hat er einen Stein im Brett, weil sein Umsatz stimmt. Was ihm bei seinen Kollegen noch mehr Minuspunkte einbringt, wie man sich denken kann.« Ungeduldig zupfte Koller an seinen Hosenbeinen. »Und was die Damenwelt betrifft, die liefert auch nur ein eindimensionales Bild von ihm: ein Typ wie aus einem Groschenroman. Da ist doch was faul an dem Burschen. Na ja, früher oder später komm ich schon noch dahinter. Zumindest scheint Ricky Schmidt sein richtiger Name zu sein, und das ist ja schon mal was. Auf jeden Fall mehr, als wir von dem Ehepaar haben. Über das ist Ihnen auch nichts Neues eingefallen?«

Von Rieb wusste ich, dass bei ihnen außer Bargeld nur ein Autoschlüssel gefunden worden war.

»Sie hatten keine Jacken bei sich, die haben sie wahrscheinlich im Auto gelassen, da werden ihre Papiere drin sein. Und selbst wenn nicht – sobald wir das Auto finden, wissen wir, wer sie sind.«

Ich war richtig froh, dass die Sprache wieder auf die beiden kam – meine Gefühle gegenüber Ricky waren so verwirrend und widersprüchlich, ich war schon richtig erschöpft von dem ständigen Hin und Her.

»Wieso veröffentlichen Sie nicht ihre Fotos? Irgendjemand erkennt sie bestimmt.«

Koller schüttelte den Kopf. »Das wäre die letzte Option, wenn gar nichts mehr hilft. Mir ist es lieber, wenn die Öffentlichkeit da komplett rausgehalten wird. Bringt nur zusätzliche Komplikationen.« Dann schaute er mich an. »Was wissen Sie eigentlich über Dr. Naumann?«

Rieb hatte auch schon versucht, eine Verbindung zwischen mir und ihm zu finden. Er war der alte Mann, der seinen Wein verschüttet hatte. Ein Hausarzt mit eigener Praxis im Brunnenviertel, südlich vom Gesundbrunnencenter. Vielleicht war ich da schon mal vorbeigelaufen, falls ja, erinnerte ich mich nicht daran. Ich kannte ihn definitiv nicht. Rieb hatte trotzdem meine Krankenkassendaten überprüft.

»Den Mann hab ich an dem Abend zum ersten und letzten Mal gesehen.«

»Komisch eigentlich. Wie es aussieht, hat er öfter im Center eingekauft. Es gibt Quittungen und Augenzeugen. Und einige von Ihren Centerkollegen waren sogar bei ihm in Behandlung«, sagte Koller. »Der Mann hat über dreißig Jahre lang praktiziert. War gefragt und allem Anschein nach allseits beliebt, selber nie krank und kaum je im Urlaub. Wir sehen gerade seine ganzen Patientenakten durch – das sind Tausende … Und ich wette mit Ihnen, dass das Ehepaar da zu finden ist. Wenn wir nur die Namen wüssten …«

Kollers Miene verfinsterte sich, sein riesiger Schnauzbart bewegte sich. Vermutlich biss er sich auf die Unterlippe.

Ich dachte darüber nach, wie all diese Leute miteinander zusammenhängen könnten.

»Vielleicht hat Ricky ihnen ja ein Auto verkauft oder auch diesem Doktor?«, überlegte ich. »Das könnte doch eine Verbindung sein.«

»Wir haben die Listen mit den Probefahrten und den Verkäufen schon überprüft. Dr. Naumann hat er jedenfalls nicht rumgefahren und auch kein Auto verkauft. Dafür aber etlichen Ehepaaren, Hunderten. Wir könnten sie alle anrufen … Das zu überprüfen würde Monate dauern.«

Und wenn die beiden nie ein Auto bei Ricky gekauft hatten, war es außerdem die reinste Zeitverschwendung.

»Mir wäre es lieber, wir könnten ihre Namen auf anderem Weg erfahren und dann erst die Liste durchforsten.«

»Hatten sie reserviert? Wenn es telefonisch war, dann könnten Sie die Nummer nachverfolgen.«

»Hatten sie nicht.«

Mir fiel noch etwas ein: »Diese DNA in der rechten Toilette – könnten Sie die nicht mit den Hautpartikeln auf dem Taschentuch abgleichen? Ich meine, vielleicht …«

Koller nickte.

»Habe ich bereits veranlasst. Aber Sie haben das Taschentuch ziemlich konsequent mit Ihrer DNS gefüllt. Wer weiß, ob das, was von der Vorbesitzerin da drin war, noch für einen Vergleich ausreicht.«

»Sie wollen mich wohl unbedingt hierbehalten, was?«

Ein Lächeln huschte über Kollers Gesicht, jedenfalls über den Teil oberhalb des Barts.

In dem Augenblick öffnete sich die Fahrstuhltür, und Beinsalben-Heffner kam in Begleitung einer kleinen rothaarigen Frau (Kowalczyks Mutter?) heraus. Er winkte Koller über den Gang hinweg zu, der erwiderte den Gruß und deutete auf seine Bürotür.

»Da muss ich jetzt hin«, sagte Koller, »danach hole ich Sie rein.«

Prüfend klopfte er seine Taschen ab, wurde fündig und fummelte einen der mir bereits bekannten Beweismittelbeutel heraus. »Vielleicht können Sie sich ja die Zeit ein wenig damit vertreiben, wir kommen jedenfalls nicht weiter.«

Aus dem Augenwinkel bemerkte ich, wie die beiden Polizistinnen im Büro nebenan von ihrer Schreibarbeit aufsahen und herüberschauten.

»Wieso geben Sie mir das?«, fragte ich. »Das dürfen Sie doch gar nicht, oder?«

»Das stimmt. Aber für mich gibt es Sondergenehmigungen.«

Koller winkte seinen Kolleginnen zu, als er den Gang entlang zu seinem Büro lief.

Ich hielt den Beweismittelbeutel gut sichtbar an die Glasscheibe, die mich von dem Büro trennte, aus dem die beiden herüberstarrten, und schaute sie fragend an. Sie zuckten beide gleichzeitig die Schultern und widmeten sich wieder ihrer Schreibarbeit.

Die Sache mit Kollers Sondergenehmigung schien zu stimmen. Irgendwie fand ich das noch beunruhigender als die Theorie, dass er nur ein störrischer Einzelkämpfer auf verlorenem Posten war.

In dem Beweismittelbeutel war ein Autoschlüssel, bestehend aus einem Griffteil aus schwarzem Plastik ohne Funktechnik und einem metallenen Schließteil, kaum abgegriffen und vollkommen geruchlos. In das Plastik war weder das Logo einer Automarke noch sonst ein Hinweis eingelassen. Sicher der Autoschlüssel des namenlosen Ehepaars. Er war der einzige Anhaltspunkt, den Koller hatte. Ein Anhaltspunkt, der nirgendwohin führte.

Anfangs war ich mir sicher gewesen, dass die beiden am Tisch gesessen hatten, aber inzwischen hätte ich keinen Eid mehr darauf geschworen. Und je mehr ich versuchte, mich daran zu erinnern, desto mehr verschwamm alles miteinander.

Die Tür von Kollers Büro ging auf, und die Frau, die vermutlich Kowalczyks Mutter war, kam heraus, ein Taschentuch vor das Gesicht gepresst. Weinte sie? Heffner begleitete sie den Gang hinunter zum Fahrstuhl. Dann kam Rieb, der Horn nach rechts zu einem anderen Raum brachte. Hinter ihnen trat Koller auf den Gang, sah zu mir herüber und ließ einen seiner gellenden Pfiffe los. Alle zuckten zusammen – Horn, Kowalczyks Mutter, Rieb, Heffner und auch die Polizistinnen im Büro neben meinem Glasgefängnis. Sie rollten genervt mit den Augen, eine von ihnen stand dann aber doch auf, öffnete den Glaskasten und begleitete mich das Stück zu Koller hinüber, gerade so, als wäre ich eine Art David Copperfield, dem fünf Meter Gang genügten, um sich vor den Augen aller Anwesenden in Luft aufzulösen.

Ich setzte mich auf den Stuhl vor Kollers Schreibtisch und wartete ab, was er von mir wollte.

Er sagte nichts, sondern fummelte, von mir abgewandt, an seinem Hosenbein herum. Es hatte sich verdreht, war ein Stück hochgerutscht, sodass es den Blick auf eine Wade aus Kunststoff freigab. Koller humpelte nicht, weil er ein steifes Knie hatte, sondern weil er eine Beinprothese trug. Und ganz offensichtlich hatte er sich noch nicht so richtig damit arrangiert, sonst wären seine Gehbewegungen schon wesentlich geschmeidiger.

Jetzt versuchte er vergeblich, den Hosenstoff glatt zu schütteln, er kam jedoch nicht mit seinen Fingern an den Hosensaum heran. Koller fluchte leise vor sich hin.

»Wie kriegen Sie eigentlich Ihre Schnürsenkel gebunden?«, fragte ich geradeheraus.

Er warf mir einen schlecht gelaunten Blick zu. »Den Schuh zieh ich meinem Fuß an, bevor ich ihn mir umschnalle.«

»Macht Sinn«, sagte ich und fühlte mich durch Kollers ehrliche Antwort dazu ermutigt, weitere Fragen zu stellen. »Auf Sie ist geschossen worden, stimmt's?«

Koller gab es auf, sein Hosenbein gerade zu zupfen, und lehnte sich an die Heizung hinter seinem Drehstuhl. »Das schon, aber erwischt haben die Kugeln mich nicht. Beantwortet das Ihre Frage, oder wollten Sie nicht viel lieber wissen, wie ich mein Bein verloren habe?«

Er sah mich prüfend an, ohne auch nur mit den Bartenden zu zucken. Ich nickte.

»Kann ich verstehen, ich bin auch ziemlich neugierig. Ich würde zum Beispiel gern mehr über Ricky wissen. Aber da sagen Sie nicht viel und vor allem nichts Neues. Oder nehmen wir Ihre Mutter, die ist auch interessant. Wann haben Sie denn das letzte Mal mit ihr telefoniert?«

Das war fies. Selbst wollte er nichts Privates erzählen, aber mich fragte er ungeniert aus. Und warum musste ich das beantworten? Ich kam mir ausgeliefert vor.

»Keine Ahnung. Vor einem halben Jahr vielleicht?«

»Und danach? Haben Sie sie nicht mehr angerufen?«

»Doch. Und das lief ab wie immer: Ich ruf sie an, sie geht nicht ran, ich spreche ihr auf den AB, und sie ruft mich dann ein paar Tage später zurück. Meistens kann ich dann auch grad nicht rangehen, und sie spricht mir auf den AB, oder Fanny richtet mir aus, dass sie angerufen hat. So geht das hin und her, bis man sich einmal erwischt.«

»Sie hat Ihnen also auf den AB gesprochen. Wann war das?«

»Das weiß ich nicht mehr. Vor vier Wochen vielleicht?«

»Ihr AB war leer, wir haben keine Nachricht darauf gefunden.«

»Ich höre sie ab und lösche sie. Oder glauben Sie, ich höre mir ihre Stimme zum Einschlafen an?«

»Wenn es mal klappt mit dem Telefonieren, worüber sprechen Sie dann so?«

Ich hatte keine Ahnung, worauf er mit diesen Fragen hinauswollte. »Was ich so mache, was sie so macht.«

»Und was macht sie so?«

»Sie arbeitet in Dons Restaurant. Sie hat ihn kennengelernt, als sie dort Gast war.«

»Don ist der Freund Ihrer Mutter?«

»Freund oder Mann. Kann sein, dass sie inzwischen geheiratet haben.«

»Sie wissen das nicht?«

»Nein.«

Koller machte eine Pause.

»Interessiert es Sie nicht?«

Ich zuckte die Schultern. »Meine Mutter hat immer gemacht, was sie wollte, und nie jemanden um seine Meinung gefragt.«

Koller nickte und strich sich über den Bart. »Erinnern Sie sich an den leeren Briefumschlag aus Ihrer Fotokiste?«

Er hatte ja schon angekündigt, dass er das Thema nicht ruhen lassen würde. Und es ärgerte mich, dass Koller am falschen Baum schnüffelte und damit wertvolle Zeit verschwendete.

»Was für Fotos waren da drin, und wer hat sie geschickt? Wer ist A. Lauterbach?«

»Der Brief war an meine Mutter adressiert, sie wird es wissen.«

»Und sie würde ich auch gerne fragen, aber leider ist sie nicht zu erreichen.«

»Sprechen Sie ihr doch auf den AB«, schlug ich vor.

Koller verzog das Gesicht, vermutlich zu einem Grinsen. »Beunruhigt Sie das gar nicht?«

»Was?«

»Na, dass Ihre Mutter nicht ans Telefon geht, immer ist nur der AB dran, wochenlang kein Lebenszeichen …«

Darüber hatte ich ehrlich gesagt noch nie nachgedacht. »Das ist nichts Neues. Ich habe keine Ahnung, wo sie ist und was sie macht. Außerdem hat sie mir vor Kurzem eine Karte geschickt.«

Koller wühlte mal wieder in seiner Ablage und zog eine Postkarte heraus, die er vor mich hinlegte.

»Diese hier?«

»Ja, genau die.«

»Abgeschickt vor vierzehn Tagen aus Bozen. Ist Ihnen nicht aufgefallen, dass der Poststempel aus Italien ist?«

Ich griff nach der Karte und sah sie mir noch einmal an. Hinten stand: *We're mad with joy* ☺ *Jeany & Don.* Vorn versank eine glühende Sonne in einem blauen Meer. War mir nicht aufgefallen, dass es ein italienischer Sonnenuntergang und kein australischer war.

»Nein. Auf den Poststempel habe ich nicht geachtet.«

Seltsam. Wieso hatte sie mir nicht Bescheid gesagt, dass sie eine Europareise machte? Ich hätte mir freinehmen und sie besuchen können. Auf den AB hatte sie mir nichts gesprochen, da war ich mir sicher. Der Groll, der jetzt in mir aufstieg, war ein alter Bekannter, dem ich eigentlich nicht mehr begegnen wollte.

Schon lange hatte ich mir vorgenommen, keine Erwartungen mehr an meine Mutter zu stellen, damit sie mich nicht mehr enttäuschen konnte. Das war schwieriger als gedacht.

Wortlos legte ich die Karte zurück auf den Schreibtisch.

Koller starrte mich dabei an, als wollte er meine Gedanken lesen.

»Was bedeutet das – *We're mad with joy*? Worum geht's da?«

Schulterzuckend wagte ich eine These. »Dass sie sich freuen, vielleicht?«

Auf meinen sarkastischen Unterton ging Koller nicht ein. »Aber worüber?«

»Über den Sonnenuntergang wahrscheinlich.« Ich verschränkte die Arme vor der Brust und versuchte meine Gefühle in den Griff zu bekommen. Wer enttäuscht ist, wurde von einer Täuschung befreit. Das war doch was Gutes, oder nicht?

»Okay, worauf wollen Sie hinaus, Koller? Verdächtigen Sie jetzt meine Mutter, eine Giftmörderin zu sein?«

»Warum nicht, immerhin hätte sie zwei Wochen Zeit gehabt, von Bozen hierherzukommen. Kein Ding der Unmöglichkeit.«

»Meinen Sie nicht, ich hätte ihre Stimme erkannt? Sie hat schließlich mit mir gesprochen, ich hab den Klang noch im Ohr. Uns hat nur die Klowand getrennt.«

»Ich weiß nicht. Sonst hören Sie ihre Stimme ja nur durchs Telefon. Das verfremdet. Wann haben Sie sie denn das letzte Mal getroffen, live und in Farbe?«

Ich weigerte mich, diese Theorie in Betracht zu ziehen. Meine Mutter sollte die Unbekannte vom Klo sein? Die Mörderin? Und ich das eigentliche Ziel?

Vollkommener Quatsch. Um jemanden aus dem Weg zu räumen, muss derjenige einem ja überhaupt erst im Weg stehen. Und niemand war weiter voneinander entfernt als wir beide. Das letzte Mal, dass ich sie gesehen hatte, gab es Oma noch – fünf Jahre war das mindestens her.

Das sagte ich Koller, und sogleich wollte er wissen, was für ein Erbe meine Oma hinterlassen hatte. Ob vielleicht darin ein Motiv zu finden war. Die reinste Sackgasse.

»Von Omas Ersparnissen hab ich ihre Beerdigung bezahlt, und dann waren noch dreitausend Euro übrig. Meine Mutter wollte davon nichts. Also hab ich's behalten.«

»Dreitausend Euro«, sagte Koller, »davon ist nicht mehr viel übrig, ich hab Ihre Kontoauszüge gesehen, Frau Buck. Oder ist das Geld irgendwo angelegt, vielleicht unter dem Namen Ihrer Großmutter?«

Wieder einmal irritierte mich Kollers Fähigkeit, sich gleichzeitig wissend und unwissend zu geben und nach der Wahrheit zu fragen, während er Lug und Betrug unterstellte.

»Nein, ich hab davon gelebt.«

»Gab's sonst noch etwas, eine Immobilie vielleicht?«

»Wir haben zur Miete gewohnt. Die Möbel hab ich den Krügers, unseren Nachbarn, mehr oder weniger geschenkt. Der Polo steht auch bei ihnen in der Garage.«

»Wieso das? Sie haben doch einen Führerschein.«

»Brauche ich hier nicht. Ich fahre mit den Öffentlichen.«

»Sie hätten die ganzen Sachen auch verkaufen können.«

»Ich denke, Sie kennen meine Kontoauszüge, Koller. Ich bin nicht gerade geschäftsmäßig unterwegs. Und wenn meine Mutter irgendetwas zurückhaben wollte, dann könnte sie jederzeit bei den Krügers vorbeifahren und es sich holen. Sie muss mich dafür nicht umbringen. Wie kommen Sie überhaupt darauf, dass sie es sein könnte? Nur wegen der Karte aus Bozen?«

»Ist doch schon ein merkwürdiger Zufall, finden Sie nicht? Ausgerechnet in der Zeit, in der auf ihre Tochter ein Mordanschlag verübt wird, weilt sie in Europa …«

»Was ist mit den anderen Opfern, haben die keine Mütter?«

»Jedenfalls keine interessanten. Ihre Mutter bekommt man nicht zu fassen, Buck. Sie ist eine Unbekannte, und davon haben wir schon eine in der Gleichung. Was, wenn es ein und dieselbe wäre? Könnte zumindest eine Erklärung dafür sein, warum die Frau Ihnen das Taschentuch gegeben hat, als Sie es brauchten – reflexhafte mütterliche Fürsorge.«

»Sehen Sie – und da liegt der Irrtum. Das kann überhaupt nicht meine Mutter gewesen sein, sie ist nämlich kein bisschen fürsorglich! Und außerdem – warum hätte sie mich und die anderen Leute überhaupt umbringen sollen? Wieso? Nur weil sie eine schlechte Mutter ist, ist sie noch lange kein schlechter Mensch!«

Diese Feststellung brachte Koller dazu, einen Moment schweigend innezuhalten.

»Sie haben nach dem Motiv gefragt«, sagte er nach einer Weile.

»Da kommt noch eine Variable ins Spiel – A. Lauterbach. Sie wissen doch, wer das ist.«

»Ich kenne den Namen von einem leeren Briefumschlag, der inzwischen dreiundzwanzig Jahre alt ist. Wenn jemand mich umbringen wollte, warum sollte er warten, bis ich in irgendein Restaurant gehe – um mich dann doch nicht zu erwischen? Das ist doch Quatsch!«, rief ich mit unverhohlener Schärfe in der Stimme aus. »Ich will nicht, dass Sie noch länger in meinen Privatsachen rumschnüffeln. Meine Mutter, die verbrannten Fotos – das alles geht Sie überhaupt nichts an! Sie kommen nicht weiter, Koller, Sie stecken fest! Und jetzt verbeißen Sie sich. Ehrlich gesagt, glaube ich nicht, dass Rieb hier der Pitbull ist ...«

Koller trat an den Tisch, stützte sich mit beiden Händen darauf ab und sah mir fest in die Augen. Fehlte nur, dass er die Zähne fletschte und zu knurren anfing.

»Ich versuche hier eine Verbindung zwischen allen Beteiligten zu finden – ich glaube nämlich nicht an Zufälle. Jeder, mit dem Opfer und Täter irgendwann einmal zu tun hatten, könnte das Bindeglied sein. Ich verlange also, dass Sie auf jede Frage, die ich Ihnen stelle, ehrlich antworten. Ganz egal, ob Ihnen das sinnvoll erscheint oder nicht.«

Kollers Schnauzbart zitterte, aber seine Augen blickten mich ganz ruhig an. Er richtete sich wieder auf, stieß sich vom Tisch ab und steckte die Hände in die Taschen.

Er verlangte also. Aha.

»Wer ist A. Lauterbach – Ihr Vater?«

Mit den Händen in den Taschen blieb er stehen und sah mich abwartend an. Trotzig verschränkte ich die Arme vor der Brust und kniff die Lippen zusammen.

Nach einer gefühlten Ewigkeit des Schweigens sagte Koller schließlich: »Ein Haufen Schrott.«

Ich überlegte, was er damit meinen könnte. Kam aber nicht darauf und sah ihn fragend an: »Hä?«

»Was mein Bein zerquetscht hat. Wir waren einem Verdächtigen auf den Fersen und sind ihm über einen Schrottplatz gefolgt. Auf einmal kippt ein Stapel um und begräbt mich, klemmt mein Bein ein. Ich liege da, kann mich nicht rühren. Der Kerl, den wir verfolgt haben, kommt, legt sein Schrotgewehr an und … Jedenfalls hat mein Hund die Kugeln abgefangen.« Kollers Stimme setzte aus, den Rest konnte ich mir denken.

Ich nickte. Fairer Deal. Jetzt war ich dran.

»Das A steht für Astrid. Astrid Lauterbach. Sie war eine Schulfreundin meiner Mutter. Nach dem Abi wollten sie zusammen eine Weltreise machen, sind bis Indien gekommen. Dort haben sie sich dann aber zerstritten und sind jede für sich alleine weiter. Mehr weiß ich nicht über sie.«

»Astrid Lauterbach«, murmelte Koller, »dürfte nicht allzu schwer zu finden sein.«

Mir war es jedenfalls nicht gelungen. Ich hätte sie gern nach den Negativen für die verbrannten Fotos gefragt, hatte deswegen sogar meine ehemaligen Nachbarn angerufen. Herr Krüger verkaufte nicht nur Honig aus eigener Herstellung, er war früher auch Lehrer an der Schule gewesen, an der meine Mutter und Astrid ihr Abitur gemacht hatten. Er kannte alle seine Schüler noch mit Namen und wurde zu Klassentreffen eingeladen. Von ihm hatte ich eine Adressliste bekommen, die ich durchtelefoniert hatte, aber niemand war mit Astrid in Kontakt oder wusste, wohin sie gezogen war.

Koller griff nach dem Telefon und beauftragte die Person am anderen Ende der Leitung mit der Suche, legte auf und sah mich freundlich an, lehnte sich halb an die Heizung, halb ans Fensterbrett.

Vermutlich konnte er so sein Bein besser entlasten. Am Tisch zu sitzen schien ungleich umständlicher zu sein, da er dann seine Prothese ausgestreckt an Papierkörben oder Querstreben vorbeifädeln musste.

»Ich werde Ihnen jetzt was über Horn erzählen. Wir kommen da nicht weiter. Vielleicht fällt Ihnen etwas ein. Sagen Sie einfach, was Sie denken. Ihre Gedankengänge haben mich bis jetzt immer weitergebracht.«

Ich versuchte, mich nicht zu geschmeichelt zu fühlen. Was, wenn das nur eine Methode von Koller war, um mein Vertrauen zu gewinnen? Sie funktionierte erstaunlich gut, auch wenn ich mich dagegen wehrte.

»Fangen wir mit Kamtschatniks Mutter an.«

»Das macht Ihnen Spaß, stimmt's?«

»Was?«

»Kamtschatnik, Krawalczyk, Koslowski ... Sie wissen, dass der Mann Kowalczyk heißt. Oleg Kowalczyk. Wenn Sie sich den Nachnamen nicht merken können, warum nennen Sie ihn nicht einfach beim Vornamen?«

»Na schön. Oleg also«, fuhr Koller fort. »Seine Mutter hat Horn vorher noch nie gesehen. Sie war aber anscheinend mit der Hoffnung hierhergekommen, dass sie von ihm etwas über ihren Sohn erfahren würde. Seit sechs Monaten hat sie von ihm nichts mehr gehört. Sie ging davon aus, dass er mit seiner Band auf Tournee wäre und sich deshalb nicht melden würde. Als dann aber auch die regelmäßigen Überweisungen an sie ausblieben, bekam sie es mit der Angst zu tun.«

»Was ist das für eine Band?«

»Eine Combo aus Berufsmusikern. Sie können alles spielen, egal, was gebucht wird. Vorzugsweise Jazz. Aber die Jungs haben schon seit mehr als einem halben Jahr nichts mehr von Oleg gehört und sich einen neuen Trompeter organisiert. Dass er sich in der Küche eines Restaurants beworben hat, kommt seiner Mutter komisch vor.«

»Und dann arbeitet er dort gar nicht, sondern ein Kerl, der sich für ihn ausgibt, sich die Haare rot gefärbt hat und seine Papiere besitzt. Woher hat er die?«, fragte ich. »Horn muss etwas über Oleg wissen!«

Koller nickte zustimmend.

»Als wir ihr sagten, dass Horn alles andere als gesprächig war, ist die Frau in Tränen ausgebrochen. Sie war richtig verzweifelt – und da ist etwas Merkwürdiges passiert ...«

Koller machte eine Pause und sah mich an.

»Was?«

»Horn hat zugegeben, dass er Oleg kennt und weiß, wo er ist.«

»Wirklich?«

»Ja, er hat geschworen, dass er am Leben ist, und dann hat er Olegs Mutter mithilfe von Riebs Russischkenntnissen darum gebeten, sich noch bis zum 24. September zu gedulden. Dann würde sie mehr erfahren.«

»Bis zum 24. September? Was meint er damit?«

»Ich hatte gehofft, dass Ihnen das Datum vielleicht etwas sagt.«

»Mir? Wieso?«

Koller zuckte die Achseln. »Keine Idee?«

»Vielleicht irgendein polnischer Feiertag? Was Religiöses?«

»Horn macht nicht gerade einen bibelfesten Eindruck. Aber egal, worum es da gehen mag – an Mitgefühl mangelt es dem Burschen nicht.«

»Oder an Schuldgefühlen.«

»Die Fahndung nach ihm läuft jedenfalls.«

»Hört sich so an, als wüsste Horn, wo er ist. Können Sie es nicht irgendwie aus ihm herausquetschen?«

Koller sah mich amüsiert an. »Anscheinend haben Sie wirklich zu viele amerikanische Krimiserien gesehen. Nein, nein. Wenn er nicht redet, dann müssen wir ermitteln, dafür sind wir ja da. Spätestens am 24. September erfahren wir es, so oder so.«

»Aber was ist, wenn Oleg irgendwo gefangen gehalten wird und jetzt, da Horn sich nicht mehr um ihn kümmern kann, verhungern muss? Noch zwei Tage bis zum 24. Wie lange kann man ohne Wasser leben?« Ich erstarrte, als mir der nächste Gedanke kam. »Oder was ist, wenn der 21. September nur eine Übung war und am 24. etwas viel Größeres geplant ist?«

»Was zum Beispiel?«

»Terror! Ein Giftanschlag im großen Stil, Trinkwasservergiftung, deutschlandweit! Und Kowalczyk ist der Boss, Horn nur der Zuarbeiter.«

»Warum?«

»Keine Ahnung. Aus politischen Gründen.«

»Polen strikes back?«

Ich zuckte die Schultern. »Eigentlich wissen Sie über Horn und Kowalczyk überhaupt nichts. Am 24. September könnte eine Bombe hochgehen. Was macht Sie so sicher, dass das nicht passieren wird?«

Koller tippte sich an die Nase. »Glauben Sie bloß nicht, dass Sie die Einzige sind, die einen guten Riecher hat.«

Dann klopfte er sich tatkräftig auf die Oberschenkel und sagte: »Überlassen Sie den 24. September mir. Wichtig für Sie ist Horns entlastende Aussage. Ihre Unbekannte hat er leider nicht gesehen. Dafür aber Ihre Maus. Und zwar kurz nachdem er die drei Teller Zwiebelsuppe und die Eisbombe auf der Durchreiche abgestellt hatte. Nach dem ersten Schreck hat er sie mit einem Sieb fangen können, vor Ihnen hinter dem Rücken versteckt und anschließend in hohem Bogen in den Hof geworfen. Sie haben mal wieder richtig gelegen mit Ihrer Nase.«

»Hm ... es war die Maus, die er hinter seinem Rücken versteckt hatte?«

»Ja. Er wollte nicht, dass jemand sie in der Küche sieht, schon gar kein Gast – der Ruf des Restaurants.«

»Warum hätte er sich Sorgen darum machen sollen, wenn er vorhatte, das Essen zu vergiften?«

Eine Weile saßen wir schweigend da, nachgrübelnd, wie das alles zu deuten war. Wenn es stimmte, was Horn sagte, dann konnte er es nicht gewesen sein. In dem Fall blieb nur noch die Unbekannte. Und die war jetzt Kollers Problem.

»Ich bin jetzt raus aus dem Spiel, oder? Kann ich gehen?«

Koller schüttelte den Kopf. »Die Sache mit dem Taschentuch ... diese Zyankalirückstände darauf – ungut. Aber ich kann Sie nicht länger hier festhalten, ohne Sie einem Haftrichter vorzuführen.«

»Na dann – nichts wie hin.«

»Wollen Sie es riskieren, verhaftet zu werden?«

»Nein, ich will hier raus.«

»Darum brauche ich noch etwas, bevor ich Sie gehen lassen kann. Etwas, das jeden Verdacht von Ihnen nimmt.«

Erwartungsvoll sah er mich an, und das machte mich ärgerlich. Er war doch derjenige, der zu liefern hatte.

»Wieso reicht Horns Aussage nicht?«

»Sie hätten zurückkommen können«, sagte Koller. »Als Horn die Maus aus dem Fenster warf, hätten Sie zurück zur Durchreiche kommen können, und er hätte es nicht bemerkt.«

»Aber ich ...«, setzte ich zum Protest an, doch Koller hob die Hand und fragte: »Irgendwelche Hinweise, was den Autoschlüssel betrifft?«

Ich griff nach der Tüte und hielt sie Koller hin. »Nichts.«

Brummend nahm er sie entgegen. »Wäre auch zu einfach gewesen.«

»Was hoffen Sie denn in dem Auto zu finden? Zyankali?«

»Das, ein Autokennzeichen und ihre Jacken oder Taschen mitsamt den Papieren, Führerschein und so weiter.«

»Was ist mit ihren Eheringen«, fragte ich, »keine Gravur darin?«

»Das Unendlichkeitszeichen. Ein Tag und ein Monat. Keine Namen.«

»Kein Logo von einem Juwelier oder so?«

»Nichts, was uns irgendwohin führen könnte.«

»Was ist das für ein Tag?«

»Na, der Hochzeitstag nehme ich doch an.«

»Ja, aber welcher Tag genau?«

»Ach so ... der 21. September. An dem Abend im Restaurant haben sie ihren zehnten Hochzeitstag gefeiert.«

»Seltsam, dass sie dafür nicht reserviert hatten.«

Ich deutete auf die Tüte in seiner Hand, er hielt sie mir hin. Ich holte den Schlüssel heraus und roch noch einmal daran. Sicher war sicher. Doch auch dieses Mal gab es nichts, was ich auch nur im Entferntesten wahrnahm, keine Erinnerung an etwas, das mir bekannt vorkam.

Rieb kam herein, sah, wie ich am Autoschlüssel schnupperte, und warf Koller einen bösen Blick zu.

Der ging darüber hinweg und fragte Rieb nach den Laborbefunden von Horn. »Gab es Mäusespuren?«

»Sie wollen, dass ich das hier ausbreite, ja? In Anwesenheit einer Zeugin und Verdächtigen?«

Rieb sah Koller herausfordernd an. Koller erwiderte seinen Blick. Keiner von beiden blinzelte.

»Klarer Fall für die Dienstaufsichtsbehörde«, resümierte Rieb und warf Koller die Laborblätter auf den Tisch. »Ich werde das alles dokumentieren, verlassen Sie sich drauf.«

»Tun Sie das«, erwiderte Koller.

Ich ließ mich ein Stück tiefer in den Stuhl sinken. Hier zu sitzen fühlte sich an, als befände ich mich in einem Schützengraben zwischen den Fronten.

»Seien Sie nur nicht so selbstgerecht, Koller. Der Chef geht in Rente. Und Ihre Aufklärungsquote von hundert Prozent ist längst Geschichte. Ihr Schutzschild bröckelt, seit Sie in diese Abteilung gewechselt sind!«

»Das sollte Ihnen zu denken geben, Rieb.«

»Was wollen Sie damit sagen?« Aufgebracht warf Rieb seine Schalenden nach hinten und drückte die Schultern durch, bis sie knackten. »Ich hoffe inständig, dass Sie nicht vorhaben, diese Mäusegeschichte bei der Pressekonferenz zu erwähnen.« Riebs Stimme nahm einen bedrohlichen Unterton an. »Damit würden Sie nicht nur sich selbst lächerlich machen, sondern unsere ganze Abteilung! Klamotten, die nach Mäuseköttel stinken ... Absolut unnütze Information!«

Ich wünschte, ich hätte diesen verdammten Nager nie erwähnt.

Und Rieb war noch lange nicht fertig: »Sie lassen sich von einer Zeugin beeinflussen, haben wertvolle Zeit damit verschwendet, die Mäusegeschichte zu überprüfen. Haben extra Leute dafür abkommandiert. Vom Labor ganz zu schweigen. Ich frage mich ernsthaft – wozu?«

Koller löste sich vom Fensterrahmen und trat an seinen Tisch heran, genau auf die Seite, auf der sich ein Aktenstapel türmte. »Fragen Sie sich lieber, wer ein Interesse daran haben könnte, eine Maus in der Küche auszusetzen. Zu welchem Zweck?«

Während er das sagte, ließ er seine Hand über dem Aktenturm kreisen, was Rieb kopfschüttelnd beobachtete.

»Sie sind ja verrückt!« Endlich zog er seinen Drehstuhl zu sich heran und ließ sich daraufplumpsen, schniefte und kramte nach einem Taschentuch. Woraufhin er wie bestellt einmal kräftig hineinnieste. Sein Kampfgeist war verpufft.

»Vielleicht sollte die Mäuseaktion Ärger beim Gesundheitsamt provozieren«, meldete ich mich zu Wort.

»Oder Chaos stiften«, sagte Koller und ließ seine Hand auf den Aktenstapel niedersausen, sodass er bedenklich schwankte. »Die Maus wird in der Küche ausgesetzt ...« Mit einem Stups brachte er den Stapel vollends aus dem Gleichgewicht – er kippte um. »... rennt wild herum, wird von Horn gesehen, gejagt ...«, fantasierte Koller unbeirrt weiter, während Ordner und Hefter herunterfielen und lose Blätter zu Boden segelten.

»Ich sag ja – verrückt!«, posaunte Rieb und bückte sich nach einem Ordner, der in seinen Radius gerutscht war.

»… während das Essen in der Durchreiche unbemerkt vergiftet wird.« Koller drehte sich zu mir hin. »Das dauert keine zwei Sekunden, Buck. Die Giftmischerin geht weiter, Horn fängt die Maus …«

»… und als er hört, dass jemand von den Toiletten den Gang entlangkommt, versteckt er sie hinter seinem Rücken«, führte ich seine Überlegungen zu Ende.

Mit einem Schnaufen knallte Rieb den aufgesammelten Ordner auf den Tisch und warf Koller einen verärgerten Blick zu. »Musste das sein?«

Koller erwiderte nichts darauf, sondern humpelte, ohne noch ein Wort zu sagen, aus dem Büro.

Rieb rief ihm hinterher: »In einer Stunde ist die Pressekonferenz, vergessen Sie das ni…« Die Tür knallte zu und übertönte Riebs letztes Wort.

»Umso besser, wenn er's vergisst«, erklärte Rieb nun in Zimmerlautstärke. »Dann werde ich die Konferenz abhalten. Und ich werde der Presse einen Hauptverdächtigen präsentieren.« Er sah mich freundlich an. »Oder besser gesagt: *die* Hauptverdächtige.«

Dann warf er sich eine Ladung Hustenpastillen ein und versuchte, wild mit den Bonbons an den Zähnen klappernd, Ordnung in seine Unterlagen zu bringen.

»Was wird jetzt eigentlich aus Ricky?«, fragte ich. »Wann wird er … ich meine … wann kann er … wann ist die …«

Es war mir nicht möglich, das Wort *Beerdigung* in einem Satz mit Ricky zu verwenden. Ricky und *Beerdigung* schlossen sich aus. In meiner Vorstellung war er ebenso nervig wie unsterblich.

»Erst wenn die Ermittlungen abgeschlossen sind.«

»Wo ist er jetzt? Ich meine, wird er …«

Obduziert war noch so ein Wort, das mir im Zusammenhang mit Ricky nicht über die Lippen kommen wollte. Aber auch wenn ich es nicht aussprach, hatte ich sofort ein Bild von ihm vor Augen, das mir kalte Schauer des Grauens den Rücken hinunterjagte. Wie er auf einer Metallpritsche lag, mit einer zusammengeflickten Wunde in Form eines Y auf seiner Brust. Genauso wie ich es aus Fannys Krimiserien kannte.

So ein Ende hatte Ricky nicht verdient.

»Sind Sie eigentlich mit der Suche nach Rickys Adresse weitergekommen? Bei mir haben Sie ja keine DNA von ihm gefunden, stimmt's?«

»Sehe ich aus wie Koller?«, fuhr Rieb mich an. »Informationen an Zeugen und Verdächtige herausgeben, eigene Regeln aufstellen – das sind nicht meine Methoden. Im Übrigen bereite ich gerade die Unterlagen für die Pressekonferenz vor und versuche mich zu konzentrieren. Ich würde Sie ja gern in Ihre Zelle zurückschicken, aber das geht leider nicht, solange noch kein Haftbefehl vorliegt. Nicht, dass ich den Antrag nicht bereits vorbereitet hätte – er liegt da ausgefüllt auf Kollers Tisch, muss nur noch unterschrieben werden. Wir müssen also warten, bis der Herr Hauptkommissar zurückkommt. Wenn Sie sich also noch ein paar Minuten gedulden würden.« Er widmete sich demonstrativ seinen Unterlagen, schaute dann aber noch einmal auf. »Außerdem heißt es DNS und nicht DNA. Wir sind hier nicht in Amerika.«

Ich betrachtete Riebs fahles Gesicht, seine ärgerlich zusammengepressten Lippen, die wund geschnaubte Nase, seine dicken Augenringe, die von zu vielen unbezahlten Überstunden und zu wenig Schlaf zeugten, die Falten, die sich mehrspurig in die Stirn gegraben hatten, das dünne, sich lichtende Haar. Riebs Gesicht war ein offenes Buch, das nichts als die traurige Geschichte vom ewigen Zweiten erzählte.

Was ihm allerdings nicht das Recht gab, seinen Unmut an mir auszulassen. Es war an der Zeit für Gegenwehr. »Sie nehmen das, was man sagt, sehr genau, passen auf, dass alles immer seine Richtigkeit hat, stimmt's?«, fing ich an. »Find ich ja gut, ganz ehrlich, ich möchte nicht aufgrund eines Bauchgefühls verhaftet werden oder nur, weil jemandem meine Nase nicht passt. Andererseits scheinen Sie ja doch nicht immer richtigzuliegen. Ich meine, Sie haben es ja vorhin selbst gesagt: keine hundertprozentige Aufklärungsquote in Ihrer Abteilung – wie verträgt sich das denn mit Ihrem Hang zum Perfektionismus?«

Rieb ließ von seinen Unterlagen ab und sah mich an, als hätte ich ein Lied in einer fremdländischen Sprache gesungen. Irgendwie lief jedes Gespräch mit Rieb aus dem Ruder, lag vielleicht an seiner destruktiven Aura, die den ganzen Raum vergiftete.

Um vom Thema abzulenken, fragte ich etwas Banales: »Sie sind nicht so der süße Typ, oder? Essen lieber salzig?«

Riebs Gesichtsausdruck veränderte sich nicht, es wurde nur röter. Ich deutete auf seine Augen.

»Meine Oma sagte immer, wenn die Tränensäcke dick sind, dann läuft die Lymphe nicht richtig ab. Könnte daran liegen, dass Sie zu viel Salz essen. Bei schwangeren Frauen gibt es überall Stellen, wo sich Wasser ansammelt und nicht gescheit abfließt.«

Riebs Gesicht hatte sich inzwischen dunkelrot gefärbt, mit einem Stich ins Blaue. Kein gutes Zeichen. Diese Farbe hatte ich bisher nur bei Neugeborenen gesehen, denen meine Oma mit der Saugglocke auf die Welt geholfen hatte.

»Natürlich sind Sie keine schwangere Frau«, lenkte ich ein. »Meine Oma kannte sich mit Lymphdrüsen aus. Das wollte ich damit eigentlich nur sagen.«

Aus der Nummer kam ich nicht mehr raus.

»Ihre Oma, die Hebamme, ja?«, presste Rieb mit gehässigem Unterton hervor. »Die hätte ihre Tochter mal besser aufklären sollen.«

Oje, ich würde kein Wort mehr sagen, um ihn nicht noch mehr zu reizen. Doch zu spät, Rieb legte los: »Wie alt war Ihre Mutter eigentlich, als sie das erste Mal schwanger wurde – sechzehn, siebzehn?«

Davon hatte ich noch nie etwas gehört. Meine Mutter sollte vor mir schon ein Kind bekommen haben? Vermutlich hatte Rieb sich das nur ausgedacht. Das war die Revanche für meinen Übergriff in seine Privatsphäre. Ich konnte nicht fassen, dass er so weit ging, nur um seine Ehre und die Würde seiner Tränensäcke zu verteidigen. Er holte sein Nasenspray raus, registrierte, dass es leer war, und warf es in hohem Bogen in Richtung eines winzigen Papierkorbs auf der anderen Seite des Raumes. Erstaunlicherweise traf er ihn tatsächlich.

»Das Kind hat sie nicht bekommen, Ihre Oma kannte sich ja zum Glück mit dieser Art von Problemlösung aus, nicht? Und von wem war Ihre Mutter damals schwanger, Frau Buck, oder auch vier Jahre später mit Ihnen, na?«, ätzte er weiter. »Weiß keiner. Vermutlich nicht einmal sie selbst.«

Damit hatte Rieb mir einen Schlag verpasst, von dem ich mich so schnell nicht erholen würde. Ob das, was er sagte, nun stimmte oder nicht. Ich spürte, wie alles in mir zitterte, wie mein ganzer Körper um Fassung rang. In dem Moment ging die Tür auf, und Koller kam herein.

»Bingo!«, sagte er und schüttete Rieb einen ganzen Batzen Papiere auf den Tisch. »Durchlesen, einscannen und an die Kollegen weiterleiten.«

Dann schob er mich mitsamt meinem Stuhl aus Riebs Wirkungskreis hinaus zu seinem Schreibtisch hinüber, lehnte sich an die Tischkante und wollte irgendetwas von mir wissen. Ich war noch damit beschäftigt, die Nachwirkung von Riebs Worten zu verarbeiten, und nahm alles um mich herum nur verzögert wahr. Hatte meine Oma wirklich Abtreibungen vorgenommen? Auszuschließen war das nicht. Ich erinnerte mich an viele ernste Gesprächstöne am Telefon oder in unserer Küche, hatte aber nie genau hingehört. Und selbst wenn meine Oma in der Richtung aktiv gewesen wäre, dann doch bestimmt nicht ohne triftigen Grund. Sie war eine Frau, die ihren Beruf liebte, die ihren Frauen half, wo sie nur konnte, die Tag und Nacht auf Abruf gewesen war, nie auch nur eine Minute gezögert hatte, wenn nach ihr gerufen worden war.

Kollers Bart wackelte, vermutlich bewegte er seine Lippen, aber ich verstand einfach nicht, was er sagte. Erst als Rieb mir aus nächster Nähe ins Gesicht quatschte und dabei seinen Salbeiatem entgegenblies, tauchte ich aus meiner Schockstarre wieder auf.

»Was?«

»Ob Sie die kennen?«

»Wen?«

»Jasmin und Rupert Dahlmann.«

»Wer soll das sein?«

»Wir haben das Auto gefunden. Von dem Ehepaar. Und darin waren die Jacken der beiden mitsamt Führerschein und noch was Interessantem!« Koller erzählte das halb an mich, halb an Rieb gewandt, und ich hatte das Gefühl, dass das, worum es hier ging, von großer Bedeutung war. Für Koller, für den Fall, aber vor allem auch für mich. Ich zwang mich zu größtmöglicher Konzentration, als Koller sich zu mir wandte, mich mit beschwörendem Blick anschaute und fragte: »Sind Sie sicher, dass Frau Dahlmann noch bei ihrem Mann am Tisch saß, als Sie auf die Toilette gegangen sind, Frau Buck?«

Sicher nicht. Mir war zwar so, aber vielleicht war ich nur davon ausgegangen, dass sie noch da saß, weil ich sie nicht bewusst hatte weggehen sehen. Ich wusste nur, dass die rechte Toilettenkabine abgeschlossen gewesen war, als ich hereinkam. Weswegen ich die linke gewählt hatte.

»Mir war schlecht, ich hab nicht drauf geachtet. Ich weiß nicht, ob die Frau mit am Tisch saß oder nur der Mann.«

»Mit anderen Worten: Es kann sein, dass Frau Dahlmann vor

Ihnen auf die Toilette gegangen ist, ohne dass Sie es bemerkt haben?«

»Ja«, gab ich zu.

»Dann kann es auch sein, dass sie es war, die die rechte Toilettenkabine benutzte?«

Koller griff in seine Jackentasche und holte einen Beweismittelbeutel mit einem Taschentuch heraus, ähnlich kariert wie das, das mir die große Unbekannte unter der Kabinenwand durchgereicht hatte. Er hielt das Taschentuch so, dass auch Rieb es sehen konnte.

»Wo gefunden?«, fragte der.

»In der Reisetasche von Herrn Dahlmann«, sagte Koller. »Da gibt es noch mehr davon, alles karierte Herrentaschentücher aus Stoff.«

»Das Muster stimmt nicht ganz überein«, meinte Rieb.

»Das mit den Giftrückständen ist braun-rot-weiß mit dünnen blauen Strichen dazwischen, und das hier ist hellblau-dunkelblau-weiß kariert mit kleineren Karos.«

»Außerdem ist ein R draufgestickt, für Rupert, was bei dem anderen Taschentuch fehlt. Trotzdem ein interessanter Fund. Wer benutzt heutzutage noch Stofftaschentücher?«

Rieb zog ein vollgeschnaubtes Stofftaschentuch aus seiner Hosentasche und hielt es hoch.

»Wie konnte ich das nur vergessen«, seufzte Koller. »Aber zum Glück sind diese Taschentücher nicht das Einzige, was Rupert in seiner Reisetasche hatte. Da war die Kündigungsbestätigung für ihre Wohnung und ein Buch, in dem die beiden ihre Haushaltsauflösung dokumentiert haben. Von den Möbeln bis zum Familienschmuck – die beiden haben ihr gesamtes Hab und Gut verkauft.«

»War das Geld vom Verkauf auch im Auto?«, fragte Rieb.

»Nein. Wurde bis jetzt noch nicht gefunden. Oder sie haben es ausgegeben. Wir finden noch raus, wofür.«

»Keine Konten?«

Koller schüttelte den Kopf. »Alles gekündigt. Ich habe Garfield und Vanillekipferl drangesetzt.«

»Heffner und Tatlimuhallebici«, warf Rieb korrigierend ein.

»Sieht so aus, als hätten die Dahlmanns alle Brücken hinter sich abgebrochen«, fuhr Koller ungerührt fort.

»Warum?«, fragte ich. »Wollten sie auswandern?«

»Wen interessiert das? Solange in dem Auto kein Zyankali gefunden wird, ist das doch irrelevant!«, sagte Rieb.

»Nicht unbedingt«, hielt Koller dagegen. »Die Menge Zyankali, die in eine Hartkapsel passt, hätte schon ausgereicht. Diese Sorte Kapseln sind wasserlöslich, sie hätte sich auch in der Suppe aufgelöst. Eine Kapsel, die in ein Taschentuch eingewickelt ist. Mehr nicht. Und zwar in das Taschentuch, das Frau Dahlmann unter der Kabinenwand an Frau Buck weitergereicht hat. Da muss es keine weiteren Spuren geben.«

»Die Dahlmanns waren Opfer des Anschlags«, sagte Rieb. »Wollen Sie wirklich die Opfer zu Tätern machen?«

Ich warf Rieb einen kritischen Blick zu. Bei den Dahlmanns lehnte er eine Vorverurteilung ab, aber mich konnte er gar nicht schnell genug an den Haftrichter abschieben.

»Das wäre voreilig, Sie haben recht«, sagte Koller. »Warten wir ab, was die Spurensicherung meint.«

»Wir können nicht mehr warten – in einer Viertelstunde geht die Pressekonferenz los«, drängte Rieb. »Was sollen wir da präsentieren? Eine bereits festgenommene Tatverdächtige, die nachweislich kurz vor dem Mord an dem Essen vorbeigekommen ist *und* die ein zyanidverseuchtes Taschentuch bei sich trug – oder ein verstorbenes Ehepaar mit gepackten Reisetaschen und einem Faible für karierte Taschentücher? Koller, es wird Zeit für einen Haftbefehl für Frau Buck, länger können wir sie sonst nicht festhalten. Schauen Sie sich doch die Faktenlage an.«

Koller nickte. »Das mach ich, Rieb. Genau das mach ich.« Er

griff nach einem Formular auf seiner Ablage und legte es vor mich hin.

»Frau Buck, nehmen Sie zur Kenntnis, dass Sie bis auf Weiteres die Stadt nicht verlassen dürfen und sich jeden Morgen um zehn Uhr hier im Präsidium zu melden haben, persönlich. Wenn Sie das bestätigt und unterschrieben haben, können Sie nach Hause gehen.«

Rieb sah Koller fassungslos an. Genau wie ich.

»Wie bitte?«

Koller deutete auf die Papiere, die er Rieb auf den Tisch gelegt hatte. »Da ist auch eine Kopie des Briefes dabei, den die Dahlmanns gemeinsam verfasst haben, kurz bevor sie ins Restaurant gegangen sind.«

Rieb schob alle Zettel, Ausweise und Papiere auf der Suche nach der Briefkopie auseinander.

»Und was steht da drin?«, fragte er. »Hallo, Welt, wir gehen jetzt noch einmal schick essen, und dann vergiften wir uns und alle anderen gleich mit?«

»Nicht ganz so blumig, aber ja – die beiden verabschieden sich von der Welt. Sie kündigen in dem Brief ihren Selbstmord an.«

5

Kalt war es in Fannys Wohnung, und noch immer stank es nach Rauch. Es stank sogar noch viel mehr, als ich es in Erinnerung gehabt hatte, aber das konnte auch mit meiner Nase zusammenhängen und damit, dass die Schwangerschaft fortschritt und meinen Geruchssinn zunehmend entfaltete.

Unterwegs hatte ich mich ins kostenlose WLAN eines Cafés eingeloggt, um die aktuellsten Nachrichten zu lesen. Wie erwartet war von einem Giftanschlag und Terrorverdacht die Rede, außerdem von fünf Opfern. Offiziell war ich also tot.

Umso mehr freute ich mich darüber, wieder nach Hause zu kommen. Mir war zwar klar, dass durch die Wohnungsdurchsuchung Unordnung herrschen würde, aber mit diesem Ausmaß hatte ich nicht gerechnet – Schranktüren und Schubladen standen offen, der Inhalt lag herum, alles war auf den Kopf gestellt. Und das Schlimmste – mein Laptop war beschlagnahmt worden, ebenso Omas Erinnerungskiste. Keine Chance für mich, darin nach Hinweisen zu dieser Abtreibungsbehauptung von Rieb zu suchen. Woher könnte er die Information überhaupt haben? Meine Oma hätte das niemals notiert, und meine Mutter hätte bestimmt nicht darüber geredet. Rieb konnte sich das nur aus den Fingern gesogen haben, um mich aus dem Konzept zu bringen – was ihm gelungen war.

Wenigstens hatte er mir mein Handy zurückgegeben. So konnte ich beim Aufräumen Musik hören.

Als Erstes packte ich die ganzen Verkleidungssachen in Fannys Theaterkiste zurück. Vom Krankenschwesternoutfit bis zum Nonnenkostüm war alles dabei. Dann sortierte ich ihre Nagellackfläschchen nach Farben ins Regal. Die Rottöne fehlten, vielleicht weil Fanny sie dabeihatte. Sie spielte die Blanche in *Endstation Sehnsucht*, dem Stück, mit dem sie gerade in Österreich gastierte. Für die Rolle hatte sie sich ihre langen dunklen Haare auf Schulterlänge schneiden und aschblond färben lassen, was ungefähr meinem Look entsprach, bei ihr aber viel mondäner wirkte. Das Bühnenkostüm war ein Seidenkimono. Davon besaß sie etliche, die sie auch privat trug. Ihre Fächersammlung und die Federn und Hüte packte ich in die bunt beklebten Schachteln auf dem Kleiderschrank. Die Schaumstoffköpfe für ihre Perückensammlung blieben leer. Hatte sie vielleicht ebenfalls mitgenommen. Bei den Parfümflakons fehlten auch ein paar. Ich rückte sie so zurecht, dass keine Lücken zu sehen waren. Ihre Büchersammlung, die neben Theaterklassikern zum größten Teil aus Krimis bestand, war vollständig und nach Fannys System geordnet – von harmlos bis brutal.

Als Nächstes nahm ich mir das Wohnzimmer vor, befreite die Couch von meinen Schlafsachen und warf alles, was mir gehörte, auf einen Haufen, den ich in mein Zimmer bringen wollte.

Die Tür stand offen, aber ich zögerte hineinzugehen. Es war schon Wochen her, dass ich das letzte Mal da drin gewesen war. Nach dem Brand war ich mit den wenigen Sachen, die nicht bestialisch stanken, ins Wohnzimmer gezogen. Wenn ich etwas brauchte, lieh ich es mir von Fanny oder kaufte es neu. Das war mir lieber, als in mein Zimmer zu gehen. Doch wovor hatte ich Angst? Erwartete ich etwa, Rauchschwaden zu sehen?

Ich warf einen Blick durch den Türspalt auf meinen Kleiderschrank. Am Griff hing immer noch der Kleiderbügel von meiner Lederjacke, mit der ich versucht hatte, die Flammen zu ersticken. Die Jacke selbst lag nicht mehr auf dem Boden, sie war weg. Ich schob die Tür noch ein Stück weiter auf. Der Rußgeruch wurde intensiver, und mein Herz schlug spürbar schneller. Mein Tisch kam zum Vorschein – zusammengesetzt aus einer Holzplatte auf zwei Malerböcken, vollgepackt mit Krimskrams und Stiften, davor mein roter Drehstuhl, daneben der Papierkorb, seit Wochen überfüllt, doch jetzt leer. Vermutlich lag der Inhalt nun im Papierkorb der Spurensicherung, nachdem weder zerrissene Liebesbriefe noch Mordpläne darin gefunden worden waren.

Ich stieß die Tür so weit auf, wie es ging. Die Angeln quietschten, in meinen Ohren summte es, mein Herz hämmerte gegen meinen Brustkorb. Ich zwang mich, mein Bett anzuschauen. Die heruntergerissene Gardinenstange.

Im Licht der Nachmittagssonne war jedes Detail gut zu sehen. Die schwarzen Klumpen ineinander verschmolzener Bettwäsche. Der Rußfleck an der Wand dahinter, der vollkommen schwarz war, wie ein Loch, durch das alles hindurchfiel. In den Dielenritzen kräuselten sich schwarz umrandete Reste blauen Sommerhimmels. Das war alles, was von den Fotos, die auf dem Bett gelegen hatten, übrig war. Es wunderte mich, dass die Spurensicherung sie nicht aus den Ritzen gekratzt hatte.

Dafür war der Heizlüfter weg. Und die Untertasse, die mir als Aschenbecher gedient hatte.

Warum hatte ich an dem Abend geraucht?

Es war der 11. August gewesen, der Geburtstag meiner Oma. Ich hatte eine Flasche Rotwein geöffnet, Marzemino – den hatte sie besonders gemocht, und in ihrer Erinnerungskiste gekramt. Den Schuhkarton mit den Fotos hatte ich bisher immer nur oberflächlich angeschaut, noch nie war ich bis auf den Grund vorgestoßen. An diesem Abend hatte ich einen ungeöffneten Brief gefunden, der an meine Mutter adressiert war. Es waren Fotos von der Reise darin, während derer sie mit mir schwanger geworden war. Fotos, die ich vorher noch nie gesehen hatte. Ich hatte sie mir angeschaut und dabei den Marzemino geleert und dann noch einen Riesling. Ab einer gewissen Menge Alkohol bekam ich Lust aufs Rauchen. Und ich wusste, wo Fannys Reservezigaretten lagen. Vollkommen betrunken war ich dann ans Bett gelehnt eingeschlafen und erst vom Brandgeruch wieder aufgewacht. Die Fotos brannten lichterloh. Ich konnte zusehen, wie ihre Ränder sich kräuselten und mit der Bettwäsche verschmolzen. Dann fingen die Fenstervorhänge Feuer. Ich riss sie mitsamt der Gardinenstange herunter, direkt aufs Bett, das ich von der Wand wegrückte. So blieb das Feuer eingegrenzt. Die Matratze und alles, was darauf lag, brannte, aber das Bettgestell nicht. Ich rückte alle brennbaren Sachen vom Bett weg und holte Fannys Lammfellteppich. Damit schaffte ich es schließlich, das Feuer zu ersticken. Ich musste eine Rauchvergiftung gehabt haben, kaum zu glauben, dass ich am nächsten Tag, ohne mit der Wimper zu zucken, zur Sonntagsschicht spaziert war. Sicher hatte ich unter Schock gestanden. Der Tag war wie im Nebel an mir vorübergezogen. In meinen Ohren hatte es gesummt, als wäre mein Kopf ein Bienenstock. Genau wie jetzt. Das war nicht vom Arbeitsstress gekommen, wie ich es mir die ganze Zeit eingeredet hatte, sondern vom Brandschock.

Noch etwas fiel mir auf: Ricky war mir besonders aufgedreht vorgekommen an dem Tag, aber vielleicht war ich auch nur besonders apathisch gewesen? Vielleicht hatte mit mir etwas nicht gestimmt, und mit Ricky war alles in Ordnung gewesen? Vielleicht stimmte mit mir generell etwas nicht, und Ricky war der Einzige gewesen, der sich von mir nicht hatte abwimmeln lassen.

Wurde ich jetzt sentimental?

Und wenn schon! Ricky hatte wenigstens versucht sich wie ein Freund zu benehmen. Einmal hatte er mir seinen Pulli gegeben, obwohl mir nur ein bisschen kalt gewesen war. Was, wenn er wirklich Interesse an mir als Person gehabt und ich es nur einfach nicht wahrgenommen hatte? So, wie ich vieles ausblendete oder von mir abprallen ließ, egal, ob es Jobs oder Menschen betraf. Ich konnte mich einfach wegdrehen und gehen, ohne noch einmal zurückzuschauen. Fanny hatte das immer bemerkenswert gefunden, mich eine coole Socke genannt, die sich an nichts und niemanden band. Es gefiel mir, wie sie mich sah. Aber stimmte das wirklich? War es nicht vielmehr so, dass ich allem aus dem Weg ging, noch bevor es mich überhaupt berühren konnte? Was Fanny Unabhängigkeit nannte, war in Wirklichkeit vielleicht einfach nur klirrende Einsamkeit.

Wenn ich ganz ehrlich zu mir war, dann gab es außer meiner Oma niemanden, der mir wirklich etwas bedeutete.

Meine Lufteltern zählten nicht. Hier war von Menschen die Rede, nicht von Geistern.

Vielleicht hätte Ricky so ein Mensch für mich werden können. Er war zwar ein Angeber gewesen, aber auch jemand zum Anfassen, unvoreingenommen, ohne Berührungsängste und vor allem körperlich und mental auch wirklich anwesend, präsent. In seiner Gegenwart hatte ich viel gelacht, meistens über ihn und auch, wenn ich es gar nicht wollte. Seine überdrehte Art hatte mich berührt, wenn auch anders, als von ihm beabsichtigt. Mit ihm hatte ich mich einmal sogar richtig lebendig gefühlt.

Ich wühlte mich durch den Wäschekorb im Bad, konnte Rickys Pulli aber nicht finden. Wahrscheinlich hatte die Polizei ihn mitgenommen. Ein grauer Kapuzenpulli mit dem Wort *CAKE* auf dem Rücken, darunter prangte die Zeichnung von einem Schwein, wie man sie auf alten Schulbuchabbildungen sah, anhand derer erklärt wurde, wo die Hinterkeule saß oder der Rückenspeck. Keine Ahnung, was das sollte. Ich wusste nicht, ob Ricky Kuchenfan war oder was für Schweine übrighatte. Ich wusste gar nichts über ihn! Auf einmal überkam mich eine ungeahnte Wut darüber, dass es keine Chance mehr geben würde, ihn wiederzusehen und nach Dingen zu fragen, über die wir vorher nie geredet hatten. Ich verfluchte die Belanglosigkeiten, die wir ausgetauscht hatten, die Witze und Anzüglichkeiten, die nirgendwohin geführt hatten. Ich bereute jeden Schritt, den ich gegangen war, um ihm aus dem Weg zu gehen. Jedes Augenrollen, das ihn abgestraft und an weiterführenden Gesprächen gehindert hatte. Mein Desinteresse und alle verpassten Minuten, in denen ich mehr über ihn hätte erfahren können, anstatt mich mit Vorurteilen zu begnügen und abzuwarten, bis irgendeine Verrückte ihn mit Zyankali vergiftete. Dieser One-Night-Stand würde für immer einmalig bleiben. Es war nicht möglich, noch mehr Dummheiten mit Ricky zu begehen. Er war tot. Und was konnte ich anderes tun, als das zu bedauern?

Nachdem ich dieses Tal durchwandert hatte, fiel mir doch noch etwas ein, das ich tun konnte.

Erstens und am wichtigsten: Ich würde unser Kind bekommen – das Leben würde weitergehen!

Zweitens würde ich Rickys letzte Adresse finden und damit auch das Geschenk, das er für mich gemacht hatte. Ich würde es in Ehren halten. Außerdem würde ich mehr über ihn in Erfahrung bringen und – was es auch war – mit den Augen unserer Tochter betrachten, nicht mit denen eines alkoholisierten One-Night-Stands. Ricky würde kein Luftvater sein, über den es nichts zu erzählen gab außer Gerüchte, Vermutungen, Allerweltsfloskeln. Mit meinen Worten würde er einer aus Feuer werden, dessen Wärme über den Tod hinaus zu spüren war.

Und drittens würde ich seine Mörderin finden.

Ich erhob mich aus dem Schmutzwäscheberg wie Phönix aus der Asche, schnappte mir meine Jacke und machte mich auf den Weg zum *Oscars*. Vielleicht war die Spur ja noch nicht kalt.

6

Das *Oscars* war nach wie vor großflächig abgesperrt, ich kam gar nicht bis zum Eingang durch. Überall standen Schaulustige und Presseleute herum, die Straße war von Polizeiwagen blockiert. In der Luft lag Bockwurstgeruch. Tatsächlich verkaufte jemand in der Nachbarschaft Bockwurst direkt aus einem offenen Fenster im Erdgeschoss. An der Scheibe klebte ein Zettel: *Biowurst! Zyankalifrei!*

Ich fand das gar nicht witzig. Der Depp versaute mir außerdem meine Schnüffelmission. Ich hatte gehofft, die Spur des Kräutertaschentuchs aufnehmen zu können, wie dieser Mantrailer-Hund aus einer Folge *Medical Detectives*. Der hatte noch zehn Tage, nachdem die Leiche einer Frau gefunden worden war, ihren Weg zurückverfolgen können. Der Geruch des Taschentuchs würde mich zur Mörderin führen, davon war ich überzeugt. Allerdings hatte sie es mir im Restaurant gegeben. Ihren Weg vom *Oscars* weg würde ich also nicht rekonstruieren können, wenn überhaupt, dann nur ihren Hinweg. Dass ich das erschnüffeln konnte, war höchst unwahrscheinlich. Trotzdem wollte ich nicht so schnell aufgeben. Immerhin hatte ich die Maus in der Küche gerochen, das war schon ziemlich gut gewesen. Vielleicht hatte meine Nase ja wirklich die Qualität einer Hundenase.

Das *Oscars* lag in einer langen, ruhigen Straße zwischen schnörkellosen fünfstöckigen Wohnhäusern und Industriegebäuden. Direkt vor der Haustür führten zahlreiche Gleise zum S-Bahn-Knotenpunkt Gesundbrunnen, und dahinter erstreckte sich der Humboldthain, ein großer, schöner Park. Die Straße rauf kam man zur Badstraße und von da zum Gesundbrunnencenter mit meinem Coffeeshop und Rickys Gewinnspielstand. Die Straße runter führte zur S-Bahn-Haltestelle Humboldthain. Neben diesen zwei möglichen Richtungen, aus denen die Frau gekommen sein konnte, gab es noch eine dritte: den Humboldtsteg. Eine rote Brücke, die über die S-Bahn-Gleise direkt in den Park führte, fast genau auf Höhe des Restaurants. Auf dieser Brücke war ich vom Park aus zum *Oscars* spaziert. Die Brücke war der schnellste Zugang aus der Anonymität heraus und auch wieder dorthin zurück. Sie war der perfekte Ausgangspunkt für meinen Schnüffeltest.

Um zur Brücke zu gelangen, musste ich erst einmal an den Bockwurst mampfenden Leuten vorbei, die vorm Tatort herumlungerten. Ein junger Mann in Anzug und Turnschuhen und mit Undercut-Frisur stellte sich mir in den Weg und lächelte mich an. Ich lächelte irritiert zurück und wollte mich an ihm vorbeischlängeln, da hob er plötzlich sein Handy und schoss ein Foto von mir. Ich war zu verblüfft, um reagieren zu können. Stattdessen drängte ich mich noch schneller durch die Menschentraube. Möglichst ohne zu schubsen oder anderweitig Aufmerksamkeit auf mich zu ziehen. Nachdem ich das geschafft hatte und schon zwanzig Meter von der Szenerie entfernt war, bemerkte ich, dass mir der Typ folgte. Eine Hand in der Hosentasche, mit der anderen auf seinem Handy tippend, schlenderte er mir nach. Um zu sehen, ob er nicht vielleicht doch nur in den Park wollte, lief ich am Eingang der Brücke vorbei und wartete ab, ob er einbiegen würde. Nein. Also folgte er mir wirklich. Ich beschleunigte meine Schritte und bog nach links in die Straße ein, die zu einer Kletterhalle führte. Das Tor zum Parkplatz war offen, ich huschte hinein und versteckte mich hinter dem nächstbesten Auto. Leider hatte mein Verfolger den Trick durchschaut, schritt die Autos ab, bis er mich gefunden hatte, und sprach mich direkt an. Er stellte sich als Claas Soundso von irgendeinem Blog vor und wollte wissen, ob er es bei mir mit der Frau zu tun hatte, die die Leute im *Oscars* vergiftet hatte. Ich meinte, da müsse er mich verwechseln. Daraufhin hielt er mir ein Handyfoto hin, auf dem ich zu sehen war, wie ich gerade aus dem Polizei-Van stieg. Und dann noch eins, wie ich mit improvisierter Verkleidung und Sonnenbrille hinter Koller herlief. War es nicht so, dass ich über Nacht von der Polizei festgehalten worden war? Wenn ich nicht die Mörderin war und auch nicht zum Küchenpersonal gehörte, wer war ich dann? Die Gäste waren doch allesamt tot, oder nicht? Wieso gab es unterschiedliche Angaben über die Opferzahlen? Wie viele Tote hatte es wirklich gegeben? Zwei weitere Männer mit Kameras im Anschlag kamen auf Hörweite heran und riefen mir die Namen der Online-Portale zu, für die sie arbeiteten. Claas Undercut steckte mir seine Visitenkarte zu und meinte, bei ihm könne ich meine Geschichte so erzählen, wie ich sie selbst gern lesen würde. Die anderen beiden meinten, sie würden keine Geschichten schreiben, sondern wären nur an der Wahrheit interessiert, vor allem an Einzelheiten über mein Verhältnis zu den Opfern. Ich antwortete auf keine der Fragen, sondern setzte mich einfach in Bewegung. Claas mit dem Handy blieb zurück und rief mir zu, ich solle mich bei ihm melden, ich hätte ja seine Nummer. Die anderen beiden folgten mir und stellten weiter ihre Fragen. Ob ich die Dahlmanns gekannt hätte – was ich von dem Brief hielt, der aufgetaucht war. Ich fragte mich, woher sie den Namen kannten. Den Brief hatte Koller bestimmt auf der Pressekonferenz erwähnt, aber den Namen? Ich konnte mir nicht vorstellen, dass Koller den der Öffentlichkeit preisgegeben hatte. Aber vielleicht ja Rieb.

Nachdem ich einige Male die Straßenseite gewechselt hatte und viermal links abgebogen war, blieb ich abrupt stehen, sodass die beiden Männer mir fast in die Hacken traten. »Hey!«, maulte der eine. »Wo wollen Sie überhaupt hin?«, der andere. Gute Frage, ich konnte ja schlecht mit ihnen im Schlepptau auf Schnüffelkurs in den Park gehen. Zumal einer von ihnen einen ähnlich intensiven Haarlack wie Ricky benutzte und mich damit vollkommen aus der Fassung brachte.

Ich musste sie unbedingt loswerden.

Als wir am Eingang eines Hotels vorbeikamen, ging ich ohne Vorwarnung hinein. Das Hotel gehörte zu einer Kette namens *Fisherman's Inn* und roch auch so. In der Hoffnung, dass es ähnlich designt war wie das, in dessen Bar ich mal mit Fanny und ihrer Schauspieltruppe versumpft war, ging ich durch die Lobby direkt zum Barbereich und von da zur Raucherterrasse, die einen Zugang zu den Parkplätzen im Hinterhof hatte. Genau wie erhofft, gelangte ich so wieder nach vorn auf die Straße, zwei Hauseingänge vom Haupteingang entfernt. Von den Journalisten war nichts zu sehen, und ich beeilte mich, den Weg zurückzufinden, um über die Brücke in den Park zu verschwinden.

Viele neue Gerüche strömten hier auf mich ein. Ganz oben auf der Liste: Hundescheiße. Generelles Problem in dieser Stadt, aber hier ganz besonders. Ich bog in den Weg ein, der am Schwimmbad vorbeiführte, und sprach mir selbst Mut zu. Die Erinnerung an den Kräuterduft war so stark, dass ich mir zutraute, ihn auch in homöopathischer Dosis wahrzunehmen. Nur nicht zu früh aufgeben.

Ich kam zum Spielplatz, auf dem ich den gestrigen Vormittag allein auf der Schaukel verbracht hatte. Jetzt, nachmittags, war er voller kleiner Kinder. Der Geruch von Hundescheiße ging direkt in den nach vollen Windeln über.

Ab in den Rosengarten, der in voller Blüte stand. Ich blieb dort eine ganze Weile und füllte meine Lunge mit herrlicher Rosenluft. Sie war berauschend mild, versöhnte mich mit der Welt und tankte mich mit Lust auf meine Mission voll. Dreißig Schritte später war die Euphorie schon wieder dahin – verjagt vom Gestank nach räudigem Ziegenbock.

Ewige Speicherkapazität des limbischen Systems hin oder her – die Welt der Gerüche gestaltete sich in der Gegenwart doch eher vergänglich.

Ich beeilte mich, so schnell wie möglich an dem Mann vorbeizukommen, von dem der Gestank ausging. Er hatte keinen Ziegenbock dabei, dafür aber einen Korb, den er mit Löwenzahn- und Huflattichblättern füllte, die er hier und dort abzupfte. Kurz nach dem Parktoilettenhäuschen, dessen Geruch ich auch so schnell wie möglich aus meinem Gedächtnis löschen wollte, drängte sich eine seltsame Mischung aus frischen Champignons und Camembert auf. Das Gelände war hier sehr hügelig und mit hohen Büschen bewachsen, durch die Kinder verschlungene Pfade getrampelt hatten. Ein idealer Ort zum Versteckspielen. Ich irrte spaßeshalber in dem Labyrinth herum, bis mir klar wurde, dass die Pfade nicht von Kinderfüßen getrampelt worden waren. Da lagen Kondome herum, benutzte Kondome. Es roch nicht nach der weißen Rinde von edlem Brie, sondern nach Sperma.

Ich ging zum Pavillon, der die Mitte des Parks markierte, setzte mich erst einmal hin und überlegte, wie es weitergehen sollte. So einfach, wie ich mir das mit der Witterungsaufnahme vorgestellt hatte, war es anscheinend nicht. Ich war noch viel zu unerfahren und hatte keine Ahnung, wie ich einzelne Gerüche voneinander getrennt wahrnehmen sollte. Im Moment lief ich von einem Geruch zum nächsten, und sobald sich Gerüche vermischten, war ich unfähig, sie zu selektieren.

Ich seufzte, atmete tief durch und wunderte mich über eine Geruchsnote in der Luft, die ich nicht zuordnen konnte. Scharf, exotisch, ungewohnt. Meine Neugierde war geweckt, und ich lief herum, um die Spur aufzunehmen. Das hatte zwar nichts mit meiner Mördersuche zu tun, war aber eine gute Übung. Ich hielt meine Nase in den Wind und witterte. Wenn der exotische Geruch vorbeiwehte, lief ich ein Stück in die Richtung, aus der er gekommen war. Das machte ich so lange, bis ein Schild in Sichtweite kam, auf dem stand: *Die Richtung stimmt – hier geht's zur Goa-Party auf dem Abenteuerspielplatz!*

In dem Moment hatte ich keine Lust mehr. Ich erklärte das Experiment für beendet und beschloss die Suche nach der Mörderin vorerst Koller zu überlassen. Allein kam ich nicht weiter.

Ab jetzt würde ich mich auf den zweiten Punkt meiner Liste konzentrieren: Rickys letzte Adresse finden. Möglichst vor der Polizei, sonst beschlagnahmten die noch das Geschenk, das er für mich gemacht hatte.

Mir war klar, dass Rickys Chef aus Datenschutzgründen seine Adresse nicht herausgeben durfte. Die offiziellen Wege waren mir versperrt, aber vielleicht würden mir Rickys Kollegen am Gewinnspielstand ganz inoffiziell etwas über ihn erzählen. In ihren roten Hemden mit dem blauen Autohauslogo und den passenden Basecaps sahen sie alle ein bisschen wie Ricky aus. Ich fühlte mich ihnen gleich verbunden und fragte sie geradeheraus, ob sie wüssten, wo er gewohnt hatte. Sie warfen sich verwunderte Blicke zu, musterten mich dann von oben bis unten und wollten wissen, warum ich das wissen wollte und wer ich überhaupt sei.

Ich ging besser gleich zum Coffeeshop weiter. Wenn jemand etwas über Ricky wusste, dann Carmen.

Auf der Rolltreppe wurde der Kaffeeduft stärker. Er kam mir fremd vor, wie aus einer anderen Zeit. Einer Zeit, in der meine größte Sorge darin bestanden hatte, ob der Kaffeefilter verstopfte.

Carmen war heute leider nicht da. Am Tresen arbeitete eine junge Frau, die ich bisher noch nie gesehen hatte. Als ich sie fragte, ob sie meine Vertretung sei, holte sie einen Umschlag aus der Schublade unter der Kasse hervor und reichte ihn mir. Er war an mich adressiert, aber noch nicht frankiert. Ich öffnete ihn und zog meine Kündigung heraus. Bisher hatte ich solche Situationen erfolgreich vermieden. Bevor mich einer rausschmeißen konnte, war ich gegangen. Das hier war meine erste Kündigung. Und sie fühlte sich genauso an wie vermutet, wie ein Tritt in den Hintern. Aber egal – mein Leben änderte sich, und das war auch gut so.

Im Schrank neben dem Waffeleisen waren noch ein paar persönliche Dinge von mir. Und jetzt fiel mir wieder ein, dass ich Rickys *CAKE*-Pulli hierher mitgenommen hatte, um ihn zurückzugeben. Ohne lange Erklärungen lief ich hinter den Tresen, an meiner erstaunten Nachfolgerin vorbei zum Schrank. Aber in meinem Fach lagen nur ein angebissener Schokoriegel und mein Ersatzladekabel fürs Handy. Es konnte sein, dass Carmen den Pulli benutzt hatte, um mit Ricky in Kontakt zu kommen, während ich mich vor ihm versteckt hatte. Kurz entschlossen schrieb ich Carmen eine Nachricht. Dann steckte ich Kündigung, Schokoriegel und Ladekabel ein und verließ den Laden.

Auf dem Weg zur Rolltreppe rief jemand meinen Namen. Ich schaute mich um und sah die Verkäuferin vom Eisstand winken. Wir hatten uns schon öfter unterhalten, aber ihr Name war bei mir nicht hängen geblieben (ich wusste nur, dass sie nach Waldmeister roch). Dafür konnte sie sich Namen umso besser merken. Sie kannte den von Rickys Ex-Freundin, bei der er bis vor sechs Wochen gewohnt hatte. Marina Klipp. Allerdings wusste sie nicht, wo Ricky danach untergekommen war. Ich würde nicht drum herumkommen, diese Marina zu befragen. Für ein paar Informationen vom gestrigen Abend im *Oscars* und meiner Nacht im Polizeipräsidium fiel der Eisfrau ein, wen sie nach Marinas Adresse fragen konnte. Sie schickte eine Sprachnachricht und bekam umgehend eine Antwort, die sie mir aber nicht zeigte. Erst musste ich ihr noch ein paar Details von mir und Ricky erzählen. Zum Beispiel, ob wir miteinander geschlafen hatten. Wann und wie oft. Ich antwortete wahrheitsgemäß: einmal vor sechs Wochen. Dann fragte ich sie, wie oft sie mit Ricky geschlafen hatte. Statt darauf zu antworten, hielt sie mir ihr Handydisplay hin. Darauf war zu lesen: *Mirbachplatz Ecke Pistorius*.

Ich nickte ihr anerkennend zu. Die Frau war auf Zack.

Vom Gesundbrunnen bis zum Mirbachplatz musste ich dreimal das Verkehrsmittel wechseln. Von der S-Bahn zur Tram zum Bus. Die Verbindung zwischen Westen und Osten war in dieser Stadt schon seit Jahrzehnten etwas umständlich.

Das Mehrfamilienhaus, in dem Ricky gewohnt hatte, war frisch renoviert und erstrahlte im Licht der letzten Sonnenstrahlen des Tages in einem warmen Orangerot. Vorgärten gab es hier nicht, dafür Fahrradständer und nahe der Bordsteinkanten junge, von Metallgittern ummantelte Bäume.

In der Luft lag der Geruch von Dönerfleisch. Ich schaute mich um und entdeckte einen türkischen Imbiss in der Pistoriusstraße.

Auf dem Klingelschild am Eckhaus stand tatsächlich der Name Klipp, doch jetzt, da ich hier war, zögerte ich zu klingeln. Welchen Eindruck würde es wohl auf sie machen, wenn plötzlich ein One-Night-Stand ihres Ex-Freundes vor der Tür stand? Wie würde sie reagieren? Ich wusste nicht einmal, ob sie und Ricky bereits getrennt waren, als er mit mir unterwegs gewesen war. Auf einmal überkam mich der kalte Schrecken – was, wenn sie sich überhaupt nicht getrennt hatten? Oder wenn Kinder mit im Spiel waren? Das wären dann Halbgeschwister von meinem!

Für Eifersucht war es zu spät. Ich klingelte, und Marina Klipp drückte den Türsummer, ohne zu fragen, wer vor der Tür stand. Im Treppenhaus fühlte ich mich in einen Baumarkt versetzt, als mir der scharfe Geruch nach Lack in die Nase stach. Offenbar war das Treppengeländer vor Kurzem mit Klarlack versiegelt worden, es klebte auch noch etwas. Vor der Treppe stand ein Kinderwagen. Ich schaute ihn mir genau an, außer einem Lätzchen, auf dem »Fritz« stand, fand ich keinen Hinweis auf denjenigen, dem der Wagen gehörte.

Dann schaute ich mir die Briefkästen an. Auf dem von Marina Klipp klebten noch die Reste eines Zettels, auf dem »R. Schmidt« stand. Der Versuch, ihn sauber abzureißen, war misslungen. Das könnte darauf hindeuten, dass Marina und Ricky doch nicht mehr zusammen waren.

Auf den Treppen lag ein nagelneuer roter Bastteppich, der sich den Stufen noch nicht angepasst hatte und an manchen Stellen Beulen schlug. Vorsichtig, ohne das Treppengeländer zu berühren oder über die Teppichbeulen zu stolpern, stapfte ich Stockwerk für Stockwerk hinauf, mit zugehaltener Nase, denn irgendwo hatte ich gelesen, dass Lackausdünstungen für ungeborene Babys schädlich waren. Auf jedem Treppenabsatz beschleunigte ich meine Schritte, denn die Luft wurde knapper und knapper, und Marina Klipps Wohnung war noch immer nicht in Sicht. Im dritten Stock endlich stand Marinas Name am Türschild, die Tür war angelehnt. Länger hätte ich es ohne Sauerstoff auch nicht ausgehalten. Mit rotem Kopf stieß ich die Tür auf, polterte hindurch und schnappte nach Luft. Am Ende des Flurs lehnte eine große, schwarz gelockte Frau am Küchentürrahmen, die Arme vor der Brust verschränkt, und sah mich mit hochgezogenen Augenbrauen an.

»Entschuldigung«, brachte ich keuchend heraus. »Ich hätte klopfen müssen.«

Marina Klipp ließ ihre Augenbrauen, wo sie waren, und bewegte sich auch sonst keinen Zentimeter.

»Und?«, fragte sie mit einer rauchigen Stimme, die sie älter klingen ließ, als sie wahrscheinlich war. Ich schätzte sie auf Ende zwanzig.

»Es geht um Ricky«, sagte ich und ärgerte mich über die Unsicherheit in meiner Stimme.

»Na klar, wann geht es mal nicht um ihn.« Marina Klipp stieß sich vom Türrahmen ab und betrat ihre Küche.

Vorsichtig folgte ich ihr. In dieser Wohnung gab es keine Türen, stattdessen hingen Perlenvorhänge in allen Türrahmen, die den Übergang vom schmalen Flur in die Räume markierten. Es herrschte Durchzug, wahrscheinlich stand in jedem Zimmer ein Fenster offen, was dazu führte, dass jede einzelne Perlenschnur in Bewegung war und gegen die nächste stieß. Es rauschte und klapperte so, als würde es Perlen regnen. Und ich hörte David Bowie singen: *Take your protein pills und put your helmet on.* Trotz des stetigen Luftzugs roch es stark nach alten Socken und Käsefüßen, genau dem Geruch, den Ricky zuletzt an sich gehabt hatte. Hatte er ihn sich in dieser Wohnung geholt? Ich versuchte, durch die wackelnden Perlenvorhänge Einblicke in die einzelnen Räume zu gewinnen, was so gut wie unmöglich war. Um Marina nicht zu verärgern, fasste ich keinen der Vorhänge an, sondern folgte ihr in die Küche. Die war gemütlich, unaufgeräumt, mit Schmetterlingsmobiles und Blumenampeln dekoriert, die hin und her schaukelten, unentwegt in Bewegung. Überall standen kleine Parfümfläschchen, Gläser und Phiolen herum. Der Wasserkocher rauschte, Marina goss Tee auf, dem Geruch nach Schwarztee.

Marinas Füße waren nackt, sahen aber sehr gepflegt aus, die Nägel glitzerten perlmuttfarben. Kaum zu glauben, dass so ein schöner Fuß derartig käsig riechen sollte. Vielleicht kam der Geruch ja aus der Speisekammer, falls es hier eine gab. Marina bemerkte, wie ich mich umschaute und fragte: »Muss ich jetzt dauernd damit rechnen?«

»Womit?«

»Na, dass ihr hier unangemeldet auftaucht? Schaut euch nur um, ich hab nichts zu verbergen.«

Sie hatte die Fäden von mehreren Teebeuteln um ihren Finger gewickelt und schwenkte sie in der Kanne herum.

»Ich will mich gar nicht umschauen, ich wollte nur wissen, ob du mir sagen kannst, wo Ricky gewohnt hat. Ich meine zuletzt, also bis vor Kurzem ...«

»Vor sechs Wochen war Schluss, und er ist ausgezogen. Ende! Keine Ahnung, wo er sich seitdem rumgetrieben hat. Und es ist mir auch egal!« Unvermittelt zog sie die Teebeutel heraus und pfefferte sie mit lautem Klatsch in die Spüle. »Er ist weg. Komplett! Seine Sachen sind auch nicht mehr hier. Sogar sein Duschgel hab ich mit 'nem Arschtritt in den Müll befördert. Wenn ich Schluss mache, dann richtig. Wozu gibt's eigentlich Protokolle, wenn ihr sie nicht lest?«

»Also, ich bin nicht von der Polizei«, versuchte ich das Missverständnis aufzuklären. »Ich bin eine ... Kollegin von Ricky.«

»Eine *Kollegin*«, wiederholte sie mit zusammengekniffenen Augen und drehte sich zu mir um. »Und welche? Vielleicht die, mit der er vor sechs Wochen rumgevögelt hat?«

»Äh ...«

Sie kam plötzlich sehr nah an mich heran und streckte mir ihre Nase entgegen, schnupperte an meinen Haaren, meinem Schal, meiner Jacke. War sie verrückt geworden?

»Du hast keine Stinkbombe abbekommen, oder?«

»Was? Nein – wieso?«

»Dann ist ja alles gut«, sagte Marina, drehte sich von mir weg und wandte sich ihrem Tassenregal zu. Vorsichtshalber blieb ich, wo ich war – in der Nähe des Fluchtwegs.

»Was soll das mit der Stinkbombe bedeuten?«

»Ach, ich hab Ricky zu der Frau verfolgt, mit der er mich betrogen hat. Und dann hab ich der eine Stinkbombe ins offene Fenster geworfen.« Sie sah über ihre Schulter zu mir und grinste breit. »Buttersäure. Stinkt bestialisch. Den Geruch kriegst du nicht mehr aus den Klamotten. Der kriecht dir in die Haut rein, in die Knochen. Der verfolgt dich bis in den Tod.« Sie füllte zwei Tassen mit dampfendem Tee. »Zucker?«

Diese Frau tickte nicht ganz richtig. Und sie war einen Kopf größer als ich.

»Setz dich doch.« Sie schaute aufmunternd zu einem Küchenstuhl, der am Gewürzregal stand. Wenn ich mich dort hinsetzte, war der Küchentisch zwischen uns. Genug Abstand.

Ich setzte mich also und bereute es sofort, denn Marina schob den Tisch ohne Vorwarnung so fest an mich heran, dass ich zwischen Tischkante und Gewürzregal eingekeilt festsaß. Ich konnte nur noch einen Arm bewegen, der andere klemmte zwischen Tischplatte und Gläsern voller getrockneter Pilze.

»So, und jetzt erzählst du mir, warum du hier bist«, sagte Marina, stellte die Teetassen vor uns auf den Tisch, den sie mit ihrem Gewicht so fixierte, dass ich keine Chance hatte, ihn von mir wegzurücken. Mit kalten Augen sah sie mir dabei zu, wie ich es trotzdem versuchte. Mir rutschte das Herz in die Hose. War ich womöglich geradewegs in die Mörderhöhle gelaufen? War Marina Klipp die Unbekannte vom Klo? Die Stimme war nicht so rauchig gewesen, aber vielleicht irrte ich mich ja. So wie sie sich hier aufführte, war sie verdammt sauer. Was hatte sie vor?

Ich würde nicht darauf warten, das zu erfahren. Ohne lange nachzudenken, griff ich mir die Tasse, die meinem freien Arm am nächsten stand, und schleuderte Marina den heißen Tee ins Gesicht. Sie schrie erschrocken auf und wich vom Tisch zurück. Schnell rammte ich ihn ihr mit aller Kraft gegen den Oberschenkel. Das würde einen fetten Bluterguss geben. Dann beeilte ich mich aus der Ecke herauszukommen, was gar nicht so einfach war, weil mein Schal zwischen Stuhllehne und Regal festhing. Ich riss so heftig an ihm, dass ich mich selbst strangulierte. Aber immerhin bekam ich ihn frei. Den Flur hinunter zur Wohnungstür rennend, gelang es mir, den Schal um meinen Hals zu lockern, und im Treppenhaus bekam ich dann endlich wieder Luft. Auch wenn es holzlackverseuchte war, sie bedeutete Leben, und ich pumpte meine Lungen ordentlich damit voll.

Draußen lief ich zitternd die Straße hinunter, Marinas Aufschrei und das Klappern ihrer Perlenvorhänge noch im Ohr. Ob ich sie verbrüht hatte?

Mir war schlecht. Ich drehte mich von der Straße weg und

kämpfte gegen den Brechreiz an. Zum Glück war es schon ziemlich dunkel und menschenleer.

Ich entfernte mich weiter von Marinas Haus, angelte Kollers Visitenkarte aus der Hosentasche und tippte seine Nummer ins Handy, wobei ich mich etliche Male vertippte, bevor die Leitung endlich stand. Koller ging sofort ran.

»Fahren Sie zu Marina Klipp!«, rief ich, ohne mich mit einer Begrüßung aufzuhalten.

»Was ist los?«

»Die Frau ist gefährlich. Total übergeschnappt. Vielleicht ist sie auch verletzt, ich weiß nicht. Schicken Sie jemanden hin, okay?«

»Wieso? Was ist passiert?«

Ich zögerte.

»Buck?«

Ein Kommissar musste nicht alles wissen. Nur Dinge, die für seinen Fall wichtig waren. Ich legte auf. Dann blieb ich stehen. Die Sache mit der Stinkbombe – wie wichtig war die für den Fall?

Mein Handy klingelte. Koller rief zurück. Ich hielt den Finger über dem *Anruf-annehmen-Feld*. Konnte mich aber nicht dazu durchringen, draufzudrücken. Ich brauchte Zeit, um über die Stinkbombensache nachzudenken.

Es musste außer mir und Marina Klipp noch eine andere Frau geben, mit der Ricky oder bei der er vor sechs Wochen geschlafen hatte.

Koller gab endlich auf, mein Telefon verstummte.

Wie sah so eine Stinkbombe überhaupt aus? Marina hatte von Buttersäure gesprochen.

In dem Moment stieg mir der Geruch von Döner mit Knoblauchsauce in die Nase. Ich drehte mich um und sah in einiger Entfernung einen Schatten in einem Hauseingang verschwinden. Vor Schreck erstarren oder nachlaufen? Ich entschied mich für Letzteres und rannte zu dem Hauseingang hinüber. Auf den Stufen trat ich beinahe in einen halben Döner. Im Hausflur funktionierte das Licht nicht. Ich lauschte ins Treppenhaus hinein, aber es waren keine Schritte zu hören. Stattdessen nahm ich einen Geruch wahr, dem ich durch den Flur zur Hintertür folgte: Zwiebeln, Salat, Fleisch und Knoblauchsoße – der Dönergeruch verlor sich auch im Hinterhof nicht. Und war da nicht auch noch eine Spur von Beinsalbenaroma? Ich folgte dem Geruch wie einer Fährte aus Brotkrumen, vorbei an Fahrradständern, Sandspielkästen, Blumentöpfen über eine kleine Mauer hinweg in den Nachbarhinterhof und geradewegs zu einer Tür. Koller wäre stolz auf mich gewesen.

Die Tür war offen, ich ging hinein, und da war Schluss mit dem Beinsalben-Dönerduft, denn er wurde von einem viel stärkeren Geruch überlagert, den ich erst vor Kurzem gerochen hatte, dem Geruch nach Holzlack – ich stand mitten in Marina Klipps Hausflur.

In einem der oberen Stockwerke öffnete sich eine Wohnungstür, das Licht im Treppenhaus wurde angeknipst. Jemand kam die Treppe herunter. Falls es Marina Klipp war, dann wollte ich ihr auf keinen Fall begegnen.

Ich verließ das Treppenhaus zur Straße hin. Draußen gelang es mir nicht, die Beinsalbenfährte wieder aufzunehmen, ich wollte so schnell wie möglich ganz viel Abstand zwischen mich und die Klipp bringen. Auf den Bus konnte ich jetzt nicht warten, ich machte mich auf die Suche nach einem Taxi und fand eins in der Pistoriusstraße.

Auf halber Strecke drehte ich mich zum Haus um und schaute zu Marina Klipps Fenstern hinauf – sie waren dunkel. Vielleicht kam sie wirklich jeden Moment zur Haustür raus, vielleicht war sie mir auch schon längst auf den Fersen! Ich beschleunigte meine Schritte. Der Taxifahrer stand neben seinem Auto und trank Tee. Ich schaute ihn fragend an, er nickte, brachte sein Teeglas in den Dönerladen gegenüber zurück, und ich setzte mich auf die Rückbank.

Von hier aus überschaute ich die Pistoriusstraße bis zum Mirbachplatz, konnte aber keine Auffälligkeiten feststellen. Kein Schatten, der sich von Marina Klipps Haus entfernte, dem Taxistand näherte oder hinter einem Baum verschwand. Während ich Ausschau hielt, kramte ich mein Handy heraus und rief Koller an.

»Lassen Sie mich beobachten?«, fragte ich ohne Umschweife.

»Buck?«

»Sie wissen, dass ich weiß, wie Ihre Kollegen riechen.«

»Moment, eins nach dem anderen. Eben hatten Sie es noch mit Marina Klipp.«

Der Taxifahrer kam zurück, setzte sich ans Steuer, startete den Motor und fragte nach meinem Fahrziel. Ich zögerte, ihm meine Adresse durchzugeben, und nannte stattdessen den Namen einer Seitenstraße um die Ecke. Vorsicht war die Mutter der Porzellankiste, hatte meine Oma immer gesagt.

Koller erklärte ich: »Mich hat jemand verfolgt. Auf jeden Fall ist er in Marina Klipps Hausflur verschwunden, wo er dann hin ist, weiß ich nicht.«

»Können Sie den Mann beschreiben?«

Ich warf dem Taxifahrer einen Blick zu. Er machte auf mich nicht den Eindruck, als würde er meinem Gespräch lauschen. Im Radio lief ein Popsong, zu dem er den Takt mit den Fingern auf dem Lenkrad trommelte. Trotzdem drosselte ich meine Stimme und sprach jetzt leiser ins Handy.

»Beinsalbe und Döner mit Knoblauchsoße.«

»Döner?«

»Sie wissen, wen ich meine – Heffner, den Sie Garfield nennen. Aber wieso?!«

»Na, das liegt ja wohl auf der Hand! Der Mann hat einen Appetit …«

»Das meine ich doch gar nicht! Wieso schicken Sie ihn mir hinterher?«

»Hab ich nicht. Er sollte eigentlich nur das Haus von Marina Klipp im Auge behalten.«

»Warum? Glauben Sie auch, dass sie die Unbekannte sein könnte?«

»Ist nur eine Möglichkeit von vielen.«

»Und wenn Heffner vor dem Haus stand, wieso hat er mich nicht davon abgehalten, reinzugehen? Die Frau hätte mich umbringen können!«

»Irgendwann muss er sich ja den Döner gekauft haben.«

Plötzlich wurde ich mit einem Ruck nach vorn geschleudert, sodass ich mit der Stirn an die Lehne des Vordersitzes knallte. Das Handy polterte auf den Boden, irgendwo in den Fußraum. Der Taxifahrer fluchte und startete ein Hupkonzert. Beinahe wäre er jemandem hinten aufgefahren. Radiogedudel oder nicht, bestimmt hatte der Taxifahrer mit halbem Ohr zugehört. Dieses ständige Getrommel auf dem Lenkrad – waren das vielleicht Morsezeichen, die er da geklopft hatte? Vielleicht morste er ja weiter, was ich mit Koller am Telefon besprochen hatte.

Völliger Quatsch! Langsam wurde ich paranoid.

Schnell warf ich einen Blick aus dem Rückfenster und scannte die Gesichter aller Leute in der Umgebung nach Marina Klipp ab. Vielleicht war sie mir ja gefolgt, wie sie Ricky gefolgt war, und hatte diesmal eine wirksamere Bombe dabei.

Gut, dass ich dem Taxifahrer nicht meine richtige Adresse genannt hatte.

Ich fand das Handy unter dem Vordersitz, es war aus und wollte auch nicht mehr angehen. Schöner Mist.

Die Taxifahrt war zu Ende, ich bezahlte und stieg aus.

Bis zu meiner Wohnung war es nicht weit. Immer wieder schaute ich mich um, ob mir jemand folgte, hatte aber nicht das Gefühl. Trotzdem wollte ich wachsam bleiben. Ich warf einen Blick in meine Straße und bekam einen Mordsschrecken, denn da stand tatsächlich jemand vor meinem Haus!

Ich musste ein paarmal tief durchatmen, bevor ich wieder um die Ecke spähen und versuchen konnte, Einzelheiten zu erkennen, was schwierig war, denn die Gestalt stand ein wenig abseits der nächsten Laterne im Halbdunkel. In den Händen hielt sie aber nichts, kein Handy, keine Kamera, war also kein Journalist. Wahrscheinlich stand sie da schon eine Weile, sah ein bisschen fußlahm aus, wie sie so im Hauseingang lehnte. Heffner konnte es nicht sein, dafür war der Bauch zu flach. Vielleicht ein anderer Polizist. Oder die Mörderin. Wenn es Marina Klipp war, dann musste sie verdammt schnell gewesen sein. Hätte sie es schaffen können, noch vor mir hier zu sein? Und woher wusste sie, wo ich wohnte? Ich hätte gern Koller angerufen. Aber das Handy ging ja nicht. Oben in der Wohnung hatte ich Festnetzanschluss.

Über den Hinterhof gab es einen Zugang von der anderen Straße aus. Wenn ich eine offene Haustür oder Toreinfahrt in der Parallelstraße finden würde, konnte ich über die Höfe in mein Haus gelangen. Inzwischen war es so dunkel, dass ich dabei keine Aufmerksamkeit erregen würde.

Die Methode funktionierte einwandfrei, einziges Problem war nur ein Bretterzaun, an dem mein Schal beim Drüberklettern hängen blieb. Dieses Ding hatte mich zum letzten Mal gewürgt, ich warf es in den nächsten Mülleimer.

Im Treppenhaus machte ich kein Licht, ich fand auch so die drei Stockwerke hinauf. Ich hoffte nur, dass die Gestalt nicht auf die Idee gekommen war, direkt vor meiner Wohnungstür zu warten.

Glück gehabt, da war niemand.

Aber irgendetwas hing an der Türklinke.

Es roch übel, fast so käsig, als käme es aus Marina Klipps Wohnung. Es war zu dunkel, um erkennen zu können, was es war. Auf jeden Fall ein Beutel mit etwas Schwerem drin. Schwer und rund – eine Bombe? Oder ein Kopf?

Okay, jetzt war es klar: Langsam, aber sicher drehte ich durch.

Bevor ich vollkommen die Nerven verlor, machte ich das Licht im Treppenhaus an. Es war ein Jutebeutel mit der Aufschrift *Atomkraft? Nein danke,* einer von der Sorte, wie sie Fannys Vater benutzte, um ihr – aus seiner Sicht – wichtige Dinge zukommen zu lassen. Glutenfreies Brot. Möhrensaft. Socken aus Alpakawolle. Vitaminpillen. Diesmal war es ein Fahrradhelm. Dazu ein Zettel mit sorgenvollen Grüßen.

Der Geruch war nicht der von Marina Klipp, sondern einfach der nach ungewaschenen Füßen. Alle Sachen, die Fannys Vater brachte, müffelten so. Ich hatte das Gefühl, der alte Mann verwahrloste langsam. Auch wenn Fanny keine Lust dazu hatte – sie würde sich bald mehr um ihn kümmern müssen.

In der Wohnung machte ich kein Licht, nicht mal im Bad, das zum Hinterhof hinauszeigte. Die Küche und mein Zimmer gingen zur Straße raus und wurden vom Laternenlicht erhellt.

Ein vorsichtiger Blick aus dem Küchenfenster bestätigte, dass ich mir die unheimliche Gestalt nicht eingebildet hatte – sie stand noch immer da, halb im Eingang des gegenüberliegenden Hauses versteckt, außer Reichweite des Laternenscheins. Ob sie gesehen hatte, dass das Licht im Treppenhaus angegangen war? Ich musste sofort Koller anrufen. Aber ich fand das Festnetztelefon nicht, es lag verdammt noch mal nicht in der Aufladestation! Wie sollte ich es denn ohne Licht in der Wohnung finden?

Ich zwang mich zur Ruhe. Zu dumm, dass so ein Telefon keinen besonderen Eigengeruch hatte, sonst hätte ich es vielleicht erschnüffeln können. In dem Moment fing es an zu jodeln – ein Klingelton, den Fanny ausgesucht hatte –, und ich zuckte dermaßen zusammen, dass mich mein eigenes Zucken noch einmal erschreckte. Koller war dran.

»Na endlich, ich dachte schon, Ihnen wäre was passiert.«

Ich registrierte die Erleichterung in seiner Stimme, auch wenn sie ziemlich ruppig klang. Im Flüsterton berichtete ich ihm von meiner Tour durch die Hinterhöfe, weil jemand vor dem Haus auf mich gewartet hatte.

»Ich schicke sofort einen Streifenwagen! Machen Sie kein Licht an, machen Sie gar nichts, okay?«

Ich war froh, dass Koller mich sofort ernst nahm. »Ja, natürlich. Klar. Ich hab viele Krimis gesehen – ich werde mich nicht wie das klassische Opfer verhalten, versprochen. Und Sie lassen die Sirenen aus, ja? Sonst verscheuchen Sie die Frau noch, auch so ein Klassiker.«

Koller stutzte, ich konnte seine Verwunderung direkt hören. »Die Frau? Wissen Sie, dass es eine Frau ist?«

»Na, wenn's doch die Mörderin ist.«

»Ich meine, haben Sie *gesehen*, dass es eine Frau ist?«

»Nein, dafür war es viel zu dunkel.«

»Okay. Ich rufe gleich wieder an.« Damit legte er auf.

Der Akku war fast leer, ich legte das Telefon auf die Ladestation, ging zurück zum Fenster und bekam den nächsten Adrenalinstoß – die Gestalt war weg!

Ich wollte sofort wieder Koller anrufen, aber ich fand die Karte mit seiner Nummer nicht mehr. Vielleicht sollte ich einfach die 110 wählen? Aber einen Streifenwagen hatte Koller ja schon losgeschickt. Er würde bestimmt bald kommen. Wahrscheinlich war es besser, wenn ich die Zeit nicht sinnlos verplemperte. Als Erstes schloss ich die Tür von innen ab, dann schob ich den Schuhschrank davor. In der Küche suchte ich nach dem größten Messer, legte es aber wieder weg, nachdem ich einen Fleischklopfer erspäht hatte. Der lag besser in der Hand.

Hallten da Schritte durchs Treppenhaus? Ich schlich zur Wohnungstür und lauschte. Nichts, alles still. Oder? Etwas knackte. Und dann – tapp, tapp, tapp – tatsächlich Schritte im Treppenhaus. Noch ein, zwei Stockwerke entfernt, aber sie kamen näher!

Ich überlegte fieberhaft, womit ich mich noch bewaffnen konnte.

Der Fleischklopfer reichte nicht, ich holte doch noch das Messer aus der Küche. Dann stellte ich mich wieder vor den Schuhschrank, der die Tür versperrte, links das Messer, rechts der Fleischklopfer – und lauschte. Das Tappen war eindeutig näher gekommen, klang, als käme es aus dem zweiten Stock. Noch zweimal acht Stufen, dann würde – wer auch immer – vor meiner Tür stehen. Der Gedanke war so unheimlich, dass ich ihn nicht weiterdenken wollte.

Ich dachte an mein Baby und ob es von alldem etwas mitbekam. Sicher würde das ganze Adrenalin in meinem Körper nicht spurlos an ihm vorüberrauschen. Es lag in meinem Bauch eingekugelt, konnte nicht weg und wurde von meiner Angst überschwemmt. Auf einmal wurde ich ganz ruhig, musste einfach ruhig werden. Niemand sonst konnte ihm helfen, nur ich, seine Mutter.

Mir fiel ein Spruch ein, den meine Oma oft gesagt hatte, nicht zu mir, sondern zu den Frauen, die sie anriefen, meistens nachts. Sie sagte ihnen: *Einatmen und ausatmen. Das Kind will versorgt werden. Der Weg führt durch die Angst.*

Tapp, tapp, tapp. *Werauchimmer* kam die letzten acht Stufen herauf.

Ich zwang mich zum Weiteratmen, auch wenn ich viel lieber die Luft angehalten hätte, um ganz und gar still zu sein, keinen Mucks zu machen. Langsam und leise schlich ich in Fannys Zimmer und versteckte mich dort in ihrem Kleiderschrank. Ich kauerte mich in der Finsternis zusammen, genauso wie mein Baby es wahrscheinlich gerade tat – nur ohne Messer und Fleischklopfer in seinen Händen. Dumpf hörte ich, wie *Werauchimmer* an die Wohnungstür klopfte, ganz leise. Mein Herz raste, obwohl ich mich mit allen Sinnen darauf konzentrierte, ruhig zu bleiben. Ich versuchte mir den Duft von Honig in Erinnerung zu rufen, das Allheilmittel meiner Oma. *Einatmen und ausatmen.* Als das Klopfen dringlicher wurde, umklammerte ich meine Verteidigungswaffen so fest ich nur konnte. Ich atmete so intensiv, als läge ich schon in den Wehen.

Sterne tanzten mir vor den Augen, drehten sich, purzelten durcheinander, und in meinen Ohren rauschte das Blut wie durch Stromschnellen.

Bis endlich Sirenengeheul ertönte. Kollers Leute! Und zum Glück benahmen sie sich genauso unvorsichtig wie die Fernsehpolizei!

7

Natürlich begegnete den Beamten im Treppenhaus niemand.

Werauchimmer schien schlau genug zu sein, durch den Hinterhof zu verschwinden. Die Tür dahin wurde sofort verriegelt und mit dem Hinweis versehen, sie stets abzuschließen.

Ein paar Minuten nachdem die Polizisten gegangen waren, um sich für den Rest der Nacht vorm Haus zu postieren, war Koller mit Baldriantee aufgetaucht.

Während ich in der Küche Wasser aufsetzte und die Teekanne vorbereitete, überlegte ich laut, wie die Mörderin meine Adresse erfahren haben könnte. »Haben Sie eine Idee, Koller? Aber kommen Sie mir nicht mit der Muttertheorie! Wenn meine Mutter mich umbringen wollte, dann müsste sie sich nicht von draußen anschleichen wie eine Fremde. Ich würde sie reinlassen, und sie könnte mich hier am Küchentisch ganz gemütlich bei Tee und Keksen vergiften, warum auch immer.«

»Wir wissen ja gar nicht, ob es überhaupt eine Frau war«, meinte Koller. »Es könnte immerhin auch ein Journalist gewesen sein.«

»Und woher sollte der meine Adresse kennen? Hat Rieb auf der Pressekonferenz meinen Namen genannt?«

»Auf keinen Fall! Er war gar nicht dabei. Ich hatte die Leitung, da ging nichts raus. Es war nur von Opfern die Rede, nie von Ihnen persönlich oder von konkreten anderen Personen.«

»Was genau weiß die Presse denn von den Opfern?«

»Nur, dass ein Ehepaar und ein Arzt darunter sind. Keiner weiß etwas von Ihnen, Buck, außer den ermittelnden Beamten.«

Koller klang so, als würde er bereits darüber nachgrübeln, welcher seiner Kollegen die Presse mit internen Informationen versorgte.

»Von Ricky weiß auch keiner was?«

Koller schüttelte den Kopf. »Nein. Es dürfen nur die Informationen rausgegeben werden, die auch bei der Pressekonferenz öffentlich gemacht wurden«, murmelte er nachdenklich und, wie mir schien, mehr zu sich selbst. »Alles andere würde die Ermittlungsarbeit behindern.«

Das Wasser kochte. Ich goss den Tee auf, stellte die Kanne auf den Küchentisch und setzte mich Koller gegenüber.

»Da haben Sie aber ein fettes Leck. Heute war ich beim *Oscars* – ja, ich weiß, da hätte ich nicht hingehen sollen, aber ich wollte versuchen, die Fährte des Kräutergeruchs aufzunehmen. Sie selbst haben mich darauf gebracht. Das ging aber nicht, war ein Desaster, ist jetzt auch egal. Ich wollte Ihnen erzählen, was die Journalisten gesagt haben, die mir hinterhergelaufen sind. Sie haben mich erkannt, sie wussten, dass ich an dem Abend im *Oscars* war und dass die Opferzahl nicht stimmt, sie kannten den Namen der Dahlmanns, und sie haben nach dem Brief gefragt.«

Koller schaute mich irritiert an, schien regelrecht sprachlos zu sein. Ich wartete ab und goss Tee ein. Als er seine Stimme wiedergefunden hatte, klang sie seltsam hohl. »Was haben Sie denen gesagt?«

»Na, nichts. Was denn auch?«

Koller fixierte mich plötzlich mit ernstem Blick. Mir wurde mulmig zumute.

»Ich will, dass Sie jetzt absolut ehrlich zu mir sind.«

Ich nickte. »Bin ich die ganze Zeit.«

»Sie wissen nicht, wer Sie verfolgt?«

»Nein.«

Jetzt beugte sich Koller vor und starrte mich noch durchdringender an. »Fällt Ihnen wirklich niemand ein, der es sein könnte?«

Es kam mir vor, als wollte er auf einen bestimmten Namen hinaus, so als glaubte er wirklich, ich würde wissen, was hier vor sich ging. Wie kam er darauf?

Wir schauten uns beide an, als hofften wir in den Augen des anderen lesen zu können, was in dessen Kopf vorging. Aber die Fragen blieben, egal, ob wir in unseren Worten oder Augen nach den Antworten suchten. Zeit, wieder bei null anzufangen. Oder besser gesagt bei 00.

»Ich hab Ihnen schon gesagt, was ich glaube – dass es die Mörderin war, die Unbekannte vom Klo. Das bedeutet dann aber, und das werden Sie nicht gerne hören, dass Frau Dahlmann aus dem Rennen ist. Tote können ganz schlecht Treppen steigen.«

Weil Koller darauf nicht reagierte, fragte ich: »Die Dahlmann ist doch tot, oder nicht?«

Koller kniff die Augen zu und lehnte sich zurück. Mit Daumen und Zeigefinger rieb er sich die Nasenwurzel, seufzte und schaute mich aus müden Augen an. Die Intensität war aus seinem Blick gewichen.

»Lassen wir die Dahlmanns ruhen. Wer könnte noch daran interessiert sein, Ihnen aufzulauern, Buck? Denken Sie scharf nach.«

»Vielleicht die Klipp?«

»Ach ja, diese Geschichte. Was waren das für verstörende Anrufe von Ihnen? Was wollten Sie von der Frau? Sind Sie mit ihr befreundet?«

»Nee, das ist eine Furie. Kaum hatte ich Rickys Namen erwähnt, hatte sie mich schon eingekeilt. Ich bin froh, dass ich heil aus ihrer Wohnung rausgekommen bin. Wobei ich schon gern wissen würde, wie sie den Tee verkraftet hat, sie ...«

Koller unterbrach mich, den Zeigefinger auf mich gerichtet wie den Lauf einer Pistole: »Sie kennen die Frau nicht, gehen aber hin, weil Sie mit ihr worüber – über Ricky – reden wollen?«

»Na ja, ja.«

Von Rickys letzter Adresse und dem Geschenk würde ich Koller nichts erzählen, komme, was da wolle.

Unvermittelt knallte er mit der Handfläche auf den Tisch, dass unsere Tassen schepperten. Ich bekam einen Schreck.

»Und das, obwohl Sie behauptet haben, dass Ricky nur ein Bekannter war, kein Freund. Welche Motivation sollten Sie dann haben, bei seiner Ex-Freundin aufzukreuzen? Und warum sollte genau diese Ex-Freundin eifersüchtig auf Sie reagieren, wenn Sie doch gar nichts mit Ricky hatten? Erklären Sie mir das mal, Frau Buck, ja?« Kollers Stimme klang triumphierend.

Ich zuckte die Schultern. »Es stimmt, was ich gesagt habe. Ricky und ich – wir waren weder Freunde noch sonst etwas, wir hatten nur eine gemeinsame Nacht, mehr nicht. Wie würden Sie denn Ihr Verhältnis zu jemandem beschreiben, mit dem Sie einen One-Night-Stand hatten?«, fragte ich Koller, auch wenn ich mir nicht vorstellen konnte, dass er damit Erfahrung hatte. »Dafür gibt es kein Wort.«

»Und warum waren Sie dann zusammen im *Oscars* essen?«

»Weil ich bei diesem One-Night-Stand schwanger geworden bin. Das wollte ich Ricky sagen.«

So, jetzt war es raus. Ich sah Koller abwartend an, ich hatte keine Ahnung, wie er auf diese Offenbarung reagieren würde. Erstaunlicherweise überhaupt nicht. Seinem Gesicht war jedenfalls keine Regung anzumerken.

»Wundert Sie das gar nicht?«

»Was?«

»Na, dass ich schwanger bin.«

»Nein, nein, das haben ja schon die Ermittlungen ergeben.«

Jetzt war es an mir, Koller fassungslos anzustarren.

»Und außerdem war mir das schon klar, als es hieß, Sie hätten die Suppe nicht essen wollen, weil sie komisch roch«, fuhr Koller fort. »Diese ganze Sache mit Ihrem Geruchssinn lässt nur zwei Schlussfolgerungen zu: Entweder Sie sind schwanger oder ein weiblicher Jean-Baptiste Grenouille. Und da ich nicht davon ausging, dass Sie eine zum Leben erwachte Romanfigur sind, blieb nur die erste Vermutung. Nein, mich wundert vielmehr, dass Sie in diesem Zustand so ohne Weiteres bei Marina Klipp vorbeispaziert sind. Die Frau hat schließlich allen Grund, eifersüchtig auf Sie zu sein. Was haben Sie sich nur dabei gedacht?«

Ich sah Koller immer noch mit großen Augen an. Ich kam nicht darüber hinweg, wie undurchschaubar dieser Mann war.

»Sie wissen die ganze Zeit, dass ich schwanger bin, und sagen es mir nicht?«

»Sie wollten ja allem Anschein nach nicht darüber reden.«

»Und Rieb? Weiß er es auch?«

»Natürlich. Alle, die an der Ermittlung beteiligt sind, wissen es.«

Jetzt warf ich Koller einen gehässigen Blick zu. »Und warum weiß es dann die Presse noch nicht?«

»Punkt für Sie«, knurrte Koller.

Dann fasste ich zusammen: »Sie wissen also, dass ich schwanger bin, aber nicht von wem. Dass Ricky der Vater ist, war nur eine Vermutung. Gut, jetzt ist es eine Tatsache. Das macht es noch unwahrscheinlicher, dass ich die Täterin bin, stimmt's? Ich würde mich doch nicht um meine Alimente bringen. Eigentlich hätte Ricky damit ein viel besseres Motiv gehabt. Zu dumm, dass er tot ist und nicht ich.«

Ich schlug mit der flachen Hand auf den Tisch und registrierte zufrieden, dass Koller überrascht zusammenzuckte. Damit waren wir quitt.

»Das bringt Marina Klipp auf der Verdächtigenliste nach ganz oben«, stellte ich profimäßig fest. »Sie ist eifersüchtig und verrückt genug, ich kann's bezeugen. Durchsuchen Sie ihre Wohnung, und Sie werden Zyankali finden, jede Wette.«

Koller sagte nichts dazu. Ich nippte an meinem Tee und schaute ihn abwartend an, aber er blieb schweigsam. Vielleicht wusste er mehr über Marina Klipp, als er sagen durfte.

»Was ist mit Ihnen, Koller? Wieso schlagen Sie nicht an? Sie beißen sich lieber bei den Dahlmanns fest, ja?«

»Sagen wir es mal so: Bei den Dahlmanns passt alles zusammen. Was Horn und Sie beobachtet haben. Die Frau in der Nebenkabine könnte Frau Dahlmann gewesen sein, die karierten Taschentücher von Herrn Dahlmann, das ganze zeremonielle Verhalten der beiden – das Händchenhalten und das Schweigen. Und dann das, was wir im Auto gefunden haben: der Abschiedsbrief, die Kündigungspapiere der Wohnung, der Handyverträge, der Lebensversicherungen und und und ...« Er seufzte. »Buck. Wenn Sie mich kennen würden, dann wüssten Sie, dass ich immer misstrauisch werde, wenn etwas zu gut passt. Ist so eine Eigenart von mir. Auch dass ich immer auf Nummer sicher gehe. Solange nichts bewiesen ist und auch nur die geringste Möglichkeit besteht, dass ich falschliege und der richtige Mörder noch frei herumläuft, muss ich alle Eventualitäten im Auge behalten.«

»Auch die Klipp.«

»Außerdem: Es muss nicht sein, dass die Person, die für die Morde im *Oscars* verantwortlich ist, auch die Person ist, die Sie verfolgt hat.« Koller warf mir wieder einen seiner durchdringenden Blicke zu. »Das können zwei verschiedene Paar Schuhe sein.«

Er hatte recht. Heute Abend würden wir den Fall nicht lösen, im Gegenteil. Je länger wir darüber redeten, desto komplizierter wurde er.

Koller schien das ähnlich zu empfinden, er sah plötzlich unglaublich müde aus, massierte sich die Schläfen, schüttelte sich und nahm dann einen Schluck Tee. Ich fürchtete, dass er sich jeden Moment auf den Nachhauseweg machen würde, wollte ihn aber gern noch dabehalten. Seine Grizzly-Aura wirkte beruhigend auf mich.

Als er den nächsten Satz anfing mit: »Ich glaube, es ist an der Zeit ...«, fiel ich ihm schnell ins Wort: »... für Klartext. Diese Verfolgungsgeschichte zum Beispiel – Sie denken doch wohl nicht ernsthaft, dass meine Mutter dahintersteckt, oder?«

Koller schüttelte den Kopf. »Nein, darauf wollte ich nicht hinaus.«

»Gut, denn dann müsste ich Sie für verrückt erklären.«

Ich goss Tee nach und durchforstete mein Hirn nach weiteren Gesprächsthemen. Es war so still, dass ich glaubte hören zu können, wie sich die Baldrianpartikel auf dem Tassenboden absetzten. Kollers Bart knisterte, als er darüberstrich.

»Wussten Sie eigentlich von Rickys Vorstrafen?«, fragte er in das Knistern hinein.

»Lassen Sie mich raten: Wettrennen im Straßenverkehr? Heiratsschwindel? Illegales Glücksspiel? Versicherungsbetrug? Dieselklau?«

»Körperverletzung. Hat damals eine Jugendstrafe auf Bewährung bekommen.«

Das überraschte mich jetzt doch.

»Was genau hat er gemacht, und wie alt war er da?«

»Sechzehn, hat Mitschüler und einen Lehrer angegriffen, und dann noch mal mit zwanzig, da war er an einer Schlägerei in einer Disco beteiligt.«

Ich überlegte, was ich davon halten sollte. »Wäre möglich, dass es einen guten Grund dafür gegeben hat.«

»Ja.« Koller nickte und klopfte mit beiden Händen auf den Tisch. »Es ist spät.«

Er stand auf, ich konnte es nicht verhindern.

»Meinen Sie, Sie können hier Ruhe finden? Ich lass die Kollegen vor Ihrem Haus Wache schieben.«

Ich nickte, hoffte jedoch, er würde trotzdem noch bleiben. Er konnte ja hier übernachten. Er brauchte nur daliegen und damit einverstanden sein, dass ich meinen Kopf an seine Schulter legte.

»Kann ich noch etwas für Sie tun?«, fragte Koller mit der Hand auf der Klinke. Und mir fiel tatsächlich etwas ein. Ich fragte ihn, ob bei der Durchsuchung meines Zimmers irgendetwas Merkwürdiges gefunden worden war.

»Außer dem verbrannten Bett, meinen Sie?«

»Nein, ich meine ...« Ich biss mir auf die Lippe. Fast hätte ich Koller nach der Stinkbombe gefragt. Immerhin stand in meinem Zimmer das Fenster seit dem Brandabend offen. Bei der Wohnungsdurchsuchung war vielleicht etwas gefunden worden, eine Konstruktion, die nicht hochgegangen war und die ich übersehen hatte. Wäre doch möglich. Andererseits war die Stinkbombe vielleicht etwas, wovon die Polizei noch gar nichts wusste. Und wenn ich Koller jetzt danach fragte, war meine Chance vertan, Rickys letzte Adresse noch vor der Polizei zu finden.

Darum schüttelte ich den Kopf. »Nein, stimmt, es gibt nichts Merkwürdigeres als das verbrannte Bett. Ich wollte nur fragen, ob Sie mir vielleicht helfen könnten, die Matratze in den Keller zu bringen. Aber das ist ja Quatsch mit Ihrem Bein.«

Das war eigentlich nur ein Versuch, Koller von meiner spontanen Eingebung abzulenken, aber dummerweise nahm er das Manöver ernst.

»Was ist hier Quatsch?!«, blaffte er. Und als hätte ich ihm eine Ladung Koffein direkt ins Blut gespritzt, humpelte er energiegeladen durch den Flur zu meinem Zimmer. Ich wollte ihn noch davon abhalten, aber da hatte er die Tür schon aufgestoßen, und die volle Ladung Brandgeruch überwältigte mich. Sofort summte es mir in den Ohren, und mein Herz fing an zu rasen. Ich konnte nichts dagegen tun, außer ganz tief ein- und auszuatmen, um meinem Körper zu signalisieren, dass alles in Ordnung war. Koller bekam das blöderweise mit, weil ich mich reflexartig nach Halt suchend in seinen Arm gekrallt hatte.

»Holla«, meinte er, nachdem ich mich etwas beruhigt hatte, »sind Sie damit mal zu einem Psychologen gegangen?«

»Sehe ich so aus?«, erwiderte ich ärgerlich. »Vergessen Sie die Bettgeschichte. Sie sind der falsche Mann dafür.«

»Das hab ich schon öfter gehört.« Koller humpelte zum Fenster, streckte die Arme aus und schien Maß zu nehmen. Wollte er die Matratze etwa aus dem Fenster werfen?

»Hier muss doch bestimmt alles so bleiben, wie es ist, oder nicht?«, versuchte ich ihn von seinem Vorhaben abzuhalten. »Von wegen Spurensicherung?«

»Alles schon passiert. Außerdem ist das ja kein Tatort, oder doch?«

»Nein!«

»Na dann.« Koller schaute noch einmal aus dem Fenster, dann griff er sich meine Matratze, klappte sie hochkant aufs Fensterbrett und schob sie raus. Zack. Weg war sie.

Ich rannte zum Fenster und schaute nach draußen. Sie lag wie ein Marmeladenbrot mit der Brandseite nach unten auf dem Fußweg.

»Und nun?«

»Gehen wir runter und bringen sie in den Keller.«

Das ging schneller als gedacht. Im Keller entdeckte ich noch jede Menge Farbeimer. Ich musste Koller davon abhalten, sie mir direkt hochzubringen. Seine Hilfsbereitschaft hatte etwas Pathologisches. Wieso sollte er mit seinem schmerzenden Bein die Stockwerke noch einmal hochlaufen wollen und dann auch noch mit schweren Farbeimern in der Hand? Die reinste Selbstzerstörung. Ein Gang zum Psychologen täte ihm bestimmt auch mal ganz gut.

Ich brachte ihn noch zur Haustür und versprach ihm, gleich morgen mit der Renovierung meines Zimmers zu beginnen.

»Direkt nachdem ich mich bei Ihnen gemeldet habe, Punkt zehn Uhr – ich denke dran.«

Koller bestand darauf, dass ich in meine Wohnung zurückging, solange er noch da war. Nachdem ich mich vergewissert hatte, dass außer mir niemand sonst in der Wohnung war und ich die Tür verbarrikadiert hatte, schaute ich aus dem Küchenfenster und zeigte Koller den erhobenen Daumen. Er nickte, erwiderte die Geste und klopfte auf das Dach des blau-weißen Einsatzwagens vor meinem Haus. Ich verstand, was er damit meinte – seine Kollegen würden die ganze Nacht dort stehen und aufpassen. Wir winkten uns kurz zu, dann wackelte Koller mit den Fingern, klopfte sich auf die Wange, und ich brauchte eine Weile, bis ich begriff, was er von mir wollte – das Fenster zumachen und schlafen gehen.

Ersteres tat ich, Letzteres nicht – heute Nacht würde ich kein Auge zubekommen. Zu viel ging mir im Kopf herum: Jemand hatte mich bis zu meiner Wohnungstür verfolgt! Wie sollte ich mich je wieder sicher fühlen?

Dann: Koller hatte gewusst, dass ich schwanger war! Und jetzt wusste er auch von meiner Brandphobie. Oder wie immer man diese Macke nennen sollte. War das etwas, was sich gegen mich wenden würde?

Dritter Punkt: Ricky hatte Leute verprügelt und war vorbestraft. Warum hatte Koller mir das erzählt? Und was fing ich mit dieser Information jetzt an? Veränderte sie mein Bild von Ricky? Nein, dazu wusste ich zu wenig über die Umstände der ganzen Angelegenheit. Mit zwanzig geriet man als Typ in einer Disco wahrscheinlich schnell mal in eine Konfliktsituation und mit sechzehn ... Wer wusste schon, was für beknackte Mitschüler und Lehrer Ricky gehabt hatte.

Ich ging in mein Zimmer zurück, der Brandgeruch war erträglicher als vorhin. Ich schob das Bettgestell in die Mitte des Raumes und sammelte alles, was herumlag, auf. Das meiste wanderte direkt in die Mülltüte. Dann schrubbte ich mit der Gemüsebürste den Ruß von der Wand. Wenn ich nicht mehr konnte, ging ich zum Fenster und schaute eine Weile auf den Polizeiwagen hinunter. Er stand direkt unter einer Laterne und wirkte in dem orangefarbenen Lichtkreis mit seiner Sirene auf dem Dach sehr beruhigend.

Dachte Koller vielleicht, dass sich jemand an Ricky hatte rächen wollen? Jemand, dem er mal ein blaues Auge geschlagen hatte? Die

Vorgehensweise mit Gift deutete allerdings darauf hin, dass Ricky es sich mit einer Frau verscherzt hatte. Hatte er sie geschlagen? Ich hielt mit dem Schrubben inne. War Ricky ein Frauenschläger? Dieser Gedanke schmerzte. Aber das Verhalten seiner Ex ließ eher vermuten, dass *er* das Opfer häuslicher Gewalt gewesen war.

Wenn ich die Wohnung fand, in der Marinas Bombe gelandet war, führte mich das womöglich zu einer Frau, die noch viel wütender auf Ricky war als Marina Klipp. Gleich morgen würde ich nach Buttersäure suchen und mir eine Dosis bestellen, zur Witterungsaufnahme.

Ich schüttelte die Arme aus, lockerte die Muskulatur und schrubbte so lange weiter, bis kein Rußpartikel mehr zu sehen war.

Wenn die mörderische Unbekannte tatsächlich eine Frau war, die es auf Ricky abgesehen hatte, dann konnte es für mich gefährlich werden. Vor allem mit Rickys Kind im Bauch.

Ich hielt mit dem Schrubben inne. War es das? Steckte ein Eifersuchtsdrama um Ricky und meine Schwangerschaft hinter der ganzen Sache? Wenn Koller mitgekriegt hatte, dass ich schwanger war, dann ja vielleicht auch noch ganz andere Leute. War es womöglich Carmens Name, den Koller vorhin am Küchentisch von mir hatte hören wollen?

Immerhin hatte ich sie an dem Tag, an dem ich den Test gemacht hatte, darum gebeten, meine Schicht zu übernehmen. Das war am Vormittag des Giftanschlags gewesen!

In welchen Mülleimer hatte ich den Schwangerschaftstest geworfen? In den großen im Waschraum der Centertoiletten. Die Toiletten benutzte auch Carmen. Vielleicht war sie mir gefolgt? Hatte mich beobachtet oder auch einfach nur eins und eins zusammengezählt. Je länger ich darüber nachdachte, desto sicherer war ich mir, dass Carmen ein Motiv hatte. Wie sie Ricky jedes Mal angesehen hatte, wenn er seinen Kaffee bestellte. Wie ihre Stimme sich veränderte, ihre Augen strahlten, ihre Ohrringe klimperten.

Ich wollte eigentlich nur eine kleine Verschnaufpause einlegen, schlief dann aber ein, ausgestreckt auf dem Parkett, die Gemüsebürste noch in der Hand.

In meinem Traum lag ich nackt auf einer Pritsche aus Metall, ein Laken über mir. Ich hörte Carmen tuscheln und kichern, wollte das Laken wegziehen, um sie zu sehen, ihr zu sagen, wie unhöflich und unpassend ich ihr Gekicher fand, aber ich konnte meine Arme nicht bewegen. Auf einmal rutschte das Laken weg, und grelles Licht blendete mich. Irgendwann konnte ich Umrisse von Leuten erkennen, die um mich herumstanden und mich anstarrten. Einer der Schatten löste sich, beugte sich zu mir herunter und küsste mich auf den Mund. Es war ein sanfter Kuss, voller Wärme. Für den Bruchteil einer Sekunde schloss ich die Augen, und als ich sie wieder öffnete, lag ich nicht mehr nackt auf der Bahre, sondern stand angezogen neben ihr. An meiner Stelle lag nun jemand anders dort, grell beleuchtet und von allen angestarrt – Ricky. Kaum zu erkennen: mit kalten Augen, fremder Mimik, unbeteiligt, so, wie ich ihn nie zuvor gesehen hatte – tot.

Die Stimmen der Leute, die um die Bahre herumstanden, wurden lauter. *Ist er das nun oder nicht?*, hörte ich sie fragen. Ich nickte. Bestätigte, dass das einmal Ricky gewesen war. Die Leute nickten nun ihrerseits und murmelten zustimmend. Jemand deckte Ricky mit dem Laken zu, und genau in dem Moment gab es einen Knall, gefolgt von einem Zischen. Alle Leute rannten erschrocken durcheinander. Gelber Rauch breitete sich aus und mit ihm ein unglaublich widerlicher Gestank. Nach verbrannten Haaren und gärendem Gedärm. Der ganze Raum war von einem Summen, Schmatzen und Wabern erfüllt. Gerade, als ich mich fragte, wie es möglich war, dass Gestank Geräusche erzeugte, lichtete sich der gelbe Rauch vor mir, und ich konnte sehen, dass sich etwas unter Rickys Leichentuch bewegte. Nicht nur eine Bewegung war das, nein, das waren viele Tausend kleine, die da unter dem Laken wuselten. Und mir wurde schlagartig klar, woher das Summen und Schmatzen kam. Ich wachte genau in dem Augenblick auf, als jemand das Leichentuch wegzog.

Haarsträhnen klebten mir quer über der Stirn, der Müllbeutel hatte sich um meine Beine gewickelt. Noch immer summte es mir in den Ohren. Ich hatte meine Zähne so fest aufeinandergepresst, dass der Kiefer knackte, als ich den Mund aufmachte. In meinem Zimmer war es taghell, durch das offene Fenster dröhnte das Schaben und Brummen einer Straßenkehrmaschine. Fröstelnd stolperte ich in die Küche und trank Wasser direkt aus der Leitung.

Es war kurz vor sieben.

Ich wickelte mich in eine Decke, ging zum Küchenfenster und sah hinunter. Der Polizeiwagen stand immer noch da. Meine Wächter hatten auf unbequemen Autositzen ausgeharrt, nur um mir eine ruhige Nacht zu verschaffen.

Ich setzte Kaffeewasser auf, und dabei fielen mir meine nächtlichen Überlegungen zu Carmen wieder ein. Jetzt bei Tageslicht betrachtet und mit dem Geräusch des gurgelnden Kaffeewassers im Ohr, erschien mir die Vorstellung, dass sie sich in der Restauranttoilette versteckte, um unser Essen zu vergiften, abwegig. Woher hätte sie denn das Zyankali bekommen sollen? Und das altmodische Kräutertaschentuch passte auch nicht zu ihr. Außerdem hätte ich ihre hohe Fistelstimme erkannt.

Ich verwarf die Theorie wieder und sprang unter die Dusche. Es dauerte eine Weile, bis das Wasser warm wurde, solange stand ich fröstelnd da und fühlte mich wieder in meinen Traum zurückversetzt. Rickys Leichnam mit den kalten Augen. Nur seine Haare sahen aus wie vor dem Flambieren – von Haarlack glänzend, perfekt gestylt. Ob das das Bild war, das ich von ihm in Erinnerung behalten würde? Oder das mit den Hostessen von der Automesse? Möglicherweise gab es noch ein ganz anderes Bild von ihm. Aber ob das besser war?

8

Ich stand mit zwei dampfenden Kaffeetassen vor dem Polizeiwagen und starrte auf die Sitze. Sie waren leer. Offenbar hatte die ganze Nacht über nur ein leerer Wagen vor meinem Haus geparkt.

Beinahe hätte ich die Tassen fallen lassen, so schwach fühlte ich mich auf einmal. Schwach und dumm. Was hatte ich denn erwartet? Nächtlichen Polizeischutz, nur um mich vor einer Mörderin zu schützen, die es vielleicht nur in meiner Fantasie gab? Wie hatte ich annehmen können, dass die Polizei dafür irgendwelche Kapazitäten freisetzen würde. Nachdem ich über Stunden im Präsidium festgehalten worden war, hätte ich es besser wissen müssen.

Das Unbehagen vom Abend zuvor kehrte zurück. Noch bedrückender, denn es wurde von dem Gefühl verstärkt, vollkommen auf mich allein gestellt zu sein. Es war nicht nur ein Gefühl, mehr so etwas wie eine Erkenntnis. Der klare Blick auf eine Formel, die viele Varianten kannte: Wenn ich meine Mutter anrief, ging sie nicht dran. Wenn mich ein Polizeiauto bewachte, saß keiner drin. Und wenn es etwas gab, das mir viel bedeutete, dann verbrannte es kurz darauf zu Asche. Da ist niemand, war der Satz dahinter, der sich immer wiederholte. Niemand, nur du allein, mit all deinen kitschigen Erwartungen.

Hinter mir raschelte etwas, dann waren Schritte zu hören. Ich drehte mich um und sah Koller aus der Toreinfahrt des Nachbarhauses kommen. Er war gerade dabei, den Reißverschluss seiner Hose zu schließen, während eine Windböe seine Jackenschöße aufbauschte und ihm die Haare zu Berge stehen ließ. Ich musste ihn wohl verwirrt angeschaut haben, denn er fragte, ob alles in Ordnung sei.

Mit einem breiten Lächeln hielt ich ihm eine der Tassen hin.

»Gut geschlafen?«, fragte er und nahm einen großen Schluck Kaffee. Seine Augen waren fast so rot geädert wie die von Rieb, und sein zerknitterter Anzug war falsch zugeknöpft.

»Besser als Sie, wie's aussieht.«

Koller lachte und verzog dabei das Gesicht zu einer Grimasse, die ich im ersten Moment gar nicht deuten konnte. Vielleicht tat ihm etwas weh? Er war ja nicht mehr der Jüngste, irgendwas Mitte fünfzig, und so eine Nacht auf einem Autositz hinterließ ihre Spuren.

Koller winkte ab. »Das ist es nicht«, sagte er. »Es ist ... um ehrlich zu sein ... der Kaffee. Ich trinke ihn sonst nicht so ...« Er suchte nach dem passenden Wort.

»Schwarz?«, schlug ich vor.

»Scheußlich, wollte ich sagen.« Er schaute in die Tasse, als wäre er dazu gezwungen, den Mageninhalt eines Mordopfers zu betrachten. »Was ist das für eine Sorte? Haben Sie da irgendwas reingekippt?«

Ich nippte erst an meiner Tasse, dann an Kollers. Der Kaffee schmeckte wie immer.

»Zyankali war leider alle. Aber vielleicht kann ich Ihnen ja was vom Bäcker mitbringen?«

Koller wollte zwei Brezeln. Bevor ich losging, stellte ich beide Tassen vor die Haustür und fragte Koller, warum er sich selbst die Nacht um die Ohren geschlagen hatte und nicht einer seiner Kollegen.

»Seit dem Abschiedsbrief der Dahlmanns drängt die Staatsanwältin darauf, den Fall offiziell abzuschließen. Intern soll aber noch weiter ermittelt werden, deshalb sind alle Kollegen anderweitig im Einsatz. War am einfachsten, mich selbst zum Bewachen abzukommandieren.«

Koller hatte bemerkt, dass er sein Jackett falsch geknöpft hatte, knöpfte es auf und wieder zu – erneut falsch.

»Und Marina Klipp? Wann verhaften Sie die?«

»Lassen Sie das um Himmels willen meine Sorge sein, Buck.

Konzentrieren Sie sich am besten ganz auf Ihr Kind, bleiben Sie zu Hause, räumen die Wohnung um, richten sich ein und … na ja …«
Zum Glück merkte er selber, dass er sich gerade auf ganz rutschigem Pflaster bewegte und besser damit aufhörte, sich wie jemand zu benehmen, der zu wissen glaubte, wie eine schwangere Frau sich zu verhalten hatte. Mir lagen einige bissige Kommentare auf der Zunge, schluckte sie aber alle runter und fragte stattdessen nach meinem Laptop.

»Den können Sie nächste Woche abholen.«
»Ich brauche ihn aber heute.«
»Tut mir leid, so schnell wird das nicht gehen.«
Ich würde also meinen Vormittag in einem Internetcafé verbringen, falls es die Dinger noch gab.
Jetzt ging ich erst mal zum Bäcker.
Als ich die Tür aufdrückte, wurde ich von dem Duft frisch gebackener Brötchen geradezu überwältigt. Ich musste mich an der Türklinke festhalten, um nicht das Gleichgewicht zu verlieren. Noch nie hatte der Duft knuspriger Brötchen derart intensiv auf mich gewirkt, und doch war er es gar nicht, der mich so umhaute, sondern die vielen verschiedenen Erinnerungen, die er auf einen Schlag heraufbeschwor – meine Erleichterung, wenn ich meine Oma frühmorgens von einer Nachtschicht auf den Hof einfahren hörte, das Knistern der Brötchentüte, wenn sie sie auf den Küchentisch legte, das filigrane, blaue Muster auf den Frühstückstellern, das ich mit den Fingern nachzeichnete, das Fass mit weißem Kleehonig, Omas müdes, aber freundliches Gesicht.

Ich atmete den Duft im Laden noch einmal tief ein, aber so ein Flash wie zuvor traf mich nicht mehr. Was blieb, war die verwirrende Gewissheit darüber, dass es in meinem Leben eine Menge Erlebnisse mit frisch gebackenen Brötchen gegeben hatte und dass jedes von ihnen für alle Zeiten in meinem Gedächtnis abgespeichert war, genau wie Koller es beschrieben hatte.

Während ich darauf wartete, dass die Verkäuferin aus der Backstube kam, fiel mein Blick auf die Titelseite der Zeitung auf dem Verkaufstresen. Dort war ein Briefumschlag abgedruckt, über dem in großen Lettern stand: *Giftmord aufgeklärt!* und darunter *Mörderpaar kündigte grausame Tat in einem Todesbrief an.* Ich nahm mir eine Zeitung vom Stapel und sah mir den Artikel an. Ein Foto des Abschiedsbriefes der Dahlmanns war in Originalgröße abgebildet. Mit geschwungener Handschrift voller Schlaufen und kreisrunder i-Punkte war der Brief auf cremefarbenem Briefpapier mit Silhouetten davonfliegender Vögel am rechten oberen Rand verfasst worden. Jemand hatte den Brief der Presse zukommen lassen. Koller war das bestimmt nicht gewesen. Neben dem Foto war der Text des Briefes noch einmal leserlich abgedruckt: *Ja zur ewigen Liebe! Denn unsere Liebe ist größer als alles, was dieses Leben zu bieten hat. Sie gibt uns die Kraft, einen Schritt zu gehen, der uns über die Grenzen dieser Welt hinaustragen wird und uns für alle Ewigkeit vereint. Trauert nicht um uns, sondern freut euch, dass wir diese grenzenlose Liebe leben.*

Kommentar dazu: *Sie sehnten sich nach dem Tod, aber wollten nicht allein sterben. Was trieb das Apotheker-Ehepaar zu seiner grausamen Tat?* Dem Kommentar folgte ein Verweis auf einen Artikel, in dem ein Psychologe das Phänomen des erweiterten Suizids erläuterte. Es ging unter anderem um Geisterfahrer, die mit Absicht falsch auf die Autobahn auffuhren.

»Den Tod von Unschuldigen in Kauf zu nehmen, deutet auf mehr hin als nur auf den Wunsch, nicht allein zu sterben, es ist eine Form von Rache, die an der Gesellschaft verübt wird«, so der Experte. »Der Betroffene ist der Meinung, dass die Umwelt, wenn sie sein Seelenleiden ignoriert, Mitschuld an seinem Zustand trägt und alle folgenden Konsequenzen verdient hat.«

Koller musste die Zeitung sehen, jetzt sofort. Ich legte das Geld dafür auf die Verkaufstheke, verließ den Laden und rannte mit der Zeitung wedelnd zu Koller, der gerade in ein Auto stieg, das neben dem blau-weißen Polizeiwagen gehalten hatte. Am Steuer saß Rieb, der so gestresst wirkte, als säße er in einem Fluchtfahrzeug. Er gab Gas, noch bevor Koller die Beifahrertür richtig zugemacht hatte. Beim Vorbeifahren hielt ich Koller das Titelblatt der Zeitung hin. Er nickte und deutete mit Daumen und Zeigefinger an, dass er mich anrufen würde. Dann brauste Rieb mit ihm die Straße hinunter und bog ohne zu blinken ab.

Zurück in meiner Wohnung setzte ich mich an den Küchentisch und las die ganze Zeitung durch. Interessant fand ich, dass man in Deutschland in jeder Apotheke Zyankalikapseln kaufen konnte, wenn man einen sogenannten Giftschein vorlegte. Den bekam man mit einer abgeschlossenen Giftausbildung, zum Beispiel als Apotheker.

Koller hatte gestern am Telefon mit keinem Wort erwähnt, dass die Dahlmanns Apotheker waren. Wahrscheinlich wollte er diese Information in der Hinterhand behalten. Umso schlimmer für ihn, dass seine Mitarbeiter anscheinend komplett anders tickten.

Ein ganzer Artikel beschäftigte sich mit dem Thema Depression und Medikamentenmissbrauch. Die Dahlmanns hatten sich jahrelang mit Aufputsch- und Beruhigungspillen aus ihrer eigenen Apotheke versorgt, ohne einen Arzt auf sich aufmerksam zu machen. So waren sie gemeinsam immer weiter in die Krise gerutscht, aus der sie am Ende keinen anderen Ausweg mehr sahen.

Auf der nächsten Seite prangte ein großes Foto von einer Frau, die traurig in die Kamera schaute. Auf ihrem Arm saß ein etwa dreijähriges Mädchen mit süßen Zöpfen. Darunter stand:

Amina M. und ihre kleine Delia waren beide Patientinnen von Dr. N., dem beliebten Kiezarzt. »Er hat uns auch geholfen, als wir noch keine Krankenversicherung hatten. Er war ein guter Mensch. Delia hat Asthma und braucht viele Medikamente«, so die junge Mutter, die vor fünf Jahren mit ihrer Familie aus Afghanistan nach Deutschland gekommen war. »Wir wissen nicht, was wir ohne den Doktor jetzt machen sollen.«

Im Folgenden drückte der Artikel Bedauern darüber aus, dass Dr. N. einen sinnlosen Tod gestorben war. Einen Tod, der zu verhindern gewesen wäre, wenn jeder Einzelne aufmerksamer mit sich selbst und seinen Mitmenschen umginge. Nachfolgend waren etliche Telefonnummern und Internetadressen von Beratungsstellen aufgelistet, die Hilfe bei Selbsttötungsgefahr und Lebenskrisen anboten. Von Ricky stand nirgendwo ein Wort. Er wurde einfach ignoriert.

Eine Seite weiter dann das Foto von mir, das Claas Undercut gestern in der Menschenmenge vor dem *Oscars* von mir geschossen hatte, als ich auf dem Weg in den Park war. Darunter stand blanker Unsinn:

Entkommen: Nina B. glücklich bei einem Konzertbesuch. Sie war mit Dr. N. im Oscars essen, als das Apothekerpaar seinen mörderischen Plan ausführte. Nina B. war die Suppe zu heiß. Die wenigen Sekunden, die sie mit dem Essen wartete, retteten ihr das Leben.

Nina B. und ein Bild von mir – jetzt war also öffentlich bekannt, dass nicht alle Opfer gestorben waren. Falls die Mörderin das bisher nicht gewusst hatte, dann wusste sie es jetzt.

Mein Plan war, in einem Internetcafé meine ellenlange Rechercheliste abzuarbeiten. Gerade wollte ich die Wohnungstür schwungvoll hinter mir zuknallen, da jodelte das Telefon.

Es war Fanny. Sie entschuldigte sich dafür, sich erst jetzt zu melden, sie hätte die Mailbox nicht abgehört, wäre beschäftigt/betrunken/verkatert gewesen und hätte generell den Ernst meiner Lage verkannt. Inzwischen wäre sie aber voll im Bilde – die Polizei hätte sich bei ihr gemeldet, und Online-Zeitungen hätte sie auch gelesen.

»Was zum Teufel ist los bei dir?«

Ich erzählte ihr alles, auch die Sache mit Marina Klipp, und dass jemand vor unserer Wohnung gewartet und dann sogar gegen die Tür gehämmert hatte, und wie Koller zwar nicht bei mir geschlafen, aber dafür die Matratze aus dem Fenster gekippt hatte.

»Toller Mann. Sag mal, kannst du vielleicht einen Gang runterschalten? Ich komme heute erst spätabends zurück, und ich würde dich gern noch lebend sehen, wenn's geht.«

»Schau'n wir mal.«

»Geh bloß dieser Klipp aus dem Weg, die ist ja völlig irre.«

»Krank.«

»Musstest du ihr denn gleich das Gesicht verbrühen? Sie schiebt jetzt bestimmt einen Hass auf dich.«

»Vielleicht hab ich sie ja auch woanders getroffen. Ich weiß es nicht.«

»Na egal, hat sie wahrscheinlich verdient. Was Ricky wohl an der gefunden hat? Wieso sitzt sie noch nicht im Gefängnis?«

»Keine Ahnung, Koller lässt sie auf jeden Fall beobachten.«

»Und was willst du jetzt machen? Alle Straßen abschnüffeln, bis die Stinkbombenadresse dabei ist? Das kann ja ewig dauern. Und dabei hast du nur noch acht Monate diesen Geruchssinn, maximal.«

»Ich muss erst mal rausfinden, wie so was überhaupt riecht. Buttersäure sagt mir gar nichts. Wollte gerade in ein Internetcafé gehen – mein Handy ist kaputt! Kennst du eins?«

»Neben dem Handyladen in der Badstraße, der Typ da ist supernett. Der mit dem blonden Afro. Bestell ihm einen Gruß von mir und sag ihm, er soll sich dein Handy mal anschauen. Aber du, von Buttersäure redet mein Vater dauernd. Er hat sie aus der Apotheke, rezeptfrei.«

»Dein Vater kauft Buttersäure?«, staunte ich.

»Gegen die Maulwürfe im Garten. Soll Wunder wirken. Keinem Maulwurf wird ein Haar gekrümmt, und trotzdem sind sie weg. Die haben ganz empfindliche Nasen.«

»Da fällt mir ein, hast du noch Kontakt zu diesem Postboten?«

»Du meinst den DHL-Fritzen mit dem Pinocchio-Tattoo über seinem …?«

»Genau den«, unterbrach ich Fanny.

»Na ja, ich hab ihn schon ewig nicht mehr angerufen, wäre mir jetzt eher unangenehm, wenn ich das machen soll. Was willst du denn von dem?«

»Ich hab gedacht, ich könnte ihn vielleicht fragen, ob er in den letzten Wochen eine Lieferung in irgendein Haus gebracht hat, in dem es bombenmäßig gestunken hat.«

»Ja, wieso nicht?«, überlegte Fanny. »Gute Idee. Er kann ja auch bei seinen Kollegen rumfragen.«

Sie gab mir seine Nummer, bat mich aber ausdrücklich, sie nicht zu erwähnen, wenn ich ihn anrief.

»Sag einfach, du hättest seine Nummer von einer Freundin. Gibt's sonst noch Neuigkeiten? Schöne, meine ich.«

»Ach ja, ich bin den Job los. Mir wurde gekündigt.«

»Gut, dass du schwanger bist. Sie können dich gar nicht rausschmeißen!«

»Aber das weiß doch noch keiner.«

»Egal. Wenn du ihnen das bis zwei Wochen nach der Kündigung sagst, ist sie unwirksam. Wenn du willst, frag ich aber noch mal jemanden, der sich damit auskennt.«

»Ich will da eigentlich gar nicht mehr arbeiten.«

»Wurst. Du lässt dir vom Arzt eine Bescheinigung geben, dass du schwangerschaftsbedingt nicht mehr stehen darfst, ach nein, nimm deinen Geruchssinn, der behindert dich ja wirklich. Dauernd wird dir schlecht, das ist ja noch nicht mal gelogen! Dann musst du die Pappnasen nicht mehr sehen, kriegst dein Gehalt aber trotzdem und genug Erziehungsgeld. Du wärst schön blöd, wenn du aus falschem Stolz darauf verzichtest. Zumal du jetzt ja ganz allein für das Kind sorgen musst ...« Fanny verstummte betreten.

Um uns auf andere Gedanken zu bringen, erzählte sie mir von dem verrückten alten Kauz, der eine ihrer Kolleginnen verfolgte. »Viola, du kennst sie – sie spielte die Beth. Und dieser Kerl sieht aus wie Vincent Price, nur fünfzig Jahre älter. Er hält sich für ihren Vater, unterschreibt seine Briefe mit ›In Liebe, Daddy‹ und bei den letzten vier Vorstellungen ist er nach jedem Auftritt von ihr aufgestanden und hat geklatscht – als Einziger im Saal. Der Mann ist absolut verrückt!«

»Vielleicht ist er ja wirklich ihr Vater.«

»Na klar«, lachte Fanny, »und ich bin deine Mutter. Das nächste Mal rufen wir die Polizei.«

»Und was sollen die machen? Den Mann einsperren, weil er während einer Vorstellung widerrechtlich geklatscht hat?«

»Ja. Und zwar in eine Anstalt für durchgeknallte Väter. Da kann er dann mit meinem um die Wette nerven.«

Diese Bemerkung fand ich ziemlich unfair. Seit dem Unfalltod seiner Frau machte Fannys Vater sich Sorgen um seine Tochter und rief sie mehrmals am Tag an, um zu fragen, wie es ihr ging und ob alles in Ordnung sei. Das war vielleicht ein bisschen paranoid, aber meiner Meinung nach auch verständlich.

»Er ist einsam und macht sich Sorgen.«

»Er spinnt! Ich sag nur: Buttersäure! Er ist ein richtiger Kontrollfreak, mischt sich ständig ein, hat immer Angst, ich würde zu wenig essen. Jeden Abend schickt er mir Rezepte. Vorgestern Hühnersuppe, gestern Ratatouille. Ellenlange Anleitungen – per SMS!«

»Ist doch praktisch.«

»Nee, hier gibt's 'ne Kantine.«

»Er meint es nur gut. Sei froh, dass du ihn hast.«

Fanny schnaufte genervt. »Ja, ja, ich weiß. Du hast keinen Papi. Darum bist du von uns allen am schlimmsten dran.« Ich konnte direkt vor mir sehen, wie sie die Augen rollte. »Du und Jesus – ihr beiden seid die einzigen Menschen auf der Welt, die von einem Phantom gezeugt wurden.«

Fanny merkte, dass sie zu weit gegangen war, und entschuldigte sich kleinlaut: »Das war total fies! Du weißt, dass mein Vater mich in den Wahnsinn treibt, hat nichts mit dir zu tun. Sorry, dass du es abbekommen hast. Du nimmst mir das übel, stimmt's?«

»Stimmt.«

»Gut, dass ich noch nicht da bin, was? Ich versuche heute so spät wie möglich nach Hause zu kommen, vielleicht hast du meinen Spruch bis dahin vergessen.«

»Lass dir ruhig Zeit.«

»Acht Stunden Minimum, und noch sind wir nicht losgefahren, die packen alle noch.«

Auf der anderen Seite der Leitung war ein Rascheln zu hören, so als hätte Fanny sich weggedreht oder das Telefon zur Seite gelegt. Dann war sie wieder dran. »Ich sag schon mal Tschüss, ja? Pass auf dich auf. Lass dich von der Klipp nicht erwischen. Koch dir selber was, geh auf keinen Fall irgendwo essen.«

»Okay, alles klar, gute Fahrt dann.« Ich wollte auflegen, aber Fanny schob noch einen Satz hinterher: »Und, Nina, wenn du schon am Kochen bist, dann mach gleich was für mich mit, ja?«

Ich fühlte mich, als hätte ich einen Marathon hinter mir, dabei hatte ich nur mit Fanny telefoniert. Und jetzt stand ich hier und dachte an meinen Vater, das Phantom, daran, wie nah ich dran gewesen war, ihm ein Gesicht zu geben.

Die ganze Zeit hatte ich es erfolgreich vermieden, an die verbrannten Fotos zu denken, und jetzt sah ich sie vor mir, als gäbe es sie noch. Die Strandbilder vom Indischen Ozean, die Bilder, auf denen meine Mutter aus Zugfenstern schaute, in Busse stieg, vor Denkmälern, Brunnen, Marktständen, Säulen stand, Treppen hinauf- und hinablief. Alle Fotos hatte Astrid Lauterbach geschossen, es gab nur ein einziges, auf dem die beiden Freundinnen zusammen zu sehen waren. Es war auf einem Bahnsteig aufgenommen worden. Kurz nachdem meine Mutter aus dem Zug gestiegen war, der sie aus Deutschland nach Budapest gebracht hatte. Es war auch das einzige Foto, dessen Verlust ich von ganzem Herzen bedauerte. Janine und Astrid – die Freundinnen standen da in einer Menschenmenge direkt am Zug, Arm in Arm, die Rucksäcke geschultert, lachend und voller Vorfreude auf die weitere Reise. Meine Mutter mit einer Dauerwelle, die ihre kastanienbraunen Haare zu einer gelockten Löwenmähne auftürmte.

Es war das Foto, auf dem vielleicht im Hintergrund der Mann zu sehen war, mit dem meine Mutter sich im Schlafwagen die Reise verkürzt hatte – mein Vater. Es gab vier Kandidaten, die in Betracht kamen. Einen muskulösen Blonden mit Nickelbrille, der ein paar Meter hinter meiner Mutter stand und direkt in Richtung Kamera schaute – Zufall oder nicht? Hatte er sich absichtlich aufs Bild gemogelt, weil er noch nicht bereit war, aus ihrem Leben zu treten? Seine Brillengläser reflektierten das Blitzlicht, sodass seine Augen nicht zu erkennen waren. Seine Haare hatten dasselbe Blond wie meine. Ich fand, er war auch der Typ für Sommersprossen, selbst wenn das auf dem Bild nicht zu erkennen war. Meine Mutter war mehr so der Schnellbräuner-Hauttyp ohne Pigmentstörung.

Der zweite Kandidat hatte gar keine Haare, dafür aber ein Kinn mit Grübchen, genau wie ich. Er setzte gerade den Fuß aus dem Zug und sah dabei direkt auf Janines Hinterkopf. In seinem Blick meinte ich eine gewisse Traurigkeit zu erkennen, vielleicht bedauerte er den schnellen Abschied?

Kandidat drei klebte ganz links am Bildrand. Er wirkte sportlich, trug Jeansjacke und einen federnd geföhnten Fassonschnitt. Den Zug hatte er, wie es aussah, bereits vor meiner Mutter verlassen, und dennoch warf er einen Blick zurück.

Kandidat vier entfernte sich in den Hintergrund, ohne sich umzusehen. Ihn zog ich eigentlich nur in Erwägung, weil er von keinem anderen Menschen auf dem Bild verdeckt wurde, was sehr merkwürdig war bei dem Gewühl – ein Zeichen?

Nach fünf von Fannys Zigaretten und einer halben Flasche Rotwein hatte ich mich auf Kandidat zwei festgelegt, glaubte ich doch in seinem Blick so etwas wie Liebe zu erkennen.

Mir war klar, dass die Suche ohne einen Hinweis von meiner Mutter sinnlos war. Trotzdem hatte ich nicht damit aufgehört, die Gesichtszüge der Männer auf dem Bahnsteig in Budapest nach Ähnlichkeiten mit meinem abzusuchen. Die Möglichkeit, dass einer von ihnen mein Vater sein könnte, setzte mich so unter Strom, das ich nicht stillsitzen konnte, immerzu musste ich im Zimmer herumlaufen, neue Zigaretten anzünden, das Foto in verschiedenen Winkeln im Lichtkegel halten. Die Euphorie ließ sich noch steigern, wenn ich mir vorstellte, dass mein Vater derjenige war, der das Foto geschossen hatte. Dass es seine Perspektive war, aus der ich auf meine Mutter schaute. Ich weiß, dass das verrückt klang, aber wenn ich mir das vorstellte, dann war es so, als wäre er körperlich anwesend. So als würde sich die Idee von ihm durch mich materialisieren. Vor allem, wenn ich dazu noch einen Schluck Wein trank.

Ja, ich hatte wirklich daran geglaubt, dass eine dreiundzwanzig Jahre alte Momentaufnahme Antworten für mich bereithalten könnte. Ich weiß nicht, warum ich nicht auf die Idee gekommen war, das Foto einzuscannen oder wenigstens mit meinem Handy abzufotografieren. Wahrscheinlich war ich davon ausgegangen, dass die Geschichte von mir und meinem Vater mit dem Fund des Fotos gerade erst begann. Stattdessen hatte sie sich keine drei Stunden später bereits in Rauch aufgelöst.

Bevor ich ging, rief ich Fannys DHL-Fritzen an. Sie hatte mich zwar ausdrücklich darum gebeten, ihren Namen nicht zu erwähnen, aber seine Stimme klang um so vieles freundlicher, nachdem ich ihm Grüße von ihr ausgerichtet hatte. Und sie überschlug sich fast vor Hilfsbereitschaft, als ich ihm versicherte, wie oft Fanny von ihm sprach. Ihm selbst war auf seiner Tour in den letzten sechs Wochen kein stinkbombenartiger Geruch nach Erbrochenem aufgefallen, jedenfalls nicht über das übliche Maß hinaus, aber er versprach, sich unter seinen Kollegen umzuhören. Wir verabredeten, dass ich ihn anrief, sobald mein Handy wieder funktionierte. Wenn ich Glück hatte, ließ sich mithilfe vieler Postbotennasen das Gebiet schneller eingrenzen.

Als ich aus meiner Haustür trat, stand der blau-weiße Einsatzwagen nicht mehr unter der Laterne, dafür aber der, in dem ich gestern vom Präsidium zum Restaurant gefahren worden war, von dem Kollegen, den Koller Garfield und Rieb Heffner nannte. Er saß höchstpersönlich drin und grüßte mich mit erhobenem Kaffeebecher. Ich grüßte zurück. Dann ging ich die Straße runter, wobei ich mich immer wieder nach ihm umschaute. Er blieb aber sitzen und fuhr mir auch nicht hinterher. Hatte Koller nicht gesagt, das Personal sei knapp? Es beunruhigte mich, dass er es anscheinend für wichtig hielt, mein Haus auch tagsüber bewachen zu lassen. Besser, ich dachte nicht weiter darüber nach, sonst verkroch ich mich nur in meiner Wohnung und ging gar nicht mehr raus.

War es das, was Koller wollte? Dass ich zu Hause blieb, unter Kontrolle? Hatte er mich deswegen dazu ermuntert, mein Zimmer zu renovieren? Oder er war einfach nur besorgt um mich.

Die Apotheke um die Ecke hatte natürlich zu. Um in Erfahrung zu bringen, wie Buttersäure roch, würde ich meine Nase in den Garten von Fannys Vater halten müssen. Der lag ein ganzes Stück entfernt, in einem Stadtteil mit verschnörkelten Eigenheimen. Auf dem Weg zur Bushaltestelle wurde ich das Gefühl nicht los, beobachtet zu werden. Dass zwischen den Fußgängern, die hinter mir liefen, jemand war, der mich beobachtete. Auch wenn ich stehen blieb und die Leute an mir vorbeiziehen ließ, änderte sich nichts an dem kribbeligen Gefühl in meinem Nacken.

Am Ende des Häuserblocks war die Haltestelle. Es standen schon viele Leute dort, bestimmt kam der Bus jede Minute. Kaum hatte ich das gedacht, fuhr er auch schon an mir vorbei. Ich musste rennen, um ihn zu erwischen, schaffte es gerade so, ging nach hinten durch und spähte aus dem Rückfenster hinaus. Aber da war weit und breit keiner, der sich wie ein Spion benahm, dessen Beobachtungsobjekt ihm entwischt war. Da war nur ein Kerl, der aussah wie Ricky. Jedenfalls trug er einen ähnlichen Kapuzenpulli wie den, den er mir geliehen hatte. Nur nicht in Grau, sondern in Schwarz. Davon gab es vermutlich Tausende.

Nachdem meine Oma gestorben war, war sie mir noch oft über den Weg gelaufen. Manchmal war sie mit dem Rad vorbeigefahren, wenn ich gerade aus dem Fenster schaute, oder sie spazierte durch einen Gang im Supermarkt, wenn ich an der Kasse stand und mich umsah. Im Laufe der Zeit waren diese Begegnungen weniger geworden.

Bis ich die Hand gehoben hatte, um Rickys Kapuzendouble zuzuwinken, war der Bus schon abgebogen.

Den Garten von Fannys Vater aufzusuchen, war eine gute Idee gewesen. Schon von Weitem konnte ich einen Geruch wahrnehmen, der unverkennbar widerlich war und David Bowie auf den Plan rief. *Groundcontrol to Major Tom* – direkt aus dem Bus der ungewaschenen Füße.

Der Gestank wurde schlimmer, je näher ich dem Haus von Fannys Vater kam. Das freute mich, aber es beunruhigte mich auch – was, wenn der Geruch gar nicht von der Buttersäure kam, sondern von Fannys Vater? Was, wenn der alte Mann in seinem Erbrochenen lag und ihm nicht mehr zu helfen war?

Auf mein Klingeln blieb es still. Alle Vorhänge waren zugezogen, sowohl im Erdgeschoss als auch im oberen Stock. Ich klopfte an die Tür und dann an die Fenster, ging ums Haus herum und versuchte einen Gardinenspalt zu finden, durch den ich einen Blick ins Innere werfen konnte. Aber selbst als ich einen gefunden hatte, konnte ich kaum etwas erkennen, denn die Fensterscheiben waren lange schon nicht mehr geputzt worden.

Hinterm Haus war der Geruch noch schlimmer. Er kam eindeutig von den Maulwurfshügeln. Auf dem Rasen gab es eine Menge davon. Und in jedem steckte eine Serviette, sodass sie aussahen wie Kuchen in Gugelhupfform. Ich schnappte mir eine aus dem nächstbesten Erdhaufen und stellte fest, dass es sich nicht um eine Serviette, sondern um eine Art Flugblatt handelte, das über den Straftatbestand von Buttersäureanschlägen informierte.

Ein Angriff mit Buttersäure wird nicht nur als Sachbeschädigung gewertet, sondern kann nach § 224 StGB den Tatbestand der gefährlichen Körperverletzung erfüllen. Kein Freikauf möglich! Darum bitten wir Sie ein letztes Mal, die Maulwürfe auf anderen Wegen zu bekämpfen, sonst sind wir gezwungen, Ihre Methoden als Angriff auf die Nachbarschaft zu werten und zur Anzeige zu bringen!

Darunter standen an die dreißig Unterschriften.

In allen Maulwurfshügeln steckte eins davon. Und jedes war mit einer Flüssigkeit getränkt, deren Geruch mich zum Würgen brachte – und mir sehr bekannt vorkam. Es war die potenzierte Form des Aromas, das mich an Ricky und auch an Marina Klipps Wohnung so irritiert hatte: der Geruch nach ranzigen Käsefüßen.

Wenn der Gestank tatsächlich auf Marinas Buttersäureanschlag zurückzuführen war und deshalb in Rickys Klamotten steckte, dann hatte ich ihm großes Unrecht getan. Besonders seinen Füßen.

Interessant, dass es von Weitem wie Erbrochenes roch, in unmittelbarer Nähe aber die schweißige Käsenote dominierte. Dieser Geruch war so unverwechselbar widerlich, dass ich – und Major Tom – ihn in jedem Fall wiedererkennen würden.

In den Büschen am Zaun zum Gehweg hin lagen noch mehr Flugblätter herum, glatt und nach Druckerschwärze riechend. An der Stelle waren sie wohl über den Zaun in den Garten geworfen worden. Fannys Vater hatte sie aufgesammelt und direkt als Stinkstöpsel benutzt.

Das roch nach Streit.

Ich musste unbedingt Fanny Bescheid geben. Sie musste so bald wie möglich herkommen und die Sache in die Hand nehmen. Es ging nicht nur um die Flugblätter, den Gestank und die verdunkelten Fenster, sondern auch um die Glascontainer neben dem Haus, die bis zum Rand mit leeren Wein- und Likörflaschen gefüllt waren.

9

Es war an der Zeit, einige Dinge in Erfahrung zu bringen, die auf meiner Rechercheliste standen. Ich steuerte Fannys Internetcafé in der Badstraße an.

Ein Schild an der Tür wies darauf hin, dass der Eingang durch den Handyladen nebenan lag. Der Laden war zwar offen, aber niemand war drin, auch nicht im Café selber, das eigentlich nur ein Raum mit drei bunten Sitzsäcken und farblich passenden Laptops war. Es roch nach Kaffee, obwohl ich nirgends eine Kaffeemaschine entdeckte. Ich schaute mich so lange um, bis ich in einem Hohlraum zwischen Ausstellungsvitrine und Wand einen Friedhof für Coffee-to-go-Becher fand. In der Ritze steckten mindestens fünfzig Becherleichen mit dem Logo der Bäckerei 2000.

Die Türangeln quietschten, und Fannys Handymann kam mit einem neuen Bäckerei-2000-Becher herein. Ich richtete ihm Grüße von Fanny aus, und er versprach, mein Handy sofort unter die Lupe zu nehmen.

Solange machte ich es mir auf dem blauen Sitzsack bequem und surfte mit dem blauen Laptop auf den Knien im Internet.

Auf meine Suchanfrage nach Buttersäureanschlägen in den letzten Monaten in der Gegend fand sich tatsächlich einiges. In einem Parkhaus in Mitte hatte es einen Anschlag gegeben, in einer Disco in Friedrichshain und in einem Regionalzug in Brandenburg. Von Privatwohnungen stand da nichts. Ein Link zu weiteren Meldungen im August führte auf die Twitterseite der Feuerwehr. Wie es aussah, hatte es an jedem Tag des Monats in jedem Stadtteil gebrannt. Aber von einem Buttersäureanschlag kein Wort. Auch nicht auf der Twitterseite der Polizei. Das ließ darauf schließen, dass der Anschlag gar nicht gemeldet worden war.

Genauso wenig wie der Brand in meinem Zimmer.

Bei der Recherche nach den Eigenschaften von Buttersäure stellte ich fest, dass diesem Geruch nur mit Kalk beizukommen war, ansonsten blieb er jahrelang in Möbeln und Klamotten hängen. Das war immerhin eine gute Nachricht. Ich würde noch etwas erriechen können.

Die Bauanleitung für eine Stinkbombe war denkbar einfach: Man brauchte lediglich eine leicht zerbrechliche Glasphiole wie von einer Parfümduftprobe und online bestellbare Buttersäure. Bei Marina hatten jede Menge kleiner Glasfläschchen herumgestanden. Vielleicht war Ricky nicht der Einzige, dem sie nachspionierte und das Leben mit Käsefußgestank zur Hölle machte? Wenn dem so war, dann hatte ich ein Problem.

Probehalber gab ich Marinas Namen in die Google-Suche ein und entdeckte Einträge über einen Online-Versandhandel für Parfüm. Ernsthaft? Marina Klipp handelte mit Parfüm und stank selber wie hundertjähriger Harzer Roller! Das Lachen verging mir bei dem Gedanken, dass Parfümeure gute Chemiker waren und Marina vielleicht nicht nur mit Buttersäure experimentiert hatte.

Bei der Klickerei durch den Onlinehandel poppte auch eine Seite für Matratzen auf und erinnerte mich daran, dass ich ja keine mehr hatte, also bestellte ich mir eine mit Taschenfederkern im Turboliefermodus.

Als Fannys Handymann fertig war, gab ich dem Mann ein ordentliches Trinkgeld in seine Kaffeekasse.

Kaum aus dem Laden, rief ich Fanny an und sprach ihr auf den AB, dass ihr Handytipp großartig gewesen war und mein Handy nun wieder funktionierte, ich sagte ihr aber auch, dass sie ihren Vater kontaktieren sollte und dass es dringend sei. Erzählte von dem Flugblatt und den Unterschriften der Nachbarn. Dann suchte ich mir ein ruhiges Plätzchen am Ufer der Panke, etwas abseits einer Brücke, in deren Nähe sich einige Schlafplätze von Obdachlosen befanden. Da war auch ein Grillplatz, der noch ein wenig vor sich hin räucherte. Ich setzte mich so, dass der Rauch und auch der Geruch zerbrochener Schnapsflaschen mich nicht tangieren konnten. Als Nächstes rief ich den DHL-Fritzen an, dem ich meine Handynummer auf den AB sprach und eine genauere Beschreibung des Geruchs. »Weniger nach Erbrochenem, eher ins Fußartig-Käsige.« Es war mir klar, dass der Mann mich für verrückt halten würde und sich eventuell nicht zurückmeldete, deshalb schob ich noch ein paar Interessensbekundungen von Fanny hinterher. Als ich den Anruf beendete, zwackte mich das schlechte Gewissen, und ich schickte Fanny eine Sprachnachricht, um sie vorzuwarnen. War durchaus möglich, dass ihr DHL-Mann sich bei ihr meldete, und falls er das tat, sollte sie ihn nicht sofort abwimmeln, sondern erst wenn ich meine Käsefußadresse hatte.

Am liebsten wäre ich sofort losgelaufen, hätte meine Nase in den Wind gehalten und die Suchaktion gestartet. Aber das hier war eine Stadt mit vier Millionen Einwohnern. Ich musste effektiv und strategisch vorgehen und den Bereich eingrenzen, um nicht nur auf Gärten mit Maulwurfsplagen zu stoßen. Dabei wollte ich nicht allein auf die Hilfe des DHL-Fritzen vertrauen. Vielleicht gab es ja noch mehr Anhaltspunkte, die ich bisher übersehen hatte. Was hatte Marina Klipp konkret erzählt?

Dass sie Ricky gefolgt war und die Bombe in das geöffnete Fenster der Wohnung geworfen hatte, in die er gegangen war. Einfamilien- oder Mehrfamilienhaus? Wenn Mehrfamilienhaus, woher wusste sie, in welche Wohnung Ricky gegangen war? Vielleicht, weil er Licht gemacht hatte? Hier wurde es wieder spekulativ.

Natürlich wusste ich nichts über ihr Wurftalent. Aber realistisch war ein Fenster im ersten oder zweiten Stock. Marina hatte explizit gesagt, sie hätte das Fenster getroffen. Das Gestankszentrum lag also in einer Wohnung, deren Fenster zur Straße rauszeigten. Ich wusste außerdem, dass Marina die ganze Aktion in dem Glauben durchgezogen hatte, dass Rickys neue Flamme dort wohnte. Sie musste ihn demnach beobachtet haben, wie er dort ein und aus gegangen war – ohne seiner neuen Freundin über den Weg gelaufen zu sein, denn sonst hätte sie gewusst, dass ich es nicht war.

Ich konnte mir vorstellen, dass Carmen mehr über Marina wusste. So richtig Lust, sie anzurufen, hatte ich nicht – wir waren keine Freundinnen, und jetzt waren wir nicht einmal mehr Kolleginnen. Sie reagierte dann auch erstaunt auf meinen Anruf und wollte mich gleich über den Giftanschlag ausquetschen. Das Thema konnte ich nur umgehen, indem ich ihr versprach, sobald wie möglich im Center vorbeizukommen und alles live zu erzählen. Jetzt aber sollte sie mir drei eilige Fragen beantworten: Erstens, ob sie Marina Klipp kannte.

»Rickys Ex, na klar«, sagte Carmen. »Die war doch auch schon bei uns im Laden und hat ewig an einem Latte genippt.«

Das versetzte mir einen leichten Schock. Die Klipp im Laden – und ich hatte es nicht mitbekommen?

»Wann?«

»Im Sommer.«

»Wann genau?«

»Einmal gleich zu Beginn der Sommerferien, dann noch mal Anfang, Mitte August, glaube ich.«

In der Nacht vom 12. auf den 13. August hatten Ricky und ich den One-Night-Stand.

»Und letzte Woche auch wieder.«

»Letzte Woche? Bist du sicher?«

»Sie ist groß, hat schwarze Locken, die erkennt man.«

»Woher weißt du überhaupt, wie sie aussieht?«

»Na, Ricky hatte sie seine Kirsche genannt.«

»Wann, wie?«

»Na, im Laden. Er hat gemeint, er wüsste, wie sie die Latten am liebsten hat – im …«

»… XXL-Format«, sprach ich Carmens Satzende mit. »Hat er nicht alle Frauen Kirschen genannt?«

»Nein, Schnecken.«

»Echt?« Solche Nuancen waren mir überhaupt nicht aufgefallen.

»Das waren jetzt aber schon mehr als drei Fragen«, maulte Carmen. Ich ging nicht darauf ein, sondern überlegte, was das alles zu bedeuten hatte. Wieso war Marina Klipp letzte Woche im Coffeeshop aufgekreuzt? War sie eifersüchtig auf mich oder Carmen gewesen? Wollte sie uns beobachten?

»War sie allein da?«, fragte ich.

»Ja, sie hat am großen Fenster gesessen.«

»An der Frontscheibe, von der aus man auf den Eingang vom Center gucken kann?«

»Ich glaub schon, dass sie Ricky beobachtet hat. Nach einer halben Stunde kam er hoch und hat sich zu ihr gesetzt, da wurde es lauter. Sie haben sich gestritten. Hast du das nicht mitgekriegt?«

Jetzt, da Carmen es so genau beschrieb, hatte ich tatsächlich das Bild von Ricky vor Augen, wie er sich zu einer dunkelhaarigen Schönheit beugte, die ihm Gemeinheiten an den Kopf warf. Für mich war sie in dem Moment nur eine von vielen gewesen.

»Wieso willst du das auf einmal wissen?«, fragte Carmen. »Wirst du jetzt doch eifersüchtig?«

Ich überging die Bemerkung und stellte meine nächste Frage: »Schon mal eine Stinkbombe abgekriegt?«

Ich konnte hören, wie Carmen verwundert der Atem stockte. »Hä?«

»Ganz im Ernst – hast du schon mal?«

»Was?«

»Na, eine Stinkbombe in der Wohnung gehabt. Die jemand durchs Fenster geworfen hat. Vor sechs Wochen ungefähr, im August.«

Ich hörte Carmens Ohrringe klimpern, woraus ich schlussfolgerte, dass sie ihren Kopf schüttelte. Dann sagte sie im Brustton der Überzeugung: »Nee.«

Ich glaubte ihr. Wenn Marina Klipp die Stinkbombe in Carmens Wohnung geworfen hätte, dann hätte ich das längst gerochen. Carmen würde auch nicht wissen, wo Ricky zuletzt gewohnt hatte. Ich fragte sie trotzdem danach.

»Weißt du was, langsam komm ich mir vor wie bei einem Verhör«, beschwerte sie sich. »Frag doch die Polizei, mit der hast du doch jetzt so viel zu tun.«

Ich ignorierte die Stichelei. Das Letzte, was ich jetzt wollte, war, mit ihr darüber zu reden, was im *Oscars* passiert war. Sie hatte es sicher schon längst von ihrer besten Freundin, der Eisverkäuferin, gehört.

»Die wissen auch nicht, wo Ricky die letzten sechs Wochen gewohnt hat. Ist doch komisch, dass keiner seine Adresse kennt.«

»Vielleicht hatte er gar keine«, meinte Carmen. »Manchmal hat er ja schon wie ein Penner gerochen.«

Diese Feststellung überrumpelte mich und lenkte meinen Blick auf die Deckenhaufen an der Brücke. Aus einem von ihnen hatte sich ein Mann herausgepellt, der nun mit einem Stock in der Grillstelle herumstocherte. Er saß so, dass er den Rauch voll abbekam. Doch statt sich umzusetzen, hustete er und stocherte weiter in der Glut.

Was, wenn Ricky die Stinkbombe gar nicht abbekommen hatte und ich mit der Marina-Klipp-Theorie falschlag?

»Meinst du, Ricky war obdachlos?«

»Keine Ahnung. Ich weiß nur, dass er eine ganze Woche lang nicht im Center war, nachdem Marina ihn rausgeschmissen hatte, angeblich weil er krank war. Und als er wiederkam, hat er gestunken wie ... alter Appenzeller.«

Eindeutig: Ricky hatte nicht auf der Straße gelebt, sondern in einer von Buttersäure verseuchten Wohnung.

»Ich hab ihm angeboten, dass er bei mir wohnen kann, bis er was anderes hat, aber er wollte ja nicht. Er ist lieber jemandem hinterhergerannt, der ihn mit dem Arsch nicht anguckt. War's das jetzt mit der Fragerei?« Wenn Carmen genervt war, dann kippte ihre Stimme in eine noch höhere Tonlage und stach in den Ohren. »Ich muss jetzt nämlich arbeiten. Und das nächste Mal hab *ich* drei Fragen frei.«

Sie legte auf, und ich starrte noch eine Weile auf die Rauchzeichen vom Grillplatz an der Brücke.

Bis eine Horde Pekinesen an mir schnüffelte. Es waren vier winzige Hunde, die mich aus schwarzen Kugelaugen anschauten. Sie rochen ganz angenehm, nur einer von ihnen verströmte das Aroma eines Küchenschwamms, der zu lange in altem Abwaschwasser gelegen hatte. Ich riet der Besitzerin, doch mal mit ihm zum Tierarzt zu gehen. Sie schaute mich stirnrunzelnd an, zerrte an den Leinen und eilte weiter.

Ich öffnete die Google-Suche in meinem Handy, was viel schneller ging als vor der Generalüberholung. Dann gab ich Sherlock und Koller ein und staunte nicht schlecht – über die beiden gab es richtig viele Einträge! Ich hatte mir die ganze Zeit einen klassischen Schäferhund vorgestellt, wahrscheinlich wegen *Kommissar Rex*, aber natürlich war Sherlock ein Labrador! Genau so einer wie mein alter Nachbarshund Grizzly, nur brünett und mit kürzerem Fell. Kollers Hund hatte erstmals Bekanntheit erlangt, als er das Versteck der entführten Frau eines prominenten Filmstars ausfindig gemacht hatte und kurz darauf auch den Unterschlupf des Entführers. Das hatte einen medialen Hype ausgelöst, der das Interesse an Polizeihunden allgemein und an Sherlock im Besonderen enorm gesteigert hatte. Aus dieser Zeit gab es auch ein Foto von Koller – grinsend, glatt rasiert und mit seriösem Kurzhaarschnitt, wodurch seine Nase noch größer wirkte, irgendwie windschief und schräg montiert. Ich hätte ihn nicht erkannt, wenn nicht sein Name unter dem Bild gestanden hätte. Vor drei Jahren erschien ein Interview mit Koller, in dem er über sein Leben mit Sherlock berichtete und über einige Fälle plauderte. Damals war er auch schon Hauptkommissar der Mordkommission gewesen. Die Überschrift des Artikels lautete: *Dr. Watson spricht.* Ihm wurde sogar die Frage gestellt, ob er ein Buch über sein Leben an Sherlocks Seite schreiben wollte, vielleicht sogar ein Drehbuch? Fast kam es mir so vor, als hätte ich es bei Sherlock und Koller mit Doppelgängern von Eisbär Knut und seinem Pfleger zu tun.

Vor zwei Jahren dann: ein Artikel über Sherlocks heldenhaften Tod. Auf der Jagd nach einem Serientäter war er erschossen worden. Dass der Mörder entkommen war und auf seiner Flucht über einen Schrottplatz noch ein paar Polizisten zum Teil lebensgefährlich verletzt hatte, spielte nur eine untergeordnete Rolle. Der Schmerz um den Verlust des bekannten Polizeihundes stand im Vordergrund. Interessant war, dass die Ermittlungen sich im Vorfeld auf einen Mann konzentriert hatten, der während des Showdowns, bei dem Sherlock erschossen wurde, in U-Haft saß. Es stellte sich heraus, dass der Mann unschuldig war und der Fokus auf ihn es dem wahren Täter erst ermöglicht hatte, zu entkommen. Von Fehlentscheidungen in den höchsten Polizeirängen war die Rede. In einem Artikel wurden die ermittelnden Beamten, die zu Schaden gekommen waren, als Bauernopfer bezeichnet.

Das letzte Foto zeigte Sherlock in einem schwarzen Rahmen. Es gab auch noch eins von Koller mit Vollbart und wirrem Haar, in einem Rollstuhl sitzend, das leere rechte Hosenbein vom Wind zur Seite geweht. Darunter die Information, dass er mit einem Orden ausgezeichnet worden war und der Polizeichef sich höchstpersönlich dafür aussprach, Koller trotz Handicaps so bald wie möglich in den Dienst zurückzuholen. Ein Leser tippte in einem Kommentar darauf, dass er nur so nett zu dem Krüppel war, um sein Image aufzupolieren.

Ich googelte gerade nach weiteren Hintergrundinformationen

über den entlaufenen Serientäter, der als »Schattenmann« bezeichnet wurde, als das Display einen Anruf anzeigte. Koller.

Er verblüffte mich mit einer höchst merkwürdigen Bitte. Und zwar wollte er, dass ich ihn am Straußberger Platz abholte. Anscheinend saß er da mit seinem Auto fest. Mir war nicht klar, warum er mich anrief und nicht den Pannendienst.

»Das Auto ist nicht kaputt, ich brauche nur jemanden, der es fährt. Ich sage es ungern, aber mein Bein macht das gerade nicht mit.«

»Ich bezweifle, dass ich Ihnen helfen kann, ich bin schon seit fünf Jahren nicht mehr Auto gefahren.«

»Gelernt ist gelernt! Besser als ich fahren Sie bestimmt.«

Wenn Koller sich da mal nicht irrte. Den Führerschein hatte ich damals mit siebzehn gemacht, weil meine Oma schon sehr krank war und jemand sie zur Chemotherapie ins vierzig Kilometer entfernte Krankenhaus fahren musste. Meine letzte Autofahrt war die von ihrer Beerdigung zurück nach Hause gewesen. Seitdem hatte ich kein Lenkrad mehr angefasst.

So gern ich Koller auch einen Gefallen tun wollte, das hier war zu viel verlangt.

»Tut mir leid, Sie müssen jemand anderen anrufen. Einen Kollegen vielleicht. Oder ein Taxi.«

Ich hörte Koller schnaufen; vielleicht war es auch der vorbeirauschende Verkehr der Straße, an der er festsaß.

»Das geht nicht. Kommen Sie her, Buck, dann erkläre ich Ihnen alles.«

Na gut, hinfahren konnte ich ja. Immerhin hatte er mich um Hilfe gebeten. Und das kam bei so einem Typ wie Koller bestimmt nicht oft vor.

Ich brauchte eine halbe Stunde bis zu dem Kreisverkehr, aus dem Koller allem Anschein nach den Ausgang nicht gefunden hatte. Er stand zwischen zwei Ausfahrten auf einer Rasenfläche. Hatte aber nichts umgefahren und schien auch sonst unverbeult. Ich war auf seine Erklärung gespannt und öffnete wie gewohnt die Beifahrertür, aber da saß er schon – ich war gezwungen, mich auf die Fahrerseite zu setzen.

Immerhin war es kein Polizeiwagen mit klebrigem Duftbaumaroma, sondern ein dunkelblauer Fiat, in dem es angenehm nach Orangen roch.

»Wie kommt's, dass Sie hier noch keiner abgeschleppt hat?«

»Sondereinsatz«, versuchte Koller zu scherzen, aber es klang doch eher gequält.

»Was ist passiert? Ist Ihnen Ihr Holzfuß vom Pedal gerutscht?«

Entrüstet schaute Koller mich an, aber dann entspannten sich seine Gesichtszüge, und er nickte.

»Ich fahre sonst nur mit meinem Honda, der hat Automatikgetriebe und wurde extra umgebaut. Gas und Bremse lassen sich mit dem linken Fuß bedienen.«

»Und wieso sitzen wir jetzt in diesem Fiat?«

»Ich wollte etwas ausprobieren, also ...«

Ich wartete darauf, dass noch mehr kam, aber Koller hatte es sich offenbar anders überlegt. Auf seiner Stirn glitzerte kalter Schweiß. Vielleicht würde ich doch in Erwägung ziehen, ihn hier herauszumanövrieren.

»Schon gut, ich frage nicht weiter nach.«

»Es wäre mir sehr recht, wenn Sie dieses Auto auf dem schnellsten Weg zum Präsidium fahren. Sie können ein paar Straßen entfernt parken, ich zahle Ihnen Ihr Taxi nach Hause. Niemand wird etwas mitbekommen.«

»Sie kennen meinen Fahrstil nicht.«

»Hm ...«

»Macht nichts, ich kenne ihn ja selber nicht. Hab alles vergessen. Wo war noch mal die Kupplung?«

Ich machte ein paar Trockenübungen mit Kupplung und Gangschaltung. Ging alle Gänge einmal durch. Aus dem Augenwinkel beobachtete ich, wie Koller sich nervös über den Bart strich. Damals war ich eine gute Fahrerin gewesen, konzentriert, umsichtig, nicht so leicht abzulenken. Ich war nur etwas aus der Übung.

»Wird schon schiefgehen. Sind Sie angeschnallt?«

Koller nickte wortlos, und ich ließ den Motor an. Zum Glück war der Verkehr nicht allzu dicht. Es gelang mir schon beim ersten Versuch, rückwärts vom Rasen runterzusetzen, um schnell wieder ein unauffälliger Verkehrsteilnehmer zu werden.

Die Sicherheit, die mich beim Fahren überkam, überraschte mich selbst. Es fühlte sich an, als hätte ich nie eine Pause eingelegt, schon gar keine von fünf Jahren. Auch Koller entspannte sich. Der Schweiß auf seiner Stirn trocknete langsam. Als wir uns an einer roten Ampel langweilten, schaute ich zu ihm hinüber und stichelte: »Sonst alles klar, bei Ihnen, Dr. Watson …?«

Koller verdrehte die Augen. »Verfluchtes Internet.«

»Sie waren ja ein richtiger Star! Haben sogar Interviews gegeben.«

»Ich weiß nicht, welcher Hafer mich da gestochen hat.«

»Und dieses Foto, auf dem Sie so breit grinsen …«

»Was ist damit?«

»Ach, dadurch ist mir nur aufgefallen, wie gut Ihnen eigentlich der Bart steht.«

Ich wusste nicht, ob Koller lächelte, zumindest wackelte der Schnauzer ein bisschen. Während der Fahrt hielt er die ganze Zeit eine Hand auf den Oberschenkel seines Prothesenbeins gepresst. Er tat zwar so, als hätte er sie nur ganz locker da abgelegt, aber es war deutlich zu sehen, dass er Schmerzen hatte und versuchte, sie mit Gegendruck zu mildern.

»War es eigentlich Rieb, der den Abschiedsbrief an die Presse gegeben hat?« Ich saß am Steuer, ich stellte die Fragen.

»Wie kommen Sie denn darauf?«, wunderte sich Koller.

»Keine Ahnung – weil er Sie nicht leiden kann?«

»Da ist er nicht der Einzige«, sagte Koller.

Er war schon ein komischer Kauz, wie er dasaß und sich von mir durch die Gegend kutschieren ließ.

»Sie hätten Rieb vielleicht nicht Monk nennen sollen. Behandeln Sie Ihre Kollegen doch einfach so nett wie Ihre Verdächtigen, dann wird das Arbeitsklima bestimmt besser.«

»Buck, ich bin schon seit dreißig Jahren Polizist, ich kenne die Leute. Sie lügen und betrügen aus den verschiedensten Gründen, um sich Vorteile zu verschaffen, oder einfach aus Bequemlichkeit. Egal, warum – ich rieche das. Und wenn man den Duft der Wahrheit kennt, dann muss man ihm verdammt noch mal folgen – wozu sonst wäre man auf der Welt?«

Koller konnte ja richtig pathetisch werden. Anscheinend hatte ich seinen empfindlichen Nerv getroffen.

»Ich weiß, dass die Kollegen pikiert sind, wenn ich mir ihre Namen nicht merke und ihnen Spitznamen gebe«, fuhr Koller energiegeladen fort. »Wenn einer nur ans Essen denkt, dann nenn ich ihn eben Garfield, na und? Wir sind Polizisten, und da draußen laufen Verbrecher frei herum! Mörder! Wir sollten nicht unsere Zeit damit verschwenden, Schokolade hinterherzujagen!«

Ich sah ihn von der Seite an. Er saß aufrecht, wenn auch leicht verdreht, das Prothesenbein wie eine Lanze vor sich ausgestreckt. Seine Miene zeigte keinerlei Regung, anscheinend meinte er das, was er sagte, ernst.

»Wow. Kann es sein, dass Sie auch zu viele amerikanische Serien geguckt haben?«

Koller warf mir einen Blick zu, der mir nichts über das Mysterium seines Gesichtsausdruckes hinter dem Bart verriet.

»Der Duft der Wahrheit ... Ich hoffe, Sie schnuppern auch ab und zu noch mal bei Marina Klipp vorbei. Mir scheint, die hat hier gar keiner auf dem Schirm.«

»Doch, aber sie hat ein Alibi für den Giftmordabend.«

»Wirklich?«

»Ja, ich kann Ihnen leider nicht mehr darüber sagen, aber sie war nicht mal in der Nähe vom *Oscars* an diesem Abend.«

»Ehrlich nicht? Ganz sicher?«

»Bombensicher.«

Meine Enttäuschung war mir wohl anzusehen. »Lektion eins«, sagte Koller, »bloß nicht auf eine Theorie festlegen. Immer alle Bälle in der Luft halten.«

»Dann also doch die Dahlmanns.«

Auch wenn ich hätte schwören können, dass Frau Dahlmann noch am Tisch gesessen hatte, als ich zum Klo gegangen war.

Sirenen heulten auf. Ich bremste ab und fuhr wie alle anderen rechts ran. Der Rettungswagen zischte ungehindert an uns vorbei. Der Verkehr nahm wieder Fahrt auf. Die Choreografie funktionierte perfekt, wie einstudiert. Das hier war einer der seltenen Momente, in denen es mir gefiel, in dieser Stadt zu wohnen. Ich fühlte mich wie eine kleine Tänzerin in einem großen Ballett.

»Riechen Sie was?«, fragte Koller.

»Machen Sie doch das Fenster auf«, sagte ich, »noch habe ich nichts gemerkt.«

Koller warf mir einen ärgerlichen Blick zu. »Das doch nicht. Ich meine: Wie finden Sie den Duft hier im Auto?«

»Ach so«, kicherte ich ungehalten, kriegte mich aber schnell wieder ein.

»Und?«, fragte Koller.

»Der Duft hier ... ganz angenehm. Mal nicht nach Beinsalbe.«

»Beinsalbe? Ach – Garfield. Und was genau meinen Sie mit angenehm?«

»Hm. Unaufdringlich, auf jeden Fall nicht künstlich.«

»Ja, aber wonach riecht es hier genau? Angenehm und unaufdringlich – lässt sich das vielleicht noch besser beschreiben?«

Ich schnupperte unmotiviert nach allen Seiten. Worauf wollte Koller hinaus?

»Haben Sie Ihr Shampoo gewechselt? Ich fand das alte eigentlich immer ganz gut. Was war das noch für eins ... Labrador Garnier?« Ich prustete los. Koller verzog keine Miene, dafür lachte ich mich über meinen eigenen Witz scheckig.

»Kennen Sie die Marke nicht?«, japste ich. »Ist eine französische Firma. Laboratoir Garnier – Labrador Garnier ...« Ich biss mir auf die Lippen. Ganz offensichtlich war Koller nicht in der Stimmung für Albernheiten.

»Hm ... ja, ja, hab ich schon verstanden«, sagte er ungeduldig. »Aber zurück zu dem Geruch hier im Auto. Vielleicht wäre es am besten, wenn Sie bei nächster Gelegenheit irgendwo anhalten.«

Bis zum Präsidium war es nicht mehr weit. Ich fuhr die nächste Kreuzung rechts ab, suchte mir eine passende Parklücke, stellte den Motor ab und atmete tief durch. Geschafft. Die erste Fahrt seit fünf Jahren – unfallfrei überstanden. Stolz schaute ich Koller an, der darauf wartete, dass ich mich endlich auf dieses Geruchsding konzentrierte.

Ich versuchte mich an meinen ersten Eindruck beim Einsteigen zu erinnern, den Moment, in dem der Geruch unmittelbar auf mich gewirkt hatte. Jetzt saß ich schon minutenlang im Auto und hatte mich daran gewöhnt. »Ich glaub, er hat was Orangiges an sich. Etwas Zitrusartiges, Frisches. Test bestanden?«

Koller schüttelte den Kopf. »Das ist kein Test. Greifen Sie bitte mal in die Ablage der Fahrertür.«

Das tat ich und holte einen Beweismittelbeutel hervor, in dem ein orangefarbener Drops steckte.

»Was ist das?«

»Ein Fruchtgummi. Und zwar einer von der Sorte, wie wir ihn hier zuhauf in den Sitzritzen gefunden haben«, erklärte Koller, »und über den ganzen Verdauungstrakt verteilt – die Dahlmanns müssen diese Sorte geliebt und rund um die Uhr gefuttert haben.«

Die Dahlmanns? Erschrocken sah ich mich im Auto um. War das etwa das Auto der Amok-Apotheker?

»Scheiße, Koller, was soll das?«, rief ich, schmiss den Beutel zur Seite und schnallte mich ab.

»Nur die Ruhe.« Koller angelte nach dem Beutel, der in seinen Fußraum gefallen war. »Die Spurensicherung hat das Auto freigegeben. Jetzt müssen wir auf die Laborauswertung warten. Das dauert mir aber zu lange. Ich will jetzt wissen, was in diesen verfluchten Fruchtgummis drin ist.«

Er hielt mir den Beutel vor die Nase. »Na los, schnuppern Sie dran.«

Das war's! Erbost schlug ich seine Hand mit dem Beutel weg. »Sie können mich mal!«

Ich sprang aus dem Auto. Hinter mir hörte ich, wie Koller die Tür auf der Beifahrerseite zuknallte und mir folgte.

»Sherlock!«, rief er.

Jetzt verwechselte er mich ganz offiziell mit seinem Hund – oder hatte ich mich verhört?

»Frau Buck! Warten Sie!«

Hatte ich nicht vor. Koller würde mich mit seinem kaputten Bein kaum einholen können.

»Hören Sie!«, rief er, und seine Stimme klang schon wesentlich weiter entfernt. »Sie wollen doch auch wissen, wer die Mörderin ist!«

Nun versuchte er es sogar mit Erpressung. Was war mit dem Mann nicht in Ordnung? Ich drehte mich um, wollte ihm eine Beleidigung an den Kopf werfen. Ließ es dann aber, weil mich der Anblick von einem erwachsenen Mann, der mit beiden Händen sein krankes Bein umklammerte, um es dazu zu bringen, mit dem gesunden Schritt zu halten, erschütterte. Ungefähr so wie der Anblick eines Käfers, der versuchte, sich vorwärtszubewegen, obwohl Kinder ihm seine Beine herausgezupft hatten.

»Was wollen Sie von mir, Koller?«, rief ich. »Was sollte die Show mit dem Auto?«

»Das war keine Show, Frau Buck. Ich brauchte wirklich Ihre Hilfe! Eigentlich wollte ich mit dem Auto vom Labor aus direkt zu Ihnen fahren, der Unfall war echt. Mit dem Bein kann ich kein normales Auto fahren. Ich bin unter Zeitdruck. Die Staatsanwältin will den Fall abschließen. Sie war es, die die Informationen an die Presse weitergegeben hat. Alle Kräfte sollen jetzt gebündelt werden, um die Dahlmanns schnell als Täter zu präsentieren und Kowalczyk zu finden.« Koller war jetzt nur noch ein paar Meter von mir entfernt und völlig außer Atem. »Was Horn da vom 24. September erzählt hat, dass sich dann alles aufklärt, macht sie nervös. Die Staatsanwältin hat den polnischen Botschafter eingeschaltet«, keuchte er. »Die Sache könnte sich zu einem politischen Problem ausweiten.«

Ich zuckte mit den Schultern. »Und was hat das bitte schön mit den Fruchtgummis zu tun?«

»Das Labor ist komplett ausgelastet mit der Auswertung aller Beweise gegen die Dahlmanns – wir haben einen Koffer voller Pülverchen, Pillen und Hartkapseln im Auto gefunden, die alle auf Zyanidionen untersucht werden müssen. Da stehen die Fruchtgummis ganz unten auf der Liste.«

»O, Koller, da muss ich Sie enttäuschen. Diese Gummis riechen kein bisschen nach Zyankali, das ganze Auto riecht nicht danach. Da sind Sie auf dem völlig falschen Dampfer.«

»Das ist ja das Problem.«

Langsam wurde es mir zu dumm. Ich hatte wirklich keine Lust mehr, mir aus Kollers knapp dosierten Infohäppchen seine Logik zusammenzureimen.

Ich drehte mich auf dem Absatz um und marschierte los.

»Es wurden keine Mäusespuren gefunden«, hörte ich Koller sagen und blieb nun doch stehen.

»Keine Mäusespuren bei Frau Dahlmann?«, fragte ich.

»An ihren Händen nicht und auch nicht an ihrer Kleidung. Bei ihrem Mann und im Auto auch nicht. Nirgendwo Mäusespuren.«

Ich drehte mich um. »Dann muss es jemand anderes gewesen sein, der die Maus in der Küche ausgesetzt hat.«

»Ja. Aber wer? Wir haben bei niemandem Mäusespuren gefunden, weder bei den Opfern noch beim Küchenpersonal und bei Ihnen auch nicht. Der Einzige, bei dem wir was gefunden haben, ist Horn, und wir wissen ja, dass die Maus in der Küche ausgesetzt wurde, um ihn abzulenken.«

»Wissen wir das?«

»Ja. Er hat sie mit einem Küchensieb gefangen – daran haben wir Haare der Maus gefunden, es stimmt also, was er sagte –, und wir haben die Nachbarkinder als Zeugen dafür, dass er die Maus aus dem Fenster geworfen hat. Es gibt weder Mäusespuren in seinen Klamotten noch in seiner Tasche oder seinem Spind. Er hat sie also nicht mitgebracht, sondern tatsächlich gefunden und sofort aus der Küche entfernt.«

»Aber Sie haben doch in der Toilettenkabine Mäusespuren gefunden.«

»Ja.«

»Die stammen dann also nicht von Frau Dahlmann.«

»Nein.«

»Dann könnte es also sein, dass ich mich doch nicht geirrt habe und Frau Dahlmann tatsächlich noch bei ihrem Mann am Tisch saß, als ich aufs Klo bin.«

»Ja.«

»Können Sie auch mal was anderes sagen, als immer nur Ja oder Nein?«

»Nein«, sagte Koller. »Oder auch ja – Sie könnten sich geirrt haben, und Frau Dahlmann ist vor Ihnen aufs Klo gegangen. Wir wissen es nicht – und das ist der Punkt! Ich bin mir nicht sicher, ob Frau Dahlmann es gewesen ist.«

Koller strich sich fahrig über den Bart. »Die Mäusesache passt nicht. Die passt einfach nicht! Rieb brauche ich damit nicht zu kommen und der Staatsanwältin erst recht nicht. Aber ganz ehrlich – das ist der Grund, warum ich den Fall noch nicht abschließen will. Irgendwas stimmt da nicht.«

Ich sah Koller ein paar Sekunden schweigend an, dann hielt ich ihm meine Hand hin, mit der Innenfläche nach oben. Irritiert sah Koller mich an, dann schlug er ein und schüttelte sie kräftig.

»Guten Tag, Herr Kommissar«, sagte ich, »nett, dass Sie mir die Hand schütteln, aber ich wollte eigentlich den Beutel mit dem Drops von Ihnen haben.«

Kollers Miene hellte sich sichtlich auf, dann griff er in seine Jackentasche und gab ihn mir.

Ich besah das Ding noch einmal von allen Seiten. Dieser Fruchtgummi hatte keine bestimmte Form, am ehesten oval, in der Mitte war eine schiefe, M-förmige Kerbe, vielleicht mit einem Zahnstocher eingeritzt, als die Gummimasse noch nicht fest war. Das Auffälligste aber war dieses außergewöhnliche Orange.

»Haben Sie ihn Rieb schon gezeigt? Der kennt sich doch mit Bonbons aus.«

»Ja, er meint, so einen hätte er noch nicht gesehen. Wäre kein handelsüblicher. Eher selbst gemacht. Das könnte auch der Grund dafür sein, dass wir keine passenden Tüten dazu gefunden haben.«

Damit lag Rieb bestimmt nicht falsch.

»Die Kerbe in der Mitte könnte ein M sein«, fuhr Koller fort, »die Dahlmanns heißen aber Rupert und Jasmin. Kein M als Anfangsbuchstabe. Ich nehme also an, dass sie den Drops nicht selber gemacht haben.«

Ich nickte, öffnete die Tüte, nahm den Fruchtgummi heraus und drückte ihn prüfend. Für einen Fruchtgummi fühlte er sich perfekt an – nicht zu hart und nicht zu weich. Dann hielt ich ihn mir direkt unter die Nase. Und wieder fiel mir auf, was für ein orangiger, fruchtiger und angenehmer Duft das doch war, nur diesmal war er wesentlich stärker, konzentrierter und irgendwie auch charakteristischer. Ich wusste sofort, was das für ein Geruch war. Kannte ihn von den einzigen drei Urlauben mit meiner Oma, von bestimmten Marmeladen, die wir dort auf unseren Frühstücksbrötchen gegessen hatten. In der Pension hatte es auch Säfte, Kuchen, Joghurt und Bonbons mit diesem Aroma gegeben. Alles von der Pensionsleiterin selbst gemacht.

»Das ist ein Fruchtgummi aus Sanddornsaft«, sagte ich. »Kenne ich von der Ostsee.«

»Ostsee ...«, wiederholte Koller, und es war, als hätte dieses Wort eine Lampe hinter seinen Augen angeknipst.

»Sagen Sie bloß, das hilft Ihnen weiter?«

Anstatt zu antworten, setzte Koller sich in Bewegung, und ich folgte ihm, obwohl er mich nicht dazu aufforderte. Er steuerte den Späti an, und ich fragte mich, was er dort wollte. Einen Sanddornlikör vielleicht?

Koller sah sich den Zeitungsständer an, wurde aber nicht fündig und humpelte dann auf den Verkäufer zu, der über die Verkaufstheke gelehnt in sein Handy starrte.

Mit den Worten »Darf ich mal?« riss Koller dem verblüfften Mann die gesuchte Zeitung unter dem Ellbogen weg und studierte das Foto vom Abschiedsbrief der Dahlmanns. »Da!«, rief er triumphierend und tippte auf die rechte obere Ecke des Briefkopfes, dort, wo die Silhouetten der Vögel aufgedruckt waren. Dann legte er den Beutel mit dem Drops daneben. Und jetzt sah ich es auch: Die Kerbe im Fruchtgummi war gar kein schiefes M, sondern die Silhouette eines fliegenden Vogels.

»Das ist ein Logo. Auf Briefpapier und selbst gemachten Sanddorn-Fruchtgummis. Vielleicht von einer kleinen Pension oder einer privaten Zimmervermittlung. Keine Hotelkette, sonst stünde ein Name dabei. Auf jeden Fall irgendwo an der Ostsee.« Koller wollte so schnell wie möglich zum Präsidium laufen, um die Ostseespur weiterzuverfolgen. Allerdings war er keine zehn Meter gehumpelt, da musste er sich schon an einem parkenden Auto abstützen.

Ich bot ihm an, ihn bis vor die Tür zu fahren, aber das wollte er nicht. Er meinte, er müsse nur etwas Tempo rausnehmen, dann ginge es schon wieder. »Irgendwas stimmt mit der Prothese nicht. Das ist schon das dritte System, das ich probiere. Es drückt einfach nur.«

Ich schaute ihm ratlos dabei zu, wie er das Hosenbein hochkrempelte und an den Karbonteilen werkelte, ohne etwas ausrichten zu können. Vielleicht wollte er sich einfach nicht daran gewöhnen. Um ihn von den Schmerzen abzulenken, fragte ich ihn nach Einzelheiten über das Briefpapier aus. »Haben Sie mal auf die Rückseite geschaut? Manchmal ist da ein Copyright am Seitenrand mit einem Namen dabei.«

»Da war nichts dergleichen. Wir haben das bisher für einen Vordruck aus dem Handel gehalten.«

»Dann ist es doch ganz gut, dass der Brief veröffentlicht wurde. Sie könnten in der nächsten Ausgabe einen Aufruf starten.«

»Um Himmels willen, das scheucht viel zu viele Witzbolde auf. Nein, aber die Idee ist nicht schlecht. Wir könnten es in eine regionale Zeitung setzen, irgendein Ostseeblatt. Wieso eigentlich nicht?«

Koller zückte umgehend sein Handy und beauftragte jemanden damit, den er mit Bono anredete – keine Ahnung, ob der Mann wirklich so hieß. Während Koller telefonierte, fragte ich mich, was ich hier überhaupt tat. Wenn sich herausstellen sollte, dass die Dahlmanns es doch nicht waren, was dann? Dann würden doch automatisch wieder Horn und ich in den Fokus rücken, die Klipp war ja leider aus dem Rennen. Nachdem er aufgelegt hatte, teilte ich Koller meine Befürchtungen mit.

»Horn ist nie aus dem Fokus gerückt. Überall in seiner Wohnung haben wir DNS von Kowalczyk gefunden.«

Ich registrierte kommentarlos, dass Koller Kowalczyks Namen zum zweiten Mal richtig ausgesprochen hatte.

»Der Mann hat ganz sicher etwas mit seinem Verschwinden zu tun. Wie das mit den Giftmorden zusammenhängt, werden wir herausfinden. Da sitzt inzwischen eine ganze Abteilung dran. Keine Sorge. Ich will nur nichts übersehen, verstehen Sie? Diese ganzen unwichtigen Kleinigkeiten, die sich so leicht unter den Teppich kehren lassen, die will ich nicht übersehen.«

»Wie zum Beispiel den Mäusedreck?«, fragte ich.

Koller nickte. »Den Mäusedreck und die Drops zwischen den Polstern.«

Kollers Telefon klingelte, er ging ran und wurde von einer aufgeregten Stimme zugetextet. So sehr ich auch die Ohren spitzte, es war nicht zu hören, worum es da ging. Koller gab auch keinen Anlass für Spekulationen, sagte lediglich: »Jetzt?«, und legte auf.

»Es hilft nichts, ich muss zurück ins Büro.«

»Wegen Kowalczyk?«, tippte ich ins Blaue.

Koller sah mich verblüfft an.

»Ich dachte, Sie können nur gut riechen. Vom Hören haben Sie nichts gesagt.«

»War auch nur geraten«, gab ich zu. »Was ist mit ihm? Haben Sie ihn gefunden?«

»Darf ich Ihnen nicht sagen, wie Sie sich denken können.«

»Na egal, morgen werde ich es ja dann in der Zeitung lesen.«

Dafür erntete ich den nächsten Seitenblick von Koller, diesmal einen von der verdrießlichen Sorte.

»Kommen Sie schon, lebt er noch? Was ist mit ihm?«

Koller reagierte nicht.

»Also haben Sie ihn noch nicht gefunden. Oder doch?« Ich sah Koller prüfend an, aber er ließ sich nichts anmerken.

»Morgen ist der 24. September«, bohrte ich weiter. »Vielleicht steckt ja doch etwas Größeres dahinter. Die Staatsanwältin könnte recht haben. Sie sollten Kowalczyk aufspüren, bevor Ihnen alles um die Ohren fliegt.«

Koller drückte mir einen Zwanziger fürs Taxi in die Hand.

»Keine Alleingänge, ja?«, mahnte er mit gerunzelter Stirn. »Ich werde versuchen, noch mal einen Kollegen zur Nachtwache zu Ihnen zu schicken, der bringt Sie dann morgen um zehn Uhr zu mir ins Büro.«

»Glauben Sie denn, dass Ihr Büro dann noch steht?«

10

Koller verfolgte also zwei Fährten: die von Kowalczyk und die der Dahlmann'schen Drops. Die eine führte nach Polen, die andere an die Ostsee. Und wenn beide sich an der polnischen Ostsee trafen, war der Fall vermutlich geklärt.

Mein Geschenk von Ricky würde dort aber bestimmt nicht zu finden sein.

Wenn Ricky wirklich ein Zufallsopfer war und nichts von dem, was er getan hatte, etwas mit den Motiven der Mörderin zu tun gehabt hatte, dann würde die Polizei sich für ihn nicht weiter interessieren. Sie würden niemals seine Wohnung finden, und das, was er für mich gemacht hatte, würde ungeschenkt verrotten. Es lag allein an mir, es zu finden. Ich beschloss, genau hier an dieser Ecke in Charlottenburg am Heck von Dahlmanns Auto mit der Suche zu beginnen. Ich würde die Straßen der Stadt systematisch nach Buttersäuregestank absuchen. War doch egal, wo ich damit anfing, Hauptsache, ich ließ keine Straße aus und merkte mir, wo ich langgekommen war. Mit einem Fahrrad ginge es natürlich schneller, aber da bestand auch die Gefahr, dass ich etwas überroch. Schritttempo war für so eine Nase wesentlich besser geeignet.

Fünf Stunden später war meine Nase randvoll mit Duftnuancen und kribbelte wie verrückt. Mein Kopf dröhnte. Das Schritttempo war zum Schleichtempo verkommen, und im rechten Schuh hatte sich seit dem letzten Schotterweg ein Steinchen versteckt, das sich nicht rausschütteln lassen wollte. Abwechselnd tat mir mal das linke, mal das rechte Knie weh, und als ich an einer großen Fensterscheibe vorbeikam, war es nicht Koller, den ich da humpeln sah.

So würde ich Rickys Geschenk niemals finden.

Wieso meldete sich dieser blöde DHL-Fritze nicht? Inzwischen hatte ich ihm schon so oft auf die Mailbox gesprochen, dass ich froh sein konnte, wenn er keine Anzeige gegen mich erstattete.

Meine einzige Chance war Fanny, die musste dem Kerl die Wichtigkeit der Sache klarmachen. Ein kleiner Anhaltspunkt würde mir schon weiterhelfen, konnte die Suche entscheidend eingrenzen. Er brauchte doch nur seine Kollegen fragen. Was war so schwierig daran?

Auf meinem Querfeldeinweg war ich durch eine Gegend der Stadt gekommen, um die ich sonst einen großen Bogen machte. An den Hochhäusern vom Potsdamer Platz, dem Hyatt-Hotel, dem Cinemaxx und dem Sony Center vorbei, bis zum Brandenburger Tor, vor dem sich Leute für eine Demo für sexuelle Selbstbestimmung auf der einen Seite und für mehr Kita-Plätze auf der anderen Seite versammelt hatten, über den Pariser Platz mit Hunderten von Selfieknipsern hinweg, und dann in die Friedrichstraße rein über den Abschnitt der Spree, der voller Sightseeing-Dampfer war und nach Dieselabgasen stank. Jetzt, mit dieser empfindlichen Nase, hätte ich den Bogen noch viel größer schlagen sollen. Durch die Menge der Demonstranten, Anzugträger und Touristen rollte eine überwältigende Geruchslawine über mich hinweg.

Dafür konnte Fannys Paketmann zwar nichts, aber ich wollte trotzdem meinen Ärger an ihm auslassen. Das war eindeutig ein Fall von unterlassener Hilfeleistung. Ich hatte schon wieder das Handy in der Hand und wollte gerade seine Nummer wählen, da stolperte ich über einen Stein, der extra zu diesem Zweck in das Kopfsteinpflaster eingelassen worden war. Er sollte natürlich niemanden zu Fall bringen, den Fußgänger nur aus seinen Gedanken reißen und an die Person erinnern, die vor siebzig Jahren in diesem Stadtteil von den Nazis verfolgt und umgebracht worden war. Ich drehte mich zu dem Stolperstein um. Er war mit einer Messingplatte beschlagen worden, auf die ein Name mit Geburtsdatum eingestanzt worden war: Oleg Kowalczyk *24. September.

Das konnte ja wohl nicht sein! Ich rieb mir die Augen, ging um den Stein herum und schaute ihn mir genauer an. Tatsächlich stand da: *Olga Koslowska *14. September 1938, zusammen mit ihrer Mutter Anna Koslowska am 2. Mai 1943 deportiert und in Bergen-Belsen ermordet.*

Ich hatte mich total verlesen. Nicht Oleg Kowalczyk, sondern Olga Koslowska. Dieses Kind war nicht einmal fünf Jahre alt geworden.

In dem Moment wurde mir klar, dass es an der Zeit war, nach Hause zu gehen, etwas zu essen und mich auszuruhen. Es gab jetzt jemanden, der wichtiger war als Ricky oder ich.

Als der Gemüseauflauf im Ofen war, setzte ich mich das erste Mal nach der erfolglosen Suche hin. Meine Beine schmerzten wie die Hölle. Jetzt hätte ich Heffners Latschenkiefersalbe gut gebrauchen können.

Ich schnaufte durch und holte den Stein aus meiner Hosentasche, den ich mir in einem der zahlreichen Edelsteinläden gekauft hatte, an denen ich auf meinem Irrweg vorbeigekommen war. Edelsteinläden waren anscheinend ziemlich beliebt in dieser Stadt.

Der Stein, den ich mir ausgesucht hatte, war schön, aber nicht besonders wertvoll, ein Mineralgestein aus Brasilien, ein grüner Turmalin. Mit seiner Farbe hatte Ricky meine Augen verglichen. In Wirklichkeit waren meine Augen grau mit einem grüngelben Kranz um die Pupille, der manchmal heller, manchmal dunkler schimmerte. Kein Vergleich zu der intensiven Farbmischung aus Indigo und meergrünem Türkis, das grünen Turmalinen eigen war. Ricky hatte maßlos übertrieben. Aber der Stein gefiel mir trotzdem. Er lag glatt in der Hand und passte gut in die Hosentasche.

Das Pling einer ankommenden Nachricht erklang. Zum Glück

lag mein Handy in Reichweite, sodass ich nicht aufstehen musste, um es zu holen. Natürlich war die Nachricht nicht vom DHL-Fritzen. Sondern von Carmen. Sie entschuldigte sich dafür, dass sie beim Telefonat heute so kurz angebunden war, und beantwortete meine Pullifrage mit Ja, sie hatte ihn aus meinem Fach genommen und Ricky zurückgegeben, ob das ein Problem wäre? Ich schrieb ihr, dass das vollkommen in Ordnung wäre und ich sie bald im Laden besuchen käme.

Ich dachte an den Pulli, und dass er nun für mich außer Reichweite war, wie alles, was Ricky betraf. Wenn ich seine Wohnung nicht fand, gäbe es nichts von ihm, das bewies, dass es ihn überhaupt gegeben hatte. Noch ein Luftvater.

Ich öffnete die Korrespondenz mit Carmen wieder und fragte, ob sie wüsste, was CAKE und das Schwein auf Rickys Pulli zu bedeuten hätten. Sie schrieb zurück, dass es das Logo einer Band wäre. Ich dankte ihr und lud mir direkt alle *Cake*-Songs runter.

Die Band spielte einen seltsamen Mix aus Punkrock, Jazz und Country. Je länger ich reinhörte, desto mehr ergriff mich die Mischung aus Melancholie und Witz.

Mit *You Turn the Screws* im Ohr öffnete ich die Google-Suche und gab den 24. September ein. Den Tag, an dem laut Horn der verschollene Kowalczyk aus der Versenkung wiederauftauchen würde. Warum ausgerechnet an diesem Tag?

Meinen Recherchen nach war der 24. September kein nationaler Feiertag in Polen, aber dafür in dem westafrikanischen Staat Guinea-Bissau. Außerdem feierten Uschi Obermaier und der Erfinder der Muppets ihren Geburtstag. Ansonsten war der 24. September nicht mehr und nicht weniger als der 267. Tag des Gregorianischen Kalenders und der Namenstag von Gerd und Rupert. Was also hatte es verdammt noch mal mit diesem Tag auf sich?

So sehr ich auch suchte, im Netz fand ich darauf keine Antwort, und je länger ich von einer Information zur nächsten surfte, umso stärker wurde mir bewusst, dass ich ohne Koller der Welt der Spekulationen ausgeliefert war.

Von Ricky kursierten leider keine Bilder im Netz. Dafür jede Menge der Lavalle-Familie aus Frankreich. Dort gab es noch viel mehr Restaurants namens *Oscars*. Benannt nach Oscar Lavalle, einem Urahn, auf den die ganze Familie stolz war. Leider gelang es mir nicht, herauszufinden, was genau Oscar Lavalle so Herausragendes geleistet hatte. Onkel, Tanten und angeheiratete Cousinen zweiten und dritten Grades zeigten sich jedenfalls erschüttert von dem, was Freddy Lavalles Restaurant widerfahren war, und gaben an, Zwiebelsuppe von ihrer Speisekarte gestrichen zu haben.

Einen besonders großen Artikel gab es über den Vorsitzenden des Deutschen Apothekerverbandes, der vom Arbeitsethos der Apotheker schwärmte und sich vehement gegen eine Pauschalverurteilung seiner Berufsgruppe wehrte: »Wir sind nicht unsere besten Kunden!«

Das eine oder andere Blatt stellte eine Verbindung von Dr. Naumann zu den Dahlmanns in den Raum. Genaues wusste niemand.

Die Suche nach Oleg Kowalczyk förderte einige unscharfe Bilder von einem rothaarigen Mann mit einer Trompete zutage, umgeben von anderen Musikern. Unmöglich, die Pixel seines Gesichts als wiedererkennbare Kontur zu deuten. Dieser Mann hätte absolut jeder mit rot gefärbten Haaren und einer Trompete in der Hand sein können.

Nach dem Essen fühlte ich mich gestärkt und guter Dinge.

Zu dem *Cake*-Song *Short Skirt, Long Jacket* stellte ich den Rest des Auflaufs für Fanny warm, räumte die Küche auf und brachte die Couchpolster in mein Zimmer, baute mir daraus einen Matratzenersatz auf meinem Bettgestell. Heute würde ich das erste Mal seit dem Brand wieder hier schlafen. Es roch nur noch ganz leicht nach Ruß, das war eine reine Gewöhnungssache und würde mich abhärten gegen dieses nervige Herzrasen, das mich bei Brandgeruch überfiel.

Ich bezog das Bettzeug neu und hängte Fannys frisch gewaschene Klamotten, die ich mir in den letzten Wochen von ihr ausgeliehen hatte, in ihren Schrank zurück. Die schwarzen Rollkragenpullover und knallroten Kaschmirteile passten sowieso nicht zu mir. Ich hatte sie eigentlich nur angezogen, weil sie gut rochen und sich weich anfühlten. Schluss damit. Es war an der Zeit, eigene zu kaufen. Ich holte mir mein Zimmer und mein Leben zurück.

Fannys Schranktür klemmte etwas, weil ein Ärmel dazwischen steckte. Als ich die dazugehörige Klamotte hervorholte, staunte ich nicht schlecht, denn das war eins von meinen Oberteilen. Blau mit weißen Sternen und einer Kapuze mit Union-Jack-Design – die australische Flagge in Pulliform. Natürlich ein Geschenk meiner Mutter, und natürlich zog ich es nur zum Schlafen an. Ich hatte den Pulli schon eine ganze Weile nicht mehr gesehen und anscheinend auch nicht vermisst. Er roch sehr angenehm, musste also bereits vor dem Brand hier gelandet sein. Kaum zu glauben, dass Fanny auch Sachen von mir anzog. Ich hängte das Teil auf einen Bügel und dann in Fannys Schrank zurück. Wenn es ihr gefiel, konnte sie es anziehen, so lange sie wollte. Aus Neugierde kramte ich weiter und fand noch zwei Oberteile von mir. Und da kam mir ein Gedanke, der mich in helle Aufregung versetzte. Ich musste unbedingt wissen, ob Koller ihn auch schon gehabt hatte. Wo war nur das verdammte Telefon? *Cake* musste kurz die Klappe halten.

Nach einer halben Ewigkeit nahm Koller endlich ab: »Buck – das ist jetzt kein guter Zeitpunkt. Ich habe gerade Kowalczyks Jazzband vor mir sitzen, die mir einhellig erklärt, dass Kowalczyk statt besser immer schlechter Trompete gespielt hat. Finden Sie dafür mal eine Erklärung. Und draußen warten noch seine Ex-Frau, sein Taufpate und an die hundert polnische Würdenträger. Kann das nicht bis morgen warten?«

»Nein, denn morgen ist der 24. September. Beantworten Sie mir nur eine Frage: Hatte Horn Papiere bei sich?«

»Wie bitte? Was für Papiere?« Kollers Stimme klang alarmiert.

»Na, seinen Personalausweis, Büchereikarte, Bankkarten, so was. Und ich meine nicht Kowalczyks Ausweise, sondern Horns.«

»Nein. Er hatte nur Kowalczyks bei sich.«

»Und in seiner Wohnung? Oder woanders?«

»Nein. Horns Ausweis haben wir nicht gefunden.«

Ich hielt den Atem an. Vielleicht hatte ich ja wirklich die richtige Eingebung. »Haben Sie Horn zur Fahndung ausgeschrieben?«

»Wieso das? Der Mann ist doch schon in Gewahrsam.«

Kollers Stimme schwankte, so als hätte er ganz kurz den Hörer weggelegt. Irgendwo im Hintergrund schepperte es gewaltig. Hatte einer der Blechbläser sein Instrument fallen lassen?

»Ja schon, aber wenn Horn sich als Kowalczyk ausgibt, dann gibt sich ja vielleicht Kowalczyk als Horn aus ...«, verkündete ich meinen Gedankengang. Und als Koller nichts darauf sagte: »Ich meine, vielleicht, das könnte doch sein. Ein Identitätstausch auf beiden Seiten sozusagen ... Koller? Sind Sie noch dran?«

»Ja ... Moment mal.« Dann war die Leitung tot. Kurz bevor ich auflegen wollte, knackte es, und Koller war wieder dran. »Hallo, Buck, sind Sie noch da?«

»Ja.«

»Haben Sie schon mal darüber nachgedacht, Kommissarin zu werden?«, fragte er und klang dabei so, als würde er es ernst meinen.

»Nein, noch nie.«

»Dann sollten Sie jetzt damit anfangen. Mit dem Nachdenken, meine ich. Bis morgen dann«, sagte Koller und legte auf.

»Ja gut, bis morgen«, murmelte ich in den Hörer, obwohl keiner mehr dran war.

Den ganzen Abend über hoffte ich, dass Fanny ein bisschen eher kommen würde, als sie angekündigt hatte. Es gab so irrsinnig viel zu bereden. Jedes Geräusch im Treppenhaus ließ mich aufhorchen und zur Tür laufen, aus Furcht vor *wemauchimmer* und in der Hoffnung auf Fannys Ankunft. Doch es waren nur die Schritte der Nachbarn im Treppenhaus. Wenigstens kam kein Journalist. Das war gut, denn ich war so in Redelaune an diesem Abend, dass ich womöglich zu viel erzählt hätte. Dinge, die ich auf keinen Fall am nächsten Tag im Netz lesen wollte.

Ich war sehr froh, dass Koller es geschafft hatte, mir wieder Personenschutz zu schicken. Auch wenn einiges dafür sprach, dass Frau Dahlmann die Giftmörderin gewesen war, so fühlte ich mich noch lange nicht sicher – zu viele Fragen waren noch offen. Allen voran: Wer war letzte Nacht durch mein Treppenhaus geschlichen und hatte an meine Tür geklopft? Die Dahlmann konnte es ja nicht gewesen sein, und wenn doch – umso schlimmer!

Und wo war Kowalczyk?

Zu gern hätte ich mich mit Koller über all das unterhalten. Zweimal hatte ich das Telefon schon in der Hand und war versucht, seine Nummer zu wählen. Aber ich machte mir klar, dass ich ihn unmöglich anrufen konnte, nur weil ich Lust dazu hatte. Wir waren keine Freunde, auch wenn es sich hin und wieder so anfühlte. Er war der Kommissar in dem Mordfall, in den ich verwickelt war, als Opfer und Zeugin. Keine gute Basis für einen Plausch nach Feierabend. Gab es für Koller überhaupt so etwas? Wartete eine Familie darauf, dass er nach Hause kam?

Einmal wählte ich Rickys Nummer, nur um zu sehen, was passieren würde. Gar nichts. Es klingelte einfach so lange in den Orbit, bis ich auflegte.

Nachdem ich den genialen Coversong *I Will Survive* von *Cake* auf Repeat gestellt, den Turmalinstein in meiner Hosentasche dreimal berührt und einen langen Blick auf den Polizeiwagen unter der

Laterne geworfen hatte, fühlte ich mich dafür bereit, im Netz nach dem Schattenmann zu suchen, von dem im Artikel über Sherlocks Tod die Rede gewesen war.

Dabei handelte es sich um einen unheimlichen Stalker, der vor fünf Jahren damit begonnen hatte, sein Unwesen in der Stadt zu treiben. Wie ein Schatten war er seinen Opfern wochenlang gefolgt, bevor er sie entführte. Sie waren nie wieder irgendwo aufgetaucht. Allesamt Frauen, zwischen zwanzig und sechzig Jahren, allein wohnend.

Ich musste mehrmals jeden Schrank und jede Ecke in der Wohnung mit der Taschenlampe durchleuchten, bevor ich die Berichte über diesen Irren zu Ende lesen konnte.

Am seltsamsten war, dass jedes Opfer mindestens ein Haustier gehabt hatte. Hund, Katze, Kanarienvogel. Von ihnen fehlte auch jede Spur. Zumeist waren sie einige Tage vor ihren Besitzerinnen verschwunden, in drei Fällen aber bereits schon Wochen vorher. Man vermutete, dass die Tiere vom Entführer als Trophäen mitgenommen worden waren. Er brauchte also auf jeden Fall einen Platz für sie – tot oder lebendig.

Ich stellte mir einen Typ vor, der in schwarzer Schattenmannkluft auf einem Sofa saß, um sich herum einen Kleintierzoo.

Ich war schon eingeschlafen, als Fanny endlich nach Hause kam. Das Schlüsselklappern und Füßescharren in der Diele bekam ich kaum mit, dafür aber das Gekicher und Geschirrklirren in der Küche und später dann das Seufzen und Stöhnen zum rhythmischen Knarren von Fannys Bettgestell. Sie war nicht allein gekommen.

Als am Morgen um halb acht mein Wecker klingelte, fühlte ich mich wie gerädert, gerade so, als hätte man mich die halbe Nacht durchgevögelt und nicht Fanny. Ich schleppte mich in die Küche, um mir einen Kaffee zu machen, änderte dann aber meinen Plan, als ich Fannys Unterwäsche auf dem Küchentisch liegen sah.

Kaffee vom Bäcker tat es auch.

Im Flur stieg ich über einen Kapuzenpulli, der Rickys Style hatte, und mir wurde kurz mulmig. Der Pulli war rot und hatte ein Logo auf dem Rücken. Allerdings von *Eisern Union*. Hätte Ricky so etwas angezogen? Ich roch daran. Süßes Parfüm und verschüttetes Wodka-Red Bull. Nichts, was ich mit Ricky in Verbindung brachte.

Trotzdem spähte ich durch Fannys Tür zu ihrem Bett. Der nackte Kerl, der darin lag, hatte zwar seinen Kopf in die Kissen vergraben, ich wusste aber trotzdem sofort, wer er war. Sein Körper war muskulös und glatt rasiert. Das brachte das Pinocchiogesicht, das er sich unterhalb des Bauchnabels hatte tätowieren lassen, so richtig schön zur Geltung. Pinocchio hatte eine lustige Mütze auf und schielte mit großen Augen auf seine Nase, die im Augenblick klein und schrumpelig war und locker zur Seite hing.

Fanny war also wieder mit dem DHL-Fritzen im Bett gelandet. Kein Wunder, dass er gestern keine Zeit gehabt hatte, mich zurückzurufen. Ich überlegte kurz, ihn (und Fanny) unsanft zu wecken. Dann dachte ich, dass es die ideale Gelegenheit wäre, doch noch seine Mithilfe zu erzwingen. Ich könnte seine krumme Pinocchionase fotografieren und damit drohen, sie Claas Undercut zu schicken, oder ich nahm seine Hose als Geisel und stellte ihm in Aussicht, ohne nach Hause gehen zu müssen, wenn er mir nicht endlich half.

Letztendlich machte ich einfach die Tür zu und überließ die beiden ihrem Schlaf. Ich würde Rickys letzte Adresse auch allein finden. Meine Mission war nicht gescheitert, sondern musste nur in kleinere Etappen aufgeteilt werden. Ich ging in mein Zimmer und kramte den Stadtplan hervor, den ich seit meinem Einzug in Fannys Wohnung nicht mehr gebraucht hatte, und markierte alle Straßen, die ich gestern bereits abgelaufen war. Heute würden neue dazukommen. Gleich nachdem ich mich im Präsidium gemeldet hatte.

Vor meiner Haustür stand kein Einsatzwagen mehr.

Egal, die Nacht war ja überstanden.

Beim Bäcker holte ich mir ein Hörnchen, dann nahm ich die U-Bahn Richtung Präsidium.

Während der Fahrt las ich die Artikel, die ich mir zu Hause auf mein Handy geladen hatte. Mein Tarifvertrag erlaubte mir keine große Surfleistung außerhalb eines Hotspots. Und das, was für diesen Monat noch übrig war, wollte ich mir für Notfälle aufheben.

Jasmin Dahlmanns Eltern beschrieben ihre Tochter als den mitfühlendsten und freundlichsten Menschen der Welt.

»Als sie klein war, sind wir einmal an den Schwielowsee gefahren, das war in dem Jahr der Kartoffelkäferplage«, erinnert sich der Vater. »Der ganze See war voller Kartoffelkäfer, und unsere Jasmin hat den Urlaub damit verbracht, sie mit ihrem winzigen Sandeimerchen abzuschöpfen. Sie wollte jeden Käfer retten. Als der Urlaub zu Ende war, schwammen immer noch Tausende von diesen Biestern auf dem See, und da hat die Jasmin geweint und gar nicht mehr aufhören wollen.«

Ich beschloss, vorerst keine Nachrichten mehr zu lesen. Es half einfach nicht weiter.

Im Präsidium meldete ich mich an und wartete so lange, bis jemand kam, der mich zu Koller brachte. Allerdings liefen wir an Kollers Bürotür vorbei. Daran klebte ein Zettel, auf dem stand: Soko O., *Leiter: Kommissar Rieb.*

Mir wurde ganz mulmig zumute. Leitete Rieb jetzt die Soko *Oscars*? War Koller etwa abgesetzt worden, weil er die Kowalczyk-Sache falsch angepackt hatte? Er hätte sich eben doch nicht auf seinen Riecher verlassen dürfen und Horn von Anfang an in die Mangel nehmen müssen.

Der Raum, in dem ich jetzt auf Koller wartete – ganz am Ende des Ganges, hinter den Toiletten –, war winzig klein mit einem Kippfenster zum Hinterhof hinaus. Da stand nur ein Tisch in der Mitte mit je einem Stuhl auf beiden Seiten. Auf einem saß ich, mit dem Rücken zur Tür. Ich kam mir wieder vor wie in einer Zelle. Und wenn Rieb jetzt an Kollers Stelle die Ermittlungen leitete, würde ich bestimmt auch bald wieder in einer landen. Immerhin roch es hier einigermaßen – so, als hätten vor nicht allzu langer Zeit einige Krapfen und Quarkbällchen das Aroma des Raums versüßt – mit einem Hauch von Beinsalbe.

Als die Tür aufging, war es, passend zum Geruch, Heffner, der hereinkam. Ich hätte ihn fast nicht wiedererkannt, sein linkes Auge war blau und geschwollen, und er hatte ein Croissant im Mund. Verwundert blieb er in der offenen Tür stehen, als er mich sah.

»Fulding, iff daffte hiwä niem«, nuschelte er um das Croissant herum.

»Was ist denn mit Ihrem Auge passiert?«, fragte ich.

Heffner nahm das Croissant aus dem Mund, was ihn gleich wesentlich kompetenter wirken ließ. »Berufsrisiko. Ich kann aber schon wieder sehen.«

»Gratuliere. Haben Sie eine Ahnung, wo Koller steckt?«

»Zu Hause, nehme ich doch an.«

Ich stand auf. »Na schön. Eigentlich soll ich mich ja einmal am Tag um Punkt zehn Uhr im Präsidium sehen lassen, was hiermit geschehen ist. Wenn sonst nichts weiter anliegt – Sie wissen ja, wie Sie mich erreichen können.«

Ich nickte Heffner zu und ließ ihn mit seinem Croissant allein.

Auf den Treppen vor dem Präsidium hörte ich einen lauten Pfiff. Ich blickte mich um und wunderte mich, dass Koller nirgendwo zu sehen war. Stattdessen rannte ein Hund auf der anderen Straßenseite entlang, mit schleifender Leine, hinter ihm ein Mann auf einem klapprigen Fahrrad. Sah nicht so aus, als würde er das Tier damit bald einholen.

Ich lief weiter Richtung U-Bahn, da pfiff es wieder. Ich drehte mich nach dem Mann um, der seinen Hund verfolgte, aber er war schon abgebogen. Dann schaute ich zum Präsidium und sah Koller aus einem der Fenster winken. Also war doch er es gewesen, der nach mir gepfiffen hatte. Er zeigte auf die Treppen, und ich setzte mich hin. Koller streckte den Daumen hoch und verschwand vom Fenster.

Während ich so dasaß, wunderte ich mich über mich selbst. Nach mir war gepfiffen worden, und ich hatte mich brav hingesetzt. Ein Wunder, dass mir meine Zunge noch nicht hechelnd aus dem Mund hing. Ich überlegte, wie ich mich Koller gegenüber verhalten wollte, wenn er gleich auftauchen würde. Vielleicht sollte ich ihm entgegenlaufen und Männchen machen, oder ich beantwortete von jetzt an jede Frage mit einem Bellen. Als Koller zehn Minuten später aus einem der Nebenausgänge humpelte, verflogen alle Rachegedanken schlagartig. Koller winkte mir fröhlich zu wie die zehnjährige Liz Taylor in *Lassie Come Home*, dann hüpfte er auf dem gesunden Bein die Stufen hinunter, das andere vor sich ausgestreckt. Eine ebenso komische wie mitleiderregende Methode. Ich ließ mir aber nichts anmerken und tat so, als käme er die Treppen herunter wie jeder andere Mensch auch.

»Buck, wieso laufen Sie denn davon?«, fragte er schon von Weitem. »Waren wir nicht verabredet?«

»Für zehn Uhr, jetzt ist es schon zwanzig nach.«

»Wirklich?« Koller sah auf seine Armbanduhr und wunderte sich. »Zeit für ein zweites Frühstück: Ich lade Sie ein, kommen Sie.«

Er hüpfte die restlichen Treppen hinunter Richtung Parkplatz. Ich hatte keine Lust auf Essen. Von der Kartoffelkäfergeschichte heute Morgen war mir der Appetit vergangen. Aber vor allem hatte ich keine Lust mehr darauf, nicht informiert zu werden.

»Was ist los, wieso leitet Rieb jetzt die Ermittlungen?«

»Rieb?«, fragte Koller und hüpfte weiter.

»Stand auf dem Zettel an Ihrer Tür – Rieb leitet die Soko *Oscars*.«

Koller blieb auf dem letzten Treppenabsatz stehen und drehte sich zu mir um.

»Nicht die Soko *Oscars*. Er leitet die Soko *Oleg*, die Sonderkommission, die extra für die Suche nach Oleg Kowalczyk zusammengestellt wurde.«

Mir fiel ein Stein vom Herzen.

»Sie wurde Oleg genannt, weil keiner Kowalczyk richtig aussprechen kann, außer Rieb natürlich – und Sie.«

Und Koller. Es war inzwischen das dritte Mal, dass er Kowalczyk richtig ausgesprochen hatte. Mir kam der Verdacht, dass er es die Male zuvor mit Absicht falsch gemacht hatte.

»Übrigens ist das Rätsel um den 24. September gelöst.«

»Wirklich?«

»Mit einer Kaffeetasse in der Hand wird mir bestimmt noch mehr dazu einfallen. Ich kenne da ein gutes Café …«

Ich folgte Koller zu seinem Auto. Diesmal war es sein eigenes – ein dunkelgrüner Honda Civic mit Automatikgetriebe und umgebauten Pedalen.

Koller fuhr auf die Stadtautobahn und erzählte mir, was die Soko *Oleg* über Kowalczyk herausgefunden hatte. Alle Infos waren bereits an die Presse gegangen, es war also kein Geheimnis mehr.

Vor einem halben Jahr hatte der Mann sich mit seinen Bandkollegen gezofft. »Sie meinten, sie wären mit seiner egozentrischen Spielweise nicht mehr zurechtgekommen. Dann fiel er eines Abends besoffen von der Bühne und behauptete, er hätte nur ein paar Gleichgewichtsprobleme. Das hat wohl das Fass zum Überlaufen gebracht, und …«, an der Stelle pfiff Koller durch die Zähne, »… er war raus aus der Band. Seiner Mutter hat er davon nichts erzählt und auch sonst keinem. Er hat sich als Straßenmusiker durchgeschlagen und es auch in Cafés probiert, aber wer will beim Essen schon einen Trompeter hören, noch dazu im Freestyle-Jazz. Dann fehlen mir zwei Monate in der Recherche. Er muss einige Jobs als Lagerarbeiter angenommen haben, selbst da flog er raus, weil er Sachen fallen ließ und Ware kaputtging. Auf jeden Fall hat er dort René Horn kennengelernt. Der war grad frisch aus dem Jugendknast raus. So, und jetzt geht's los.«

Koller blinkte und fuhr auf die Autobahn Richtung Stralsund auf.

»Was ist das eigentlich für ein Café, das Sie da ansteuern?«, fragte ich.

»Die backen selber Kuchen. Sie mögen doch Kuchen?«

Dagegen war nichts zu sagen.

Wir ließen die Stadtgrenze hinter uns. Koller beschleunigte und scherte auf die Überholspur aus.

»Kowalczyk und Horn haben sich nun also getroffen. Wir wussten allerdings erst mal nicht, was bei dieser Begegnung passiert sein könnte. Horn hat sich dazu ja mit keiner Silbe geäußert – und Kowalczyk war verschwunden. Und dann kamen Sie mit diesem Anruf gestern. In dem Moment wusste ich, was passiert war. Rieb musste nur noch alle Krankenhäuser überprüfen, und dann war die Sache klar.«

»Ich will Ihnen ja nicht in Ihre Geschichte reinreden, Koller, aber können Sie den Mittelteil überspringen und mir sagen, was es mit dem 24. nun auf sich hat?«

»René Horn alias Kowalczyk hatte heute Morgen eine Gehirnoperation.«

»Wie bitte?«

Koller sah zu mir herüber, um zu sehen, wie hoch der Grad meiner Verwunderung ausfiel.

»Ja, in der Uniklinik Erlangen wurde ihm heute ein Tumor entfernt. Im Gehirn. Das erklärt die Gleichgewichtsprobleme und warum er immer unmelodischer trompetet hat. Die ganze Hand-Gehirn-Koordination funktionierte nicht mehr«, erklärte Koller. »Das heißt nicht, dass alle Freestyle-Jazzer an einem Gehirntumor leiden ... aber es könnte ein Hinweis sein.«

»Dann war es der OP-Termin, den Horn abwarten wollte?«

»Sieht so aus. Die OP lief wohl ganz gut, vor allem aber über Horns Krankenversicherung. Kowalczyk hat keine. Klarer Fall von Versicherungsbetrug.«

Das war er also, der 24. September – der Tag, an dem Oleg Kowalczyk aus einer geglückten Gehirn-OP erwachte und sein Leben zurückbekam.

»Ist allemal besser als Mord«, fand ich.

»Trotzdem strafbar. Auch wenn Horn seinem Freund damit das Leben gerettet hat.«

»Werden Horn und Kowalczyk dafür ins Gefängnis kommen?«

Koller zuckte die Achseln. »Die Erlanger Uniklinik hat eine der besten Neuro-Abteilungen Deutschlands mit absoluten Spitzenärzten. Eine Behandlung wäre dort ohne Krankenversicherung zu teuer gewesen.«

»Klingt so, als wäre es das wert gewesen.«

»Jedenfalls ist es mehr wert, für das Leben ins Gefängnis zu gehen als für den Tod.«

»Und Horn? Wofür hat er das gemacht? Ich meine, das ganze Verstellen und Haarefärben und so, das wäre doch gar nicht nötig gewesen.«

»Er ist vorbestraft, hat zig Jahre gesessen. Das Einzige, was er wirklich kann, ist kochen. Als er draußen war, hat er eine Chance für ein zweites Leben gesucht – als Koch in einem angesehenen Restaurant, nicht nur als vorbestrafte Küchenhilfe bei einer Fast-Food-Kette. Die Rechnung wäre ja auch beinahe aufgegangen.«

»Wenn nicht der Giftanschlag dazwischengekommen wäre.«

»So sieht's aus.«

»Dann kann man Horn komplett von der Verdächtigenliste streichen. Null Motiv. Ganz im Gegenteil.«

»Schon passiert«, sagte Koller. »Offiziell konzentriert sich ja sowieso alles auf die Dahlmanns als Täter.«

Sofort hatte ich wieder das Bild von Klein Jasmin vor Augen, wie sie mit ihrem Buddeleimer Kartoffelkäfer von der Wasseroberfläche schöpft.

»Und das ist ja auch richtig so. Immerhin liegt es im Rahmen des Möglichen«, sagte Koller etwas leiser, mehr zu sich als zu mir. »Der Abschiedsbrief ist echt. Alle Kündigungen sind rechtens und wurden von ihnen selbst vorgenommen. Die beiden hatten eindeutig vor, aus dem Diesseits zu verschwinden.«

Unruhig trommelte Koller mit einer Hand auf dem Lenkrad herum, mit der anderen strich er sich unablässig über den Bart. »Hinzu kommt das Datum des Giftanschlags – der 21. September – Dahlmanns Hochzeitstag. Das feierliche Getue, die Henkersmahlzeit. Sehr symbolisch das Ganze.«

In meiner Vorstellung stand Jasmins Vater am Seeufer, die Schuhsohlen voller Käferreste. Für ihn waren es nur eklige Schädlinge, und doch liebte er sein kleines Mädchen für das, was es tat.

»Und jetzt sind sie tot. Was juckt es sie, ob sie als Mörder in Erinnerung bleiben oder als Selbstmörder.«

Die Landschaft, durch die wir fuhren, hatte sich verändert. Schnurgerade Maisfelder waren von hügeligen Kuhweiden abgelöst worden. In der Ferne leuchteten gelbe Sonnenblumenfelder. Dass jemand als Kind Insekten das Leben gerettet hatte, machte ihn nicht für alle Zeit zu einem besseren Menschen.

»Depressionen kriegen auch Leute, die eine schöne Kindheit hatten.«

Koller nickte, in seine eigenen Gedanken vertieft, und ich heftete meinen Blick auf einen Vogel, der neben uns in sanften Wellen über die Felder glitt.

»Sie haben alles picobello hinterlassen«, sagte Koller irgendwann mit einer Stimme, die viel tiefer klang als sonst. »Alles bezahlt, gekündigt, versorgt, aufgeräumt. Ganz so, als wollten sie niemandem zur Last fallen nach ihrem Tod. Und das ist es, was ich nicht verstehe!« Unvermittelt schlug Koller mit einer Hand auf das Lenkrad. »Wie kann man denn so ordentlich aus dem Leben scheiden wollen und sich dann mit so einem Abgang derartig mit Dreck bewerfen? Das passt doch nicht zusammen!«

Wir kamen an einer Reihe Windräder vorbei, von denen sich nur zwei drehten.

»Und nun?«, fragte ich, »wie geht es weiter?«

Koller holte tief Luft, bevor er antwortete. »Ich schlage vor, wir machen das, was wir am besten können.«

»Nase in die Luft halten und dahin gehen, wo es am meisten stinkt?«

11

Die Pension befand sich in einer alten Mühle etwas außerhalb von Lohme auf Rügen. Von einem öffentlichen Parkplatz aus gelangte man zu Fuß durch ein Wäldchen über eine kleine Holzbrücke zur Mühle, vorbei an herrlich duftenden Sanddornbüschen voller orangefarbener Früchte. Koller zeigte darauf, schaute mich anerkennend an und streckte dann beide Daumen nach oben. Ich war mächtig stolz auf mich und meine Nase. Vor lauter Verlegenheit stolperte ich über eine Wurzel, ich konnte mich gerade noch abfangen. Koller hatte weniger Probleme mit dem buckligen Boden; er ging so mühelos, dass ich mich fragte, ob er sein Prothesenproblem überwunden hatte. Vielleicht tat ihm die Ostseeluft gut.

Wenn die Recherche und Wegbeschreibung des Mannes, den Koller Bono nannte, stimmte, dann war das die Pension, von der die Dahlmanns sowohl Briefpapier als auch Sanddorndrops hatten. Und wirklich – über dem Eingang der Mühle prangte dieses charakteristisch geschwungene *M*, das sowohl als flüchtig geschriebener Buchstabe als auch als Silhouette einer fliegenden Möwe durchging.

»M wie Mühle«, schlussfolgerte Koller. »Logisch.«

Er zeigte zu einem Tisch mit Stühlen im Schatten des angrenzenden Stalls. »Machen Sie es sich doch schon mal gemütlich, ich hol uns Kuchen.«

Koller verschwand in der Mühle, und ich sah mich um.

Im Stall roch es nicht nach Kühen, sondern nach Hund.

Das halbe Dach war mit einer modrigen Plane abgedeckt, auf der das Logo einer Firma namens Himmelbau prangte. Himmelbau, nicht Blau. Auf der Rückseite stand ein wackeliges Baugerüst, daneben ein Schuppen mit noch mehr Brettern und Zementsäcken. Überall krabbelten Ameisen herum.

Während ich mich wie eine neugierige Schnüfflerin auf dem fremden Grundstück umsah, kam ich mir selbst beobachtet vor. Und wirklich, der Hund aus dem Stall, eine bunte Promenadenmischung, war mir auf die Rückseite gefolgt und schaute mich über einen Zementsack hinweg an. Ein Auge war milchig weiß, wahrscheinlich konnte er nur noch mit dem anderen sehen. Sein Fell – struppig, grau und schwarz gemustert – wirkte wie in Falten gelegt. Die spitzen Ohren hielt er in meine Richtung aufgestellt. Er war alt, halb blind und scheu, aber aufmerksam.

»Na komm ...«, lockte ich ihn, »komm her zu mir, Einauge, brauchst keine Angst haben.« Als ich einen Schritt auf ihn zumachte, duckte er sich weg und verschwand hinter den Zementsäcken.

Ich ging zum Tisch zurück. Koller saß schon da, vor sich zwei Kuchenteller. Ich setzte mich ihm gegenüber auf einen der Gartenstühle.

»Sanddornkuchen«, stellte ich fest.

»Kaffee kommt gleich.«

Koller schob einen der Teller zu mir herüber. »Und – irgendwas Interessantes gefunden?«

»Einen scheuen Hund und ...«

»Wirklich, wo?«, fragte Koller und sah sich um.

»Der versteckt sich, ist – wie gesagt – scheu.«

Ich warf einen Blick zum Stall hinüber. »Interessanter ist die Baustelle da drüben.«

Koller folgte meinem Blick und zog die Augenbrauen hoch. »Soll der ausgebaut werden?«

Ich nickte. »Da war schon mal eine Firma dran: Himmelbau. Ist aber länger her.«

»Was lässt Sie das vermuten?«

»Die Bretter liegen da schon eine ganze Weile rum.«

Koller wendete seinen Blick vom Stall ab und mir zu. »Riechen sie alt?«

Ich sah Koller mit ernster Miene an und legte meine Kuchengabel zur Seite. »Wissen Sie, Koller, wenn Holz länger als drei Monate liegt, dann fängt es an, nach Pilzen zu riechen. Das liegt an den Sporen, die sich in den Zwischenräumen bilden.«

Koller hörte zu und schob sich ein Stück Kuchen in den Mund. Anscheinend nahm er mir die Sache mit dem Pilzgeruch uneingeschränkt ab, genau wie alles andere, was ich an Wahrnehmungsirrsinn von mir gab. Ich wusste nicht recht, ob mich das freuen oder eher beunruhigen sollte.

»Da sind überall Spinnenweben«, gab ich zu. »Das Firmenlogo ist verblichen. Und hinterm Haus gibt's noch einen Schuppen voll Bauzeug, über das schon Generationen von Ameisen pilgern.«

Koller hatte aufgehört, seinen Kuchen zu kauen. Er sah mich einige Sekunden lang verblüfft an, bis sich sein Kiefer wieder in Bewegung setzte und weitermalmte.

»Haben Sie inzwischen darüber nachgedacht?«, fragte er, nachdem er noch ein Stück Kuchen verschlungen hatte.

»Worüber?«

»Wie es wäre, wenn Sie Kommissarin werden würden.«

So schmeichelhaft die Idee war, so unpassend war sie allerdings auch. »Wie Sie wissen, bin ich erstens: schwanger und zweitens: Schulabbrecherin.«

»Erstens gibt es Kinderkrippen und zweitens Abendschulen. Für die Aufnahme in die Polizeiakademie schreibe ich Ihnen persönlich eine Empfehlung.«

»Nett von Ihnen, aber das bringt mich zu drittens: mein schlechter Umgang. Wenn herauskommt, dass Sie mich überallhin mitschleppen, brauchen Sie auch einen neuen Job.«

Zum allerersten Mal hörte ich Koller laut lachen. Es klang so, als würde ein hustender Flaschengeist aus einer Blechdose entweichen.

Nachdem er sich wieder beruhigt hatte, meinte er: »Na gut, lassen wir das Thema. Aber ich werde darauf zurückkommen.«

Wir saßen eine Weile schweigend da, jeder mit seinem Stück Kuchen beschäftigt. Er roch gut, obwohl ich Sanddorn früher nie viel abgewinnen konnte – er schmeckte zu säuerlich und irgendwie so, wie ich mir verschimmelten Pfirsichbrei vorstellte. Nun war mir der Duft angenehm. Er erinnerte mich an meine Oma. Ich würde bestimmt noch zwei Kuchenstücke schaffen. Koller schaufelte auch ganz schön rein. Die Kuchengabel wirkte winzig in seiner riesigen Hand, die Haare auf seinen Armen schimmerten golden.

»Ich habe gehört, Ihre Freundin ist wieder da?«, fragte er zwischen zwei Bissen. »Fanny«, setzte er nach, als zweifelte er daran, dass ich wusste, wen er meinte.

»Ja, sie kam spät und schlief noch, als ich heute Morgen aus dem Haus ging.«

»Wir werden ihr ein paar Fragen stellen müssen, wundern Sie sich nicht.«

»Woher denn. Sie haben ja auch schon ihre Schränke durchsucht. Ich hoffe, Sie hatten Spaß dabei.«

»Es hat zumindest geholfen, das Gesamtbild zu schärfen.«

»Aha, und inwiefern?«

»Zunächst einmal haben wir nichts gefunden, das irgendetwas von dem widerlegt hätte, was Sie uns erzählt haben. Sie wohnen seit drei Jahren bei Fanny zur Untermiete, teilen die Küche, aber nicht das Schlafzimmer miteinander.«

Ich warf Koller einen fragenden Blick zu. Was sollte das für eine Anspielung sein? Hatte er etwa in Erwägung gezogen, dass Fanny und ich ein Liebespaar waren? Und wie hatte er diese Annahme ausschließen können?

War unsere Bettwäsche im Labor untersucht worden?

Kein Wunder, dass es überlastet ist, dachte ich.

Auf einmal verging mir der Appetit. Und ich hatte auch keine Lust mehr, mit Koller hier zu sitzen und einen auf Friede, Freude,

Sanddornkuchen zu machen. Angewidert schob ich den Teller von mir weg.

»Ich kapiere nicht, was Sie von mir wollen. Was machen wir hier überhaupt?«

Koller zuckte die Achseln. »Den Fall aufklären?«

»Zusammen? Hier? Mehr als dreihundert Kilometer vom Tatort entfernt?«

Mir war nicht klar, ob Koller nur mir etwas vormachte oder sich selbst. »Wieso haben Sie mich mit hierhergenommen?«

»Das liegt doch wohl auf der Hand, Buck.«

»Nein, klären Sie mich bitte auf, Koller.«

»Ohne Sie wüssten wir nichts von der Existenz dieser Mühle. Ihre Nase hat uns von den Drops zwischen den Autositzen direkt hierhergeführt.« Koller atmete tief ein und stützte beide Unterarme auf dem Gartentisch ab, bevor er weitersprach. »Und vielleicht führt sie uns ja noch weiter. Lektion zwei: Wenn du eine Fährte aufgenommen hast, folge ihr, egal wohin, aber immer bis zum Ende.«

Daraufhin lehnte er sich wieder zurück und starrte in den Himmel. Erwartete er, dass ich seine Sprüche mit Goldstift in mein Tagebuch kritzelte? Ich dachte darüber nach, wie sein Vertrauen in meine Nase mit seinem Misstrauen gegenüber allem anderen, was ich tat oder sagte, zusammenpasste. Möglicherweise war diese Überprüfungsmanie einfach eine Berufskrankheit.

Nach einer Weile sagte Koller: »Ich habe mit der Mühlenbesitzerin gesprochen, Frau Hantusch. Wollen Sie wissen, was sie mir erzählt hat?«

Ich zuckte die Achseln.

»Die Dahlmanns haben hier reserviert, vom 21. bis zum 27. September, und zwar das Zimmer, in dem sie immer wohnten.« Er warf einen Blick zur Mühle hinüber auf ein Fenster direkt unter dem Dach, das zum Stall hinausging. »Seit zehn Jahren kommen sie an ihrem Hochzeitstag hierher, bleiben eine Woche.«

»Und sie haben die Reservierung nicht storniert?«
Koller schüttelte den Kopf.
»Vergessen?«
»Passt nicht zu ihnen. Sie haben ihren Abgang in jeder Hinsicht durchgeplant. Haben alles aufgelöst, vom Hausrat bis zur Zahnzusatzversicherung, jeden Vertrag gekündigt – und alle Fristen eingehalten. Das heißt, sie haben drei Monate vor Ende September ihren Handyvertrag gekündigt ... Komisch, dass sie ausgerechnet ihren jährlichen Hochzeitsurlaub nicht abgesagt haben.«

»Ist vielleicht eine Reservierung, die gar keine richtige war. So nach dem Motto: ›Ja, klar kommen wir nächstes Jahr wieder‹, oder sie haben abgesagt, und die Mühlenleute haben es verpeilt. Kann doch sein.«

Koller zuckte die Achseln und stocherte in seinem Rest Kuchen herum. Ihm war anzusehen, dass er mit diesen Erklärungen unzufrieden war. Was genau es brauchte, um Kollers ständig nachkeimende Zweifel zu zerstreuen, war mir nicht klar. Er selbst war es doch gewesen, der den Fokus von mir auf die Dahlmanns gelenkt hatte. Ohne die nachgewiesenen Selbstmordabsichten des depressiven Apothekerpaars hätte der Haftrichter mich wahrscheinlich direkt in die Untersuchungshaft durchgewinkt. Stattdessen saß ich nun im Schatten einer Mühle auf Rügen und sah Koller dabei zu, wie er einen Kuchen zerpflückte, weil er nicht damit klarkam, dass die Dahlmanns ihre jährliche Hochzeitsreise nicht abgesagt hatten. Was war das überhaupt für eine Spur? Das war ja noch weniger als die nicht vorhandenen Mäusespuren, die mich dazu gebracht hatten, an dem Drops zu riechen, der uns zu der Mühle geführt hatte. Ein bisschen viel Nichts für einen dreihundert Kilometer langen Ausflug.

»Okay, die Dahlmanns haben ihren Hochzeitsurlaub nicht abgesagt«, sagte ich. »Na und? Vielleicht hat Frau Dahlmann ihrem Mann den Zyankali-Cocktail einfach früher verabreicht als abgemacht. Vielleicht hatte sie Angst, dass er einen Rückzieher machen würde, oder sie wollte ihn am Hochzeitstag damit überraschen. Ganz egal. Von mir aus hätten sie sich kopfüber in einen Gletscher hängen können. Ich verstehe nicht, warum wir hier auf ihren Spuren wandeln müssen. Am Ende waren sie es ja vielleicht doch, und die Maus hat überhaupt nichts mit der ganzen Sache zu tun.«

Koller zupfte an seinem Bart und starrte an mir vorbei, als würde er jemandem tief in die Augen schauen. Ich drehte mich um, doch da war nichts als Wiese und ein Holunderbusch. Erst auf den zweiten Blick bemerkte ich einen Schatten im Gebüsch, und dann erkannte ich den charakteristischen Blick von Einauge wieder, der wie ein Geheimagent durchs Blätterwerk linste.

»Das ist der Hund«, flüsterte ich, um ihn nicht zu verscheuchen. Koller winkte ihn mit einer minimalen Bewegung seines Zeigefingers heran.

Zu meinem großen Erstaunen kam Einauge tatsächlich aus der Deckung, lief aus dem Gebüsch raus auf unseren Tisch zu und verschwand darunter. Gehorsam legte er sich zu Kollers Füßen nieder und ließ sich von ihm den Kopf kraulen, als wäre es das Normalste auf der Welt. »Columbo, alter Junge«, sagte Koller, »bist ein ganz Lieber.«

Ich musterte ihn misstrauisch. »Kennen Sie zwei sich?«

Koller schüttelte den Kopf.

»Woher wissen Sie dann, dass er Columbo heißt?«

»Wie soll er denn sonst heißen – mit diesem Knittermantel von einem Fell.«

Mir fielen noch zwanzig weitere Fragen ein, aber Koller fegte sie mit einer minimalen Bewegung seines Kopfes weg, indem er zur Mühle hinübernickte, aus der eine Frau mit einem Tablett herauskam. »Unser Kaffee.«

Ich sah von der Frau zu Koller, dann zum Hund unter dem Tisch und wieder zu Koller. Wer war dieser Mann? Wie war es möglich, dass er mit mir an die Ostsee fuhr, Kuchen aß, wie mit einer Kollegin diskutierte, mir aber im nächsten Moment ein Verhältnis mit meiner Mitbewohnerin unterstellte, dann wieder über den Hochzeitstag der Dahlmanns philosophierte und nebenher telepathischen Kontakt mit einem Hund aufnahm? Wenn ich meinte, ihn zu kennen, machte er etwas, das mir wieder neue Rätsel aufgab. Es war am besten, ich versuchte gar nicht erst, diesen Mann zu verstehen. Ganz sicher hatte er Gründe für alles, was er tat. Ob diese Gründe das Ergebnis rationaler Überlegungen waren oder auf mysteriöse Art einem Instinkt entsprangen, würde mir verborgen bleiben. Ich hielt besser die Augen offen und zog meine eigenen Schlüsse.

Frau Hantusch war klein und kräftig, ihr geblümtes Kleid spannte an den Schultern, das strahlende Weiß ihrer Turnschuhe zwang mich zum Blinzeln. Energischen Schrittes trug sie ein Tablett vor sich her, das mit Kaffeetassen und Zuckerdosen in verschiedenen Größen beladen war. Unter den Rüschen ihrer kurzen Ärmel wölbten sich beachtliche Muskeln. Sie stellte das Tablett scheppernd vor uns auf dem Tisch ab und sprach Koller direkt an. Ihr freundliches, pausbäckiges Gesicht war verschwitzt und gerötet.

»Wollen Sie mir nicht endlich sagen, warum Sie hier sind? Was ist mit den Dahlmanns?« Mit dem Handrücken wischte sie sich ein paar herumfliegende Haarsträhnen aus dem Gesicht, die an ihrer Stirn kleben blieben.

»Darüber reden wir gleich, setzen Sie sich bitte zu uns, Frau Hantusch«, sagte Koller.

Sie sah ihn noch besorgter an und verteilte dann die Kaffeetassen und Zuckerdosen auf dem Tisch, wobei sie bei jeder eine Erklärung zum Inhalt abgab: »Würfelzucker, loser Zucker, Süßstoff.« Dann setzte sie sich und erschrak, als sie die Füße unter dem Tisch ausstreckte.

»Ach du lieber Himmel, Schleicher, was machst du denn hier?« Sie beugte sich zum Hund hinunter und schaute dann überrascht zu Koller. »Na so was. Wenn Gäste kommen, versteckt er sich sonst immer in der Scheune. Er hat's nicht so mit Menschen.«

»Sympathischer Bursche«, sagte Koller, tätschelte Schleicher noch einmal den Kopf und richtete dann seine ganze Aufmerksamkeit auf Frau Hantusch, die schlagartig damit aufhörte, Krümel vom Tisch zu wischen, und ihre Hände faltete.

»Lesen Sie die Zeitung?«

»Na ja … mein Mann hat mir immer vorgelesen, beim Frühstück. Ich habe mir schon oft vorgenommen, zu einem Optiker zu gehen, wenn ich in der Stadt bin …«

»Wo ist Ihr Mann jetzt?«

»O … er arbeitet in Hamburg, schafft es nur jedes zweite Wochenende her. Wir wollten den Stall ausbauen, für mehr Gästezimmer. Das war, bevor das Dach kaputtgegangen ist …«

»Und nun wollen Sie das nicht mehr?«

Frau Hantusch zuckte die Schultern. »Doch schon. Aber … das ist einfach zu viel Arbeit. Und das Geld für die Dachdeckerfirma ging schnell aus. Darum hat mein Mann den Job in Hamburg angenommen.« Frau Hantusch presste ihre Lippen zusammen.

»Haben Sie oder Ihr Mann vor Kurzem Geld geschenkt bekommen?«

»Geschenkt?«

»Per Brief oder über einen Boten?«

»Nein.«

»Und per Überweisung? Vielleicht auch auf ein anderes Konto oder auf das Ihres Mannes?«

Wenn sich Frau Hantusch über diese Frage wunderte, so ließ sie es sich nicht anmerken.

»Nein. Wir haben nur ein gemeinsames Konto. Wir haben immer alles zusammen gemacht. Bisher jedenfalls. Wir waren noch nie so lange voneinander getrennt wie jetzt, wissen Sie. Vielleicht geben wir die Pension auf und ziehen ganz nach Hamburg.« Frau

Hantusch hielt inne und fragte dann: »Woher sollte das Geld denn kommen?«

Koller stellte eine Gegenfrage: »Kannten Sie die Dahlmanns gut?«

Schlagartig verdüsterte sich Frau Hantuschs Gesicht. Die Sorge um die Dahlmanns war ihr körperlich anzusehen, und ich fragte mich, wie lange Koller ihr die nötigen Informationen noch vorenthalten wollte.

»Sie werden nicht mehr kommen, stimmt's?«

Koller nickte. »Tut mir leid, dass Sie das auf diesem Weg erfahren müssen.«

»Was ist passiert?«

»Das untersuchen wir gerade. Auf jeden Fall sind sie zusammen gestorben, durch Gift.«

Frau Hantusch schlug beide Hände vor den Mund, konnte aber einen Aufschrei des Erschreckens nicht unterdrücken.

»Ob sie sich selbst vergiftet haben – wir wissen noch nicht genug über die beiden, um das mit Sicherheit sagen zu können. Dazu brauchen wir Ihre Hilfe, Frau Hantusch. Wollen Sie uns helfen?«

Sie nickte, die Hände immer noch an den Mund gepresst.

»Gut«, sagte Koller, »dann erzählen Sie uns bitte, was Sie wissen.«

Langsam ließ sie die Hände sinken und sah ratlos von Koller zu mir und wieder zu Koller.

»Aber ich weiß nichts ...«

»Immerhin kennen Sie sie seit zehn Jahren, nicht wahr?«

»Kennen ist zu viel gesagt. Sie waren sehr zurückhaltend, alle beide.«

Koller nickte ihr aufmunternd zu. »Sehen Sie, da wissen Sie doch schon mehr als wir.«

Frau Hantusch atmete tief durch.

»Wie war das mit der Reservierung? Haben die beiden jedes Jahr schon fürs nächste gebucht?«

»Ja, genau. Ein paar Wochen vorher riefen sie dann noch mal an.«

»Beide?«

»Nein, die Frau Dahlmann. Immer Frau Dahlmann. Und dann sagte sie, dass sie beide sich schon auf meinen Kuchen und die Sanddornmarmelade freuen. Davon nahmen sie dann immer ein paar Gläser mit.«

»Von den Sanddorndrops auch?«

»Ja, davon auch.«

»Und dieses Jahr rief Frau Dahlmann auch wieder an?«

Frau Hantusch nickte. »Ja, das muss im August gewesen sein.«

»Und wie klang sie?«

»Wie immer. Sie sagte, dass sie sich schon sehr auf den Urlaub freuen würden.«

Frau Hantusch strich sich mit beiden Händen Strähnen aus dem Gesicht. Schweiß rann ihr jetzt in Bächen von der Stirn, ihre Augen glitzerten, Kinn und Wangen zitterten von der Anstrengung, die Tränen zurückzuhalten.

»Es ist so schrecklich«, flüsterte sie. »Was, wenn sie sich wirklich umgebracht haben und keiner die Anzeichen bemerkt hat? Keiner?«

Koller tätschelte ihr unbeholfen die Hand. »Dafür kann niemand etwas. Sie waren nur ihre Zimmerwirtin, einmal im Jahr, für eine Woche. Das reicht nicht aus, um irgendetwas zu verhindern.«

»Aber da war doch etwas anders beim Telefonat.« Ihre Stimme versagte, sie musste mehrmals schlucken, um weitersprechen zu können. »Frau Dahlmann bestellte keine Marmelade vor. Das machte sie sonst immer. Aber dieses Mal erwähnte sie die Marmelade nicht.«

Frau Hantusch schluchzte laut auf.

»Keine Marmelade also …«, sagte Koller und wartete geduldig, bis Frau Hantusch sich wieder gefangen hatte.

»Fällt Ihnen sonst noch etwas ein?«, fragte er dann. »Wie waren sie so als Gäste, was hatten sie für Gewohnheiten?«

Frau Hantusch putzte sich die Nase und überlegte. »Sie trank ihren Kaffee schwarz, er mit viel Zucker. Bettwäsche und Handseife brachten sie immer selbst mit. Mittag aßen sie außerhalb, zu Abend meistens hier eine Suppe.«

»Haben Sie sich auch mal über Privates unterhalten?«

»Ich weiß noch, dass sie sehr beeindruckt waren, als sie hörten, dass mein Mann und ich bald dreißig Jahre zusammen sind ... Also, ich muss sagen, sie waren sehr nette Gäste, sehr höflich und umsichtig. Als mein Mann vorletztes Jahr die Stelle in Hamburg annehmen musste und ich dann mit der Pension allein dastand, zeigten sie sich sehr mitfühlend und ließen ihr Trinkgeld größer ausfallen. Sie waren wirklich sehr nette Leute, dabei nie aufdringlich, ganz im Gegenteil. Und sehr verlässlich. Ideale Stammgäste.«

»Sie kamen immer pünktlich und zur gleichen Zeit im September?«

»Ja, sie haben sich hier auch kennengelernt. Nicht in der Mühle, aber hier in der Nähe, und das haben sie jedes Jahr gefeiert.«

»Sie haben sich hier kennengelernt?« Koller wurde hellhörig. »Wo und wann war das genau, wissen Sie das?«

»Wo genau, weiß ich nicht, aber das muss ein Jahr vor ihrer Hochzeit gewesen sein. Sie haben am gleichen Tag geheiratet, an dem sie sich kennengelernt hatten.«

»Am 21. September vor elf Jahren?«

»Nein.« Frau Hantusch schüttelte den Kopf, neue Haarsträhnen fielen ihr ins Gesicht.

Koller stutzte. »Vor zehn Jahren haben sie geheiratet. Wenn sie sich ein Jahr vorher kennengelernt haben, dann muss das elf Jahre her sein.«

»Das stimmt schon, aber nicht am 21.«, erklärte Frau Hantusch. »Der Hochzeitstag der Dahlmanns war der 27. September.«

Nachdem Koller zum Telefonieren hinter der Scheune verschwunden war, ging Frau Hantusch mit dem Tablett leerer Kaffeetassen zur Mühle zurück. Ich blieb in der prallen Sonne sitzen, die inzwischen über das Mühlendach geklettert war, und schloss meine Augen.

Die gravierte 21 in den Eheringen war also in Wirklichkeit eine 27. Eine Sieben ohne Mittelstrich sieht einer Eins zum Verwechseln ähnlich. Was aber bedeutete das? Zunächst einmal, dass die Dahlmanns nicht an ihrem Hochzeitstag gestorben waren. Und dass das Menü, das sie im Restaurant bestellt hatten, kein Hochzeitstagsmenü gewesen war, obwohl es mehrgängig und sehr festlich ausgesehen hatte. Unbestritten blieb weiterhin die Tatsache, dass sie alle Brücken hinter sich abgebrochen und einen Abschiedsbrief verfasst hatten. An ihren Selbstmordabsichten konnte also nicht gerüttelt werden.

Das Einzige, das nicht ins Bild passte, war die aufrechterhaltene Reservierung in der Mühlenpension. Gäbe es die nicht, wäre der Fall vielleicht schon abgeschlossen worden.

Ich fragte mich, mit wem Koller so dringend telefonierte. Gab es jemanden, der ihm eine Antwort auf die Frage geben konnte, warum Frau Dahlmann im August die Reservierung bestätigt hatte, obwohl sie zu der Zeit schon dabei gewesen war, all ihre Versicherungen und sonstigen Verträge zu kündigen? Was verriet dieser Anruf über die Pläne der Dahlmanns? Sie hatten keine Marmelade vorbestellt. War das der Hinweis darauf, dass sie nicht vorgehabt hatten, überhaupt noch einmal Marmelade zu essen? Warum hatten sie dann nicht gleich den ganzen Urlaub abgesagt?

Von weit her gellte ein Pfiff. Es dauerte eine Weile, bis mir klar wurde, dass das eine Aufforderung von Koller gewesen sein könnte. Ich stand auf und lief um die Scheune herum in den Schatten, wo ich Koller vermutete. Aber dort war er nicht. Stattdessen stand Schleicher da und schaute mit aufgestellten Ohren und Columbo-Blick auf eine Lücke zwischen Scheune und Geräteschuppen.

»Ist er da langgegangen, ja?«

Hinter dem Schuppen führte ein Trampelpfad über eine Wiese ins angrenzende Waldstück. Durch das Grün der Bäume blitzten ein blauer Himmel und die Ostsee. Wie es aussah, befand man sich hier direkt auf der bewaldeten Steilküste. Farbig markierte Bäume wiesen Wanderrouten aus. Von der anderen Seite, von Sassnitz aus, war ich mit meiner Oma einmal durch den Jasmunder Wald zum Königsstuhl gewandert. Sie hatte dabei einen Sonnenhut mit breiter Krempe aufgehabt, den sie schon ein Jahr vorher extra für diesen Urlaub gekauft hatte. Bei einer Tour auf einem Kutter war er ihr vom Kopf geweht worden. Während der ganzen Kutterfahrt hatten wir versucht, den Hut, der auf den Wellen in Richtung einer Reihe Buhnen schwappte, im Auge zu behalten. Bis zum Sonnenuntergang liefen wir den Strand ab, fanden den Hut aber nicht mehr. In der Dämmerung hatte die Luft mehr als sonst nach Algen gerochen, nach Salz, leeren Krabbenpanzern und Treibholz. Seitdem halte ich bei jedem Blick auf die Ostsee immer nach einem kleinen gelben Hutpunkt Ausschau, auch wenn ich weiß, dass er sich schon längst in seine Bestandteile aufgelöst haben muss.

Auch heute war die Luft von salzigem Algengeruch erfüllt. Ich folgte der Markierung Richtung Königsstuhl und gelangte zu einer abgesicherten Stelle mit einer Bank, von der aus man freien Blick aufs Meer und den Wald vor den Kreidefelsen hatte.

Weit und breit kein gelber Hut.

Auf der Bank saß schon jemand. Ein großer Mann in einem grauen Anzug und mit blonden Haaren, die ihm bis zu den Schultern reichten. Ich setzte mich neben ihn.

»Da sind Sie ja endlich«, begrüßte Koller mich. »Ich dachte schon, Sie hätten sich verlaufen.«

Das Weiß der Kreidefelsen schimmerte durch die Bäume. Bunte Punkte wuselten herum – Touristen.

»Da haben sich die Dahlmanns also kennengelernt?«

Koller schüttelte den Kopf. »Nach allem, was ich über sie erfahren habe, glaube ich das nicht.« Er klopfte auf die Bank. »Nein, die beiden haben sich die Sache lieber aus der Ferne angesehen – und zwar von hier aus. Dabei haben sie sich getroffen.« Koller rückte ein paar Zentimeter zur Seite und zeigte auf eine Stelle in der Lehne, in die jemand die Buchstaben J&R in eine liegende Acht geritzt hatte.

»Das Unendlichkeitszeichen.«

Jasmin & Rupert – für immer.

»Ganz schön kitschig.«

Koller nickte bedächtig. »Man könnte es auch romantisch nennen. Werfen Sie mal einen Blick da runter.« Koller zeigte zu einem wackeligen Holzgeländer hinüber, das mehr als Warnung diente, denn als Absperrung. Dahinter ging es dreißig Meter in die Tiefe.

»Liebe, die erst durch den Tod vollkommen wird.«

»Sie glauben doch nicht etwa, dass die beiden sich da hinunterstürzen wollten?«, fragte ich.

Kollers Blick verriet, dass er genau das glaubte. »Der Schritt in den Tod als größtmögliche Liebeserklärung.«

»Das ist doch total verrückt, vollkommen irre.«

»Sie halten wohl nicht viel von Romantik, Buck?«

»Also wenn Romantik heißt, dass man lieber tot ist, als ein gutes gemeinsames Leben zu führen, dann ganz bestimmt nicht.«

Ich schaute noch einmal über das Geländer. Vielleicht waren es auch vierzig Meter bis hinunter zum steinübersäten Strand.

»Die Beine stecken im Hals, wenn man da unten aufschlägt. Dürfte ziemlich dämlich aussehen.«

»Es geht um die Symbolik, die im Akt des Sterbens liegt. Als Übertritt in eine andere, größere Dimension.«

Kollers Stimme klang ungeduldig, als er das sagte. War er genervt, weil ich mich dem Pathos der Sturztheorie verweigerte?

Ich musterte seinen Gesichtsausdruck. Oder war das ein Grinsen, das sich da hinter seinem Schnauzbart verbarg?

»Sie verfassen nicht zufällig Melodramen nach Feierabend?«

Koller zuckte die Achseln. »Manchen Menschen reicht das nicht, was sie fühlen. Genau das ist Romantik – die Sehnsucht nach noch mehr.«

Er machte mit den Armen eine Geste, die Himmel und Meer miteinander verband.

»Aber der Tod ist doch genau das Gegenteil davon, nur Leere. Ein schlechter Tausch, wenn Sie mich fragen.«

»Der Tod ist ja auch nur von Bedeutung, solange man lebt.«

Ich spürte, wie mich ein Kopfschütteln ergriff. »Da komm ich nicht mehr mit, nein, ehrlich nicht, Koller. Nehmen wir mal an, dass die Dahlmanns wirklich so verrückt waren, wie Sie sie mir beschreiben, dann spricht doch nichts dagegen, dass sie sich am 21. September im Restaurant feierlich vergifteten. Ob dabei noch jemand zu Schaden kam, dürfte ihnen doch ziemlich egal gewesen sein.«

»Genau das glaube ich eben nicht«, sagte Koller. »Sie waren nicht verrückt, sondern romantisch. Vielleicht narzisstische Romantiker, ja, die würden vielleicht ihre eigenen Kinder umbringen, aber niemals Unbeteiligte. Für Romantiker ist alles symbolisch, sie würden nicht so einen wahllosen Kahlschlag veranstalten, das lenkt viel zu sehr von ihnen ab.«

Mein Kopfschütteln hörte nicht auf. »Aber ihrer Liebe stand doch überhaupt nichts im Weg. Keine Geldprobleme, keine Religionsunterschiede, keine Familienzwänge, keine Gebrechen oder sonstigen Hindernisse. Ihre Apotheke lief gut, und sie waren ja sogar bereits miteinander verheiratet …«

»Vielleicht war genau das ihr Problem. Es fehlte ihnen an Intensität, an Größe. Denken Sie an den Abschiedsbrief. Da ist von einem grenzüberschreitenden Schritt die Rede ... Ich bin sicher, dass sie diesen Schritt an ihrem Hochzeitstag genau hier gehen wollten. Am 27. – in drei Tagen wohlgemerkt – und nicht schon am 21.«

Ich war immer noch nicht überzeugt. Dafür war der Abgrund hinter dem Geländer viel zu nah, viel zu knochenzerschmetternd real.

»Warum glauben Sie das?«, wollte ich wissen.

Koller lehnte sich zurück und verdeckte dabei das eingeritzte Ewigkeitssymbol mit den Initialen der Dahlmanns. »Die Dahlmanns haben nichts dem Zufall überlassen, und sie waren verlässlich. Das bestätigen alle, die sie kannten – Familienangehörige, Kunden, sogar ihre Urlaubsvermieterin. Wenn sie ihre Reservierung in der Mühle nicht absagten, dann nur, weil sie auch wirklich hinfahren wollten. Und zwar vom 21. bis zum 27. September, genau wie geplant. Marmelade bestellten sie nicht, weil sie tatsächlich nicht mehr vorhatten, sie zu essen. Stattdessen hatten sie vor, ihrem Leben am 27. September ein Ende zu setzen.«

Na schön, vielleicht lag das ja wirklich im Bereich des Möglichen.

»Aber wie können Sie sich mit dem 27. September so sicher sein?«

»Ich habe die Dachdeckerfirma Himmelbau angerufen. Vor einer Woche ging da ein Auftrag für das Mühlendach der Hantuschs ein und den Ausbau der Scheune.«

»Die Dahlmanns haben das beauftragt?«

»Ganz genau. Bezahlung per Scheck. Einzulösen ausdrücklich erst nach dem 27. September. 100 000 Euro – mit Gruß an die Hantuschs, verbunden mit den besten Wünschen zur Erfüllung ihres Lebenstraums.«

»100 000 Euro für die Hantuschs? Aber warum? Sie waren doch gar nicht richtig befreundet.«

Koller strich sich über den Bart, während ich versuchte zu begreifen, was all diese Dinge bedeuteten.

»Die beiden hatten niemals vor, sich und andere an diesem Abend im Restaurant zu vergiften. Stattdessen wollten sie sich sechs Tage später an ihrem Hochzeitstag Hand in Hand von einem Felsen stürzen, und zwar an der Stelle, an der sie sich zum ersten Mal begegnet sind. Und zur Krönung wollten sie all ihre Ersparnisse einem anderen Paar hinterlassen, um deren Lebenstraum zu erfüllen?«

Koller sah mich achselzuckend an, mit einem Blick, der sagte: Romantiker eben.

12

Nachdem wir Scheck und Grußkarte der Dahlmanns beim Chef der Firma Himmelbau in Sassnitz abgeholt hatten, machten wir uns auf den Rückweg.

Koller schien bestens gelaunt, es wirkte fast, als müsste er sich davon abhalten, vor sich hin zu pfeifen. Und auch wenn ich im tiefsten Inneren meines Herzens froh darüber war, dass aus der kleinen Kartoffelkäferretterin vom Schwielowsee keine Mörderin geworden war, so konnte ich mich doch nicht so recht darüber freuen.

Ich schaute zu Koller rüber, und wieder fiel mir auf, wie unverkrampft er sein Bein hielt, zumindest im Vergleich zu bisher. Ja, das Auto hatte Automatikgetriebe, aber dennoch war der Fußraum nicht sehr groß. Ob er Schmerzmittel nahm? Hatte er getrunken?

Nein, er roch nicht nach Alkohol. Konnten es Aufputschmittel sein? Oder kam seine gute Laune wirklich nur durch die Bestätigung, dass er von Anfang an mit seinen Zweifeln richtiggelegen hatte?

»Worüber grübeln Sie, Buck?«

»Ach, über nichts weiter«, sagte ich und versuchte das Unbehagen zu überspielen, das mir beim Gedanken an einen unter Drogeneinfluss fahrenden Koller aufgekommen war. Ich stellte mich darauf ein, ihm notfalls ins Steuer zu greifen, und versuchte meinen ursprünglichen Faden wieder aufzunehmen: »Über Punkt null eigentlich. Ich meine, wenn Frau Dahlmann es nicht war, dann ist die Frau auf dem Klo wieder Dame X – die große Unbekannte. Sie hatte Zyankali dabei, war also ganz sicher auf Mord aus. Vielleicht hatte sie auch eine Maus dabei, zu Ablenkungszwecken, das ist nicht hundertprozentig sicher, passt aber zu den Spuren.«

Koller nickte.

»Sie hat also Zugang zu Zyankali und sie hat Zugang zu Mäusen, auf welchen Personenkreis trifft das zu?«

»Medizinische Forschung«, zählte Koller auf, »Pharmabranche, Kosmetikbranche ...«

»Eines der Opfer war Arzt – Dr. Naumann. Gibt es da vielleicht einen Zusammenhang?«

»Wir haben seine Familie und alle Mitarbeiter seiner Praxis überprüft. Alle Patienten, mit denen wir gesprochen haben, trauern um ihn. Da gibt es keinen, der sich von ihm schlecht behandelt gefühlt hat. Ohne einen konkreten Verdacht gegen jemand Bestimmtes kommen wir da nicht weiter.«

»Es gibt also nicht das Geringste, was man noch über diesen Naumann wissen könnte?«, bohrte ich nach. »Vielleicht hat es gar nichts mit seinem Beruf zu tun, vielleicht ist es ja was Privates? Ein Doppelleben. Irgendwas Bizarres oder Perverses, na?«

Koller schüttelte den Kopf: »Nein, dieser Mann war Tag und Nacht nur für seine Patienten da.«

»Sag ich doch – pervers.«

»Allerdings gibt es da eine Sache, die vielleicht etwas heraussticht«, überlegte Koller laut. »Vor acht Jahren war Naumann Zeuge in einem Todesfall, der groß durch die Presse ging. In einem Waldstück im Süden, etwas außerhalb der Stadt, war eine junge Bosnierin tot aufgefunden worden. Adriana Samu. Haben Sie davon gehört?«

Ich erinnerte mich, etwas darüber in dem Interview von Koller gelesen zu haben, in dem er von seinen Fällen mit Sherlock berichtet hatte.

»Die Frau lag dort schon länger, stimmt's? Die Hunde haben deshalb keine Spur wittern können.«

»Ja, alles war vom herabfallenden Herbstlaub bedeckt worden und dann vom Schnee. Adriana hat sich obdachlos und allein durchgeschlagen, in Lauben und im Wald gehaust. Der Fall hat eine Diskussion darüber angeheizt, wie wir mit Einwanderern umgehen sollten, besonders mit denen, die aus dem ehemaligen Jugoslawien kamen.«

Vor acht Jahren hatte ich noch bei meiner Oma gelebt und war damit beschäftigt gewesen, den Sänger von Franz Ferdinand anzuhimmeln. »Und was hatte Dr. Naumann damit zu tun?«

»Er hat sie behandelt, als sie in dem Supermarkt, in dem er seine Milch kaufte, mit Nasenbluten zusammengebrochen war, hochschwanger. Er erkannte, dass sie an einer seltenen Blutkrankheit litt, nahm sie mit in seine Praxis und gab ihr Medikamente. Ohne Dr. Naumann wäre sie damals verblutet. Wenige Wochen später verblutete sie dann doch – mitten im Wald.«

»Und das Baby?«

»Als Adrianas Leiche entdeckt wurde, war sie schon zwei Monate tot. Und in der Gegend gibt es viele hungrige Wildschweine und Füchse ...«

»Hab's kapiert.«

»Trotzdem sind wir tagelang durch den Wald gelaufen, ich war damals bei der Hundestaffel.« Koller hob resigniert die Schultern. »Wir wissen nicht, ob das Baby überhaupt lebend zur Welt gekommen ist, sie hat es nicht in einem Krankenhaus bekommen, das haben wir überprüft. Und Dr. Naumann hat nach der Supermarktsache nie wieder was von ihr gehört. Bei der Geburt war er definitiv nicht dabei.«

Koller warf mir einen kurzen, aber durchdringenden Blick zu. »Ich will Ihnen ja keine Angst machen, Buck, aber so eine Geburt kann lebensgefährlich sein, besonders für jemanden, der Bluter ist. Hinzu kommt, dass diese Krankheit erblich ist und das Baby sie wahrscheinlich auch hatte.«

Instinktiv fasste ich mir an den Bauch. In meiner Familie gab es keine derartigen Erbkrankheiten, jedenfalls nicht mütterlicherseits. Was aus der Linie meines Vaters zu erwarten war, wusste ich nicht. Ebenso wenig wie über das, was in Rickys Genen steckte.

Wir fuhren eine Weile schweigend durch die platte Landschaft, und ich dachte an mein Kind, die blinden Flecken in seinem Stammbaum, und ob es mir gelingen würde, mit Zuversicht und Hoffnung über sie hinwegzusehen. Und dann dachte ich an Adriana und ihr Kind, deren Schicksale einen Moment lang von Dr. Naumanns Handeln beeinflusst worden waren und vielleicht einen ganz anderen Verlauf genommen hätten, wenn sie nur länger in seiner Obhut geblieben wären. Koller sah aus, als wälzte er ähnliche Gedanken.

»Na gut«, durchbrach ich die Stille, die sich schwer auf uns gesenkt hatte, »diese Geschichte ist vorbei. Schauen wir uns lieber die an, in der wir gerade bis zum Hals drinstecken.«

Ich stupste Koller mit meinem Ellbogen an. Er setzte sich aufrecht hin und wirkte wieder riesig. Mit seinen großen Händen hielt er das Lenkrad wie eine Wurfscheibe. In seinen Blick, der sich in Unbestimmtheit und Weite verloren hatte, kehrte jene Zielgerichtetheit zurück, die mir immer wieder Mut machte.

»Also, was wissen wir?«, begann ich, angefeuert von Kollers aufblitzendem Interesse. »Wir wissen, dass die Dame X in der Toilette war. Ganz offensichtlich hat sie sich dort versteckt und auf den richtigen Moment gewartet. Jetzt frage ich mich – warum hat sie sich versteckt?«

»Damit sie nicht gesehen wird.«

»Ja, aber wenn man sowieso vorhat, alle Leute umzubringen, die einen gesehen haben, dann ist das doch vollkommen egal.«

»Vielleicht hatte sie das nicht vor, sondern es war eine spontane Entscheidung. Das würde auch erklären, warum die Zyankalidosis in den einzelnen Speisen relativ gering war.«

»Nicht gering genug«, sagte ich und schob den Gedanken daran fort, wie Ricky und die anderen sich gequält haben mussten, bevor jede Hilfe für sie zu spät gekommen war.

Koller stimmte mir brummend zu, dann versuchte er den Faden wiederaufzunehmen: »Warum hat sie sich versteckt?«

»Vielleicht vorm Küchenpersonal. Die leben ja alle noch, könnten sie identifizieren«, mutmaßte ich.

»Wäre eine Möglichkeit. Die andere wäre, dass sie sich vor einem der Gäste versteckt hat. Vor jemandem, der sie kannte und der sich vielleicht gewundert hätte, was sie im Restaurant machte.«

»Dr. Naumann«, sagte ich und spürte auf einmal, wie Licht ins Dunkel flutete und der Weg aus dem Labyrinth langsam Gestalt annahm. »Vielleicht befürchtete sie, daran gehindert zu werden, ihren Plan auszuführen, wenn er in ihr eine – vielleicht ehemalige – Patientin erkennt und anspricht.«

»Vielleicht. Aber war Dr. Naumann dann auch das beabsichtigte Opfer, oder musste er nur dran glauben, weil er zufällig im Restaurant saß und sie hätte erkennen können?«, fragte Koller und knipste das Licht im Labyrinth wieder aus.

»Sie hätte auch eine Kundin der Dahlmanns sein und von denen erkannt werden können.«

»Oder von Ricky«, setzte Koller noch einen drauf. »Wie wir wissen, sind ihm ja auch eine Menge Frauen über den Weg gelaufen.«

Das war allerdings eine unumstößliche Tatsache. Verdammt. Gab es denn nichts, wo man ansetzen konnte?

»Dieses Taschentuch – ist da im Labor irgendwas bei rausgekommen?«, versuchte ich es von dieser Seite aus.

»Thymian, Minze, Baldrian, Kampfer ... und noch ein paar andere Kräuter, selbst gepflückt und zusammengemixt. Auf jeden Fall keine industriell gefertigte Mischung. Rieb sitzt dran und sieht zu, dass er mehr darüber in Erfahrung bringt. Er recherchiert sich querbeet durch alle möglichen Kräuterforen.«

Er war ohne Frage der richtige Mann dafür.

»Man kann also davon ausgehen, dass die Frau sich mit Kräutern gut auskennt«, schlussfolgerte ich. »Möglicherweise hat sie das Zyankali selbst aus irgendeiner Pflanze extrahiert? Geht so was?«

Koller schüttelte den Kopf. »Nicht in der Form, wie wir es in der Suppe gefunden haben. Das war synthetisch hergestelltes Kaliumzyanid. Verbeißen Sie sich nicht so in die Kräutersache, Buck, sie kann auch in die Irre führen. Die Frau muss es ja gar nicht mal selbst gewesen sein, die die Kräuter gesammelt hat.«

»In dem Fall hat sie aber Kontakt zu dem Sammler«, gab ich zu bedenken. »Und wenn wir die Zusammensetzung der Kräuter herausfinden, dann können wir vielleicht auch die Wiese finden, auf der sie gesammelt wurden.«

»Sie kann die Samen auch im Internet bestellt und auf ihrem Balkon angebaut haben«, überlegte Koller.

Da war nichts zu machen, anscheinend gab es kein Argument, das Koller ausreichend davon überzeugen konnte, dass diese Kräutersache die heißeste aller Spuren war.

»Das ist so ein starker und eigentümlicher Duft, absolut unverkennbar. Mit einer noch besseren Nase könnte man mit dem Taschentuch die Witterung aufnehmen und die dazugehörige Hosentasche aufspüren, in der es steckte – und schon hätten wir die Frau.«

Koller warf mir einen vielsagenden Blick zu. »So eine Frau hatten wir ja schon mal in Gewahrsam ...«

»Ich meine doch die Mörderin und nicht mich.«

Das Taschentuch brachte uns nicht weiter. Ich sah es ja ein. Wahrscheinlich hatte die Unbekannte ihre Klamotten bereits gewaschen, und wo sollte man überhaupt nach ihr suchen? Es war zum Verzweifeln. Wir waren wieder genauso weit wie am Anfang.

»Wussten Sie, dass Bienen noch besser riechen können als Hunde?«, fiel mir plötzlich ein.

»Bienen?«

»Ja, hat mir mal ein Imker erzählt. Bienen riechen und tasten mit den Fühlern. Über viele Kilometer hinweg. Sie analysieren Düfte und produzieren selbst passende Duftstoffe dazu, reden sozusagen über den Geruchssinn miteinander.«

»Erstaunlich. Wieso gibt es noch keine Bienenstaffel?«

»Ist für Flughäfen geplant, hab ich letztens gelesen. Bienen sind wohl schnell dressierbar und können in wenigen Minuten darauf trainiert werden, Heroin oder Haschisch zu identifizieren.«

»Wirklich? Wie denn?«

»Man versetzt ihnen Stromstöße, wenn der Heroingeruch auftaucht. Sie hauen dann ab, sobald sie welches riechen.«

»Gefällt mir nicht. Sie sollten lieber diese Bienen-und-Blumen-Sache machen, dafür sind sie schließlich da.«

»Hunde werden ja auch dressiert, wo ist der Unterschied?«

»Na ja ...«, überlegte Koller. »Hunde sind keine Wölfe mehr. Und sie sind Rudeltiere, das Leben in Menschenfamilien könnte dieses Grundbedürfnis vielleicht annähernd ersetzen. Bienen brauchen ein ganzes Volk, es wäre grausam, sie zu isolieren.«

»Das wird die Menschen sicher nicht davon abhalten, es trotzdem zu tun.«

»Wenn sie die Bienen vorher nicht ausgerottet haben.«

Darin waren wir uns zwar einig, aber die Stimmung war trotzdem am Tiefpunkt. Ich summte zur Aufmunterung *Il grande massacro* aus dem Western *Spiel mir das Lied vom Tod*.

»Toller Film«, sagte Koller und pfiff mit.

»Was ist eigentlich mit diesen beiden alten Damen, die vom Tisch aufgestanden sind, als Sie ins Restaurant kamen?«, fragte er, nachdem die letzten Takte unseres Duetts verklungen waren. »Sie könnten die Unbekannte ja gesehen haben. Ist Ihnen zu denen noch was eingefallen?«

»Nur, dass sie nach Rotkohl rochen.«

»Rotkohl …?«

Ich nickte und wartete darauf, dass Koller weiterbohrte, aber da kam nichts, und mir fiel auch nichts weiter ein, als das Bild der bekrümelten Kuchenteller, die noch auf dem Tisch standen.

Koller schwieg und grübelte vor sich hin, oder vielleicht schwieg er auch, ohne zu grübeln, was schlimmer war. Denn das bedeutete, dass er auch keine Idee hatte, wie wir der Unbekannten auf die Spur kommen sollten.

»Sie könnten Lavalle fragen, was die beiden vor dem Kuchen bestellt hatten«, schlug ich vor. »Vielleicht ja was mit Rotkohl.«

Was das nützen sollte, war mir zwar nicht klar, aber irgendetwas musste ja mit diesem Rotkohlduft anzufangen sein. Koller nickte.

Wieder fuhren wir an den Windrädern vorbei, und noch immer drehten sich nur zwei von ihnen. Das Licht hatte sich verändert, das Blau des Himmels war ins Rötliche übergegangen, goldene Wolken segelten in die untergehende Sonne hinein. Nicht mehr lange, vielleicht noch eine halbe Stunde, dann würde Koller die Beweise für die Unschuld der Dahlmanns der Staatsanwältin vorlegen – und selbst wenn es keine wirklichen Beweise waren, lediglich Hinweise, berechtigte Zweifel, so würden sie doch ausreichen, die Ermittlungen weiterlaufen zu lassen, alle Fragen noch einmal zu stellen. Nur nicht die Frage nach der Unbekannten, denn außer mir hatte sie niemand bemerkt.

Alles würde sich wieder auf mich konzentrieren.

Alle Unterstellungen würden wieder auf den Tisch gepackt, die Suche nach dem Motiv – angefangen mit der Eifersucht auf Rickys Harem im Center. Meine Bekannten, ehemaligen WG-Mitbewohner, Kollegen und Chefs würden nach Details aus meinem Privatleben befragt, und auch vor der schmutzigen Wäsche von Fanny und meiner Mutter würden sie nicht haltmachen. Hatte Koller nicht vorhin schon zwischen zwei Bissen Sanddornkuchen über sie reden wollen? Ich schaute ihn an. »Was interessiert Sie eigentlich an Fanny? Ein Alibi kann sie mir ja wohl schlecht geben.«

»Ach, da gibt es so einiges, was sie uns erzählen könnte.«

Koller sagte das in einem sachlichen Ton, aber gerade das machte mich richtig sauer. Wenn das wieder solche Schlafzimmerfragen waren ... Nein, ich hatte wirklich keine Lust mehr auf Altherrenfantasien im Ermittlerdeckmantel.

»Was genau wollen Sie denn von ihr wissen? Wer von uns beiden oben liegt, wenn wir es treiben?«, giftete ich.

»Nein«, sagte Koller seelenruhig, »wir wollen von Fanny wissen, was bei der Probefahrt gelaufen ist, die sie vor fünf Wochen mit Ricky gehabt hat.«

Wie war das? Im ersten Moment wusste ich nicht, ob ich mich verhört hatte. Ich fragte nach, und dann erst begriff ich, was Koller da sagte. Nichts anderes, als dass Fanny mit Ricky eine Probefahrt unternommen hatte. Im silbergrauen Cabrio, das Ricky eine Woche zuvor neben einem Weizenfeld geparkt hatte, mit mir auf dem Rücksitz.

»Sie wussten nichts davon«, stellte Koller fest. Aus den Augenwinkeln nahm ich wahr, wie Koller neugierig zu mir herüberschielte. »Und was sagen Sie dazu?«

Ich zuckte mit den Schultern. »Fanny mag Silber«, war alles, was mir dazu einfiel. Und das stimmte ja auch.

»Hatte sie denn vor, sich ein Auto zu kaufen?«

Meine Gedanken schwirrten herum wie aufgeschreckte Wespen. Wieso rückte Koller jetzt erst mit dieser Info raus? Wir waren immerhin schon seit Stunden unterwegs.

»Das haben Sie sie doch bestimmt schon gefragt.«

»Stimmt.«

»Und, was hat sie gesagt?«

»Dass sie vorhatte, sich ein Auto zu kaufen.«

Ich sah kurz zu Koller hinüber, um sicherzugehen, dass er mich nicht verarschte. Keinerlei Anzeichen davon in seinem Gesicht; er stierte ausdruckslos auf die Straße.

»Na, dann wird es wohl so sein«, sagte ich und versuchte ebenso ausdruckslos zu wirken, während die Wespen in meinem Kopf wild durcheinandersummten.

Fanny und Ricky im Cabrio. Was zum Teufel war das für ein verfluchter Mist? War er mit ihr auch zu diesem Weizenfeld gefahren? Hatten die beiden was am Laufen gehabt? Und wenn ja, hatte das vor meinem One-Night-Stand mit ihm angefangen oder danach? Das Gedankenkarussell kam langsam so richtig in Fahrt. Ich spürte, wie Übelkeit in mir hochstieg. Gleich würde ich mich übergeben müssen.

»Wir haben Fanny auch nach dem Brand in Ihrem Zimmer befragt, Buck«, sagte Koller, und zum ersten Mal war ich froh, dass er das Thema auf den Brand lenkte. Es führte dazu, dass ich mich konzentrierte und die Übelkeit unter Kontrolle bekam.

»Von Ihnen erfährt man ja nicht viel darüber, und um ganz ehrlich zu sein, ist das etwas, was mich die ganze Zeit schon beschäftigt.«

Ich bündelte all meine Energie, um möglichst beiläufig zu klingen. »Der Brand in meinem Zimmer beschäftigt Sie?«

»Mehr die Art, wie Sie reagieren, wenn man Sie darauf anspricht.«

»Ist mir eben unangenehm. Ich meine, ich habe mein eigenes Bett abgefackelt. Wie blöd kann man sein?«

»Nein, das ist es nicht. Es geht um die Fotos, die auf dem Bett lagen. Da ist etwas verbrannt, was Ihnen sehr wichtig war. Ich weiß nur nicht, in welcher Hinsicht und ob es etwas mit Ricky zu tun hat.«

»Nein, ganz bestimmt nicht, da können Sie sicher sein.«

»Warum erzählen Sie mir nicht einfach, was das für Fotos waren?«

»Alte Reisefotos von meiner Mutter. Nostalgischer Scheiß. Von Ricky habe ich gar kein Foto.«

In dem Moment wurde mir klar, dass ich unbedingt irgendwoher ein Bild von Ricky auftreiben musste. Sonst würde mein Kind irgendwann genauso verzweifelt danach suchen, wie ich es mein ganzes Leben lang bei meinem Vater getan hatte.

»Ich habe mit Astrid Lauterbach gesprochen«, sagte Koller, und ich horchte auf. »War gar nicht so leicht, sie hat einen Diplomaten geheiratet und eine Telefonnummer, die nicht mal der Geheimdienst kennt. Sie sagte, sie hätte Urlaubsfotos geschickt, von dieser Reise nach Indien, von der Sie mir erzählt hatten. Da waren nur sie und Janine Buck drauf, Ihre Mutter. Wieso sind Ihnen diese Fotos so wichtig, was hat es damit auf sich?«

Wozu sollte ich ihm von meiner lächerlichen Hoffnung erzählen? Er würde es sowieso nicht verstehen. Aber vielleicht konnte seine Neugier mir helfen, Antworten auf meine Fragen zu finden.

»Hat sie Ihnen die Negative zukommen lassen?«

»Leider nicht, sie sind ihr zwischen zig Umzügen verloren gegangen.«

Das traf mich fast noch mehr als Fannys Probefahrt mit Ricky. Ich musste mehrmals schlucken, bis ich mir sicher war, dass meine Stimme sich halbwegs normal anhören würde.

»Aha. Und hat sie Ihnen auch erzählt, warum sie sich damals mit meiner Mutter zerstritten hat?«

Die Behauptung meiner Mutter, vergessen zu haben, worum es bei dem Streit gegangen war, hatte ich ihr nie abgenommen.

Koller warf mir einen kritischen Seitenblick zu. »Diese Frage beantworte ich Ihnen, wenn Sie mir meine beantwortet haben.«

Ein paar schweigsame Minuten später erzählte ich Koller, was er hören wollte. Dass auf einem der Fotos vielleicht mein Vater zu sehen gewesen war.

»An die Gesichter der Kandidaten kann ich mich nicht mehr erinnern, ich war zu betrunken an dem Abend, und dann war alles auch schon Asche. Es war das einzige Bild, das ich je von ihm hatte. Und das auch nur vielleicht«, beendete ich meine Erklärung.

Koller nickte und beließ es Gott sei Dank dabei. Ich hätte sonst nicht gewusst, wie lange ich mein Pokerface noch halten konnte.

»Dieser Streit, nach dem Ihre Mutter und ihre Freundin nach nur zwei gemeinsamen Wochen getrennt weiterreisten …«, lenkte Koller meine Aufmerksamkeit wieder auf sich. »Da ging es um die Schwangerschaft. Ihrer Mutter war wohl rund um die Uhr übel, und Astrid Lauterbach hatte keine Lust darauf, die Spucktüte zu halten.«

Überrascht sah ich Koller an. »Hat sie das so gesagt?«

»Ja.«

»Aha«, sagte ich, »nette Freundin.«

Koller nickte. »Hab ich auch gedacht.«

Wir passierten die Stadtgrenze. Ich ließ meine Gedanken von einer miesen Freundin zur nächsten schweifen und stellte mich mental schon auf die Begegnung mit Fanny ein, ging alle Möglichkeiten durch, wie ich sie auf die Probefahrt mit Ricky ansprechen würde. Direkt oder lieber über Umwege, in denen ich herausfand, wie viel Mühe sie sich damit gegeben hatte, die Sache vor mir zu verheimlichen. Ich wollte wissen, was auf dieser Probefahrt gelaufen war. Wenn ich es mir recht überlegte, konnte ich mir die Antwort selbst geben. Beide waren Aufreißertypen mit großem Ego und ständig auf der Jagd. Es war nur zu gut vorstellbar, dass Fanny mit ihrer exzentrischen Art Rickys Jagdinstinkt angestachelt hatte – und andersherum. Vielleicht war der Funke genau an dem Tag übergesprungen, an dem Fanny ins Center gekommen war, um Ricky auf meinen Wunsch hin zu begutachten. Ich war mit meiner Arbeit im Coffeeshop beschäftigt gewesen und hatte so vielleicht alle aufschlussreichen Momente verpasst. Oder vielleicht hatte ich sie auch einfach nicht wahrnehmen wollen.

Koller bog in meine Straße ein, und mein Puls begann zu rasen. Ich konnte es kaum noch abwarten, endlich aus dem Auto zu springen, die Treppen hinauf und in die Wohnung zu stürmen, Fanny zu schubsen, zu schütteln oder bereits vom Flur aus anzuschreien. Das würde ich spontan entscheiden.

Noch bevor Koller einen Parkplatz gefunden hatte, schnallte ich mich ab, griff nach meiner Tasche und legte die Hand auf den Türöffner.

Bestimmt saß Fanny im Kimono vor dem Fernseher und lackierte sich die Zehennägel. Mir egal, Hauptsache, der DHL-Fritze hatte sich mitsamt seinem Pinocchio verzogen. Ich wollte mit der Verräterin allein sein.

Ich war gerade dabei, die Haustür aufzuschließen, da hörte ich die Bremsen von Kollers Honda quietschen. Ich drehte mich um. Koller hatte das Fenster heruntergelassen und rief mir etwas zu. Ich verstand nur »Fanny« und machte ein fragendes Gesicht. Woraufhin Koller rückwärts fuhr und ich ihm ein paar Schritte entgegenging.

In Hörweite wiederholte er dann seine Worte noch einmal: »Wundern Sie sich nicht, dass Fanny nicht da ist. Wir haben sie mit ins Präsidium genommen. Und Sie brauchen da ab morgen auch nicht mehr aufkreuzen, es reicht, wenn Sie mich Punkt zehn Uhr anrufen. Meine Handynummer haben Sie ja.«

Ich schaute wohl immer noch so, als hätte ich Koller nicht verstanden, weshalb er noch einmal dazu ansetzte, das Gesagte zu wiederholen.

»Aber warum?«, unterbrach ich ihn mittendrin. »Wieso ist Fanny im Präsidium?«

Und dann hörte ich Koller Sätze sagen, die noch in mir nachhallten, als ich in meiner Küche an der Spüle stand und die angetrockneten Reste aus der Auflaufform kratzte:

»Fannys Angaben stimmen nicht. Das Gastspiel ging nur bis

zum 20. September, und sie ist nicht mit den anderen im Tourbus zurückgefahren, sondern angeblich mit Freunden Richtung Italien. Das überprüfen wir gerade. Theoretisch hätte sie auf einem anderen Weg nach Berlin zurückfahren können. Wir wissen noch nicht, wo sie sich am Mordabend aufgehalten hat.«

Der angebrannte Käse war nicht abzukriegen. Ich ließ die Auflaufform im Spülwasser stehen. Ging in Fannys Zimmer und sah mich um, als würde ich die Möbel und Dinge darin zum ersten Mal betrachten. Ihre Krimisammlung, der Kleiderschrank voller Seidenkimonos und Kaschmir, die Schachteln mit Fächern und Hüten, die Flakons mit teurem Parfüm, die Souvenirs aus den Städten, in denen sie auf der Bühne stand, und die Schublade mit den zurückgelassenen Dingen ihrer Verflossenen. Zum ersten Mal empfand ich die blumigen Gerüche, die all ihre Dinge, Schachteln und Schubladen umwölkten, nicht als angenehm. Nahm eine dunkle, klebrige Note darin wahr.

Die langhalsigen Schaumstoffköpfe waren nicht mehr kahl, sie hatten ihre Perücken zurück: die wasserstoffblonde, lockige und die glatte. Die offene Schatulle auf dem Schreibtisch war gefüllt mit falschen Wimpern und Fingernägeln.

Was an Fanny war eigentlich echt?

Sie hatte gelogen. Beim Gastspiel, bei Ricky, wer weiß, wobei sonst noch.

War sie die Unbekannte? War sie diejenige, die all die Leute im Restaurant vergiftet hatte? Und wenn sie es war, wieso hatte ich ihre Stimme nicht erkannt?

Ich versuchte mich an die Situation in der Toilette zu erinnern. An jedes noch so kleine Detail. An ihre Stimme (Frau über vierzig, älter als Fanny), den Tonfall (sehr ruhig, bedacht). Was genau sie sagte (»Soll ich einen Arzt rufen? Hier, nehmen Sie das Taschentuch. Ich weiß, dass das Klopapier alle ist.«).

Ich hatte Fanny schon in Rollen gesehen, in denen sie Frauen verkörperte, die älter waren. Sie kam glaubwürdig rüber, aber hatte ihre Stimme sich dabei verändert?

Auf Fannys Bett lag eine ihrer Hosen, ich nahm sie mir, stülpte die Taschen nach außen und roch daran. Kein bitterer Mandelduft, keine Kräuteraromen. Ich öffnete ihren Schrank und schnupperte systematisch ihre Klamotten ab. Nirgendwo war auch nur eine Spur von Mandelduft oder Kräuterwiese.

Was nichts bewies, schließlich hatte die Polizei ja nach der Wohnungsdurchsuchung einige Sachen mitgenommen. Und ihr Reisegepäck war auch nicht da.

Wenn irgendwo in ihren Taschen Zyankali gefunden wurde, war die Sache klar, aber wenn nicht, dann sprachen nur das nicht vorhandene Alibi und die Probefahrt mit Ricky gegen sie. Und ganz ehrlich: Sex mit Ricky traute ich ihr zu, aber einen Mord nicht – und schon gar nicht einen miesen, hinterhältigen Giftanschlag mit so vielen unschuldigen Opfern. Die Art und Weise passte nicht, und außerdem fehlte ein Motiv. Warum hätte Fanny Ricky und mich umbringen sollen? Aus Eifersucht? Lächerlich. Wenn Fanny auf Ricky scharf gewesen wäre, dann hätte sie ihn mir ausgespannt. Fanny bekam immer, was sie wollte. Und je schwieriger es war, an den Kerl heranzukommen, desto mehr Spaß bereitete ihr die ganze Sache. Am liebsten fing sie was mit verheirateten Männern an. Unverbindlichkeiten und Versteckspiele waren etwas, was sie stimulierte. Wenn sie wirklich sauer auf Ricky gewesen wäre, dann hätte sie mit Farblack »Fick dich!« auf sein Auto gesprüht oder ein Nacktfoto von ihm mit retuschiertem Penis an seine Kollegen geschickt, so wie bei einem ihrer Ex-Freunde. Sie war eine Frau der dramatischen Gesten, bei denen es darauf ankam, dass das Opfer bei guter Gesundheit blieb, um den Schmerz der Demütigung so lange wie möglich zu spüren. Warum auch immer Fanny mich belogen hatte, sie war ganz sicher keine Mörderin. Nachdem mir das klar geworden war, ging es mir schon wesentlich besser.

Ich wollte trotzdem ein bisschen in ihrem Laptop herumschnüffeln, aber der war weg. Auch ihr Notebook, das sie immer bei sich trug. Wahrscheinlich hatte die Polizei beides beschlagnahmt. Also nahm ich mir ihre Notizblöcke und Schubladen vor. Wirklich interessant waren aber nur die alten Fotoalben mit eingeklebten Schnappschüssen ihrer Familie. Fast überall war nur sie drauf. Beim Tennisspielen, im Liegestuhl, mit Hut und ohne, Fanny hier und Fanny da. Ihre Eltern waren nur angeschnittene Personen links oder rechts am Bildrand. Meistens fehlten sie ganz, selbst auf Fotos ihrer eigenen Geburtstage. Im Album mit dem Titel *Mamas 50.* gab es ganze drei Fotos, auf denen die Mutter zu sehen war – einmal halb verdeckt von Fanny, die mit aufgerissenen Augen auf sie zeigte, das zweite von hinten, wie sie gerade in das Auto stieg, das ihr Mann ihr geschenkt hatte (Beifahrerseite, Fanny saß am Steuer), und das dritte von ihrer Hand, die den Wagenschlüssel in die Kamera hielt. In ihrer Familie war Fanny der Mittelpunkt gewesen, eingerahmt von ihren Eltern, die voller Wohlwollen auf sie schauten. Seit dem Tod ihrer Mutter vor einem Jahr hing dieser Rahmen schief. War durchaus möglich, dass Fanny das mehr mitnahm, als sie es nach außen hin zeigte. Der Vater jedenfalls kam gar nicht klar. So, wie es sich für mich darstellte, verachtete sie ihn dafür, aber vielleicht konnte sie auch einfach nicht damit umgehen, dass er nicht mehr der Starke war. Mit meiner Oma war es mir ähnlich ergangen. Sie zu pflegen hatte mich einige Überwindung gekostet. Nicht allein aus hygienischen Gründen, sondern vor allem, weil die Hilflosigkeit, in der sie sich befand, schwer erträglich war. Ihr Schwachwerden machte mich zu einem Menschen, der ich noch gar nicht sein wollte – zu einem Erwachsenen. Ich musste Dinge tun, die ich nicht tun wollte, Entscheidungen treffen, für die ich nicht bereit war.

Damals war ich jünger als Fanny jetzt, aber so ein Kick aus dem Nest fühlte sich wahrscheinlich immer schmerzhaft an.

Ich ging wieder in die Küche zurück und nahm mir die eingeweichte Auflaufform vor. Der Käse ging endlich ab, und ich schrubbte das liegen gebliebene Geschirr sauber, wischte Tisch und Arbeitsflächen blank und sogar die Regale im Vorratsschrank mit den Konservendosen und Gewürzen. Dabei stieg mir der Geruch in die Nase, der mir aufgefallen war, als die beiden alten Damen sich darangemacht hatten, das Restaurant zu verlassen. Ich blieb mit der Nase im Gewürzschrank und schloss die Augen.

Ricky, wie er seine Jacke über eine der Stuhllehnen warf, mein Stirnrunzeln darüber und der Blick zu den Damen, ihr Griff nach dem Rollkoffer, Rotkohlduft, verschütteter Zucker auf dem glattpolierten Holz der Tischplatte, Krümel auf den Kuchentellern. Es war kein Rotkohl, den ich gerochen hatte, sondern nur ein Geruch, der das Bild von Rotkohl heraufbeschworen hatte. Meine Oma hatte ihn immer mit Apfelstücken gekocht und mit Nelken. Dieses Nelkenaroma war es, das da in der Luft gehangen hatte. Gewürznelken, die man zum Kochen und Backen verwendete. Für Glühwein, Lebkuchen, Rotkohl.

Ich rief Koller an, obwohl es schon nach zehn Uhr abends war, konnte ihn nicht erreichen und bat ihn in einer Textnachricht darum, herauszufinden, ob es im *Oscars* Kuchen gab, der mit Nelken gebacken wurde.

Mit dem Handy in der Hand blieb ich am offenen Küchenschrank stehen, den Blick aus dem Fenster gerichtet. In weiter Ferne sank ein leuchtender kleiner Punkt am Himmel tiefer und tiefer. Eine Fallschirmspringerin mit Stirnlampe?

Die große Unbekannte. Sie war der Schlüssel.

Wenn es uns gelang, die beiden alten Damen ausfindig zu machen, würden wir vielleicht eine Beschreibung von ihr bekommen, ein Gesicht.

Hoffentlich nicht Fannys.

Ganz bestimmt nicht Fannys. Eine Gegenüberstellung würde sie entlasten. Diese beiden alten Damen waren Fannys Joker.

Auf sie musste ich mich konzentrieren.

Auf den Nelkengeruch.

Hoffentlich rief Koller bald zurück. Ich spürte, wie meine Gedanken sich vor lauter Ungeduld wieder im Kreis zu drehen begannen, in einer Abwärtsspirale – wie am Mordabend im *Oscars*, als ich über der Kloschüssel vergeblich nach einem Seitenausgang aus meinem Leben gesucht hatte.

Diesmal würde mir keiner ein rettendes Taschentuch reichen. Dieses Taschentuch, mit diesem unfassbar beruhigenden Duft, der sofort seine Wirkung entfaltet und mich auf die Kräuterwiese gebeamt hatte. Wie sehr ich mich auf diese Wiese sehnte. Ins sorglose Blumenmeer, die wärmende Sonne im Rücken. Warum trug die Frau ein solches Dufttuch mit sich herum? Jetzt lag es im Labor, luftdicht verpackt oder von Pinzetten gehalten. Die Kräuter waren analysiert und identifiziert worden, nun kam es darauf an, mehr über die spezielle Mischung herauszufinden. Und doch gab es da etwas, das keine Laboranalyse der Welt zum Vorschein bringen würde: das Bild von dem hingeworfenen Fahrrad auf der Wiese. Dieses Bild sah nur ich. Der Reifen, der sich noch drehte. Die Hügelkuppe, die beim zweiten Mal deutlich näher gekommen war. Und alles aus der Sicht eines kleinen Tiers, das über die Wiese kroch. Kein Insekt, nichts so winzig Kleines, auch kein Frosch, der hüpfte, eher vielleicht ein Igel oder eine Schildkröte, die sich langsam, aber stetig einen Weg durch das Gras bahnte. Dieses Bild war mein Bild. Doch woher kam es? Aus einem Traum, den ich einmal gehabt hatte, als ich auf einer Kräuterwiese eingeschlafen war? Wann hatte ich das letzte Mal auf so einer Wiese gelegen? Vielleicht bei meiner Oma hinterm Haus oder am Badesee in Polen?

Da klingelte nichts bei mir. Auch das Fahrrad erkannte ich nicht wieder.

Wenn ich es doch noch einmal sehen könnte. Das nächste Mal würde ich genauer hinschauen. Ich musste Koller unbedingt darum bitten, mir das Taschentuch für ein paar Minuten zu überlassen.

Als das Handy in meiner Hand plötzlich zu klingeln begann, ließ ich es vor Schreck fallen. Es landete zum Glück auf meinen Füßen, bevor es auf den Boden knallte.

Koller rief an. »Es gibt im *Oscars* keinen Kuchen, der mit Nelken gewürzt ist«, sagte er. »Sie verwenden Gewürznelken nur in einem Gericht namens Coq au vin. Das hatte aber zu dem Zeitpunkt keiner der Gäste bestellt.« Koller machte eine Pause. »Wären Sie so nett, mir zu erzählen, warum Sie das wissen wollten?«

»Es geht um den Rotkohlgeruch. Ich wüsste gern, woher der kam.«

»Jedenfalls nicht vom Kuchen. Und auch von sonst keinem Gericht im Restaurant in der Zeit.«

»Dann kann er nur von den beiden Frauen selbst kommen.«

»Na schön, und was bedeutet das?«

»Das weiß ich nicht«, gab ich zu, »aber es ist das Einzige, was sie aus der Masse beigefarbener alter Damen heraushebt.«

»Es ist nicht das Einzige«, meinte Koller, »aber das erzähle ich Ihnen lieber direkt. Bin zufällig in Ihrer Nähe, kann ich vorbeikommen? Oder ist es Ihnen zu spät?«

Ich zögerte. Ob er wirklich zufällig in der Nähe war?

»Nicht, wenn Sie mir das Taschentuch mitbringen, das karierte von der Unbekannten, Sie wissen schon.«

Das kam ganz spontan und vollkommen undiplomatisch.

»Wieso das?« Koller wirkte erstaunt und gleichzeitig wachsam.

»Ach, ich wollte nur noch mal dran riechen«, versuchte ich ganz beiläufig zu klingen. »Vielleicht fällt mir ja noch was zu der Kräutermischung ein.«

»Das ist nicht mehr nötig. Wir wissen, was das für eine Mischung ist.« Kollers Stimme klang plötzlich verändert, distanziert. »Ist vielleicht doch besser, wenn ich erst morgen früh komme. Kurz nach neun, passt Ihnen das?«

Nachdem er aufgelegt hatte, blieb ich mit dem Handy am Ohr stehen und ärgerte mich darüber, dass ich nur eine Zeugin in diesem Fall war und keine Ermittlerin.

Dass Fanny nicht nach Hause kam, verbesserte meine Laune auch nicht gerade. Ich stellte mir vor, wie sie in einem kratzigen Jogginganzug, der nach Kernseife roch, auf einer Pritsche lag und an die Wand starrte. Ich lag in ihrem Bett genauso da und sehnte mich nach Rotwein. Jetzt, da ich keinen mehr trinken durfte, wurde mir bewusst, wie oft ich danach gegriffen hatte.

Aber war es nicht gut, einen Grund dafür zu haben, etwas nicht zu tun, im Kosmos der Möglichkeiten?

13

Am nächsten Morgen empfing ich Koller mit einer Kanne frisch gebrühtem Kaffee. Er brauchte eine Weile, um die Anstrengung zu verwinden, die es ihn gekostet haben musste, in den dritten Stock zu steigen. Setzen wollte er sich nicht, blieb lieber stehen, mit dem Rücken ans Fenster gelehnt.

Nachdem er am Kaffee genippt hatte, stellte er ihn neben sich aufs Fensterbrett und rührte ihn nicht mehr an.

Im Gegenlicht konnte ich sein Gesicht nicht sehr gut erkennen, dafür wirkte seine Haltung verkrampfter, seine Schultern gebeugter als gestern während unseres Ostseeausflugs. Vielleicht hatte er da ja tatsächlich Schmerztabletten intus gehabt. Heute sah er jedenfalls aus, als könnte er sie gebrauchen.

Er räusperte sich und holte ein paarmal tief Luft, bevor er mit stockender Stimme zu sprechen begann, was mir merkwürdig vorkam. Ich befürchtete schon, er würde mir erzählen, dass in Fannys Gepäck Zyankali gefunden worden war. Bis ich begriff, dass er wohl immer noch außer Puste war und mit Schmerzen in seinem Bein zu kämpfen hatte. Lange würde er seinen Job mit diesem Handicap wohl nicht mehr machen können. Ich dachte darüber nach, wie ich Koller am geschicktesten auf die Sache mit der Kräutermischung ansprechen könnte. Und natürlich auf Fanny. Aber damit musste ich warten, es passte gerade überhaupt nicht zum Thema. Es ging um Freddy Lavalles Erlebnisse mit den alten Damen, und weil Koller so bereitwillig darüber berichtete, wollte ich ihn auf keinen Fall unterbrechen. Sie hatten ungefähr eine Stunde im *Oscars* zusammen Kuchen gegessen, bevor eine von ihnen die Zeche für beide bezahlt hatte – vierzig Euro in Münzen. Aus ihrem Sparstrumpf direkt auf den Tisch gezählt. Lavalle hatte sie darauf angesprochen und erfahren, dass das nur die Spitze des Eisbergs war. In ihrem Rollkoffer hatte sich der Rest ihrer Ersparnisse befunden, alles beigefarbene Strümpfe voller Kleingeld. Und laut Lavalle waren sie wild entschlossen gewesen, so viel wie möglich davon noch an diesem Tag auszugeben.

Ein Rollkoffer voller Münzen – wie viel Geld das wohl insgesamt war?

»Dreitausend Euro, mindestens«, sagte Koller, als könne er meine Gedanken lesen. »Kaffee und Kuchen satt haben nur vierzig Euro gekostet. Auch wenn sie wirklich beachtliche Mengen verputzt haben.«

»Wie viel wiegt so eine Münze?«, überlegte ich.

»Kommt drauf an, um die acht Gramm, je nachdem.« Koller strich sich über den Bart. »Der Koffer wird schon zwanzig Kilo gewogen haben.«

»Sie haben das Geld vielleicht zur Bank gebracht.«

»Nein. Keine Einzahlung eines vierstelligen Betrages in Münzen im Umkreis des *Oscars* und auch nicht darüber hinaus.«

Koller griff in die Innentasche seines Jacketts und holte eine Beweismitteltüte heraus – mit Lavalles Kellnerportemonnaie darin.

»Glauben Sie, dass an dem Kleingeld noch die Fingerabdrücke der beiden Damen sein könnten?«

»Natürlich. Aber sinnlos, wenn sie noch nie polizeilich erfasst worden sind«, sagte Koller. »Jetzt sind Sie dran.« Er hielt mir das Portemonnaie hin.

»Was soll ich damit?«

»Na, was schon – daran riechen natürlich.«

Koller sah mich aufmunternd an.

Skeptisch holte ich den abgewetzten Geldbeutel aus der Tüte und hielt ihn mir unter die Nase. Sofort hatte ich das Bild von Lavalles Händen vor Augen, die nach einer Schachtel Gauloises und einem Feuerzeug griffen.

»Nicht nur so«, sagte Koller. »Schnuppern Sie ins Kleingeldfach.«

Ich öffnete das Wechselgeldfach, und tatsächlich strömte mir der charakteristische Nelkenduft entgegen, der umso stärker wurde, je näher ich bestimmten Münzen kam. Ich sah Koller verblüfft an.

Der griff nach seiner Jacke und warf sie sich über. »Dann nichts wie los, solange die Spur noch heiß ist.«

Koller fuhr mit seinem Honda Civic zum *Oscars*, von wo aus wir alle Geschäfte und Läden in der unmittelbaren Umgebung aufsuchten. Zuerst ein orthopädisches Schuhgeschäft, dann eine Konditorei und einen Tabakladen. Überall ließ Koller die Kassen öffnen, und ich hielt meine Nase darüber und fächelte mir die Luft über dem Münzfach zu. Es kostete mich zwar jedes Mal Überwindung, weil die Verkäufer komisch guckten, aber ich dachte daran, dass wir auf Mördersuche waren (und an Ricky) – das half.

Es waren jetzt vier Tage vergangen, seitdem die alten Damen mit ihrem Geld um sich geworfen hatten. Ich bezweifelte, dass der Nelkenduft noch wahrnehmbar sein würde.

Aber im Lottoladen wurden wir fündig.

Tatsächlich dufteten einige Münzen schwach, aber eindeutig nach Gewürznelken. Der Verkäufer allerdings wusste nichts von zwei beigefarbenen Damen, die am Freitag etwas gekauft hatten, denn er war immer nur montags und dienstags im Laden. Im Wollladen nebenan gab es keine Duftspur der Damen. Und als ich nach dem Besuch in einer ziemlich heruntergekommenen Fleischerei vorübergehend nicht mehr riechen konnte, war ich kurz davor, die Suche aufzugeben.

Mutlos ließ ich mich auf eine Bank fallen, zwischen einen angeklebten Kaugummi und getrocknete Vogelkacke.

»Selbst wenn wir noch ein paar Läden finden, in denen die beiden irgendwas gekauft haben – was soll uns das bringen?« Ich wedelte mir Luft zu, mir war kotzübel. »Ich hoffe nur, ich kriege diesen fiesen Blutwurstgeruch bald aus der Nase.«

Koller zeigte auf das Pflanzenwirrwarr neben der Bank. Ich dachte, er würde gleich darin verschwinden, weil er pinkeln musste, aber er sah mich nur abwartend an. Wollte er, dass ich pinkeln ging? Oder dachte er, dass ich mich übergeben musste? Weil ich ihn nur verständnislos anschaute, griff er nach einer der hochgewachsenen Pflanzen, knipste den oberen Teil der weißen Blütenkerze ab und hielt ihn mir hin.

Mir wurde schlagartig noch übler. Wieso schenkte Koller mir eine Blume? Eine krautige zwar, aber immerhin mit vielen kleinen Blüten. Hatte ich irgendwelche Signale falsch verstanden? Weil ich nicht nach der Pflanze griff, hielt Koller sie mir direkt unter die Nase.

»Tief durchatmen«, sagte er. »Silberkerzen haben einen ganz eigenen Duft. Damit atmen Sie sich die Blutwurstpartikel aus dem Kreislauf. Sie müssen die Rezeptoren neu besetzen.«

Also keine Liebeserklärung, nur eine von seinen Riechlektionen. Erleichtert sog ich den aromatischen Duft tief ein.

»Besser?«, fragte Koller.

Ich nickte froh, die Nase in der Silberkerze.

»Sehr gut. Silberkerzenduft wirkt immer. Damit hat man früher Wanzen verjagt.«

»Aha.« Ich musterte das Blütenstück mit skeptischem Blick.

»Getrocknet und in den Kopfkissenbezug hineingenäht«, erklärte Koller und ließ sich ächzend neben mir nieder, auf genau die Stelle der Sitzfläche, an der die meiste Vogelkacke klebte. »Bewegung wird überschätzt«, stieß er zwischen den Zähnen hervor.

Ich warf die Silberkerze unauffällig ins Gebüsch zurück. »Und nun?«

»Wir machen weiter. Verfolgen die Fährte. Und irgendwann treffen wir auf einen Verkäufer, der sich an die Damen erinnert.«

Kollers Hartnäckigkeit berührte mich. Das war vielleicht nur hormonell bedingt, aber es fühlte sich trotzdem gut an, jemanden an der Seite zu haben, der die Hoffnung nicht aufgab, egal, wie absurd die Situation war.

So gut, dass ich dem Gefühl sofort misstraute. »Was für eine Fährte?«, fragte ich Koller mit spöttischem Unterton. »Bisher haben wir nur einen Laden gefunden, in dem sie waren.«

Koller ließ sich davon nicht beeindrucken. »Ja, vielleicht müssen wir zum Lottoladen zurück und den Verkäufer ausfindig machen, der die Frauen am Freitag bedient hat.«

Koller massierte sich die Stelle oberhalb seines Knies, am Prothesenansatz.

»Und dann? Was, wenn wir die beiden wirklich finden?«

»Dann werden wir erfahren, ob sie die Unbekannte gesehen haben oder nicht. Darum geht's doch, dachte ich.«

Koller stemmte sich von der Bank hoch und schüttelte sich die Hosenbeine aus. Ich sah ihm dabei zu und wartete so lange, bis er aufsah und meinen Blick bemerkte. Dann fragte ich: »Sie glauben wirklich, dass sich der ganze Aufwand lohnt?«

»Ja«, antwortete Koller knapp, und so sehr ich danach suchte, ich konnte weder in seiner Stimme noch in seinem Gesichtsausdruck einen Funken Ironie ausmachen.

»Sie sagten, Sie wüssten, was für eine Kräutermischung das ist – in dem Taschentuch …«

Ich hoffte, dass er mir darauf antwortete, auch wenn das eine weitere Grenzüberschreitung für ihn bedeutete.

»Sechs von den acht Kräutern sind bei Asthmatikern bekannt, als Entkrampfungsmittel«, sagte er, und mein Herz fing plötzlich wie wild an zu schlagen.

»Dann haben wir es mit einer Asthmatikerin zu tun?«

Wenn das keine Superfährte war! Noch dazu eine, die von Fanny wegführte. Sie hatte keinerlei Atemprobleme, keine Allergien, nichts dergleichen.

Koller zuckte nur mit den Schultern.

»Wir werden uns auf jeden Fall die Asthmapatienten von Dr. Naumann genauer anschauen.«

Geniale Idee, aber Koller wirkte nicht glücklich damit.

»Es sind nur sechs von acht Kräutern«, erklärte er seine Bedenken. »Die anderen beiden haben mit Atemproblemen nichts zu tun. Ich weiß nicht mehr genau, welche, aber es sind vollkommen untypische Kräuter für Asthmatiker. Eines wird vor allem bei Kopfschmerzen, das andere bei Bluthochdruck verabreicht. Sie passen nicht dazu. Ich frage mich, warum sie mit dabei sind.«

»Vielleicht riechen sie einfach nur gut«, mutmaßte ich.

Koller winkte ab. »Möglich. Vielleicht kann man sie aber auch bei Gelenkschmerzen, Angstzuständen und Fieber anwenden. Zu jedem dieser Kräuter gibt es eine ellenlange Anwendungsliste. Ich halte es im Augenblick für wichtiger, die alten Damen zu finden. Sie haben ja womöglich wirklich etwas gesehen.«

Ich klatschte in die Hände und stand auf. »Also gut, machen wir weiter.«

»Schön. Aber bevor wir zurück zum Lottoladen gehen, sollten wir uns den Laden da ansehen.« Er zeigte auf das Werbeschild hinter mir, das die Bank, auf der wir eben saßen, als *Eigentum des Reisebüros Sunshine* auswies. Ein Pfeil mit dem Hinweis *50 Meter links* wies uns den Weg.

Kaum hatten wir es betreten, war mir klar, dass wir hier richtig waren. Ich brauchte meine Nase gar nicht in die Kasse halten. Die Reisebürofrau konnte sich an die beiden alten Damen, die am Freitag eine Reise nach New Orleans, Louisiana, gebucht hatten, sehr gut erinnern. »Die Buchung ging schnell, sie wussten genau, was sie wollten: Cocktail-Tour auf den Spuren von Hemingway, Fahrt im Schaufelraddampfer und Voodoo-Special. Aber die Barzahlung hat gedauert – 3250 Euro. In Münzen.«

Koller ließ sich einen Buchungsausdruck geben. Darauf standen die Namen der beiden: Elisa Minge und Pauline Kuschka, ihre Adressen – und das Datum des Reisebeginns.

»Sie treten die Reise heute an?«, fragte Koller die Reisebürofrau.

Sie sah auf ihren Computer und nickte. »In wenigen Minuten.«

Koller zückte sein Handy. »Ich brauche den Flughafen und die Flugnummer.«

Sie gab ihm alle Daten durch, und Koller sorgte dafür, dass der Flieger ohne die beiden Damen abhob.

»Sie haben hoffentlich eine Reiserücktrittsversicherung abgeschlossen?«

»Ja, haben sie. Was stimmt denn nicht mit ihnen?«, wollte die Reisebürodame wissen. »Ich meine, sind die Münzen vielleicht nicht echt? Oder gestohlen?«

»Nein, nein, mit dem Geld ist alles in Ordnung. Wir brauchen nur ein paar Informationen von den beiden. Sobald wir mit ihnen gesprochen haben, können sie ihre Voodoo-Tour starten.«

Die Frau nickte und wirkte dabei fast ein wenig enttäuscht. Wir verabschiedeten uns.

»Und was jetzt?«, fragte ich. »Zum Flughafen?«

»Was mich betrifft, ja«, sagte Koller. »Sie setze ich zu Hause ab, und dann können Sie die Daumen drücken. Mit ein bisschen Glück haben wir jemanden gefunden, der Ihre Unbekannte gesehen hat.«

Zwei Stunden später riss langes und ausdauerndes Telefonjodeln mich aus einem widerwärtigen Traum voller Wasserleichen und Fische, die an aufgeschwemmten, toten Leibern knabberten. Ich war in der Badewanne eingeschlafen.

Natürlich kam ich nicht rechtzeitig zum Telefon. Meine Beine fühlten sich an wie wankende Seerosenstängel, die Füße wie Moos im Monsun. Ich brauchte eine Weile, um mich abzutrocknen.

Ich überlegte, ob es vielleicht der DHL-Fritze gewesen sein könnte. Unwahrscheinlich, aber ich gab die Hoffnung nicht auf. Jeder andere, der mich erreichen wollte, rief auf dem Handy an. Konnte natürlich auch für Fanny gewesen sein. Oder war es meine Mutter? Aber die hinterließ normalerweise einen Spruch auf dem AB. Außerdem rief sie nie mehrmals hintereinander an, und mir war so, als hätte es in der letzten Stunde ziemlich oft geklingelt – im Traum hatte das Jodeln wie dumpfes Jaulen geklungen, das aus den Kehlen der Wasserleichen gedrungen war.

Nachdem ich mir die Haare geföhnt hatte und wieder in Klamotten steckte, suchte ich nach meinem Handy. Vielleicht hatte Koller ja vergeblich versucht, mich zu erreichen, und war deswegen aufs Festnetz ausgewichen. Und tatsächlich. Da waren drei entgangene Anrufe von ihm.

Ich rief zurück und hatte ihn zu meinem Glück sofort an der Strippe.

»Sie leben«, sagte er voller Erleichterung. »Ich wollte gerade losfahren und nachsehen, ob alles in Ordnung ist bei Ihnen.«

»Alles bestens, habe nur geschlafen.«

»Ach so.«

Ich hörte Koller mit Papier rascheln.

»Gibt es denn etwas Neues?«

»Und ob – eine Beschreibung der Unbekannten.«

Er sagte das laut und deutlich, und dennoch glaubte ich mich verhört zu haben.

»Ich hab mir das notiert, Moment ... Minge und Kuschka ... hier: Sie erinnern sich an eine Frau, die gegen halb sechs ins Restaurant stürmte. Sie setzte sich nicht hin, sondern ging direkt zu den Toiletten durch, trug ein weißes Kleid, darüber eine Strickjacke und eine Tasche, die sie mit beiden Händen vor sich hielt«, las Koller vor.

»Was für ein weißes Kleid? Ein Hochzeitskleid?«

Ich dachte sofort an eine Braut, die vorm Altar sitzengelassen worden war.

»Wenn, dann ein ganz Schlichtes. Es wurde jedenfalls nicht als Hochzeitskleid beschrieben.«

»Und ihr Gesicht?«

»Haben sie nicht gesehen. Dafür war sie zu schnell an ihnen vorbei. Sie waren sich nur darüber einig, dass ihre Haare lang und blond waren.«

»Dann kann Fanny es nicht sein.« Mir fiel ein Stein vom Herzen. »Sie hat ihre Haare schon vor Wochen in meinen Farbton umgefärbt und auf Schulterlänge gekürzt.«

Und dann dachte ich an ihre beiden blonden Perücken, die eine lockig, die andere mit langem, glattem Haar, und die Zweifel kehrten zurück.

»Das Ehepaar Dahlmann war zu diesem Zeitpunkt bereits im Restaurant und wartete auf das sogenannte Entrée, den Auftakt zum zweiten Teil des Acht-Gänge-Menüs«, setzte Koller seinen Bericht fort. »Acht Gänge, Buck, also ein ganz simples französisches Menü.«

In Fannys Kleiderschrank hing kein einziges weißes Kleid. Sie trug nur Schwarz oder Rot. Schon gar keine Strickjacke. Wenn sie aber unerkannt bleiben wollte, dann würde sie so etwas vielleicht anziehen.

»Die Unbekannte blieb auf dem Klo und kam nicht mehr nach vorn.«

Ich klemmte das Telefon zwischen Schulter und Ohr, kletterte auf einen Stuhl und wollte einen der blonden Perückenköpfe herunterholen, hielt mich dann aber zurück. Falls Fanny die Täterin war und diese Perücke tatsächlich getragen hatte, wollte ich lieber keine Spuren darauf hinterlassen. Ich griff stattdessen nach der schwarzen Kleopatra-Perücke. Die hatte Fanny sich aus ihren eigenen Haaren anfertigen lassen, als sie sich für ihre aktuelle Rolle so stark verändern musste. Zum allerersten Mal nahm ich diese Perücke in die Hand. Sie war ganz weich und roch nach einem teuren Pflegemittel.

»Wenig später betrat ein gutaussehender junger Mann das Restaurant«, las Koller vor und schob nach: »Die Rede ist von Dr. Naumann. Der Mann war über sechzig. Aber aus Sicht unserer beiden Damen war er wahrscheinlich ein junger Spund.«

»Alles eine Frage der Perspektive.«

Kaum hatte ich Fannys Haare auf dem Kopf, schürzte ich meine Lippen und posierte betont sexy vor dem Spiegel. Warum eigentlich? Ich war doch nicht gleich Fanny, nur weil ich ihre Haare trug.

»Als die beiden fertig waren und gehen wollten, kamen Sie und Ricky an den Tisch. Das muss Viertel vor sechs gewesen sein. Stimmt also mit Ihren und Lavalles Aussagen überein.«

»Na bitte.«

Puzzleteile passten, Aussagen stimmten überein. Trotzdem klang Kollers Stimme nicht zufrieden. »Jetzt wissen wir, wie und wann die mutmaßliche Täterin ins Restaurant gekommen ist, aber immer noch nicht, warum.«

Mit ein bisschen Lippenstift fiel es mir noch leichter, mich wie Fanny zu bewegen und auf hochhackigen Schuhen herumzulaufen, als würde mir das Spaß machen.

»Was sagt Fanny denn dazu?«, fragte ich in Kollers Grübeln hinein.

»Rieb unterhält sich mit ihr«, antwortete er knapp.

»Ich würde gern bald zu ihr, geht das?«, fragte ich und zwinkerte meinem Fanny-Gesicht im Spiegel zu.

»Kann ich nicht versprechen.«

Koller verabschiedete sich und legte auf.

Wie ich da so in Fannys Schuhen durch die Wohnung stakste, dem Knacken in der Leitung lauschte und den klappernden Absätzen auf dem Parkett, merkte ich, wie still es ohne Fanny war. Mit ihr hatte es immer eine Geräuschkulisse gegeben. Gesang, Gekicher, wenigstens Gemurmel, wenn sie Texte auswendig lernte. Jetzt war es so still, dass man weit entfernte Straßengeräusche wahrnehmen konnte oder das Zuschlagen der Haustür drei Stockwerke weiter unten. In diesem Moment wurde mir plötzlich bewusst, was es bedeuten würde, wenn Fanny tatsächlich schuldig war. Nicht nur, dass ich mit der Gewissheit leben müsste, dass meine Freundin versucht hatte, mich umzubringen. Sie würde als vierfache Mörderin lebenslänglich hinter Gitter wandern.

Fanny und ich, wir lebten jetzt seit fast drei Jahren zusammen in dieser Wohnung, wir waren Freundinnen. Wenn sie eine verrückte Giftmischerin war, eifersüchtig, rachsüchtig, missgünstig und gefühlskalt, dann hätte ich das gemerkt. Es war absolut unmöglich, dass ich mich so in ihr getäuscht hatte.

Es klopfte an der Tür, und mir fuhr der Schreck in alle Glieder. Ich griff nach meinem Turmalin in der Hosentasche und schlich auf leisen Sohlen zur Tür. Warum hatten wir keinen Spion?

Es klopfte wieder, dann wurde an der Klinke gefummelt, jemand räusperte sich und hustete. Es klang nicht nach einer Frau.

Kurz entschlossen machte ich die Tür auf.

Ein alter Mann mit zerzausten grauen Haaren und Bart, die breite Stirn von Sorgenfalten durchfurcht, sah mich erfreut an – Fannys Vater. Im Vorbeigehen drückte er mir seine stoppelige Wange ans Gesicht. In der Hand hielt er einen seiner Jutebeutel, die er gern mit Gaben für Fanny an die Türklinke hängte. Ich war froh, dass er wohlauf war, auch wenn er roch, als hätte er zu gleichen Teilen in Jägermeister und Buttersäure gebadet. Die Bodenstation meldete sich wieder und fragte: *Can you hear me, Major Tom?*

Fannys Vater kramte in der Küche Zwiebeln und ein Päckchen Nudeln aus seinem Beutel, setzte einen großen Topf mit Wasser auf und suchte im Kühlschrank nach Butter.

»Du musst was essen, Kind, bei dir kann man ja die Rippen zählen!«

Ich hatte schon die Perücke abgenommen und ihm meinen Namen genannt, aber er wollte sich nicht davon überzeugen lassen, dass ich nicht seine Tochter war. Während er Zwiebeln in Butter anbriet, zählte er mir mit vorwurfsvoller Stimme auf, wie oft er angerufen und mich – also Fanny – zu sich eingeladen hatte. Das Haus wäre viel zu groß für ihn allein. So viel Platz. Immer wieder wischte er sich mit einem großen karierten Stofftaschentuch über die Augen.

Mein Versuch, mit ihm über das Problem mit dem Gestank und den Nachbarn zu reden, scheiterte daran, dass er es zum Anlass nahm, mir einen Vortrag über den Nutzen der Maulwürfe im ökologischen Gleichgewicht zu halten. Buttersäure war die einzige Möglichkeit, die Tiere auf sanfte Weise zu vertreiben. Ob ich mich denn nicht mehr daran erinnerte, wie gern ich als Kind die tschechische Zeichentrickserie vom *Kleinen Maulwurf* gesehen hätte?

Ich aß einen Teller von seinen Butternudeln (die komplett versalzen waren), während er den uralten Kirschlikör austrank (der eigentlich schon im Glasmüll gelegen hatte) und mir von den schönen Zeiten mit seiner Marie erzählte. Er hatte Fannys Mutter auf einem Mittelaltermarkt kennengelernt. Sie hatte an einem Webstuhl gesessen. Wie eine Frau aus einem Märchen. Er sagte, er könne keinen Stoff mehr anfassen, ohne an sie zu denken.

Als er kurz davor war, auf dem Küchenstuhl einzuschlafen, half ich ihm aufzustehen und bugsierte ihn in Fannys Bett. Dort zog ich ihm das Taschentuch aus der Hosentasche und roch daran. Pfui Teufel, jedenfalls roch es nicht nach Kräuterwiese. Ich stopfte es zurück in seine Tasche, und als ich ihn zudeckte und das Licht ausmachte, sagte er: »Danke, Marie.«

Es war erst kurz nach sieben, noch keine Schlafenszeit, jedenfalls nicht für mich. Ich ging noch mal eine Runde um den Block, tankte frische Luft, versuchte das Buttersäurearoma, das Fannys Vater verströmte, aus der Nase zu bekommen. Es gab so viel, worüber ich nachdenken musste.

Die Unbekannte.
Fanny.
Ricky.
Fanny und Ricky.
Fanny und Ricky und Carmen und Marina.
So viele Frauen.
Wo stand ich in der Reihe?

Lohnte es sich überhaupt, mehr über Ricky erfahren zu wollen? Und dieses mysteriöse Geschenk, das er angeblich für mich gemacht hatte. Was, wenn es sich dabei nur um zehn Tuben Gleitcreme in Herzform handelte? Oder um ein eingerahmtes Pimmelbild?

Was sollte diese ganze Geheimniskrämerei? Wieso konnte ich nicht einfach zu Marina Klipp gehen und sie offen fragen, was ich wissen wollte?

Erstens: Wie geht es deinem Gesicht? Habe ich dich mit dem Tee verbrüht? Zweitens: Wo ist die Wohnung, in die du Ricky vor sechs Wochen gefolgt bist? Und drittens: Was stimmt eigentlich nicht mit dir? Wieso rennst du rum und nervst die Leute mit diesen Buttersäureattacken? Merkst du nicht, dass du selbst schon danach stinkst? Du willst dich an allen rächen, die dich deiner Meinung nach schlecht behandelt haben, was ich verstehen kann. Aber weißt du was – der Gestank dieser Arschlöcher ist jetzt auch deiner!

Ohne weiter darüber nachzudenken, stieg ich in den Bus Richtung Mirbachplatz.

Wie hatte Koller es formuliert? Wem die Wahrheit stank, der war verdammt, ihr zu folgen – oder so ähnlich.

Von der Bushaltestelle am Mirbachplatz aus konnte ich sehen, dass bei Marina Klipp Licht brannte. Der Tatendrang, der mich hierhergeführt hatte, wurde mit jedem Schritt schwächer. An der Ecke gegenüber von ihrem Haus versuchte ich, mich an die Gedankengänge zu erinnern, die mich motiviert hatten, hierherzukommen. Da wehte mir eine Spur Latschenkiefer in die Nase, und ich manövrierte mich aus dem Laternenlicht in den Schatten der Toreinfahrt an der Ecke, quetschte mich so in die Dunkelheit, dass nicht mal mehr meine Schuhspitzen zu sehen waren.

Keine Sekunde zu spät, denn genau jetzt kam Heffner hinter einem Baum auf der anderen Straßenseite hervor, machte den Reißverschluss seiner Hose zu und überquerte die Straße zu seinem Auto. Nicht ohne dabei einen Blick zu Marina Klipps Fenstern hinaufzuwerfen. Heffner observierte sie immer noch. Und das, obwohl sie angeblich ein Alibi hatte und längst von der Verdächtigenliste gestrichen war?!

Leise schlich ich mich aus meinem Versteck zur Bushaltestelle zurück. Es dauerte ewig, bis der nächste Bus kam. Und als ich endlich vor meiner Haustür stand, konnte ich meinen Schlüssel nicht finden. Womöglich hatte ich ihn zu Hause vergessen. Ich konnte nur hoffen, dass Fannys Vater das Klingeln hörte und auf die Idee kam, den Summer zu drücken. Während ich darauf wartete, überfiel mich wieder das unangenehme Gefühl, beobachtet zu werden. Ich hielt die Nase in die Luft und spitzte die Ohren. Für einen Moment meinte ich, das Klackern zu hören, das Rieb machte, wenn die Bonbons an seine Zähne stießen. Und roch es nicht auch nach Salbei? Ich drehte mich um und schaute mir die parkenden Autos genauer an, ebenso die Hauseingänge nebenan und gegenüber. Als der Türsummer endlich ertönte, rannte ich so schnell ich konnte die Treppen zu meiner Wohnung hoch.

Ich war froh, dass Fannys Vater den Türöffner gefunden hatte, allerdings drückte er ihn noch, als ich schon oben angekommen war.

Und auch später noch stand er mehrmals auf, um ihn wieder und wieder zu drücken, weil er meinte, es klingeln gehört zu haben. Er kam erst wieder zur Ruhe, als ich ein Hörbuch mit Fannys

Stimme laufen ließ. Und obwohl ich die Musikanlage in Fannys Zimmer leise stellte, alle Türen schloss und mir ein Kissen aufs Ohr legte, hörte ich ihre Stimme immer noch. Vielleicht bildete ich sie mir auch nur ein, auf jeden Fall wurde ich die Vorstellung nicht los, wie Fanny in Rickys Cabrio lag und an seinem sich auf- und abwärts bewegenden Kopf vorbei in den Himmel schaute.

Ich erwachte mit dem Geruch von verbranntem Toast in der Nase. Fannys Vater stand in der Küche und bereitete das Frühstück zu. Von Fanny keine Spur. Ob die Polizei sie dabehalten hatte? Würde ich sicher gleich erfahren – mein Zehn-Uhr-Meldetermin stand an.

Als ich mich in mein Zimmer zurückzog, um mich umzuziehen, entdeckte ich einen zusammengeknüllten Zettel auf meinem Schreibtisch, der nur vom DHL-Fritzen sein konnte, denn es stand eine Adresse darauf, in unmöglicher Krakelschrift: *Fickplatz.*

Es war nicht zu fassen – ging es diesem Kerl immer nur um das eine? Ein genauerer Blick zeigte aber, dass seine Schrift wirklich unter aller Sau war und es sich wohl eher um einen Eick- oder Eichplatz handeln musste. Die Stinkbombenadresse! Vor Aufregung konnte ich kaum entziffern, was unter der Adresse noch stand: *Mittags! Kein Handy!*

Wollte Fannys Typ sich etwa mit mir dort treffen? Am Ende war das gar nicht die Stinkbombenadresse, sondern die eines Stundenhotels. Einem Kerl, der sich Pinocchio auf den Unterleib tätowieren ließ, traute ich so etwas zu.

Ich schaute auf dem Stadtplan nach, ob die Adresse überhaupt existierte. Einen Eickplatz gab es nicht, auch keinen Eichplatz, aber eine Eichstraße. Und zwar in Kreuzberg, in einer Gegend mit heruntergekommenen alten Fabriken und Schwimmbädern, deren leer stehende Räume von Künstlern genutzt wurden. Fanny hatte mich schon mal zu einer Ausstellung dahin mitgenommen. Möglich, dass es in der Eichstraße einen kleinen Platz gab, der im Stadtplan nicht als solcher gekennzeichnet war.

Was die Uhrzeit sollte, kapierte ich nicht. Mittags? Vielleicht war mittags jemand dort, der mich in die Wohnung lassen konnte? Auf welchen Tag bezogen? Merkwürdig.

Umso verständlicher war die Bitte, meine Finger vom Handy zu lassen. Wenn ich daran dachte, wie oft ich den Mann angerufen und mit dem Adressproblem genervt hatte.

Egal, nun hatte ich ja, was ich wollte – auf in die Eichstraße!

Aber erst einmal gab es Spiegeleier mit jeder Menge Eierschalen auf schwarzem Toast. Der Kaffee schmeckte nach Schweißfuß mit einem Schuss Jägermeister. Den ließ ich stehen, aber den Eiertoast aß ich auf, weil Fannys Vater direkt vor mir saß und sich über jeden Bissen freute, den ich runterwürgte.

»Immer schön essen, Fanny«, sagte er. »Du brauchst die Vitamine.«

Bevor er die nächste Scheußlichkeit zubereiten konnte, setzte ich ihn vor den Fernseher im Wohnzimmer und stellte ihm eine Familienserie auf Netflix ein. Die Staffel hatte vierundzwanzig Folgen und würde notfalls den ganzen Tag laufen. In der Küche zog ich alle Stecker von Geräten aus der Steckdose, mit denen man einen Brand verursachen konnte. Außerdem ließ ich wieder ein Hörbuch von Fanny laufen, so als Hintergrundgebrabbel. Wirkte wie Baldrian auf ihren Vater. Mich machte ihre verlogene Stimme aggressiv, darum beeilte ich mich, aus der Wohnung zu kommen.

Heute wollte ich mich nur ganz kurz im Präsidium melden. Ich würde Koller nicht fragen, warum er Marina Klipp beobachten ließ. Er würde mir sowieso nicht die Wahrheit sagen.

Sollte mir egal sein. Ich verfolgte meine eigene Fährte.

Und die würde mich in die Eichstraße führen.

Aber Koller war nicht zu sprechen, und man sagte mir, ich solle auf dem Flur auf Rieb warten.

Dummerweise saß da bereits Fanny.

Ich wäre am liebsten wieder zurückgegangen, aber die Polizistin, die mich zu den Sitzreihen begleitete, schaute mich schon finster an, wenn ich nur kurz stehen blieb. Als Fanny mich sah, hellte sich ihre Miene auf.

»O Nina, da bist du ja endlich! Ich dachte schon, du holst mich nie ab!«

Dachte sie wirklich, ich war wegen ihr hier?

Unglaublich! Als ich hier festgesessen hatte, wäre sie im Traum nicht darauf gekommen, mir zu Hilfe zu eilen.

»Na klar, ich bin mit Rickys Cabrio hier«, sagte ich und ließ mich zwei Sitze neben ihr nieder.

Offenbar überhörte sie meinen sarkastischen Ton und verstand die Anspielung nicht, sie sagte: »Gut. Gestern war ich viel zu platt und hab bei Viola gepennt, die wohnt hier um die Ecke. Ich hätte dich ja angerufen, aber die haben mein Handy behalten. Heute früh ging's dann weiter, und jetzt muss ich noch mal da rein.« Sie zeigte auf Kollers und Riebs Bürotür. »Oh, Mann, wo steckst du da nur drin, Nina? Was ist das für ein Mist? Ich fass es nicht!« Sie schüttelte den Kopf. »Du bist ja eine noch schlimmere Dramaqueen als ich.«

Ich erwiderte Fannys Blick, aber in meinen Augen war nichts Freundliches, keine Spur Humor. Ich sah sie einfach nur an und sagte: »Dafür bist du die Lügenkönigin.«

Sie hob fragend ihre perfekt gezupften Augenbrauen.

»Keine Chance, es zu leugnen, Fanny. Ich weiß, wen du hinter meinem Rücken getroffen hast. Koller hat es mir erzählt.«

Jetzt ließ sie ihren erstaunten Gesichtsausdruck sausen und starrte stattdessen angestrengt auf ihre Nägel.

»Tut mir leid, so war das nicht gedacht. Ich hätte es dir lieber selber erzählt. Aber wir hatten ja noch gar keine Zeit zum Reden!«

Ich gab ein abfälliges Geräusch von mir, und sofort quasselte sie weiter. »Das war ganz spontan. Denk bloß nicht, dass da irgendein Plan hintersteckte. Zuerst haben wir telefoniert, du warst nicht da, ich bin rangegangen, und dann haben wir geredet, richtig lange und uns super verstanden. Und dann stellte sich auch noch raus, dass wir zum selben Zeitpunkt am selben Ort sind, na ja, jedenfalls nicht sehr weit voneinander entfernt. Der Rest hat sich einfach ergeben.«

»Spinnst du? Erspar mir die Einzelheiten!«

»Ich wollte es dir ja erzählen!«

»Mir doch egal, mit wem du rumvögelst!«, rief ich ohne Rücksicht auf die Polizistin, die alles mithörte und entsprechend irritiert schaute. »Aber musste es ausgerechnet Ricky sein?«

Jetzt war es Fanny, die verblüfft schaute. »Rumvögeln?«

»Nenn es, wie du willst.«

»Mit Ricky?«

»Klar, mit Ricky! Wieso fragst du so doof?«

»Na, ich dachte, du wüsstest, mit wem ich mich getroffen habe ...«

»Hä? Na klar, du hast dich doch mit Ricky getroffen, oder nicht?«

»Ja schon, aber doch nur, um ihm den Zahn zu ziehen, dass ihr ein Paar werdet. Du bist ja wohl eine Nummer zu schlau für den Clown, oder? Na, jedenfalls hab ich das gedacht.«

Ich kam nicht mehr mit. Was erzählte Fanny da?

»Wir haben nur gequatscht, ich hatte nichts mit dem, ehrlich! Nicht mein Typ, außerdem hat er die ganze Zeit nur von dir geredet.«

»Aber wen hast du dann hinter meinem Rücken getroffen?«

Die eben noch aufblitzende Erleichterung wich aus Fannys Gesicht. »Ach, lass uns das nicht hier besprechen, mitten auf dem Gang.«

»Wieso nicht?«

»Lass uns erst mal nach Hause fahren, ich bin erledigt. Viola hört die ganze Nacht Grillenzirpen. Auf Tour hatte sie zum Pennen immer Kopfhörer auf. Aber zu Hause nicht – absolut nervtötend!«

Fanny versuchte, mich vom Thema abzubringen, und das war seltsam. Sie hatte sonst keine Skrupel, abgelegte Freunde ihrer Freundinnen für sich zu entdecken oder anderweitig in fremden Revieren zu wildern. Ich überlegte fieberhaft, wen sie hinter meinem Rücken hätte daten können, der mir so wichtig war, dass sie deswegen ein schlechtes Gewissen hatte. Aber es gab niemanden. Da war kein Ex-Freund, der mir bei der Vorstellung, dass er es mit Fanny trieb, mehr als nur ein Schulterzucken abverlangen würde. Und das machte mir ernsthaft Sorgen.

»Mit wem hast du dich getroffen, Fanny?«

»Ehrlich, Nina, lass uns bitte nach Hause fahren.«

»Mit wem?«

»Nina, lass jetzt.«

»Ich komme sonst nicht mit nach Hause. Sag es, Fanny.«

»Ist doch egal.«

»Sag es!«

»Okay, also gut. Aber versprich mir, dass du nicht sauer wirst.«

»Sag einfach, mit wem du dich getroffen hast, verdammt noch mal!«

»Mit Jeany.«

»Welche Jeany?«

»Deine Mutter.«

»Meine Mutter?«

»Ja, sie macht doch gerade ihre Europatour mit Don, und da kam sie bei meiner letzten Vorstellung vorbei, am 20. in Innsbruck.«

Ungläubig schaute ich Fanny an.

»Ich hab, wie gesagt, ein paarmal mit ihr gequatscht. Sie ist echt nett. Ich hab ihr von meinem Gastspiel erzählt. Und dann hat sich das irgendwie einfach so ergeben. Ich war selbst überrascht.«

Ich konnte immer noch nichts anderes machen, als Fanny anzustarren.

»Don ist auch nett. Sie wollen vielleicht ein Hostel in Italien eröffnen. Ich war bei einer Besichtigung dabei, das war spannend, sag ich dir, die kennen so viele Leute! Vielleicht wollen sie hier auch eins aufmachen. Na ja, erst mal müssen sie sich um das in Bozen kümmern.«

Ich stand auf, drehte mich um und ging mit steifen Beinen den Gang hinunter. Die Polizistin rief mir etwas hinterher, ich zeigte treppabwärts ins Foyer Richtung Klo, dann hörte ich Fanny rufen: »Ich soll dir ganz liebe Grüße ausrichten!«

Viele Polizisten klopften an die Klotür, aber ich weigerte mich, sie aufzumachen. Sie beratschlagten sich und holten Koller her, aber der konnte mir auch gestohlen bleiben. Sie konnten mir alle gestohlen bleiben. Ich hatte einfach keinen Bock mehr auf irgendwen.

Meine Mutter machte eine Europatour und besuchte eine Freundin von mir, während sie es nicht für nötig hielt, bei mir vorbeizukommen oder wenigstens anzurufen.

Egal, sie hätte mich ja sowieso nicht zu Hause antreffen können, saß ich doch zu der Zeit gerade unter Mordverdacht im Gefängnis. Schwanger und unschuldig wohlgemerkt.

Es war wirklich nicht zu glauben. Dabei hatte ich gedacht, meine Mutter könnte mich nicht mehr enttäuschen. Sie war so unfassbar irrational und abwesend.

Der einzige Mensch, der jetzt eine Chance bei mir gehabt hätte, wäre vielleicht Ricky gewesen. Ricky mit seiner unbekümmerten Art. Aber nur unter der Bedingung, dass er wirklich nicht mit Fanny geschlafen hatte. Alles andere war nicht auszuhalten.

Wenn ich daran dachte, dass Fannys Vater vor Einsamkeit in ihrem Zimmer heulte, während sie meine Mutter traf, auf deren Anrufe ich vergeblich wartete.

Und Ricky war tot.

»Alles Scheiße!«, stellte ich hinter der geschlossenen Kabinentür fest. »Freunde vor allem. Und Familie ist noch schlimmer! Alles nur Leute, die nie da sind, wenn man sie braucht!«

War Koller überhaupt noch da?

»Koller?«

Im Vorraum ertönte ein Brummen.

»Sie sind auch nicht viel besser! Bei Ihnen weiß doch keiner, woran er ist. Mal tun Sie ganz freundlich, dann ist alles wieder streng geheim. Es gibt einen Ausdruck für das, was Sie machen. Nennt sich *double bind*. Schon mal was davon gehört? Etwas sagen, aber dann etwas ganz anderes machen. Kinder, die bei solchen Eltern aufwachsen, werden häufig schizophren – ich hoffe, Sie haben keine Kinder.«

Koller sagte nichts dazu. Was auch?

»Ich treib ab. Dann kann ich mich wenigstens besaufen. Das wird doch alles nichts. Das macht doch alles keinen Sinn. Das ist doch alles Scheiße!«

Da raschelte es unter der Kabinentür, und ein kariertes Taschentuch tauchte auf, das mir bekannt vorkam.

Ich griff danach, hielt es mir an die Nase – und da war er wieder, dieser berauschend wohltuende Duft. Frisch, bitter, schwer, blumig, süß und zart – alles zusammen. Ich schloss die Augen und sah die Wiese wieder. Die Hügelkuppe war näher gerückt, diesmal erkannte ich ganz deutlich weiße, blaue, gelbe und pinkfarbene Wiesenblumen und jede Menge roten Klee um mich herum. Das Fahrrad lag schon zu weit hinter mir, als dass ich dessen Marke und Form noch hätte sehen können. Bienen summten. Der Himmel war strahlend blau.

Ich öffnete die Toilettentür und schaute Koller über das Taschentuch vor meiner Nase hinweg an. »Haben Sie das aus dem Labor?«

Koller nickte, sagte, dass keine DNS-Spuren von Fanny darauf gefunden worden waren, auch kein Zyankali in ihren Sachen. Es gäbe keinen Grund, Fanny noch weiter in Gewahrsam zu behalten. Sie könne gehen.

»Wollen Sie sie nach Hause begleiten?«

Ich schüttelte den Kopf. Zu Hause wartete Fannys Vater auf sie, da sollte sie mal schön alleine hin.

»Na gut, aber ich lasse Sie jetzt auf keinen Fall allein, Buck.« Er schaute auf die Uhr. »Zeit für einen Ausflug, kommen Sie.«

14

Ich hatte keine Ahnung, wohin Koller wollte, und auch keine Lust zu fragen. Ich ließ ihn machen – und reden. Er hatte anscheinend irgendeinen Plan und ein mir bisher unbekanntes Mitteilungsbedürfnis. Vielleicht kam das von dem Schwips, den er hatte, ich konnte eine schwache Whiskynote in seinem Minzkaugummiatem ausmachen. Er trank also doch, wahrscheinlich spülte er damit seine Schmerztabletten runter. Vorgestern hätte ich ihn dazu gezwungen, rechts ranzufahren und mich aussteigen zu lassen, aber jetzt war mir das egal.

Seit wir im Auto saßen, erläuterte er mir die Details einer albernen Theorie. Dass jeder Mensch charakterlich einer ganz bestimmten Hunderasse ähnelte.

»Sie kennen doch bestimmt einen Windhundtypen, hab ich recht?«

Wenn er damit auf Ricky anspielte, hatte ich keine Lust, mehr zu hören.

»Bernhardiner, Mops, Terrier, Dackel ... das ganze Präsidium ist voll davon.«

»Ich hoffe nicht.«

Aber Koller ließ sich nicht beirren und spann seine Fabel von zweibeinigen Dalmatinern einfach weiter.

Ich hörte nur mit halbem Ohr zu. Bis er mit den Dingos anfing, die fand ich interessant. Er nannte sie die ungeliebten Verwandten aus Australien. Wilde Hunde, Outlaws, die keiner mochte. Sie waren zum Abschuss freigegeben.

»Ein toter Dingo bringt fünfhundert Dollar Kopfgeld.«

»Warum sind sie denn so unbeliebt?«

»Sie lassen sich nicht domestizieren, Zäune halten sie nicht ab.

Und sie haben einen verschwenderischen Jagdtrieb, fallen mehr Schafe an, als sie fressen können.« Koller stoppte an einer roten Ampel. »Außer dem Menschen haben sie kaum natürliche Feinde – nur sich selbst. Das Alpha-Weibchen duldet keine Welpen im Rudel außer ihren eigenen, andere werden totgebissen.«

»Hm, klingt wirklich nicht sehr sympathisch.«

Die Ampel schaltete auf Grün, und Koller fuhr weiter.

»Andererseits werden die Alpha-Welpen vom ganzen Rudel versorgt. Männliche wie weibliche Dingos kauen ihnen das Essen vor und beschützen sie, bis sie erwachsen sind.«

»Die Dingos sind also die *Sons of Anarchy* in Ihrer Hundephilosophie.«

»Könnte man so sagen.«

Wir kamen an der S-Bahn-Station Marienfelde vorbei und fuhren auf die B 101, die aus der Stadt hinausführte.

Ganz schön weit südlich. Wo fuhren wir überhaupt hin? Noch bevor ich das fragen konnte, meinte Koller: »Sie halte ich übrigens für einen Flandrischen Treibhund.«

»Hä?«

»Nennt sich auch Bouvier des Flandres. Sehr schönes und starkes Tier. Stoisch und misstrauisch. Ausgezeichneter Schutzhund mit ausgeprägtem Kampfgeist. Selbstständig, mit starkem Willen und riesiger Zugkraft. So ein Bouv kann das Achtfache seines Körpergewichts ziehen.«

»Aha. Und was soll das bedeuten?«

»Es ist eine Philosophie, Bouv ... äh Buck, die müssen Sie sich schon selbst zurechtbiegen.« Koller setzte den Blinker und visierte die nächste Ausfahrt an. »Was für einen Hund würden Sie denn mit mir assoziieren?«

»Keine Ahnung, ich kenne mich mit Hunden nicht so aus.«

»Kommen Sie, machen Sie mit. Was für einen Hund sehen Sie, wenn Sie mich anschauen?«

Ich drehte mich gelangweilt zu ihm und schaute ihm direkt auf den Bart. »Ich sag jetzt nicht Riesenschnauzer.«

»Ja, lassen Sie es lieber«, sagte Koller und lenkte den Honda Civic auf einen Parkplatz vor einem heruntergekommenen Fabrikgelände, das von hässlichen Wellblechplatten umzäunt war.

»Da wären wir.«

Wir stiegen aus, und ich sah mich nach einem Anhaltspunkt um, der mir einen Hinweis darauf gab, wo zum Teufel wir hier waren. Der auffälligste war ein Metallturm hinter dem Blechzaun, der alles andere um Längen überragte. Sah wie ein Ölbohrturm aus, nur höher und dünner. Ich schätzte ihn auf sechzig, siebzig Meter. Der Geruch von Rost lag in der Luft.

Durch eine Wellblechlücke erspähte ich Container und Hydraulikpressen. Das hier war kein Fabrikgelände, das war ein Schrottplatz.

»Kommen Sie«, dirigierte mich Koller zum Eingang hinüber. Ich folgte ihm und hielt Augen und Nase offen. Zwischen den Containern türmten sich Schrottberge, stapelten sich Quader zusammengepressten Metalls. War das hier der Ort, an dem Koller seinen Hund und sein Bein verloren hatte?

An dem ihm der Schattenmann entwischt war?

Koller unterhielt sich mit einem Mann in blauem Overall. Nach einem kurzen Wortwechsel setzten sich beide Richtung Metallturm in Bewegung. Koller drehte sich nach mir um und winkte mich mit. Ich beeilte mich, hinterherzukommen, wollte gern verstehen, worüber sie redeten. Zu meinem Erstaunen unterhielten sie sich über die Familie des Overall-Mannes, den Koller Dino nannte. Dino hatte wohl kleine Zwillingsmädchen, deren Geburtstag bevorstand. Er erzählte gerade, was er für die Feier geplant hatte – noch mehr kleine Mädchen und eine Hüpfburg –, und lud Koller dazu ein. Zu meinem noch größeren Erstaunen sagte Koller zu.

Wir kamen an den Teilen einer zerlegten Achterbahn vorbei,

umrundeten ein Kettenkarussell ohne Sitze und näherten uns dem Turm, der sich ebenfalls als ausrangiertes Stück aus einem Vergnügungspark herausstellte. Am Fuße des Turms war eine Art Manschette gespannt, die ringsherum ging und mit Sitzschalen bestückt war.

»Nennt sich Freifallturm«, sagte Koller. »Schon mal ausprobiert?«

Ich schüttelte den Kopf. Außer den drei Ostseeurlauben und den Nachmittagen am polnischen Badesee hatte es keine Ausflüge außerhalb unserer Region gegeben. Meine Oma musste ja immer in Rufbereitschaft für ihre schwangeren Frauen bleiben. Und auf die Idee, alleine in einen Vergnügungspark zu fahren, war ich noch nicht gekommen.

»Du setzt dich da rein«, erklärte Dino und zeigte auf die Sitzschalen, »ziehst die Schulterbügel herunter, klar, wirst hochgezogen, *ssss* – ganz langsam. Dann geht's runter, vielleicht zwei Sekunden – *bamm*, und unten fängt dich die Bremsvorrichtung schön sanft ab. Na, die hier nun nicht, sonst wäre sie ja nicht hier, was?«

Koller nickte und schaute mich an. Ich nickte ebenfalls.

»Alles klar. Schön. Und nun?«

»Na, nun fahren wir hoch, kommen Sie.«

Koller setzte sich in eine der Sitzschalen und ließ die Schulterbügel einrasten. Ich kam aus dem Staunen nicht mehr heraus.

»Was? Nein. Sind Sie verrückt geworden?«

»Der Flaschenzug funktioniert einwandfrei«, schaltete Dino sich ein. »Bis dreißig Meter läuft alles wie geschmiert. Kann nichts passieren.«

Ich konnte mir nur an den Kopf tippen. Die hatten doch eine Meise, alle beide.

»Ich komme hier seit zwei Jahren regelmäßig her. Das Ding läuft wie eine Eins. Wir fahren nur hoch, das mit dem freien Fall machen wir nicht.«

»Sie spinnen doch, das ist garantiert nicht erlaubt. Da gibt's doch bestimmt Vorschriften.« Ich schaute Dino an, doch der zuckte nur mit den Schultern.

Koller ließ nicht locker. »Kommen Sie schon, Buck, das dauert keine fünf Minuten. Sie glauben doch nicht, dass ich Sie und Ihr Kind in Gefahr bringen würde? Das hier ist absolut sicher. Dino ist ein technisches Genie, er hat das im Griff.«

Ich verschränkte die Arme vor der Brust und schaute mich provokativ um. »Darf ich fragen, ob das hier der Schrottplatz ist, auf dem Sie Ihr Bein verloren haben?«

»Dafür kann Dino nichts, das hatte ganz andere Gründe. Warten Sie.«

Er warf Dino einen Blick zu, woraufhin er hinter dem Turm verschwand. Kurz darauf setzte sich die Sitzmanschette mitsamt Koller in Bewegung. Im Schneckentempo fuhr sie höher und drehte sich dabei langsam um den Turm. Koller schaute mich mit hochgezogenen Augenbrauen begeistert an. »Na? Wie ein Treppenlift.«

Ich konnte mir ein Lachen nicht verkneifen. Es war zu witzig, wie Koller auf der Sitzmanschette hing und sich freute. Dino ließ die Maschine wieder herunterfahren, und ich stieg ein.

Ich musste zugeben, dass es Spaß machte, da drinzusitzen, höher und höher zu schweben und einen Rundumblick zu bekommen. Auch wenn es ab und zu ruckelte, während quietschende und schabende Geräusche aus dem Inneren des Turms zu hören waren. Wann immer ich einen fragenden Blick zu Dino hinunterwarf, zeigte er mir den erhobenen Daumen.

Ab der Zehn-Meter-Marke entspannte ich mich. Sollten wir von hier aus runterrauschen, wären wir sowieso nicht mehr zu retten.

So erhoben wir uns über die Schrottberge und konnten sehen, wie groß das Gelände war und dass es auf der einen Seite durch weit verzweigte Kleingartenanlagen über Zufahrtswege an die Autobahn und die Stadt angebunden war und auf der anderen Seite an ein Waldgebiet grenzte, das bis zum Horizont reichte, mit Baumkronen, die sich schon vereinzelt gelb färbten. Zwischendrin lugten die grauen Glatzen der Bunkeranlagen hervor, die noch aus dem Zweiten Weltkrieg stammten und zu DDR-Zeiten das Manövergebiet der russischen Freunde markierten.

Wir drehten uns stetig weiter, unter uns reflektierten Berge von Metall das Sonnenlicht, die Pressen zischten, die Autobahn brummte, und dahinter erstreckte sich die Silhouette der Stadt.

Von mir aus hätte es ewig so weitergehen können, aber die dreißig Meter waren erreicht – die Fahrt stoppte, ein Fauchen drang aus dem Turm, und dann ruckelte die Sitzmanschette ein paar Meter in die andere Richtung, bevor sie an einer Stelle zum Stehen kam, von der aus wir über dem Wald thronten wie das heimliche Königspaar.

Ich schaute zu Koller hinüber. »Und hier kommen Sie öfter her?«

Er nickte. »Immer, wenn ich einen freien Kopf brauche. Hier hab ich das Gefühl, die Zusammenhänge besser sehen zu können. All diese Orte, in denen ich sonst mittendrin stehe. Von hier aus sind es nur Punkte.«

»Sie könnten auch einfach einen Stadtplan aufklappen.«

Koller ignorierte meine Bemerkung und zeigte zu einer Stelle im Wald hinüber, die hauptsächlich von Birken bewachsen war. »Da drüben haben wir damals die Frau gefunden, die bei der Geburt verblutet ist, Adriana.«

Richtig, die Frau aus Bosnien, deren Neugeborenes von Wildschweinen oder Füchsen gefressen worden war. Ich betrachtete unbehaglich die gelben Blätter der Birken.

»Es war Anfang Dezember, das Laub war vom Nachtfrost steif gefroren und knackte bei jedem Schritt«, erinnerte Koller sich. »Sherlock hat es nicht geschafft, eine Fährte aufzunehmen. Wir ...«

Koller sah für einen Moment so aus, als wollte er noch etwas sagen, ließ dann aber Schnurrbartenden und Schultern hängen.

Ich musste den Impuls unterdrücken, nach seiner Hand zu greifen, sagte stattdessen: »Wenn das Kind noch gelebt hätte, dann hätten Sie es gefunden.«

Wieder war ein Fauchen aus dem Inneren des Turms zu hören, die Sitzmanschette ruckelte und rutschte dann einen Meter abwärts, nur den Bruchteil einer Sekunde, aber das reichte, um uns einen kleinen Schrecken einzujagen. Wir schauten beide gleichzeitig zu Dino hinunter, der uns den erhobenen Daumen entgegenstreckte. Ich hätte gern irgendetwas in der Hand gehabt, um es ihm auf den Kopf zu werfen, aber Koller erwiderte Dinos Geste und streckte seinerseits den Daumen hoch. Die beiden lagen eindeutig auf einer Wellenlänge. Dinos Handy klingelte, er ging ran und entfernte sich vom Turm. Hoffentlich vergaß er uns hier oben nicht.

»Buck«, fing Koller an, und sofort ahnte ich Schlechtes, »das, was Sie da vorhin gesagt haben, das meinen Sie doch nicht ernst, oder?«

»Das mit den schizophrenen Kindern?«, versuchte ich das Thema abzuwenden.

»Nein, das mit der Abtreibung. Das haben Sie doch nicht wirklich vor?«

»Also, im Augenblick nicht. Es sei denn, wir fallen noch mal ein paar Meter, dann kann ich für nichts garantieren.«

Koller schaute mich erschrocken an.

»Nein, keine Sorge«, beruhigte ich ihn und deutete auf meinen Bauch. »In dieser Woche haben wir schon mehr überstanden als ein paar Meter freien Falls.«

Wenn ich es mir recht überlegte, hatte ich mich jahrelang im freien Fall befunden und jetzt, hier in neunundzwanzig Metern Höhe, gefühlsmäßig das erste Mal wirklich Boden unter den Füßen.

Ich korrigiere: in neun Metern Höhe – Dino hatte sein Telefonat beendet und wieder den Freifallknopf gedrückt, dessen Mechanismus anscheinend doch funktionierte – wovon Koller auch nichts gewusst hatte, seinem spitzen Schrei nach zu urteilen, der von einem kleinen Mädchen hätte stammen können (einem sehr kleinen Mädchen).

Diesmal bekam ich keinen Schreck, sondern einen Lachanfall. Die Bewegung hatte ein Gefühl im Bauch bewirkt, das ich das letzte Mal als Kind gespürt hatte, als ich auf einer ganz bestimmten Schaukel am polnischen Badesee bis zum höchsten Punkt geschaukelt war. Dem Punkt, an dem die Kette nicht mehr straff gespannt war und ich für eine Sekunde in der Luft stehen zu bleiben schien.

Als wir wieder im Auto saßen und Koller mich fragte, wo er mich rauslassen könne, wollte ich schon Eichstraße sagen, verkniff es mir aber im letzten Moment und nannte eine U-Bahn-Haltestelle, von der ich wusste, dass sie auf dem Weg lag, Moritzplatz.

Ich fragte ganz beiläufig: »Haben Sie inzwischen rausgefunden, wo Ricky die letzten Wochen gewohnt hat?«, und beobachtete Koller aus dem Augenwinkel, um abschätzen zu können, ob er die Wahrheit sagte.

»Wir sind dabei«, wich Koller aus. »Das Problem ist, dass er von einer Frau zur nächsten gezogen ist.«

»Und seine Post hat ihm die Ex dann hinterhergeschickt, oder wie?«

Koller schaute zu mir. »Keine Ahnung, Buck, sagen Sie mir, wie das funktioniert. Wieso lassen sich intelligente junge Frauen überhaupt auf so einen wie Ricky ein?«

Es fühlte sich an, als trieb Koller diese Frage schon länger um. »Ich meine, sie wissen doch, was sie kriegen. Ricky hat ja damit regelrecht geprahlt.« Verständnislos schüttelte er den Kopf. »Und trotzdem lassen sie ihn bei sich wohnen und sich von ihm ...«

Schwängern, beendete ich den Satz in Gedanken.

»... ausnutzen«, fuhr Koller fort. »Das kann ich mir ja alles mit mangelnder Menschenkenntnis erklären oder auch fehlender Vernunft. Nur bei Ihnen, Buck, bin ich da ratlos.«

Ich zuckte die Schultern. »Wer kann denn wirklich von sich behaupten, einen anderen gut zu kennen? Ich bin ja immer wieder von mir selbst überrascht. Es ist erst ein paar Minuten her, dass ich mit Ihnen auf einem schrottreifen Turm war.« Ich tippte mir an die Stirn. »Frei-fall-turm!«

Wenn man es sich recht überlegte, dann waren gerade Kollers Aktionen oft jenseits des gesunden Menschenverstands. Wie kam ausgerechnet er dazu, anderen die Vernunft abzusprechen?

»Und zum Thema Menschenkenntnis«, versuchte ich den Bogen zu spannen, »dass Sie sich eine Hundetheorie basteln, um Menschen zu verstehen, ist Ihnen schon bewusst, oder?«

Mit hochgezogenen Augenbrauen sah Koller mich an. »Ist das etwas, was Sie mir die ganze Zeit schon sagen wollten?«

»Ach nein, das, was ich Ihnen die ganze Zeit schon sagen wollte, ist was anderes.«

»Und was?«

»Nur ein Wort. Nichts Weltbewegendes.«

»Nur ein Wort?«

Ich zuckte die Achseln, was seine Neugier noch mehr befeuerte. Die U-Bahn-Station, an der ich rauswollte, kam in Sicht. Koller setzte den Blinker und hielt in einer Bushaltespur.

»Na kommen Sie schon, raus damit!«

Er sah mich herausfordernd an, innerlich auf alles gefasst.

Ich zuckte die Schultern und machte: »Wuff.«

Aus Kollers Kehle drang ein seltsames Geräusch, eine Mischung aus Glucksen, Lachen und Husten, begleitet von einer lauen Whiskynote.

»Schönes Plädoyer für die Menschlichkeit, Buck«, sagte er und nickte mir anerkennend zu. »Ich hab's doch gesagt: Sie sind ein Bouvier.«

Ich nickte zurück, griff nach meiner Tasche und öffnete die Tür.

»Übrigens hätten Sie heute nicht im Präsidium vorbeikommen müssen, ich hatte es Ihnen ja schon gesagt – es reicht, wenn Sie mich anrufen.«

»Ach ja, ganz vergessen. Morgen ruf ich an.« Ich stieg aus und wollte schon die Tür zuknallen, da fiel mir noch etwas ein: »Grizzly!«

Auf Kollers fragenden Gesichtsausdruck hin erklärte ich: »Sie wollten doch vorhin wissen, welcher Hund Sie für mich sind. Ich kannte mal einen alten Labrador, der streunte überall rum, tauchte immer wie aus dem Nichts auf und verschwand genauso schnell auch wieder. Fraß Mäuse und Maulwürfe und bellte wie ein Irrer, wenn ein Motorrad vorbeifuhr. Nur bei Motorrädern, nicht bei Autos. Keiner wusste, wieso. Sein Fell war blond, zerzaust und immer voller Kletten. Der hieß Grizzly. Ein ziemlich blöder Name für einen Hund, wenn man so drüber nachdenkt.«

»Ein alter Labrador, hm?«, meinte Koller. »Zerzaust und voller Kletten ...« Er strich sich über die Haare. »Klingt mehr nach einem Golden Retriever. Labradore haben kurzes Fell. Ich werde nachher wohl mal einen Kamm suchen müssen.«

»Golden Retriever? Echt jetzt?« Wie war ich denn auf Labrador gekommen? Meine Oma hatte gesagt, dass Grizzly ein Labrador wäre. Sie hatte allerdings keine Ahnung von Hunden. Ich knallte die Autotür zu und winkte Koller.

Er ließ die Scheibe herunter, lehnte sich quer über den Beifahrersitz und rief mir zu: »Und halten Sie durch, Buck, machen Sie keine Dummheiten. In ein paar Tagen ist der Fall gelöst, und dann sieht die Welt ganz anders aus, das verspreche ich Ihnen!«

15

Schon auf dem Weg vom Moritzplatz zur Eichstraße hielt ich die Nase aufmerksam in den Wind. Zweimal dachte ich, ich hätte die richtige Fährte zur Stinkbombenwohnung aufgenommen, aber sie führte mich zuerst zu einem Mann auf einer Bank, der sich die Schuhe ausgezogen hatte, und dann zu einem Fitnessstudio.

In der Eichstraße gab es tatsächlich einen kleinen Platz, einen ziemlich traurigen Spielplatz mit einer Wippe, einer Drehscheibe und einem frisch gefällten Baum. Der riesige Baumstumpf verströmte einen intensiven Geruch nach Essig und Moder. Er hatte einen Durchmesser von zwei Metern und Jahresringe, die in den dreistelligen Bereich gingen.

Zu beiden Seiten nahmen die zerkleinerten Reste des Baumes viel Platz ein und bedeckten die gesamte Rasenfläche. Zwischen zersägten Ästen und Zweigen lagen alte Holzstreben und Bretter mit buntem, abgeplatztem Lack, die wohl mal ein Baumhaus gewesen waren. An der Wand, die den Spielplatz nach hinten hin begrenzte, lehnten Schilder, auf denen für den Erhalt des Baumes plädiert wurde. *I ♥ Eichi! Die Eiche soll bleiben! Eichplatz − Eiche = Scheiße!*

Sie wirkten noch trostloser als der Baumstumpf selbst.

Der Geruch nach Essig, der den Schnittflächen des Baumes entströmte, war so durchdringend, dass ich mich von dem Platz entfernen musste. Es lag auch Motoröl in der Luft. Die Leute mit der Motorsäge waren bestimmt noch nicht lange weg.

Erst zwei, drei Häuser weiter drängte sich ein anderer Geruch auf. Stechend nach Katzenpisse, den wollte ich schnell links liegen lassen, aber zum Glück blieb eine unterschwellige Käsefußnote noch etwas länger haften, sodass ich zum Hauseingang, aus dem dieser Geruch gekommen war, zurückging. Er gehörte zu einem alten Haus, das sich kaum von den anderen in dieser Straße unterschied. Eingangstür und Fenster waren vor langer Zeit einmal weinrot gestrichen worden. Inzwischen blätterte die Farbe ab. Der beige Putz des Gemäuers hatte den Grauton eines alten, traurigen Elefanten angenommen. Dünne Graffitilinien darauf wirkten wie bunte Girlanden, die jemand dem Elefanten umgehängt hatte. Hier und da waren alte Stuckelemente zu erkennen, deren ursprüngliche Form unter Wind und Wetter gelitten hatten. Auf den Klingelschildern gab es keinen Ricky Schmidt.

Die Haustür wurde mit einem Keil offen gehalten, vermutlich damit Katzen aus und ein gehen konnten. Der Geruch nach Katzenexkrementen war überwältigend. Eine Stinkbombe konnte auch nicht schlimmer riechen. Er kam von der Kellertreppe, die aussah, als wäre sie mit Kohlestückchen übersät. Es waren aber Katzenhäufchen. Im Erdgeschoss gab es zwei Wohnungstüren, in beiden befanden sich Katzenklappen. Die Leute, die hier wohnten, hießen Vogel (kein Scherz).

Im ersten Stock wurde der Geruch nicht besser, aber anders. Hier wohnte jemand namens Szczypwiantswiorsk, wie auch immer das auszusprechen war, und die Person auf der anderen Seite hieß Arden. Ich vermutete, dass es sich dabei um eine Frau handelte, denn an ihrer Tür hing ein Holzherz mit einem Glöckchen, und davor standen Gummistiefel in Größe 37.

Im zweiten Stock lehnte ein Herrenrad vor der linken Wohnungstür. Der Mann, der dort wohnte, hieß Ganz. Vor der rechten Tür standen ein Eimer voller Holzscheite und eine Axt. Der Name auf dem Klingelschild lautete: Böse. Im dritten Stock lag jede Menge Kinderspielzeug vor beiden Türen. Auf dem linken Klingelschild stand: Özdemir-Grabowski und auf dem rechten: Klein-Cakir.

Nachdem ich an allen Türen gerochen hatte, war klar, dass nur

Frau Ardens Wohnung infrage kam. Der Geruch von Schweiß und Käsefuß war bei ihr am stärksten, bei Böse stank es zwar auch richtig schlimm, aber eher nach Bier und Zigaretten.

Ich legte ein Ohr an Frau Ardens Tür und lauschte. Kein Mucks war zu hören. Beherzt drückte ich auf die Klingel, aber es tat sich nichts, sie war ausgeschaltet. Ich probierte es mit Klopfen.

»Frau Arden?«

Keine Antwort. Diesmal wackelte ich mit dem Holzherz und ließ das Glöckchen klingeln. Ich lauschte mit angehaltenem Atem und meinte, ein Geräusch wahrgenommen zu haben. Nicht direkt hinter der Tür, aber von irgendwo innerhalb der Wohnung. Das Knarzen von einem Bett oder etwas Ähnlichem.

War ich hier richtig? Ich überlegte, ob ich bei den Nachbarn klingeln sollte, verwarf den Gedanken aber wieder. Was hätte ich denen denn erzählen sollen? Bevor ich ging, schaute ich noch unter dem Fußabtreter nach, ob da vielleicht ein Schlüssel lag. Die Gummistiefel sahen auch wie ein klassisches Schlüsselversteck aus. Ich drehte sie probehalber um und war mehr als überrascht, als wirklich ein Schlüssel herausfiel.

Ich zögerte nur kurz, die fremde Wohnungstür zu öffnen, die Neugier war zu groß. Kaum war die Tür auf, wusste ich, dass ich es geschafft hatte: *This is Major Tom to ground control – I'm stepping through the door!*

Vordergründig roch es nach süßem Raumspray und unterschwellig aufs Übelste nach alten und ranzigen Käsefüßen – ich hatte die Stinkbombenadresse gefunden!

Wenn meine Theorie stimmte, dann hatte Ricky hier die letzten sechs Wochen seines Lebens gewohnt, war jeden Morgen von hier aus ins Center gefahren.

Die Geruchsquelle kam aus der Küche, die zur Straße hin lag und in der alle Fenster geöffnet waren. Überall standen Reinigungsmittel und Kalkpackungen herum. Hier hatte sich jemand richtig viel Mühe gegeben, den Gestank wegzuschrubben. Der Küchentisch war voller Schälchen mit Potpourris, Duftkerzen, Raumspraydosen und Räucherkerzen. Der Geruch nach Buttersäure hing aber immer noch in den Gardinen, im Teppich, in den Sesselbezügen. Frau Arden musste sich inzwischen daran gewöhnt haben. Ob sie wollte oder nicht. Sie lag im Bett im Wohnzimmer, das gleichzeitig ihr Schlafzimmer war, mit Blick auf einen Fernseher, der zwar angeschaltet, aber auf lautlos gestellt war. Es lief eine wissenschaftliche Sendung auf Phoenix. Die Bettwäsche, in der sie lag, war blau mit weißen Sternen.

Frau Arden hatte die Augen geschlossen, dünne Strähnen ihres weißblonden Haares fächerten sich spinnwebenartig über das Kopfkissen aus. Ich musste sofort an meine Oma denken. Sie war kurz vor ihrem Tod auch sehr abgemagert und hatte Spinnwebenhaare bekommen. Ich beugte mich über Frau Arden und sprach sie leise an, aber sie rührte sich nicht. Atemzüge waren zu hören, sie lebte also noch.

Der Raum war groß, aber mit Möbeln vollgestellt, kaum Platz zum Laufen. Neben dem Bett und dem Fernseher gab es noch ein Sofa, zwei Sessel, einen Couchtisch, einen altmodischen Schrank und jede Menge Blumentöpfe vor einem blickdichten Vorhang, der über die ganze Wand reichte. Dahinter entdeckte ich eine Fensterfront mit Balkontür. Der Balkon war geräumig und leer bis auf einen großen Spind, der abgeschlossen war. Keine Blumenkästen am Balkongeländer.

Der Hinterhof war mit denen der angrenzenden Häuser verbunden und erstreckte sich über eine große viereckige Fläche, die sich zu gleichen Teilen in einen Rasen mit Wäscheleinen und betonierte Parkplatzfläche aufteilte.

Ich machte die Balkontür leise wieder zu. Frau Arden schlief immer noch. Die Lampe, die von der Decke hing, schwang sanft hin und her und drehte sich vom Windzug. Sie war dem Planeten Saturn nachempfunden, rund wie ein Ball mit einem Ring um die Mitte. Ich schaute Saturn und seinem Ring noch ein Weilchen beim Pendeln zu, bis mein Blick auf das Sofa fiel und ich eine Unebenheit bemerkte. Ein Sitzpolster war höher als das andere. Es dauerte etwas, bis ich mich wieder durch das Zimmer geschlängelt hatte, aber als ich das Polster endlich anhob, entdeckte ich im Hohlraum darunter eine Reisetasche mit T-Shirts und Kapuzenpullis im Ricky-Style sowie Haarlackdosen.

Damit hatte ich den Beweis – Ricky war hier gewesen!

Ich erkannte das T-Shirt wieder, das Ricky bei unserer Tour ins Weizenfeld angehabt hatte. In seiner Tasche fand ich außerdem ein zerlesenes Buch über die Mythologie der Sternbilder und eine rote Baseballkappe mit dem Logo des Autohauses, für das er gearbeitet hatte. Beides steckte ich ein. Etwas anderes, wie zum Beispiel ein Geschenk für mich, war nicht darin. Wenn ich nur eine Ahnung hätte, wonach ich überhaupt suchen musste. Ricky hatte gesagt, er hätte lange daran gebastelt. Das klang nach etwas Handwerklichem, aber auf dem Couchtisch stand nichts derartiges, ebenso wenig auf dem Schrank oder sonst irgendwo. Dafür war auch in diesem Raum jede noch so kleine Freifläche mit Duftkram vollgestellt. Kerzen, die süßlich nach Maiglöckchen rochen, und Schalen mit getrockneten Lavendelblüten. Etwas Geschenkartiges stand nicht offen herum, und ich scheute mich, die Schranktüren aufzumachen. Ich sagte mir, dass ich ja kein Einbrecher war, trotzdem fühlte ich mich wie einer. Was mich nicht davon abhielt, mich weiter umzuschauen.

Außer Küche und Wohnzimmer gab es noch ein Badezimmer mit Wanne und Duschvorhang und eine kleine Rumpelkammer mit Putzutensilien und Staubsauger. Etwas Gebasteltes stand auch dort nicht. Vielleicht hatte Ricky noch eine andere Bleibe gehabt?

Ich setzte mich aufs Sofa. Es war nicht besonders groß. Ricky musste darauf mit angezogenen Beinen gelegen haben, den Blick auf die bleiche Gestalt der alten Frau gerichtet. Ich legte mich hin und versuchte mir vorzustellen, wie Ricky in diesem Sterbezimmer hatte schlafen können, auf diesem winzigen Sofa neben einer Frau, die ihren letzten Atemzügen entgegenröchelte, als sie plötzlich die Augen aufschlug und mit Reibeisenstimme sagte: »Ach du lieber Himmel, wie spät ist es?«

Mein Herz machte vor Schreck einen solchen Satz, dass ich es bis zur Kehle hinauf schlagen spürte. Ich krallte mich ins Kissen. Als ich mich wieder eingekriegt hatte, stand ich auf und ging zu Frau Arden ans Bett, sprach mit ihr, wie die Krankenschwestern mit meiner Oma geredet hatten: »Wie geht es Ihnen?«, »Wie fühlen Sie sich?«, und so weiter. Frau Arden antwortete ebenso freundlich. Sie schien sich kein bisschen darüber zu wundern, eine Fremde mitten in ihrem Wohnzimmer vorzufinden. Vielleicht kam ja regelmäßig ein Pflegedienst bei ihr vorbei, und sie nahm an, dass ich dazugehörte. Seit sie die Augen aufgeschlagen hatte, war Leben in ihr Gesicht zurückgekehrt. Ihre Wangen röteten sich beim Sprechen, und wenn sie ihren Kopf drehte, glitzerten kleine Spangen in ihrem Haar. Dennoch wirkte sie sehr schwach und gebrechlich. Ich fragte mich, wie sie zur Toilette kam. Jetzt erst bemerkte ich den Rollator, der neben ihrem Bett stand. Jemand hatte einen Bademantel darübergeworfen, weshalb ich ihn nicht gleich gesehen hatte. Dann war sie also doch noch mobil, war aber definitiv auf Hilfe von außen angewiesen. Am Kopfende ihres Bettes war ein Notfallknopf angebracht, mit dem sie einen Pflegedienst alarmieren konnte. Außerdem stand ein Teller mit Brotresten und Apfelschnitzen auf dem Nachtschränkchen neben ihrem Bett. Mit einem Rollator hätte sie keine Hand freigehabt, um so einen Teller zu transportieren. Die Apfelschnitze waren noch nicht braun. Derjenige, der Frau Arden den Teller ans Bett gestellt hatte, musste das vor Kurzem getan haben.

Nachdem ich ihr ein Glas Wasser gereicht hatte, fragte ich sie, ob sie Ricky Schmidt kannte. Und plötzlich war es, als hätte jemand hinter ihren Augen ein Licht angeknipst.

»So ein guter Junge!«

»Sind Sie mit ihm verwandt?«

»Aber nein.«

Ich deutete zum Sofa hinüber. »Hat er bei Ihnen geschlafen?«

»Aber natürlich. Wo soll er denn sonst hin?« Sie machte nicht den Eindruck, als wüsste sie, dass er tot war.

»Haben Sie jemanden, der sich um Sie kümmert, Frau Arden?«

»Aber ja.«

»Dann sollten wir ihn jetzt anrufen.«

Frau Arden zeigte zum Telefon in der Diele. »Nummer ist eingespeichert. Die Eins drücken!«

Ich ging zum Telefon und drückte auf die Eins. Es war Rickys Nummer. Ich beendete den Anruf. Über dem Telefon klebten ein Zettel mit Notrufnummern und ein anderer vom Pflegedienst. Darauf stand der Name der Pflegerin, die jeden zweiten Tag kam: Bascha. Das nächste Mal heute um sechzehn Uhr. Das war in zehn Minuten!

»Ricky kann nicht kommen, Frau Arden, aber gleich kommt jemand anderes, der Ihnen hilft.«

»Aber ich will niemand anderen!«

Die Frau schien Ricky sehr zu mögen. Ich fragte mich, ob sie wirklich nicht mit ihm verwandt war.

»Er schneidet die Äpfel so, wie ich sie haben will!«, rief Frau Arden mit ihrer erstaunlich kräftigen Stimme. »Und egal, was Sie über ihn sagen, er kann es nicht gewesen sein. Er war die ganze Zeit bei mir und hat fleißig gelernt.«

»Gelernt?«

»Und die Beete im Schulgarten geharkt.«

»Waren Sie seine Lehrerin, Frau Arden?«

»Aber ja!« Frau Arden zog die Bettdecke bis zur Nasenspitze hinauf und drückte ihren Kopf ins Kissen. Mit müder Stimme sagte sie: »Danke für die Spritze, Frau Doktor, und vergessen Sie nicht den Schlüssel in den Stiefel zurückzulegen, sonst kommt Ricky nachher nicht rein.«

Die Luft draußen kam mir so frisch und klar vor wie schon lange nicht mehr. Ich stellte mich hinter einen VW-Bus, um von dort aus zu beobachten, wie die mutmaßliche Bascha vom Pflegedienst Frau Ardens Haus betrat. Sie war absolut pünktlich. Über den weißen Pflegedienstklamotten trug sie eine froschgrüne Jacke, die sich mit dem Pink ihrer Kurzhaarfrisur biss. In der einen Hand hielt sie eine Bäckereitüte, in der anderen einen bunten Blumenstrauß. Sie wirkte farbenfroh und nett, bestimmt war Frau Arden bei ihr gut aufgehoben.

Ich fuhr nicht nach Hause zurück, sondern stieg schon am Gesundbrunnen aus. Wenn der alte Plan noch stimmte, dann hatte Carmen jetzt Dienst. Ich wollte mit ihr reden.

Der Gewinnspielstand vom Autohaus, hinter dem Ricky immer hervorgeflitzt gekommen war, um mich abzufangen, war weg. Stattdessen stand dort ein Klappschild mit der Wegbeschreibung zum Autohaus und dem Versprechen auf Sensationspreise. Ich fragte mich, warum ich ausgerechnet Rickys Baseballkappe mit dem Autohauslogo mitgenommen hatte. Hätte ich wirklich kein gehaltvolleres Erinnerungsstück an ihn finden können?

Auf der Rolltreppe zum Coffeeshop verließ mich mehr und mehr der Mut. Vielleicht war ja mein Chef da. Und Carmen? Nach dem letzten Telefonat und allem, was ich über sie gedacht und ihr an Gemeinheiten unterstellt hatte, würde es schwer werden, noch unbefangen und locker mit ihr umzugehen.

Oben angekommen, nahm ich gleich wieder die Rolltreppe nach unten und schwenkte in den nächstbesten Klamottenladen ein. Am Hosenständer der Umstandsmodenabteilung staunte ich über die

Ausmaße der für den Babybauch vorgesehenen Stoffflächen. Eine der kleinsten davon probierte ich in der Umkleidekabine an, der Bund war trotzdem noch so weit, dass meine Umhängetasche dazwischenpasste. Nur so zum Spaß zog ich mir ein T-Shirt darüber und brauchte dann eine ganze Weile, um über den Anblick hinwegzukommen. Unglaublich, dass ich bald diese Masse an Stoff mit meinem Körper ausfüllen würde.

Ich kaufte die Hose nicht. Dafür aber drei T-Shirts, die schmal, aber dehnbar waren.

Am Ständer für Babymützen, der etwas außerhalb des Ladens stand, lief mir Carmen über den Weg. Sie kippte fast aus den Schuhen, als sie mich sah. Mir ging's ähnlich.

»Nina! Wieso läufst du denn hier rum und kommst nicht in den Laden?«

Ich versicherte ihr, dass mein nächster Weg mich dorthin geführt hätte. Natürlich wollte sie wissen, was mich zu den Babymützen getrieben hatte, und so erfand ich eine anstehende Geburt im nicht vorhandenen Freundeskreis, für die ich ein Geschenk brauchte. Während ich ihr diese Lüge auftischte, versuchte ich in ihrer Mimik zu erkennen, ob sie mir glaubte. Anscheinend ja, sie wirkte nicht so, als wüsste sie, dass in Wirklichkeit ich die Schwangere war.

»Sag bloß, Fanny steht mit dickem Bauch auf der Bühne?«

Fanny in unförmigen Zelthosen vor großem Publikum? Der Gedanke gefiel mir, und so log ich munter weiter.

»Sie ist schon seit Wochen zu Hause, die Fruchtblase ist geplatzt vom vielen Stehen.«

»Oje, dann hatte sie eine Frühgeburt?«

Ich winkte ab. »Nein, nein, sie muss nur viel liegen. Auf der Bühne rumspringen geht gar nicht.«

»Und das Fruchtwasser?«

»Das wird wieder, sie soll jetzt nur viel trinken.«

Carmen sah mich skeptisch an. »Vom Kinderkriegen hast du wohl überhaupt keine Ahnung, was? Na, Hauptsache du weißt, wie man's macht!«

Ich schluckte erschrocken. War das eine Anspielung auf meine Schwangerschaft oder nur ein allgemeiner Spruch? Ich ärgerte mich maßlos über mich selbst und wünschte, ich wäre nie auf die Idee gekommen, im Center aufzukreuzen. Es hätte außerdem nicht schaden können, wenn ich bei den Geburtsgeschichten meiner Oma weniger auf Durchzug geschaltet hätte. Aber so war es immer gewesen: Jemand erwähnte das Wort »Baby« – die Augen meiner Oma leuchteten auf –, und ich schaltete ab.

»Echt schade, dass du nicht mehr arbeiten kommst«, sagte Carmen so, als würde ich freiwillig wegbleiben. »Die Neue ist kein Ersatz, sagt nicht Muh noch Mäh.«

»Langweilige Kuh«, stimmte ich in den Klagegesang ein und kam dann auf das Thema zu sprechen, um das wir seit dem Telefonat herumschlichen wie Katzen um den heißen Brei. »Du hast doch bestimmt gehört, was im *Oscars* passiert ist ...«

Sofort ließ Carmen die Schultern hängen, sodass ihre langen Ohrringe frei baumelten, und sah mich aus großen Augen an. »O Gott, ja. Weiß man schon, wer es war?«

Ich schüttelte den Kopf. »Die Polizei war hier, oder?«

»Ja, sie haben alle über dich und Ricky ausgefragt. Mehrmals! Haben ganz geheimnisvoll getan und uns nichts erzählen wollen. Glauben die etwa, dass ihr das wart? So ein Quatsch!« Carmen stieß ein spitzes Lachen aus und sah mich dann fragend an. »Oder?«

Ich brauchte eine Weile, um zu kapieren, dass Carmen auf einem vollkommen anderen Wissensstand war als ich.

»Was haben die euch denn gesagt?«

»Na, gar nichts! Sie sind halt rumgelaufen und haben 'ne Liste von Leuten gemacht, die irgendwelche Probleme mit Ricky gehabt haben könnten. Und daran sieht man, wie dumm die Theorie ist. Wenn, dann hätte ja wohl einer von denen Ricky umbringen wollen und nicht andersherum, stimmt's?«

Halbherzig stimmte ich ihr zu, obwohl ich ihrem Gedankengang nicht folgen konnte. Ich hatte ganz vergessen, wie schrill Carmens Stimme manchmal klang, besonders, wenn sie sich in etwas hineinsteigerte. Ganz sicher hätte ich sie erkannt, wenn sie die Unbekannte vom Klo gewesen wäre.

»Aber wieso lassen sie Ricky dann nicht frei?«, wollte Carmen wissen, und ihre Stimme überschlug sich fast dabei. »Die müssen doch was gegen ihn in der Hand haben! Hat er einen guten Anwalt? Du hilfst ihm doch da raus, ja?«

Ich schaute sie prüfend an. Dachte sie etwa, Ricky wäre der Täter? Wusste sie noch gar nicht, dass er tot war? Als ich sie darüber aufklärte, weigerte sie sich das zu glauben. Sie meinte, davon hätte keiner was gesagt, und es hätte auch nicht in der Zeitung gestanden. Jeder Versuch meinerseits, sie davon zu überzeugen, dass Ricky gestorben war, wurde von ihr nur mit größerem Unglauben abgewehrt. Ihre Gesichtszüge versteinerten mit jedem Kopfschütteln mehr, und die Augen nahmen einen ganz seltsamen Glanz an, stumpf wie bei einer Puppe. Irgendwann sah sie auf ihre Armbanduhr und meinte, ihre Mittagspause wäre vorbei und sie müsse jetzt gehen. Ich schaute ihr hinterher, bis die Rolltreppe sie zur Coffeeshop-Etage hinaufgebracht hatte. Sie drehte sich nicht mehr um, verschwand einfach aus meinem Blickfeld. Ich blieb noch eine Weile ratlos zwischen den Babyklamotten stehen, bis sich eine Gruppe junger Mütter an mir vorbeidrängte und mich mit ihrem fröhlichen Geplauder über Dammmassagen vertrieb.

Im nächsten Laden kaufte ich mir ein Buch über Schwangerschaft und Geburt, außerdem noch eins über heimische Blumen und Kräuter mit vielen Abbildungen. Zu Hause würde ich mich hinsetzen und mir die Bilder so lange anschauen, bis ich die weißen, pinkfarbenen, gelben und blauen Blumen der Kräuterwiese erkannte.

Und bis jeder Gedanke an Carmens traurige Puppenaugen gelöscht war. Ich schämte mich dafür, sie für Rickys Mörderin gehalten zu haben.

Vor meiner Wohnung verharrte ich mit dem Schlüssel in der Hand, als ich die aufgebrachten Stimmen von Fanny und ihrem Vater durch die Tür dringen hörte. Sie stritten sich.

Wenn ich jetzt da hineinging, würde ich Partei für den Vater ergreifen und mich mit Fanny noch schlimmer zoffen, als es sowieso schon der Fall war. Also machte ich auf dem Absatz kehrt und ging die Treppen wieder hinunter. Aber wohin?

Ein Hotel würde ich mir nicht leisten können.

Zum Glück schien die Sonne. Den Tag konnte man gut draußen verbringen. Bis zum Abend würde mir schon einfallen, wo ich die Nacht bleiben konnte.

Ich setzte mich im Humboldthain auf eine Bank mit Blick zur großen Liegewiese und sah mir das Pflanzenbuch an.

Die blauen Blumen meiner Wiese hatten Ähnlichkeit mit einer Pflanze namens Ehrenpreis. Die pinkfarbenen mit Esparsette und die gelben mit Wiesenbocksbart. Blütezeit jeweils zwischen Mai und Juli. Sie waren alle drei unter dem Sammelbegriff Trachtpflanzen eingeordnet, der sich auf Pflanzen bezog, die besonders viel Pollen und Nektar erzeugten und darum für Bienen interessant waren. Die weiße Blume war gar keine, sondern musste blühender Baldrian gewesen sein. Von Mai bis August war seine Blütezeit. Die Wiese, die ich gesehen hatte, war also eine Wiese in voller Blüte gewesen, wie sie zwischen Mai und Juli tatsächlich zu finden war. Das Fahrrad darauf und das Detail des sich drehenden Hinterrades verstärkten den Bezug auf eine konkrete Erinnerung. Sobald ich nochmals an dem Taschentuch schnüffeln dürfte, würde mir die Verbindung zu dem Fahrrad schon einfallen.

Ich nahm mir das andere Buch vor und las mir das Kapitel über das erste Trimester der Schwangerschaft durch. Weiter konnte ich im Moment noch nicht denken. Da stand, dass typische Symptome wie Übelkeit und Geruchsempfindlichkeit ab der sechsten Woche aufkamen und nach der zwölften wieder nachließen. Irgendetwas daran irritierte mich. Ich saß eine ganze Weile da und überlegte, bis es mir endlich einfiel: Koller hatte gesagt, dass Astrid Lauterbach sich wegen der Schwangerschaftsübelkeit mit meiner Mutter gestritten hatte. Das war eine, maximal zwei Wochen nach dem One-Night-Stand mit meinem Vater gewesen. Zwei Wochen danach und nicht sechs bis zwölf Wochen. Konnte einem in der zweiten Schwangerschaftswoche überhaupt schon schlecht werden? Sicherlich von allem Möglichen, aber vom Schwangerschaftshormon? Nach allem, was hier im Buch stand, klang das eher unwahrscheinlich. Wenn es stimmte, was Astrid Lauterbach gesagt hatte, dann musste Janines Schwangerschaft schon ein paar Wochen weiter gewesen sein. Das wiederum hätte bedeutet, dass ich nicht im Zug von Budapest von einem Unbekannten gezeugt worden war, sondern ein paar Wochen eher, aller Wahrscheinlichkeit nach in Janines und meinem Heimatort. Und da es in dieser Zehntausend-Seelen-Klitsche praktisch niemanden gab, den man nicht über ein paar Ecken kannte, konnte mein Erzeuger auch kein Unbekannter gewesen sein.

Ich dachte an das Foto, das auf meinem Bett verbrannt war, an den Moment, an dem ich es das erste Mal angeschaut hatte, an den Schauder, der meinen ganzen Körper unter Strom zu setzen schien. Plötzlich und vollkommen unerwartet war die Möglichkeit da gewesen, aus einem Phantom einen Menschen zu machen. Keine einzige dieser Überlegungen war der Wahrheit nähergekommen. Nichts stimmte. Ich war auch nie eine Frühgeburt gewesen. Selbst das Wenige, was meine Mutter mir erzählt hatte, war gelogen.

Ich klappte das Buch zu und blieb so lange auf der Bank sitzen, bis das Licht sich veränderte und die Schatten länger wurden.

Ob meine Oma gewusst hatte, wer mein Vater war? Der Gedanke, dass sie es gewusst haben könnte und mir nicht gesagt hatte, war unvorstellbar. Es war mir kaum möglich, darüber nachzudenken, ohne körperliche Schmerzen zu empfinden, so eine Wut brannte in mir. Meine Oma hatte sicher noch viel mehr Geheimnisse für sich behalten, wenn es stimmte, was Rieb angedeutet hatte. Über Abtreibungen redete man nicht, zu Recht, denn es gab genügend Leute, die Frauen dafür verurteilten. Meine Oma war eine gute Hebamme und Freundin gewesen; Geheimnisse waren bei ihr absolut sicher. Sie war aber auch eine gute Oma gewesen, und so kam ich zu dem Schluss, dass sie nicht gewusst haben konnte, wer mein Vater war. Denn wenn doch, hätte sie es mir gesagt. Und sie hätte ihn auf jeden Fall in meine Betreuung eingespannt. Ich bin mir ganz sicher, dass meine Oma nicht auf die Befindlichkeiten meiner Mutter Rücksicht genommen und jede Hilfe angenommen hätte. Auch wenn sie immer sehr herzlich mit mir umgegangen war, so war es mir doch nicht verborgen geblieben, wie sehr es sie anstrengte, neben ihren Hebammenverpflichtungen noch ein Kind aufzuziehen.

Die Frequenz der Leute, die durch den Park Richtung S-Bahnhof Gesundbrunnen strömten, erhöhte sich. Es war Feierabendzeit. Sobald die Sonne hinter den Baumwipfeln verschwunden war, wurde es empfindlich kalt. Viele Leute hatten schon ihre Herbstjacken an, manche trugen Pullover. Einer davon war grau, mit dem Schriftzug *CAKE* auf dem Rücken und der Zeichnung eines Schweins darunter. Er sah haargenau so aus wie der Pulli, den Ricky mir geliehen hatte und der über Carmen zu ihm zurückgewandert war. Wie viele konnte es davon geben? Ich stand von meiner Bank auf und folgte den *CAKE*-Buchstaben.

Nach ein paar Schritten erkannte ich die Person an ihrer Art zu gehen: mit einem leichten X in den Knien und über den großen Onkel mit einwärts gedrehten Füßen. So ging nur Carmen.

Sie hatte Ricky den Pullover also doch nicht zurückgegeben! Ich musste dem Impuls widerstehen, sie von hinten anzuspringen und ihr den Pulli vom Leib zu reißen. Er gehörte ihr doch gar nicht!

Mir allerdings auch nicht.

Ich blieb stehen und ließ Carmen ziehen.

War der Pulliklau etwas, das ich Koller erzählen sollte? Steckte hinter ihrer verschmähten Liebe zu Ricky womöglich doch mehr? Mehr Groll, mehr Abgrund?

Ich drehte noch eine Runde durch den Humboldthain, ohne eine Antwort auf die Frage zu finden. Als es an der Zeit war, mir einen Schlafplatz zu suchen, machte ich mich auf den Weg zur Eichstraße.

Frau Arden lag wie zuvor in ihrem Bett und schien beim Hörspielhören eingeschlafen zu sein. Die riesigen Kopfhörer ließen ihr Gesicht noch kleiner wirken. Ich berührte sie an der Schulter und sprach sie vorsichtig an: »Frau Arden, hören Sie mich? Frau Arden?«

Keine Reaktion. Ihr Atem ging ruhig. Ich beschloss, abzuwarten, bis sie von sich aus die Augen aufmachte.

Die Apfelschnitze waren weggeräumt worden, stattdessen stand da jetzt ein Teller mit Leberwurstbroten und Gurkenscheiben, eine davon angebissen. In einer Vase daneben duftete der Blumenstrauß von der Pflegerin mit den pinkfarbenen Haaren. Die Fenster waren gekippt, die Stehlampe neben der Couch beleuchtete alles mit mildem, gelbem Licht.

Ich hielt mir Rickys Kissen an die Nase. Der Geruch von Ultra-Superstrong-Haarlack versetzte mir einen melancholischen Stich.

Ich ließ mich auf einen der beiden vergilbten Sessel nieder, die links und rechts von einem kleinen runden Tischchen neben der

Couch standen. Der Kerzenständer auf dem Tisch hatte die Form eines Delfins, auf dessen Nase die Fassung für die Kerze thronte. Sie roch nach Maiglöckchen und sah aus, als hätte jemand mit ihr gekokelt. Ein Blütenkranz aus abgebrannten Streichhölzern zierte die Spitze, der Docht klebte im Wachs. Das weiße Tischtuch war übersät mit rußigen Fingerabdrücken. Ich fasste sie an und stellte mir vor, dass meine Fingerspitzen auf diese Art Rickys berührten.

Frau Arden seufzte tief und drehte den Kopf in meine Richtung. »Können Sie mich bitte mal von dieser Schraubzwinge befreien?«, fragte sie, und wieder erstaunte mich die Kraft ihrer Stimme.

»Klar.« Ich ging zu ihr hin, nahm ihr die Kopfhörer ab und auch den MP3-Player, der auf ihrem Bauch lag.

»Ich kann die Stimme von Rufus Beck bald nicht mehr hören. Einfach da auf den Tisch legen, ja?«

»Kann ich sonst noch etwas für Sie tun, Frau Arden?«

»Ach nein, ich komme zurecht. Gehen Sie nur, wenn Sie losmüssen.«

»Muss ich nicht, im Gegenteil.« Ich trat näher an sie heran und stellte mich so, dass sie mich gut sehen konnte. »Ich bin Nina, eine Freundin von Ricky. Ich weiß nicht, wo ich heute Nacht bleiben soll, und wollte Sie fragen, ob ich vielleicht bei Ihnen auf der Couch schlafen dürfte?«

»Hm, wo soll denn Ricky dann schlafen?«

»O, das geht schon in Ordnung, Frau Arden. Ricky ist verreist. Er meinte, solange könnte ich ja hierbleiben, wenn Sie einverstanden sind?«

»Na gut, wenn er das gesagt hat.«

Seltsamerweise spürte ich nicht das leiseste Piesacken eines schlechten Gewissens, als ich Frau Arden anlog. Ich hatte vielmehr das Gefühl, dass ich ihr dabei half, die Fundamente ihrer Welt zu erhalten. Und indem ich Ricky auf Reisen schickte, wurde ich Teil dieser Welt.

Sie zeigte zum Schrank neben ihrem Bett. »Bettzeug ist dort.«

Als ich es holte, fielen ein paar Ordner heraus, die randvoll mit Kinderzeichnungen waren. Ich stellte sie zurück und sah, dass es noch viel mehr davon gab. Sie waren nach Jahren geordnet und reichten bis in die Sechziger zurück.

»Sind das alles Zeichnungen von Ihren Schulkindern?«, fragte ich.

»Nur die schönsten, die zweitschönsten sind im Keller«, sagte sie nickend.

»Wow. Darf ich sie mir mal anschauen?«

»Aber gern.«

Ich griff mir einen Ordner aus den Neunzigern und schlug ihn in der Mitte auf. Auf dem Bild war ein Stern mit einem Gesicht und einer Sprechblase, in der stand: *Frau Arden, du bist die Schönste!* Auf dem nächsten Bild war ein blauer Schneemann mit einem roten Herzen, in dem mit kleinen krakeligen Buchstaben *Pfrau Arben* geschrieben stand. Und so ging es weiter, ein Bild war rührender als das nächste.

»Sie müssen eine tolle Lehrerin gewesen sein«, stellte ich fest.

»Die Kinder haben es mir leicht gemacht. Blättern Sie mal ganz nach hinten. Da sind Fotos von ihnen.«

Tatsächlich, da waren Gruppenfotos von Kindern unterschiedlichen Alters. Auf jedem Foto an die sechzig Kinder zwischen fünf und fünfzehn Jahren.

»Ich hab direkt im Heim unterrichtet. Eine Zeit lang habe ich auch dort gewohnt. Sehen Sie das Gebäude da hinten?« Sie zeigte auf eins der Fotos. »Da waren die Schlafräume.«

Im Kinderheim.

»Haben Sie Ricky dort kennengelernt?«

Frau Arden nickte.

Also hatte er mir doch die Wahrheit erzählt.

»Er war neun, als er zu uns kam. Den ganzen Tag zog er den

Schnodder in der Nase hoch und ging allen damit auf die Nerven. Ich dachte schon, er würde nie aufhören zu weinen. Aber irgendwann kam er mit einem Bild zu mir ... das muss doch hier irgendwo sein, Moment mal.«

Ich half ihr beim Blättern, bis sie das Bild gefunden hatte, das sie suchte. Es zeigte eine Katze auf Rädern.

»Da wusste ich: Er ist stark, er wird darüber hinwegkommen.« Sie zeigte auf das Gesicht der Katze. »Sehen Sie die Schnurrbarthaare? Ganz zauberhaft. Er hat an alles gedacht.«

»Aber ist das nicht ein bisschen merkwürdig, dass sie Räder statt Beinen hat?«

»Überhaupt nicht!«

Sie blätterte weiter und zeigte mir ein Blatt mit vielen verschiedenen Zeichnungen, die sich um einen Geburtstagsgruß gruppierten – ein Gemeinschaftsbild von vielen Kindern, die Frau Arden zum fünfundsechzigsten Geburtstag gratulierten, ein kleines Universum aus Himmelskörpern.

»Ja, ich hatte es mit den Sternen. Ich war Mathe- und Physiklehrerin, ursprünglich Astronomie, aber das ist immer ein bisschen zu kurz gekommen in meinem Leben. Mit den Kindern habe ich dann eine kleine Sternwarte eingerichtet.« Sie zeigte mir ein Foto von einem Teleskop auf dem Dach eines Gebäudes und dann noch eine Nahaufnahme von dem Sternenplakat. Da waren auch Sonnen, Raketen und Planeten aufgemalt, in unterschiedlichster Detailfreude, und auch hier war Rickys Beitrag unverkennbar: ein Halbmond auf Rädern.

»Das mag vielleicht etwas befremdlich erscheinen, aber ich fand das eine ganz schön mutige Art von ihm, mit dem Tod umzugehen. Er hat einfach die Räder genommen, die seine Eltern aus der Welt getragen haben – und hat sie woanders drangeschraubt.«

Ich sah mir das Bild genauer an. Der halbe Mond hatte ein freundliches Gesicht mit Monokel und qualmender Pfeife. An der unteren Spitze waren die Räder angebracht, über die obere war eine Schlafmütze gestülpt, deren Quaste bis zur dicken Knollennase herunterhing.

Es gab noch viel mehr Zeichnungen von Ricky, sie wurden immer besser und skizzenhafter. Sogar Porträts waren ihm gelungen. Ich erkannte in ihnen einige der Kinder auf den Fotos wieder. Ricky selbst stand meistens im Hintergrund, halb verdeckt, und schaute ernst, erst auf späteren Fotos (mit vierzehn oder fünfzehn) lachte er, was es wesentlich leichter machte, ihn wiederzuerkennen.

Mir war nie aufgefallen, wie sehr ich sein spitzbübisches Grinsen mit seinem Image gleichgesetzt hatte, ohne auch nur einmal darüber nachzudenken, dass es vielleicht wirklich ein Teil seiner Persönlichkeit war. Ja, Ricky war ein Clown, ein Typ zum Spaßhaben, einer, der schwarze Gedanken verscheuchen konnte. Aber nicht, weil er sie selbst nicht kannte, sondern weil er es geschafft hatte, über sie hinwegzukommen.

Frau Arden erlaubte mir, eines der Fotos mit dem lachenden Ricky zu behalten. Es würde das erste in dem Album sein, das ich für unser Kind anlegen würde.

Ich half Frau Arden bei ihrer Abendtoilette und fragte sie noch ein bisschen weiter nach Ricky aus. Wie er so war und ob sie eine Ahnung hatte, warum er mit sechzehn Mitschüler und einen Lehrer verprügelt hatte.

»Das müssen Sie ihn schon selbst fragen.«

Mehr sagte sie dazu nicht.

Frau Arden schlief längst, da nahm ich mir eins von den Bieren, das ganz sicher Ricky in ihrem Kühlschrank gelagert hatte. Ein kleines Bierchen würde sicher nicht schaden, und außerdem wusste ich nicht, wie ich sonst mit dem seltsamen Gefühl umgehen sollte, das sich in meinem Innersten breitmachte, so als wäre ich ein Schiff, das sich langsam und unaufhaltsam mit Wasser füllte. Um mich davon abzulenken, schmökerte ich im Buch über die Mythologie der Sternbilder. Ein Lesezeichen in Form einer Kinokarte klemmte beim Orion, einem der schönsten Sternbilder des nördlichen Himmels. Es war berühmt für eine Stelle unterhalb des mittleren Gürtelsterns – den Orionnebel, einem riesigen Sternentstehungsgebiet. Ich schaute mir die abstrakte Abbildung des Orion an, dessen mächtiger eckiger Oberkörper durch die drei Gürtelsterne mit Strichmännchenbeinen verbunden war. Es sollte den Sohn Poseidons darstellen, der ein Jäger war und gerade dabei, den Stier des Sternbildes Taurus abzuwehren. Eine andere Legende besagte allerdings, dass Orion keinen Stier abwehrte, sondern vielmehr damit beschäftigt war, den Plejaden nachzurennen, die sich im Sternbild des Stieres befanden. Sie waren die Töchter des Atlas, des Trägers des Himmelsgewölbes. Und noch heute jagte Orion ihnen am Himmel nach, ohne sie je zu erreichen.

Die Kinokarte roch nach Nachosauce (es waren auch noch die Spuren eines verwischten Flecks zu sehen) und war von der Zwanzig-Uhr-Vorstellung für *A Most Wanted Man* im Bahnhofskino am 20. September, dem Abend vor dem Giftanschlag im Restaurant. Rickys vorletztem Abend. Ob er ihn allein im Kino verbracht hatte? Ich recherchierte den Inhalt des Films mit meinem Handy, er erschien mir nicht sonderlich interessant – irgendeine Agentengeschichte. Aber der Titel gefiel mir, er passte zu Ricky: *Most Wanted Man*.

Oder vielleicht passte er auch nur zu meiner Stimmung.

Diese unerfüllbare Sehnsucht nach jemandem, der unerreichbar war, kannte ich durch mein Vaterproblem zwar schon, aber das hier war anders. Rickys Tod machte es schlimmer. Sein Tod und die Tatsache, dass ich durch mein Verhalten in den letzten Monaten hunderttausendmal Einfluss auf den Verlauf unserer Geschichte hätte nehmen können. Es war kaum auszuhalten, wie sehr ich bereute, Ricky nie eine Chance gegeben zu haben, wie sehr ich mir wünschte, die Zeit zurückdrehen zu können, Ricky am Arm zu packen, irgendwohin mitzunehmen, ganz egal, nur nicht ins *Oscars*.

Wieso waren wir nicht am Abend davor zusammen ins Kino gegangen? Stattdessen war er allein dort gewesen, hatte Nachosauce verkleckert und später dann noch mit Bier und Buch in Frau Ardens Küche gesessen, genau auf dem Stuhl, auf dem ich jetzt saß.

Ich kippte mein Bier in der Spüle aus. Dann schloss ich das Küchenfenster. Erstens, weil es kalt war, und zweitens, weil ich mich so sicherer fühlte. Für die Frischluftzufuhr musste es reichen, wenn das Fenster im Bad angekippt blieb. An den Käsemuff hatte ich mich inzwischen gewöhnt.

Zurück im Wohnzimmer nahm ich mir Rickys Foto wieder vor. Ich legte es so auf den Tisch, dass es gut beleuchtet war, und fotografierte es mit dem Handy ab. Zur Sicherheit, für alle Fälle, man konnte ja nie wissen.

Rickys Lachen war wirklich süß. Mit zwölf hätte ich diesen coolen Vierzehnjährigen garantiert angehimmelt, und er hätte nichts von mir wissen wollen. In dem Alter machten zwei Jahre viel aus. Ich schaute mir die anderen Kinder an, sie wirkten alle recht selbstbewusst und fröhlich. Eins der jüngeren Mädchen im Vordergrund hatte Ähnlichkeit mit der Eisverkäuferin. Konnte das möglich sein?

Klares Ja, ich wusste nichts über sie, nicht einmal ihren Namen. Auf dem Foto stand sie bei den jüngeren Kindern, war zwischen zehn und zwölf Jahre alt. War sie mit Ricky aufgewachsen? Kannte sie ihn seit ihrer gemeinsamen Kindheit im Heim?

Ich schaute zu Frau Arden, aber sie schlief. Gleich morgen früh würde ich sie fragen, wie das Mädchen auf dem Foto hieß. In der Zwischenzeit fragte ich Carmen per Textnachricht nach dem Namen der Eisfrau.

Als ich das Licht ausmachte und mich auf die Couch legte, bemerkte ich, dass die Zimmerdecke mit phosphoreszierenden Punkten übersät war. Ricky hatte Frau Arden den Sternenhimmel in die

Wohnung geholt. Ich erkannte sogar Sternbilder aus dem Buch wieder.

In dieser Nacht schlief ich traurig, aber auch erfüllt von neuen Erkenntnissen über Ricky ein, die Nase in seine Bettwäsche vergraben. Ich hatte ihn zwar nie richtig kennengelernt, trotzdem stimmte mich der Gedanke daran, was er für ein Mensch gewesen war, froh. Es gab jetzt so vieles, was ich unserem Kind von ihm erzählen konnte.

Frau Arden seufzte von Zeit zu Zeit laut, was mich bis in meine Träume verfolgte. Im Halbschlaf sah ich sie im weißen Nachthemd vom Bett heraus- und an mir vorüberschweben, so als würde sie von jemandem auf Händen getragen oder als wäre sie ein Gespenst. Ich schreckte mit dem Gefühl auf, dass außer mir und Frau Arden noch jemand in der Wohnung war. Auch die Luft hatte sich verändert, sie roch anders, war kälter als vorhin. Das Licht der Sterne an der Zimmerdecke war verblasst. Im Badezimmer raschelte etwas. Ich stand auf, um nachzusehen. Es war der Duschvorhang, der sich im Windzug des geöffneten Badfensters bauschte.

Richtig, das hatte ich offen gelassen. Aber für einen Windzug brauchte es zwei geöffnete Fenster.

Die Saturnlampe wackelte und drehte sich wieder wie am Nachmittag, als ich vom Balkon gekommen war. Ich schob den Vorhang zur Seite – und tatsächlich stand die Balkontür offen. War es möglich, dass Frau Arden sie geöffnet hatte, während ich schlief? Immerhin konnte sie mit dem Rollator herumlaufen. Sie wäre aber gar nicht bis zur Balkontür durchgekommen – Couchtisch und Sessel standen im Weg.

Dann sah ich, dass der Spind am Ende des Balkons offen stand, der war vorhin definitiv zu gewesen! Und in dem Moment füllte sich mein Innerstes mit dem reinen, dunklen Sirup der Angst. Er verklebte alles; ich konnte nichts mehr machen, nichts sagen, nichts bewegen, ich konnte nur dastehen und auf das weiße Viereck der

Spindtür starren. Jemand hatte sie aufgemacht. Jemand hatte auch die Balkontür geöffnet. Jemand war in der Wohnung!

Werauchimmer.

Pling!

Plötzlich beleuchtete ein blaues Licht den Teppich und die Unterseite des Sofas. Ging aus, dann wieder an. Wie das Licht der Einsatzwagen vor dem *Oscars*. Jemand hatte mir eine Nachricht geschickt. Mir klopfte das Herz bis zum Hals. Beim Aufleuchten wirkte jeder Schatten bedrohlich, und wenn das Licht wieder ausging, war die Dunkelheit umso schwärzer. *Werauchimmer* lauerte genau dort – am dunkelsten Punkt der Finsternis.

Mit wem hatte ich es zu tun?

Ich stellte mir die Eisverkäuferin vor, wie sie schon als kleines Mädchen in Ricky verliebt gewesen war, auf eine kranke, besessene Art, wie sie ihm bis ins Erwachsenenalter folgte, in seiner Nähe blieb, wie sie mich und Ricky von ihrem Eisstand aus beobachtete, wie sie im *Oscars* das Essen vergiftete, vor meiner Haustür wartete und sich jetzt hier hinter einem Möbelstück versteckte. Eine vollkommen durchgeknallte Mörderin.

Dann kam mir der Schattenmann in den Sinn. Aber was sollte der von mir wollen? Wieso hinter mir her sein? Oder hatte er es auf Frau Arden abgesehen? Diese Gedanken waren abwegig, ließen sich aber nicht abschütteln. Der Schattenmann, der seine Opfer wochenlang verfolgte und in ihre Wohnungen einstieg, stand in meiner Vorstellung schon direkt hinter mir. Die Angst ließ mich beinahe durchdrehen. Es passierte nur nicht, weil ich mir in Erinnerung rief, dass weder ich noch Frau Arden ein Haustier besaßen.

Wie nah man doch dem Wahnsinn sein musste, wenn einen solche Gedanken beruhigten.

Der grüne Turmalin in meiner Hosentasche war kühl und glatt wie immer. Ich dachte daran, was mir beim letzten Mal geholfen hatte, als *Werauchimmer* an meine Tür klopfte und ich in Fannys

Schrank saß. Ich rief mir die Stimme meiner Oma in Erinnerung, den Duft nach Honig. *Einatmen, ausatmen. Das Kind will versorgt werden. Der Weg führt durch die Angst.* Dann richtete ich meine ganze Aufmerksamkeit auf die Dunkelheit der Wohnung. Sie roch nach wie vor nach Käsefuß und Maiglöckchen, aber da war noch mehr. Ich schloss die Augen und versuchte, die Gerüche voneinander getrennt wahrzunehmen, mich nicht in die Irre führen zu lassen. Genauso, wie Koller es in der Küche vom *Oscars* beschrieben hatte. Da war kein Eisfrau-Waldmeister-Duft. Auch kein Geruch nach Hund, Katze oder einem anderen Tier, den so ein Haustierkiller ja an sich haben müsste. Frau Ardens Rheumasalbe, den Biomüllbeutel im Flur, Rickys Haarlack in der Bettwäsche – das alles blendete ich aus. Übrig blieb eine Note, die ich als eisenhaltig beschreiben würde und die mich daran erinnerte, wie Blut schmeckte und wie schmerzhaft es war, wenn man sich auf die Zunge biss.

Leise setzte ich einen Fuß vor den anderen, schlich lautlos über den Teppichboden, der Nase nach. Meine Augen hatten sich an die Dunkelheit gewöhnt, und so stieß ich nirgends an und machte auch sonst keine Geräusche. Ich bewegte mich geschmeidig durch die Dunkelheit wie ein Nachttier, schnappte mir eine Raumspraydose und das Feuerzeug vom Couchtisch und folgte meiner Fährte bis zur Küche. Die Tür stand nur einen Spaltbreit auf, aber durch den konnte ich ganz deutlich die dunklen Umrisse einer Person erkennen. Sie hatte dieselbe Statur wie die Gestalt, die vor meinem Haus gewartet hatte, trug genauso einen Kapuzenpulli – und lauschte wie ich in die Dunkelheit hinein. Während ich Raumspray und Feuerzeug mit ausgestreckten Armen vor mir hielt, hatte sie etwas Spitzes in der Hand und hielt es so, als wollte sie damit zustechen, sobald ich mich auf sie zubewegte. Was ich natürlich nicht vorhatte. Ich blieb, wo ich war, drei Meter entfernt, zwischen Sofa und Bett, und angelte mit dem Fuß nach meinem Handy. Kickte es vor mich, griff es mit der Hand, in der ich auch das Feuerzeug hielt, und wollte gerade den Notruf wählen, da bewegte sich die Gestalt in der Küche unvermittelt. Ich ließ das Handy fallen und knipste das Feuerzeug an.

»Messer weg!«, schrie ich. »Ich hab einen Flammenwerfer!«

Frau Arden fragte verschlafen: »Ricky? Bist du das?«

»Bleiben Sie im Bett!«, rief ich ihr zu.

Die Gestalt hatte die Küchentür erreicht und stieß sie auf.

»Stehen bleiben!« Ich drückte auf den Sprühknopf und lenkte das austretende Gas in die Feuerzeugflamme. Es machte *Pff* ... und die Flamme ging aus.

Dann knipste Frau Arden das Licht an, und ich konnte sehen, dass die Person im Türrahmen kein Messer in der Hand hatte, sondern eine Schere und eine Packung Heftpflaster. An der linken Handkante leuchtete eine blutige Schramme.

Es war weder der Schattenmann noch die Eisfrau. Es war auch nicht meine Mutter oder Carmen, schon gar nicht Marina Klipp. Es war überhaupt keine Frau. Die dunklen Haare standen ihm ungezähmt vom Kopf ab, auf der Stirn prangte die hellrosa Schraffur einer Brandwunde in Fragezeichenform, und der Rest kam mir auch bekannt vor.

»Ninja – fackel mich nicht schon wieder ab, okay?«, sagte er, und die Stimme passte zu seinem Gesicht.

Ricky!

In wenigen Schritten war ich bei ihm, umarmte und küsste ihn, und er erwiderte alles doppelt und dreifach.

Was auch immer die Erklärung für dieses Wunder hier sein mochte, sie konnte warten.

16

Ricky drängte darauf, die Wohnung schnell zu verlassen – mein Handy wurde abgehört und geortet. Koller würde gleich auftauchen. Vielleicht standen seine Leute bereits vor dem Haus. Ich hatte sie zu Ricky geführt.

Während er seine Wunde versorgte und ein paar Worte mit Frau Arden wechselte, zog ich mich an und packte meine Sachen zusammen. Dann sah ich ihm dabei zu, wie er einen Schlafsack in seine Sporttasche stopfte, dazu eine Taschenlampe, Schokolade und Kekse, eine Wasserflasche und Werkzeug.

»Wozu?«, wollte ich wissen.

»Brauchen wir gleich, wenn wir fahren.«

»Wohin?«

»Hauptsache weg.«

»Warum?«

Keine Zeit mehr für Fragen.

Wir verabschiedeten uns von Frau Arden und kletterten über den Balkon an der Feuerleiter hinunter auf die andere Seite des Hinterhofs, wo Rickys Fahrrad stand. Es war wohl eher Frau Ardens Rad. Ein Holland-Damenrad mit einem Korb, den Ricky mithilfe des Werkzeugs abmontierte, damit ich mich auf den Gepäckträger setzen konnte.

»Mein Handy!« Ich hatte es bei Frau Arden liegen lassen, genau da, wo ich es hatte fallen lassen.

»Egal«, sagte Ricky, »wir besorgen uns sowieso Prepaidhandys.«

Mir fiel noch etwas ein: »Das Geschenk. Wir müssen noch mal schnell zurück und es holen!«

»Welches Geschenk?«

»Na das, das du für mich gemacht hast. Du hast mir im *Oscars* davon erzählt.«

»Das können wir nicht mitnehmen, das ist zu groß, und es ist auch nicht in der Wohnung.«

»Echt nicht? Wo dann? Im Keller? Und was ist es?«

»Ein Wasserbett.«

Ich schaute Ricky verblüfft an.

»Nein, Quatsch, es ist beim Eichplatz. Das kann warten. Steig auf, jetzt fahren wir erst mal woandershin.«

Auf schmalen, von Laternenlicht beleuchteten Straßen fuhr Ricky mit mir weiter in den Süden, an den Rand der Stadt und darüber hinaus. Dahin, wo Kollers Schrottplatz sich befand, der Freifallturm, die Kleingartenanlagen und der Wald.

Wie war es möglich, dass Ricky noch lebte? Wieso hatte ihn das Zyankali nicht dahingerafft?

Ricky beantwortete mir diese Fragen, während wir mit dem Fahrrad durch die Dunkelheit fuhren.

Er war nie dazu gekommen, die Suppe zu essen, weil er sich an einem Stück Brot verschluckt hatte, genauso wie ich es im allerersten Moment vermutet hatte, bevor der Todeskampf der anderen Gäste in mein Bewusstsein gedrungen war.

Große ungekaute Brocken waren in einem unkontrollierten Moment sowohl in Rickys Speise- als auch in seine Luftröhre geraten. Nur unter mühseligen Qualen war es ihm gelungen, die Brocken wieder auszuhusten. Das war passiert, während er unter dem Tisch lag, Horn den Notruf wählte und ich um Hilfe rief. Schon ein paar Minuten später im Rettungswagen hatte Ricky sich so weit erholt, dass er aufrecht sitzend transportiert werden konnte und mitbekam, wie Notarzt und Sanitäter um Dr. Naumanns Leben kämpften. Wie der Mann spuckte und gurgelte und schließlich ins Koma fiel. Ricky war in Panik geraten und fühlte schon seine Lebensgeister schwinden. Im Krankenhaus konnte dann aber keine Lebensmittel- oder sonstige Vergiftung festgestellt werden. Bei der nächsten Gelegenheit hatte Ricky sich davongeschlichen, um mich zu suchen. Er war davon ausgegangen, dass ich zusammen mit den anderen ins Krankenhaus eingeliefert worden war. Als er mich nicht finden konnte, war er zu meiner Wohnung gelaufen. Aber da war ich ja auch nicht, weil ich die Nacht in der Untersuchungszelle im Präsidium verbringen musste.

Erst als er bei Frau Arden war – bei der er tatsächlich die letzten Wochen gewohnt hatte – und dort Nachrichten hörte, wurde ihm klar, was überhaupt passiert war und dass ich wahrscheinlich in der Klemme steckte. Er war zum Restaurant gegangen und hatte sich bei den Polizisten als Zeuge gemeldet. Er hatte gehofft, sofort zur Aufklärung beizutragen, stattdessen sollte er sich in ein Auto setzen und darauf warten, dass ihn jemand zum Präsidium fuhr.

»Das ging nicht«, meinte Ricky. »Ich kann in keinem Auto mitfahren, wenn ich nicht selbst am Steuer sitze. Ist so eine Macke von mir.«

Zuerst wollte er aussteigen und zum Präsidium laufen. Daran wurde er aber gehindert. Die ganze Sache lief völlig aus dem Ruder und endete damit, dass Ricky selbst mit dem Streifenwagen zum Präsidium fuhr. Über den Polizeifunk bekam er mit, wie die Aktion eskalierte und zig Einheiten auf ihn angesetzt wurden, nicht nur wegen des Autodiebstahls, sondern auch, weil der Streifenbeamte, mit dem Ricky sich in die Wolle gekriegt hatte, verschwunden war. Ricky wurde zu dem Zeitpunkt also nicht nur als flüchtiger Zeuge und Autodieb gesucht, sondern auch noch als Entführer. Jedenfalls bis der Beamte von seiner Pinkelpause zurückkam und Ricky den Streifenwagen an einen Betonpfeiler setzte und abhaute. Da wurde aus Entführung Unfallflucht.

Ich schüttelte den Kopf über so viel Unvernunft. Kein Wunder, dass Koller in Ricky einen potenziellen Täter gesehen hatte. Aus seiner Sicht musste die Aktion mit dem Auto einer Amokfahrt gleichgekommen sein.

Ricky leuchtete mit dem Fahrradlicht in den Wald hinein. Er kannte den Weg zu einer alten Bunkeranlage im ehemaligen russischen Manövergebiet. Das letzte Stück mussten wir laufen, der Waldweg wurde zu sandig.

»Wieso kannst du kein Beifahrer sein? Hat das was mit dem Unfall deiner Eltern zu tun?«

»Wahrscheinlich. Aber fang jetzt bitte nicht an, mich auf die Couch zu legen. Wenn, dann mach ich das mit dir, aber bestimmt nicht, um zu reden.«

Ich rollte mit den Augen, lächelte aber dabei in mich hinein.

Ricky gab mir die Taschenlampe und versteckte das Rad in einem Gebüsch. Es war nicht mehr weit. Die Taschenlampe brauchten wir fast gar nicht, der Himmel war sternenklar, und der zunehmende Mond leuchtete hell. Der Bunker selbst war eingesunken, die Betonplatten hatten sich verschoben und ließen sich mit Leichtigkeit erklimmen.

Und da saßen wir nun: auf dem Dach des schiefen Bunkers im Wald, mitten in der Nacht.

»Und Busfahren, geht das?« So schnell ließ ich nicht locker. Ich würde nie wieder riskieren, zu wenige Fragen zu stellen. Wer garantierte mir, dass Ricky den nächsten Kampf mit einem Stück Weißbrot wieder gewinnen würde?

»Nein. Zug schon eher, aber nicht, wenn's sich vermeiden lässt. Ich sitz einfach gerne am Steuer, na und?«

Er streckte sich rücklings auf dem Schlafsack aus. Ich legte mich neben ihn, seitlich aufgestützt, und schaute ihn neugierig an.

»Und fliegen?«

»Ich hab einen Segelflugschein.«

»Echt jetzt?«

»Und einen für Ultraleichtflugzeuge.«

»Du spinnst!«

»Nein, das stimmt. Den Segelflugschein hab ich mit sechzehn gemacht, die LL-Lizenz mit achtzehn. Hat mir Frau Arden bezahlt. Die kann auch fliegen.«

»Ihr seid verrückt!«

Ricky war eine richtige Wundertüte. Während ich mich unaufhaltsam weiterverliebte, haderte er noch mit seinem Fehltritt mit dem Streifenwagen.

»Ja, verdammt, das war eine dämliche Aktion. Aber immerhin war ich frei und musste Frau Arden nicht alleine lassen. Du dagegen warst über Nacht im Knast und wurdest nicht mehr aus den Augen gelassen. Leugnen ist zwecklos! Ich hab schließlich versucht, an dich ranzukommen, ohne erwischt zu werden – so gut wie unmöglich!«

»Na, rate mal, warum ich so gut überwacht wurde – weil sie wussten, dass du zu mir kommen würdest, deshalb ja wohl!«

Ricky rollte sich zu mir hin. »Und deshalb hab ich gewartet, bis du zu mir kommst.« Dann küsste er mich auf die allerzärtlichste Weise, und ich wollte diesen Kuss unbedingt erwidern, aber noch viel dringender wollte ich wissen, ob es Ricky gewesen war, der an meine Tür geklopft hatte, während ich in Fannys Schrank auf mein Ende wartete.

»Was hätte ich denn sonst machen sollen?«, fragte er. »Du hast ja nicht aufgemacht, obwohl du da warst!«

»Wie wär's mit klingeln gewesen?«

»Das hätte dich weniger erschreckt, ja?«

»Du hättest anrufen können!«

»Ich hab mein Handy im Krankenhaus verloren, und bis ich ein neues hatte, wurde deins längst abgehört.«

Diese Abhörgeschichte fühlte sich so richtig mies an.

»Du meinst, Koller hat mir schon bei der Wohnungsdurchsuchung Wanzen einbauen lassen?«

»Die brauchen keine Wanzen, die können sich ganz einfach über die Telefongesellschaft einklinken und mithören.«

Koller hatte mich von Anfang an rundumüberwacht, weil er nicht wusste, ob mir und Ricky zu trauen war. Steckten wir unter einer Decke, oder glaubte ich wirklich, dass Ricky tot war? Auf jeden Fall musste er davon ausgehen, dass Ricky mich kontaktieren würde. Irgendwie tat er weh, dieser Gedanke. Koller hatte mir nie wirklich vertraut. Er war immer auf Nummer sicher gegangen. Was für ein kolossaler Heuchler! Ich legte mich auf den Rücken und starrte in die Baumkronen hinauf. Koller schaffte es immer wieder, mich zu überrumpeln. Und das, obwohl ich inzwischen auf alles gefasst war. Sogar darauf, seinem Schattenmann zu begegnen.

»Ich musste auf antike Methoden zurückgreifen«, fuhr Ricky fort. »Zettel schreiben. Mit meiner Sauklaue! Ich wundere mich, dass du es entziffern konntest.«

Eichplatz, mittags, kein Handy! Na klar, die Nachricht war von Ricky gewesen, nicht vom DHL-Fritzen!

Ich drehte mich zu Ricky und stützte meinen Kopf auf. »Wieso hast du nicht deinen Namen draufgeschrieben? Ich wusste nicht, dass der Zettel von dir ist.«

»Und ich wusste nicht, wer ihn noch liest und ob dich das in Schwierigkeiten bringt.«

In denen steckten wir jetzt beide. Hätte ich doch bloß das Handy ausgemacht. Nun konnten wir nicht mehr zu Frau Arden und waren auf alle Zeit dazu verdammt, im Wald zu hausen.

Na ja, Ricky jedenfalls.

Ich konnte mich ja »frei« bewegen, wenn ich mich daran gewöhnte, beobachtet zu werden.

»Was hast du eigentlich auf dem Eichplatz deponiert? Dieses Geschenk für mich, was ist das?«

»Verrate ich nicht, das musst du sehen.«

Die ganze Fahrt über hatte ich schon darüber nachgedacht, was mir auf dem Eichplatz entgangen sein könnte.

»Du weißt aber schon, dass der Baum gefällt wurde, oder?«

»Ich hab dir kein Herz in die Rinde geschnitzt, keine Sorge«, lachte Ricky. »Mann, bist du neugierig. Wieso bist du da plötzlich so scharf drauf?«

»Ich will's halt einfach wissen. Immerhin suche ich seit Tagen danach.«

»Na hoffentlich gefällt's dir überhaupt.«

Ich bohrte noch ein bisschen nach, aber Ricky wollte nicht mehr darüber verraten. Er war in Gedanken schon in einem Roadmovie.

»Wieso fahren wir nicht nach Kroatien. Ein Kumpel von mir hat da ein Ferienhaus.«

»Mit dem Rad? Oder willst du wieder einen Streifenwagen klauen?«

»Ich hab noch den Schlüssel vom Autohaus. Wir könnten uns was Größeres ausleihen, wo man drin pennen kann.«

»Super Idee«, sagte ich und suchte nach Worten, die die Unmöglichkeit dieses Szenarios auf nicht allzu niederschmetternde Weise umschrieben. *Bonnie ist schwanger, Clyde, schon vergessen?* Etwas in der Art, aber Ricky kam mir zuvor.

»Ist eh Quatsch. Ich kann Frau Arden nicht allein lassen.«

Das führte uns wieder zu dem Problem, dass ihre Wohnung für Ricky nicht mehr sicher war. Und wo sollte er sonst hin, er würde sich nicht ewig verstecken können. Früher oder später musste er sich stellen.

»Wenn du nur nicht schon 'ne Vorstrafe hättest. Und auch noch Körperverletzung!«

»Woher weißt du das?«

»Koller hat's mir erzählt.«

»Voll der Rufmord.« Ricky sah entrüstet aus.

»Hatte das auch was mit einem Auto zu tun?«, wagte ich eine Vermutung.

»Mehr oder weniger.«

Glaubte er etwa, ich würde aufhören, ihn zu löchern? Würde einfach nur mit den Schultern zucken und das Thema wechseln? Ich war nicht mehr die Nina von vor fünf Tagen. Inzwischen wollte ich Antworten hören – und konnte sie auch aushalten.

Gut, dass ich mir von innen auf die Wange biss und abwartete, denn Ricky fing ganz von alleine an: »Mit sechzehn hatte ich noch keinen Führerschein, und da gab es ständig Ärger, wenn ich irgendwo mitfahren musste.«

Er räusperte sich und angelte nach einem Stock, mit dem er das Laub vom Bunker wedelte.

»Das ist wie so eine Art Platzangst, die mich überkommt, sobald ich in ein Auto steige. Geht nur weg, wenn ich selbst Gas geben kann. Die Leute wussten natürlich nicht, was mit mir abging, und ich konnte es auch keinem erklären. Da hab ich schon mal dem einen oder anderen eine gesemmelt, um aus 'ner Situation rauszukommen. Und mit zwanzig in dem Club, daran kann ich mich ehrlich gesagt gar nicht mehr erinnern. An dem Abend hatte ich zwei lustige Pillen mit Wodka runtergespült. Einmal und nie wieder.«

Er wackelte mit dem Stock vor meinem Gesicht rum und pikste mir dann in die Schulter. »Und du? Was hast du schon so verbrochen?«

Ich griff mir den Stock und warf ihn in hohem Bogen über das Dach. »Ich schmeiß gern Sachen weg, siehst du?«

»Kein Problem. Solange du nicht verlangst, dass ich das dann apportieren soll.«

Ich dachte an Koller und lachte gequält.

»Wegschmeißen ist also deine kriminelle Leidenschaft.«

»Ja, genau. Gebrauchsanweisungen, Jobs, Beziehungen, ganz egal: Hauptsache weg, bevor es zu kompliziert wird.«

»Klingt vernünftig.«

Ein Käuzchen rief ganz in unserer Nähe, Ricky versuchte auszumachen, wo. Und ich sah ihm dabei zu, wie er in die Nacht hineinlauschte. Betrachtete seine Wangen, die schmaler wirkten, die Bartstoppeln, die sich weich anfühlten, seinen Mund, der so schnell zum Lächeln bereit war.

»Ricky, sag mal, erinnerst du dich noch an das, was ich dir erzählt hab, bevor du das Brot inhaliert hast?«

»Hm, lass mal überlegen ... Du hast mir gesagt, dass du mich absolut geil findest, stimmt's?«

»Nee, das war's nicht.«

»Dann hast du gesagt, dass du mich liebst.«

»Noch abwegiger.«

»Hm, keine Ahnung, dann hab ich's wohl vergessen.«

»Hast du nicht, Ricky, oder?«

Auf einmal war ich mir nicht mehr sicher, ob er nur Spaß machte oder ob er wirklich nichts mitgekriegt hatte.

»Also eigentlich hab ich nur ein Wort gehört: schwanger – und dann ging der Vorhang zu. Das war auf jeden Fall eine härtere Dosis als die Giftsuppe«, meinte Ricky. »Die hätte ich sowieso nicht gegessen, so scheiße wie die aussah!«

»Dann hat dich die Nachricht ausgeknockt ... ich wusste es!«

»Na ja, das Weißbrot war vielleicht auch nicht ganz unbeteiligt. Wieso hast du mir nicht geholfen? Du hättest mir ja mal auf den Rücken hauen können!«

»Ich wusste nicht, was los war. Alle haben geröchelt! Und dann der Blick von dem Koch, so ...« Ich stützte mich auf und imitierte Horns geschockten Gesichtsausdruck. »Das war so schlimm! Und dabei ging's dir nur wie Schneewittchen mit dem Apfelstück im Hals. Ich hab ja immer gewusst, dass du 'ne Prinzessin bist.«

»Und du bist der Zwerg, der stolpert und den gläsernen Sarg kaputt macht.«

Ich lehnte meine Wange an Rickys Brust und spürte seinen Herzschlag, der es auch ziemlich eilig zu haben schien. Seit Ricky auf der Flucht war und seltener die Chance gehabt hatte, sich mit Haarlack einzunebeln, stimmte die Chemie. Und der Käsefußgeruch störte kaum noch, seit er auch in meinen Klamotten saß. *Planet earth is blue – and there's nothing I can do.*

Eine ganze Weile lagen wir da, den Blick in den glitzernden Himmel gerichtet, und sahen zu, wie drei Wolken am Mond vorbeizogen. So schön es auch war, langsam wurde es kalt.

»Ich hab es immer noch nicht richtig geschnallt«, unterbrach Ricky meine Gedanken, die begonnen hatten, um Wolldecken und Kaminfeuer zu kreisen. »Das mit dem Kind … stimmt das denn wirklich?«

»Stimmt.«

Nach kurzem Schweigen sagte Ricky: »Diesen Supermond vom zwölften August, also den gibt's nur alle dreizehn Monate. Verrückt, was? Nur ungefähr alle zehntausend Stunden hat der Mond die Chance, der Erde so nahe zu kommen.«

»Soll das heißen, wir müssen jetzt ein Jahr warten, bis wieder was läuft?«

»Und wusstest du, dass es diesen Sternschnuppenschauer im August schon seit mindestens zweitausend Jahren gibt? Haben die Chinesen noch vor unserer Zeitrechnung beobachtet. Immer im Sternbild Perseus. Der heilige Laurentius wurde damals wohl auf einem Rost gegrillt, weswegen die Perseiden auch manchmal Laurentiustränen genannt werden. Eigentlich sind sie verglühende Staubteilchen von einem Kometen, der die Umlaufbahn der Erde im August kreuzt. Und weißt du, wie der Komet heißt? 109P/Swift-Tuttle.«

Ich schaute Ricky fragend an. Vielleicht auch ein kleines bisschen besorgt. »Geht's dir gut?«

»Ging mir nie besser!«, sagte er, wischte sich über die Augen und setzte sich auf, wobei er seine Hände unter meinen Kopf und meinen Rücken legte, um mich ebenfalls in eine Sitzposition zu befördern. »Nur schade, dass wir nicht in die Stadt fahren können, um das alles ordentlich zu feiern. Ich will auf den Mond und die Perseiden anstoßen; ohne sie wäre in der Nacht garantiert nicht so viel gelaufen.«

Damit konnte er recht haben.

Er reckte seine Hand für einen High five gen Himmel zum Mond, der sich blitzend und halb durch die Wolken zeigte, und rief: »Danke!«

Und endlich ließ ich mich von Rickys Freude anstecken. Bisher hatte ich mich nicht wirklich getraut, mich zu freuen, alles war mir viel zu unsicher vorgekommen. So, als würde ich bei Nebel ohne Orientierung auf einem zugefrorenen See herumirren und bei jedem Schritt knirschte und knackte es. Doch langsam kristallisierte sich eine Ufersilhouette heraus, aus dicken Ulmen und Weiden, zwischen denen Ricky stand und mich zu sich winkte.

Auf einmal hielt er inne und sah mich mit finsterem Blick an. »Wir ziehen das doch durch, oder? Wir machen das zusammen – oder hast du einen anderen Plan?«

Ich und einen Plan?

Was auch immer wir uns in dieser Nacht auf dem Bunker für eine Zukunft ausmalten, eins war auf jeden Fall klar: Solange Ricky frei herumlief, würden wir keine Ruhe vor Koller haben.

Zu Recht – als Zeuge konnte Ricky tatsächlich etwas beisteuern: »Bevor du von der Toilette zurückgekommen bist, hat jemand das Restaurant verlassen«, erinnerte Ricky sich, »aber ich hab ihn nicht gesehen, nur die Tür gehört und Schritte. Ich saß mit dem Rücken zur Küche und stand noch unter Schock von deiner Brandattacke und hab mir mit den Eiswürfeln aus dem Champagnerkübel die Stirn gekühlt.«

»Kannst du die Schritte genauer beschreiben?«

»Schwierig. Ich hab schon tagelang darüber gegrübelt und versucht, mich genauer zu erinnern. Auf jeden Fall klangen sie eilig. Typische Frauenschritte auf leisen Sohlen, Birkenstock oder sonst was Praktisches. Garantiert keine Absätze, denn sonst hätte ich hingeschaut.«

»Hast du dich nicht gewundert, dass da plötzlich jemand kommt, der vorher gar nicht im Raum war?«

»Hä? Nein, ich hab mich vielmehr über dich gewundert. Du warst ganz schön komisch an dem Abend. Und dass du mir dann noch den Pony abfackelst ...«

»War doch keine Absicht.«

»Na, bei dir weiß man nie. Ich hab sogar kurz darüber nachgedacht, ob du mich vielleicht wirklich hast umbringen wollen.«

»Was?«

Ich schaute ihn erschrocken an, aber irgendwie konnte ich ihn auch verstehen. Manchmal kam man an einen Punkt, an dem man jedem alles zutraute.

»Vielleicht wäre es doch besser, wenn du zu Koller gehst. Immerhin kannst du bezeugen, dass eine Frau das Restaurant verlassen hat, bevor das Gift serviert wurde. Das ist eine Menge.«

»Ich geb dir das schriftlich, aber zur Polizei geh ich nicht. Ich werde Vater! Ich hab Besseres zu tun, als im Knast rumzusitzen.«

»Du bekommst bestimmt nur Sozialstunden.«

Ricky schaute mich mit einem merkwürdigen Blick an. »Hatte ich schon erwähnt, was mir in der Bäckerei passiert ist? In der bei dir gegenüber«, rückte er plötzlich mit der Sprache raus.

»Oje. Was hast du angestellt?«

»Nichts, bin nur einem zivilen Bullen auf den Fuß getreten.«

»Auf den Fuß ...«

»Na ja, nicht direkt, mehr so in den Magen. War ein Reflex«, druckste Ricky herum.

»Ach du Scheiße. Was hast du mit ihm gemacht? Lebt er noch?«

»Klar, ich hab ihn ja nur weggeschubst, weil er mich nicht aus dem Laden lassen wollte. Aber er hatte, glaube ich, gerade einen Krapfen im Mund, an dem er sich verschluckt hat. Das kann erfahrungsgemäß fies werden. Und dann ist er noch mit dem Gesicht irgendwo blöd aufgeschlagen.«

Heffners blaues Auge.

»Ich wollte ihm ja helfen, aber da kamen plötzlich so viele andere Leute dazu. Von denen hab ich dann auch noch den einen oder anderen umgerannt. Na, ist auf jeden Fall nicht optimal gelaufen.«

Das war bestimmt nicht untertrieben. Damit kam Körperverletzung mit auf die Liste. Direkt nach Diebstahl und Unfallflucht.

»War das alles? Oder kommt da noch was? Vielleicht ein Bankraub oder Brandstiftung?«

»Nein, mehr nicht.«

Schweigend schauten wir in die dunklen Baumkronen, die im Wind rauschten und den Blick auf den Himmel mal verdeckten, mal freigaben.

»Wo wir schon am Beichten sind«, kam ich auf die nächste Tretmine zu sprechen, »was ist das eigentlich für eine Furie von Ex-Freundin, die du da hast?«

»Marina? Ach, die ist eigentlich in Ordnung, nur ein bisschen zu eifersüchtig. Das ging auf die Dauer nicht.«

»Hast du echt bei ihr gewohnt?«

»Wieso nicht? Ich brauche nicht viel Platz. Und sie kocht gut.«

»Na, das ist ja die Hauptsache.«

»Nee, die Hauptsache ist Sex. Kennst mich doch.«

Schwer zu sagen, ob Ricky sein Image nur auf die Schippe nahm oder es wirklich verkörperte.

»Wir waren ein Jahr zusammen, davon war ich ihr zwölf Monate lang treu. Irgendwann hielt ich ihre Unterstellungen und Spionierereien nicht mehr aus und ging wirklich fremd. Mit dir. Danach war Schluss. Willst du noch mehr wissen?«

»Nein«, sagte ich. »Oder doch: Wo habt ihr euch eigentlich kennengelernt?«

»Bei einer Probefahrt.«

Selbst schuld. Wieso stellte ich auch solche Fragen.

»Und Carmen? Hattest du was mit ihr?«

»Welche Carmen?«

»Meine Kollegin aus dem Coffeeshop.«

Ricky schaute ratlos. War sie ihm wirklich nie aufgefallen? »Die Trulla mit dem abgefressenen Pony, wie du sie immer nennst.«

Ricky zuckte die Achseln. »Nein, keine Ahnung.«

»Was ist mit der Eisverkäuferin?«

»Bella? Die ist eine gute Freundin von früher. Ihr hab ich den Job beim Autohaus zu verdanken. Ihre Schwester leitet den Pflegedienst, der Frau Arden betreut.«

Ich erinnerte mich an die Liste über dem Telefon.

»Bascha, stimmt's?«

»Ja, woher weißt du das? Voll die Detektivin.« Ricky rollte sich auf mich und küsste mich.

»Hm«, sagte er später, »das wollte ich vorhin schon machen. Ja, als du geschlafen hast, da wollte ich dich eigentlich ganz sanft wach küssen. Aber dann hast du dich ja in einen Feuerdrachen verwandelt.«

»Was schleichst du auch im Dunkeln rum!«

»Polizei vor der Tür – Hallo? Und ich wollte das Baby nicht erschrecken. Es ist bestimmt jetzt schon bis zur Fontanelle mit Adrenalin abgefüllt. Nach allem, was passiert ist.«

»Es ist gerade mal sechs Wochen alt, ich weiß noch nicht mal, ob es überhaupt schon eine Fontanelle hat.«

»Fast sieben Wochen jetzt. Und weil's mein Kind ist, hat es natürlich schon eine Fontanelle.«

»Klar. Und die ist garantiert viel größer und länger als bei allen anderen«, stichelte ich.

»Du hast es erfasst, Ninja.«

»Woher weißt du eigentlich, was eine Fontanelle ist?«

»Na ja, ich hatte ja viel Zeit die letzten Tage, und da hab ich ab und zu nach Babys gegoogelt, die ersten Monate, worauf man achten muss und so. Du nicht?«

»Doch.«

Ricky drückte mich an sich. Es war ein wunderbares Gefühl, gewärmt zu werden. Noch dazu von jemandem, mit dem man dabei war, eine Familie zu gründen.

»Sag mal«, fragte ich nach einer Weile, »wie fühlt sich das eigentlich an, für alle tot oder gar nicht vorhanden zu sein? Ich meine, was hast du gedacht, als die Zeitungen nichts über dich berichtet haben?«

»War auch nicht viel anders als sonst. Ich bin's gewohnt, dass die Leute mich links liegen lassen.«

Ricky grinste, und ich kniff ihn in die Seite. Wir alberten herum, kamen aber bald wieder zu dem Punkt, an dem wir entscheiden mussten, wie es weitergehen sollte.

»Sobald es hell ist, fahr ich ins Präsidium und rede mit Koller. Ich nehme das Rad. Du gibst mir die Nummer von deinem Prepaidhandy. Ich hol mir auch eins. Dann ruf ich dich an, und wir überlegen, wie es weitergehen soll.«

Das klang nach einem Plan.

Wir krochen in den Schlafsack, zogen den Reißverschluss zu, wärmten uns und fingen immer wieder zu quatschen an – es gab noch so viel zu bereden! Am drängendsten war die Sache mit Koller. Ich wollte unbedingt von ihm hören, warum er mir nicht erzählt hatte, dass Ricky noch lebte. Er wusste doch, dass er der Vater meines Kindes war. Warum war er so grausam gewesen und hatte mich in dem Glauben gelassen, dass er tot war? Hatte er keine

Angst gehabt, dass ich irgendwelche Dummheiten anstellen könnte? Das Kind abtreiben zum Beispiel oder irgendeine andere Verzweiflungstat? Ich hätte verdammt wütend auf Kollers Verlogenheit sein können, wenn ich nicht so glücklich über Rickys Lebendigkeit gewesen wäre.

17

Das Erste, was ich sah, als ich aufwachte, waren Rickys Augen, die auf mich gerichtet waren und eine ungewöhnliche Farbe hatten – lila. Das kam vom Licht der Morgensonne, die den Himmel färbte. Und das Zweite war dieses unglaubliche Farbenspiel über uns.

»Boah – schau dir den Himmel an!«, rief ich.

»Mach ich schon die ganze Zeit«, meinte er. »Das hier ist der Wassermann.«

Er fuhr mit dem Finger leicht über meine Wange, was ziemlich kitzelte. Dann berührte er mit den Fingerspitzen mein Kinn. »Und das hier könnte die Jungfrau sein.«

»Falsche Stelle«, sagte ich und streckte mich kichernd.

Der Wind rauschte durch die Bäume und ließ Blätter auf uns regnen. Ich fing eins auf. Es war wie ein Dreizack geformt.

Blinzelnd sah ich mich um, das Licht veränderte sich stetig, das Rosa wich gleißendem Weiß.

Die Bäume um uns herum waren Ahorne, Buchen, Birken. Durch die Blätter konnte ich den Freifallturm erkennen. Von dort aus hatte ich mit Koller über den Wald geschaut. Der Bunker, auf dem wir lagen, war keiner von denen, der aus den Baumwipfeln herausragte, dafür war er zu eingesunken.

Wir waren am Rande des gelben Birkenwäldchens, in dem diese Frau gestorben war, Adriana Samu. Erst wollte ich Ricky von ihr und dem Baby nichts erzählen, aber ich war froh, dass ich es doch tat, denn Ricky kannte die Geschichte.

»Ich war damals siebzehn und öfter mit zwei Kumpels hier im Wald und in den Bunkeranlagen unterwegs. Wir haben gekifft und Bier getrunken. Als die Frau tot gefunden wurde und die Info rumging, dass sich noch mehr Flüchtlinge im Wald versteckten, wurde uns der Radius gekürzt. Wir mussten wieder auf dem Heimgelände rumhängen, das war öde.«

Ich kletterte unseren Bunker hinunter und versuchte, in das Innere zu schauen, was schwierig war, weil die Platten sich ineinander verschoben hatten.

»Meinst du, die Frau hatte sich hier versteckt?«

Einen kleinen Hohlraum gab es, aber der war schwarz wie ein Bergwerksstollen und roch nach Tierklo.

»Keine Ahnung mehr, wie das hier vor acht Jahren ausgesehen hat. Möglich wär's.«

Ich lief um den Bunker herum und scannte den Boden ab, schob Laub mit den Füßen beiseite.

»Sag nicht, du suchst nach Babyknochen. Ninja, du bist ja richtig morbide.«

Ricky sprang von dem Stein herunter, auf dem er gesessen hatte, und fing ebenfalls an, durch das Laub zu rascheln.

»Das stimmt«, sagte ich, »aber ich liebe ja auch einen Totgeglaubten.«

»Sag das noch mal.«

»Was: Das stimmt?«

»Nein, das andere.«

»Einen Totgeglaubten?«

»Das davor.«

»Aber?«

Ricky schnappte mich und drückte mich gegen einen Baum.

»Du weißt genau, was ich meine.«

Nachdem wir das geklärt hatten, holte ich das Fahrrad aus dem Gebüsch und machte mich auf den Weg ins Präsidium.

Ricky wollte in der Zeit zur Tankstelle spazieren und sich etwas zu essen holen. Außerdem wollte er der Kleingartenanlage einen

Besuch abstatten. Angeblich kannte er das Schlüsselversteck von der Laube eines Arbeitskollegen, in der er sich jederzeit aus dem Kühlschrank bedienen und duschen durfte.

»Erzähl keinen Quatsch. Du gehst da jetzt hin und brichst irgendwo ein, stimmt's?«

»Nein, ich kenn wirklich das Schlüsselversteck. Aber ehrlich gesagt ist es mehr so eine Bumslaube. Ein Zwischenstopp bei den Probefahrten. Von dem Kollegen, nicht von mir.«

Ich schaute Ricky skeptisch an.

»Wirklich!«, beteuerte er. »Ich würde keine Frau dahin mitnehmen, die Hütte ist voller Spinnen. Und wie du weißt, vögelt's sich im Cabrio am besten.«

Ich wünschte Ricky viel Spaß mit den Spinnen und radelte los.

Nicht direkt zum Präsidium, sondern erst zurück zum Eichplatz. Ja, ich war neugierig. Ich wollte endlich wissen, was für ein Ding das war, das Ricky für mich gebastelt und auf einem Spielplatz deponiert hatte. Diesmal war ich nicht die Einzige dort. Vier Leute in grünen Overalls luden die Bretter des ehemaligen Baumhauses und die Äste der gefällten Eiche auf einen Lkw. Sie ließen sich nicht dabei stören, als ich anfing, den Platz abzusuchen.

Dass ich nicht genau wusste, wonach ich suchen sollte, machte die Sache nicht einfacher. Mein einziger Anhaltspunkt war, dass das Geschenk schwer sein musste, praktisch nicht transportabel. Und genau das war das Problem: Wenn man die Baumteile nicht mitzählte – und die schloss ich aus, denn Ricky hatte ja gesagt, dass er nichts in die Rinde geschnitzt hatte –, dann gab es außer der Drehscheibe, der Bank und der Wippe hier nichts, das infrage kam. Und an diesen drei Dingen war absolut nichts ungewöhnlich, kein Hinweis darauf, dass Ricky daran gewerkelt hatte. Selbst den Mülleimer schaute ich mir gründlich an. Nicht nur von außen. War ja möglich, dass jemand Rickys Geschenk gefunden und entsorgt hatte. Die Arbeiter schauten fragend zu mir herüber, und ich wollte von ihnen wissen, ob sie etwas gefunden hatten. Was, konnte ich ihnen natürlich nicht sagen – und so tauschten sie nur ratlose Blicke aus. Einer von ihnen sagte: »Meinen Sie vielleicht die Plakate?«

Er zeigte zur Wand hinüber, an der die Protestplakate der Eichenfreunde lehnten. Ich schüttelte zuerst den Kopf, ging dann aber doch rüber und schaute mir die Plakate genauer an, nahm jedes in die Hand, rollte es auf und legte es dann zur Seite. Eins nach dem anderen, zwölf Stück insgesamt. Und obwohl ich nicht damit gerechnet hatte, dass auf einem von ihnen *Ich liebe Nina!* stehen würde, war ich enttäuscht. Es waren wirklich nur Protestplakate.

Ich schwang mich aufs Rad und fuhr zu Frau Ardens Haus. Mein Handy hätte ich gern wieder, immerhin konnte ich damit im Internet surfen, und alle meine gespeicherten Telefonnummern brauchte ich auch.

Ein Auto parkte unmittelbar vor dem Haus. Das Fenster stand einen Spalt offen, ich blieb stehen und hielt meine Nase rein – da war er wieder, der Beinsalbengeruch. Ganz sicher: Heffner war jetzt bei Frau Arden und fragte sie nach Ricky aus. Zum Glück hatten wir sie vorgewarnt.

Das Handy würde ich später holen.

Ich musste zum Eichplatz zurück, um auf die Straße zu kommen, die Richtung Präsidium führte. Ich fuhr genau darauf zu – und es verschlug mir die Sprache. Da war mein Gesicht an der Wand! An der Stelle, an der vorher die Plakate gelehnt hatten, und noch darüber hinaus. Es war riesig, vielleicht vier Meter hoch und noch unvollständig. Aber es war eindeutig mein Gesicht. Ricky hatte ein Graffito-Porträt von mir gemacht, in Schwarz, Weiß und Rot, mit Sommersprossen, entschlossenem Blick, wehenden Haaren und einem Ninja-Stirnband, auf dem stand: Star Warrior. Das hatte ich gestern schon gelesen, mir aber nichts dabei gedacht. Die Plakate hatten bis zu den Wangen gereicht und alles darunter verdeckt. Ich ließ das Rad am Spielplatzeingang stehen und schaute mir das Bild aus der Nähe an. Mit wenigen Linien, die Kontraste effektvoll gesetzt, hatte Ricky ein Kunstwerk geschaffen. Bisher hatte ich nur seine Bleistiftzeichnungen in dem Ordner bei Frau Arden gesehen. Hinter den Sommersprossen steckte ein System, Ricky hatte sie in Form von Sternbildern auf dem Gesicht verteilt. Die drei Sterne neben dem rechten Mundwinkel, die den Gürtel des Orion bildeten, waren auch dabei. Und in den Augen spiegelte sich ein weißer Vollmond. Es war das schönste Frauenporträt, das ich je gesehen hatte, und es stellte mich dar. Mich!

Das haute mich um. Er musste es gemalt haben, als der Baum noch stand. Wie sonst hätte er die Wand so großflächig bemalen können? Der Kerl war absolut unglaublich! Ich ärgerte mich, dass ich mein Handy nicht hatte, und bat einen der Arbeiter, Fotos von dem Bild zu machen und von mir davor. Dann gab ich ihm meine E-Mail-Adresse, damit er mir die Fotos schicken konnte.

Auf dem Weg zum Präsidium versuchte ich, meine Glücksgefühle in den Griff zu bekommen. Ich konnte ja schlecht wie eine Grinsekatze bei Koller aufkreuzen, immerhin wollte ich ihm so richtig die Meinung geigen. Aber die Wut auf ihn war verpufft, ich konnte immer nur an Ricky denken und an sein Bild von mir. Sah er in mir wirklich so eine Kämpfernatur? Und schmeichelte mir das so sehr, weil ich es in Wahrheit nicht war oder weil ich mich erkannt fühlte?

Wie lange er daran wohl gearbeitet hatte? Und was passierte jetzt damit? Die Eiche war weg, würde dann auch der Eichplatz verschwinden? Wann würde der Hausbesitzer die Fassade erneuern? Hoffentlich schickte der Arbeiter mir die Fotos wirklich zu!

Ich konnte Ricky jetzt leider nicht anrufen. Erstens hatte ich noch kein Prepaidhandy gekauft, und zweitens musste ich mir zuerst darüber klar werden, was es für mich bedeutete, dass Ricky mein Gesicht an eine Hauswand gemalt hatte. War das jetzt romantisch oder unheimlich?

Die Treppen zum Präsidium ging ich mehrmals hoch und runter, um mich mental auf die Konfrontation mit Koller einzustellen. Bei jeder Stufe wiederholte ich die Sätze, die ich ihm entgegenschleudern wollte.

Wie es aussah, wartete er schon auf mich. Jedenfalls konnte ich direkt in sein Büro durchgehen. Dort empfing mich allerdings nicht Koller, sondern Rieb. Mit entzündeten Augen und einem schneidenden Salbeiatem, der den ganzen Raum verpestete. Die Möbel waren umgestellt worden, die Schreibtische zusammengeschoben. Der Besucherstuhl davor wirkte winzig. Ich setzte mich und verschränkte meine Arme.

»Ich kann warten.«

»Auf wen?«

»Na, auf Koller, kein Problem.«

»Ich fürchte doch.«

»Wieso?«

»Weil er nicht herkommen wird, jedenfalls nicht in absehbarer Zeit. Sie müssen schon mit mir vorliebnehmen, Frau Buck. Ich leite die Ermittlungen.«

»Doch nur die nach Kowalczyk.«

»Nein, die gesamte Soko *Oscars*.«

»Seit wann?«

»Seit Koller suspendiert wurde.«

Ich schaute Rieb erstaunt an und versuchte vergeblich, in seinen rot geäderten Augen etwas zu finden, das das, was er eben gesagt hatte, als Bluff entlarvte.

»Koller wurde suspendiert?«

»Das wissen Sie gar nicht?« Rieb gab sich entrüstet, aber mir war so, als müsste er ein Grinsen unterdrücken.

»Wann? Ich meine, wann wurde er suspendiert?«

»Vor drei Tagen.«

Ich überlegte, was ich vor drei Tagen gemacht hatte. An dem Tag war ich mit Koller an die Ostsee gefahren. Vorher hatte ich mich im Präsidium gemeldet und darüber gewundert, dass Rieb als leitender Ermittler der Soko O. auf dem Schild an Kollers Bürotür angegeben war. Ich war Heffner und seinem blauen Auge begegnet und hatte Sitz gemacht, als Koller nach mir gepfiffen hatte. Dabei hatte er aus irgendeinem Fenster des Polizeigebäudes geschaut. Wahrscheinlich aus einem Gangfenster, jedenfalls nicht aus seinem Büro. So viel war mir jetzt klar. Wenn ich mich recht erinnerte, hatte ich Koller sogar danach gefragt, ob Rieb jetzt seinen Job machte, und dieser Mistkerl hatte mir eiskalt ins Gesicht gelogen.

»Wieso wurde er suspendiert? Was ist mit seiner Sondergenehmigung?«

»Sie wissen, dass ich mit Ihnen darüber nicht sprechen kann.«

Rieb war anzusehen, dass er es genoss, diesen Satz zu sagen. War mir egal, schließlich kannten wir beide die Antwort: Koller war der lausigste Polizist aller Zeiten. Seine Methoden waren unseriös, und er verachtete seine Kollegen. Keine Sondergenehmigung der Welt würde dieses Verhalten lange rechtfertigen können. Außerdem trank er und nahm Tabletten, weil er Schmerzen hatte, er konnte ja nicht einmal vernünftig Treppen steigen, geschweige denn Auto fahren. Oder hatte er mir das auch nur vorgegaukelt?

Und Rieb war keinen Deut besser. Garantiert wusste er, dass Koller auch nach seiner Suspendierung mit mir in Kontakt geblieben war. Sie hatten schließlich mein Telefon abgehört. Vielleicht war das ein komplett abgekartetes Spiel. Es gab keinen Grund, warum meine Wut auf Koller nicht auch Rieb treffen sollte. Alle Vorwürfe, die ich auf den Treppen ausgefeilt hatte, warf ich nun Rieb an den Kopf, aber schon beim Aussprechen merkte ich, wie kraftlos sie klangen.

Wie erwartet, zeigte Rieb sich unbeeindruckt.

»Wir haben alles dafür getan, dass Ihnen nichts passiert, Frau Buck. Wir haben Sie bewacht.«

»Überwacht und kontrolliert.« Ich spürte die Wut wieder auflodern.

Es sei nie ihre Absicht gewesen, mir zu schaden oder mich zu täuschen, meinte Rieb. Vielmehr sei ihre Intention mein Schutz gewesen. Meiner und auch der von Ricky.

»Erinnern Sie sich, was für ein Chaos herrschte?«, fragte Rieb. »Keiner wusste, wie viele Leute vergiftet worden waren und womit. Die Presse war fast schneller vor Ort als wir, hat die abfahrenden Krankenwagen gezählt und noch am selben Abend zig Thesen aufgestellt. Wenn es Koller möglich gewesen wäre, hätte er Sie auch für tot erklärt, Frau Buck. Das wäre das Sicherste gewesen. Aber Sie sind aus dem Van gesprungen und haben sich fotografieren lassen. Da war es dann vorbei mit der Geheimhaltung.«

Er beugte sich über den Tisch und griff nach seinen Hustenbonbons. Da kam mir zum ersten Mal in den Sinn, dass er seine Kränklichkeit vielleicht auch nur zu einem bestimmten Zweck demonstrierte – um sich als schwach zu präsentieren, genau wie Koller mit seiner Humpelei. Alles Heuchler.

»An Ihre Unbekannte hat außer Koller keiner wirklich geglaubt. Sie und Kowalczyk standen im Fokus der Ermittlungen«, fuhr Rieb schniefend fort, »und natürlich Ricky Schmidt, weil er unmittelbar nach der Tat flüchtig war. Erstens. Und zweitens hatte er ja auch nichts von der Suppe gegessen! Wäre sein Name an die Presse gelangt, vielleicht noch eins von seinen zahlreichen Mackerfotos und die Sache mit der Körperverletzung – er wäre der Sündenbock gewesen. Sie wissen, wie die Leute sind, Frau Buck, und Sie wissen, wie gut Vorurteile wirken. Sie haben auf Ricky zu dem Zeitpunkt ja selbst verächtlich geschaut, obwohl Sie von ihm schwanger waren, stimmt's?«

Da lag er leider richtig. Noch vor wenigen Tagen hatte ich weder eine realistische Vorstellung von Ricky noch von mir selbst gehabt, geschweige denn von dem, was ich wollte.

Der abgefackelte Pony, dass ich nicht mit zu Ricky in den Krankenwagen gestiegen war, meine Schwangerschaft, was über ihn im Center erzählt wurde – das alles hatte für Rieb kein einschätzbares Gesamtbild ergeben. Er hatte einfach keinen Schimmer gehabt, was da zwischen mir und Ricky lief. Und ehrlich gesagt, war es ihm da genauso ergangen wie mir.

»Ja, ich gebe zu, ich wollte sehen, wie Sie auf die Todesnachricht reagieren. Manchmal sind Kollers Ideen gar nicht so schlecht. Wir haben gehofft, etwas mehr über Sie und Ricky zu erfahren. Aber Sie haben es uns nicht leicht gemacht. Es war dann am einfachsten, Sie auf dem gleichen Wissensstand wie die Presse zu halten und abzuwarten, ob Ricky sich bei Ihnen melden würde.«

Rieb stützte sich mit beiden Händen auf dem Tisch auf und sah mich mit einem trüben Blick an, der wohl durchdringend wirken sollte. »Dann erzählen Sie mal: Wo ist er jetzt?«

Ich zuckte mit den Schultern. »Keine Ahnung.«

»War ja klar«, sagte Rieb und klapperte mit dem Bonbon an seinen Zähnen. Er zog eine Schublade auf und holte eine Postkarte heraus, die mir bekannt vorkam. Es war die vom russischen Brieffreund meiner Mutter.

»Haben Sie sich die schon mal richtig angeschaut?«, fragte er und hielt sie mir hin. Ich sah mir die Rose auf der Vorderseite an. Die Blüte war üppig und geöffnet, gelbe Stempelpunkte waren darin zu sehen.

»Ich meine die andere Seite. Das, was er geschrieben hat.«

Ich drehte sie um und starrte die kryptische Krakelschrift ratlos an.

»Sie hatten kein Russisch in der Schule, stimmt's?«

»Nennt man auch die Gnade der späten Geburt.«

»Na, ich hatte es jedenfalls«, sagte Rieb nicht ohne Stolz. »Leistungskurs. Und ich kann Ihnen sagen, dass das hier kein Russisch ist. Das sind nur kyrillische Buchstaben. Die Wörter selbst sind deutsch. Hier steht: *Ich denke an dich, Ninella. Sehen wir uns morgen Abend?* Keine Unterschrift, kein Absender. Die Karte wurde persönlich überreicht oder in einem Briefumschlag, der weg ist.«

»Ninella?« Aber war die Karte nicht von vor meiner Geburt? »Sie ist eindeutig an meine Mutter adressiert – Janine Buck, da steht's.«

Ich hielt Rieb die Karte vor die Nase.

»Ich weiß, der Schreiber meint Ihre Mutter.«

»Aber wieso schreibt er dann Ninella?«, fragte ich. »Heute heißt sie Jeany, damals Janine. Also wieso steht da Ninella?«

»War vielleicht sein persönlicher Kosename für sie«, sagte Rieb. »Dass Ihre Mutter Sie so genannt hat, könnte ein Hinweis darauf sein, dass sie Ihren Vater geliebt hat, Frau Buck. War vielleicht doch mehr als ein One-Night-Stand.«

Er nahm mir die Karte aus der Hand und warf sie zurück in seine Schublade. Konnte das stimmen? Oder war das wieder so eine perfide Art, mich aus der Fassung zu bringen, damit ich unvorsichtig wurde und doch noch etwas über Ricky verriet? So oder so, ich musste auf der Hut bleiben. Rieb war nicht weniger undurchschaubar als Koller.

»Die Sache mit der Abtreibung ... Sie wissen, was ich meine. Das, was Sie mit meiner Oma und meiner Mutter angedeutet hatten.«

»Ja?«

»Woher hatten Sie diese Information?«

»Es ist nur eine Vermutung, aber eine sehr naheliegende, wenn man mit ehemaligen Patientinnen Ihrer Oma spricht und sich einige Eckpunkte im Lebenslauf Ihrer Mutter genauer anschaut. Sie sollten mit ihr darüber sprechen.«

Na klar, weil ich mit ihr so gut reden konnte. Sie hatte mir ja nicht mal gesagt, dass Ninella ihr eigener Spitzname gewesen war. Ganz abgesehen davon, dass der Typ, der sie so genannt hatte, wahrscheinlich mein Vater war.

Mit Rieb würde ich jedenfalls nicht weiter darüber reden.

»Was wäre, wenn Ricky eine wichtige Zeugenaussage machen könnte?«, fragte ich.

»Was meinen Sie damit?« Rieb schaute jetzt aus dem Fenster, war aber ganz Ohr.

»Na, würden Sie dann zum Beispiel die Anzeige wegen Körperverletzung vergessen?«

»Was für eine Zeugenaussage könnte das denn sein?«

»Nehmen wir an, er könnte bestätigen, dass es die große Unbekannte gibt. Er könnte mitgekriegt haben, wie sie das Restaurant verlassen hat.«

Ruckartig drehte sich Rieb vom Fenster weg und schaute mich direkt an. »Was könnte er denn gesehen haben?«

»Nicht direkt gesehen, mehr gehört. Eine Frau, die auf ganz leisen Sohlen hinter ihm zum Ausgang gelaufen ist.«

»Würden Sie ihm das denn glauben, Frau Buck? Er könnte es nur behauptet haben, um Ihnen einen Gefallen zu tun. Oder es könnte auch ein Mann auf leisen Sohlen gewesen sein. Vielleicht war er ja auch selber an der Durchreiche. Gut möglich. Es kann niemand mehr bezeugen, dass er die ganze Zeit am Tisch gesessen und auf Sie gewartet hat. Selbst Sie nicht. Wenn ich es mir recht überlege, spricht so einiges dafür, dass er der Täter ist. Seine Vorstrafen, sein ganzes Verhalten und besonders die Tatsache, dass er Sie vorschickt und sich selbst versteckt. Das passt doch zu so einem hinterhältigen, feigen Giftmörder, finden Sie nicht?«

Riebs Blick war so kalt, dass es mich unglaublich viel Kraft kostete, ihm standzuhalten. Viel lieber wäre ich aufgesprungen und hätte Rieb rücklings aus dem Fenster geschubst. Wie konnte er nur so über Ricky reden? Pure Provokation.

»Die Mörderin war eine Frau, das wissen Sie genauso gut wie ich, es gibt sogar ein Phantombild von ihr, also erzählen Sie mir keinen Mist.«

Rieb nickte und zog seine Schalenden auf gleiche Länge.

»Richten Sie Ricky aus, dass er sich bei mir melden soll, ja? Ich kann ihm zwar nicht versprechen, dass der Kollege seine Anzeige wegen Körperverletzung zurückziehen wird, das liegt nicht in meiner Macht. Aber wenn Ricky sich bei mir meldet, dann könnte ich zumindest versuchen, etwas für ihn zu tun.« Rieb verschränkte seine Arme vor der Brust und sah mich an wie ein Geschäftsmann, der seine Verhandlungsstärke demonstriert. »Mehr kann ich Ihnen nicht anbieten, das verstehen Sie doch?«

»Na klar«, sagte ich und machte, dass ich aus dem Salbeidunst herauskam.

Was war da eben passiert? Hatte Rieb wirklich damit gedroht, Ricky auf der Verdächtigenliste nach oben zu setzen, nur um mich dazu zu bringen, ihn zu verpfeifen?

Und dieser Hammer mit Janine-Ninella – wie Rieb mir das um die Ohren gehauen hatte: *Sie können kein Russisch, aber ich. Hier, zack, so ist das!*

Und dann sein großväterlicher Rat, ich solle mit ihr reden wie mit einer normalen Mutter, also das war ja wohl der Gipfel der Anmaßung.

Mein Hals tat beim Schlucken weh, so als würde ich Sand hinunterwürgen.

Janinella.

Wenn es stimmte, was er sagte, dann war mein Vater jemand, den meine Mutter gekannt hatte, mit dem sie befreundet gewesen war. Jemand, der ihr einen Kosenamen gegeben hatte und ihr Karten schrieb. Wieso behielt Rieb die Karte? Damit ich seine Worte nicht überprüfen konnte? Hatte er überhaupt das Recht dazu, sie zu behalten? Sie gehörte mir! Der Impuls, auf dem Absatz kehrtzumachen und mit wehenden Fahnen in Riebs Büro zurückzustürmen, war groß. Aber da war auch ein dumpfes Unbehagen, ein schwelendes, lähmendes. Ich scheute davor zurück, Rieb meine Gefühle so offen zu zeigen. Er hatte eine viel bessere Menschenkenntnis bewiesen, als ich ihm zugetraut hatte. Mit Ricky, meiner Mutter und meinem Vater – mit allem hatte er ins Schwarze getroffen! Und auch was er über Koller gesagt hatte, hatte von Anfang an gestimmt: Koller war unberechenbar, kannte keine Grenzen, keine Moral. Er war ein Trickser, der die Wahrheit durch Täuschung suchte. Ein Dingo im goldenen Pelz eines Retrievers. Und Rieb? War vielleicht wirklich ein Pitbull.

Es war Zeit, nach Hause zu kommen. Ich hatte zwar keine Lust darauf, Fanny zu begegnen, aber ich brauchte frische Klamotten und etwas Schlaf. Die Nacht auf dem Bunkerdach war wunderschön, aber wenig erholsam gewesen.

Ich hatte das Gefühl, den ganzen Weg nach Hause mit dem Rad nicht schaffen zu können, und nahm es mit in die S-Bahn. Vorher kaufte ich mir am Kiosk in Ermangelung eines Handys mehrere Tageszeitungen. Während der Fahrt war ich der einzige Mensch, der laut raschelnd blätterte, aber das störte kaum jemanden, denn die meisten Leute hatten Kopfhörer auf.

Der Giftmordfall war noch nicht aus dem öffentlichen Bewusstsein verschwunden. Noch immer wurde das Ableben von Dr. Naumann betrauert. So viele Leute, die er behandelt hatte, kamen zu Wort. Und was er nicht alles getan hatte, um den Mittellosen in seinem Kiez zu helfen. Man konnte den Eindruck gewinnen, dass die Reporter sich dafür entschuldigten, so tief in seinen privaten Dingen herumgewühlt zu haben und doch nichts Schlechtes über ihn präsentieren zu können. Trotzdem fand ich es gut, dass über ihn berichtet wurde. Dr. Naumann war in meinen Augen das interessanteste Opfer. Eins, das wirklich Potenzial hatte, Kreaturen anzuziehen, die zu einem Mord fähig waren. Ich meine – er war Arzt! Er hatte jeden Tag mit Leben und Tod zu tun gehabt. Sicher war ihm dabei auch mal ein Verrückter über den Weg gelaufen, dem er versehentlich das falsche Bein amputiert hatte. Und der auf Rache sann.

Leider gab es keinen Hinweis darauf, dass in Dr. Naumanns Praxis eingebrochen worden war oder dass anderweitig Krankenakten seiner Patienten abhandengekommen waren.

Wäre auch ein zu eindeutiger Hinweis gewesen in diesem undurchsichtigen Fall. Andererseits schloss das noch lange nicht aus, dass sich das Motiv nicht doch in einer von Dr. Naumanns ehemaligen Patientengeschichten verbarg. Immerhin hatte er viele Leute kostenlos behandelt, die nirgendwo registriert waren und für die er wahrscheinlich auch gar keine Akte angelegt hatte.

Interessant fand ich sein letztes Telefonat, auf das in einem der Artikel hingewiesen wurde. Er hatte einen befreundeten Kollegen erreichen wollen, Dr. Hilpert, Hämatologe, aber nur den AB erwischt. Dr. Hilpert bedauerte sehr, ihn zu spät zurückgerufen zu haben, und dachte wehmütig an die gemeinsame Studentenzeit zurück.

Wenn ich Ermittlerin wäre, dann würde ich rausfinden, worüber Dr. Naumann mit diesem Mann hatte reden wollen. Ich würde mir Dr. Naumanns Umfeld vornehmen und nach einem nicht registrierten Patienten mit Blutproblemen suchen. Hatte nicht die Bosnierin, die im Wald verblutet war, so eine Krankheit gehabt? Koller hatte erzählt, dass der Fall dieser Frau vor acht Jahren durch die Presse gegangen war – bestimmt gab es noch genug darüber zu finden.

Im Handyladen in der Badstraße wollte ich mich als Erstes in meinen E-Mail-Account einloggen, um zu sehen, ob der Arbeiter vom Eichplatz mir die Fotos von Rickys Wandbild geschickt hatte. Leider wusste ich aber mein eigenes Passwort nicht auswendig, auf meinem Handy hatte ich es gespeichert, und zurücksetzen wollte ich es nicht. Zu Hause stand es auf einem Notizzettel, der an meinem Spiegel klebte.

Als Nächstes googelte ich *Bosnierin, Wald, Nasenbluten* und *Dr.*

Naumann – und fand zahlreiche Artikel über Adriana Samu und den Blutgerinnungsdefekt, an dem sie gelitten hatte: dem Faktor-X-Mangel. Faktor X bezeichnete ein an der Blutgerinnung beteiligtes Enzym. Ein Mangel daran führte dazu, dass häufiges Nasenbluten an der Tagesordnung war, außerdem Einbluten in Gelenke und den Verdauungstrakt. In Kombination mit Bluthochdruck war diese Krankheit eine Zeitbombe und konnte denjenigen, der daran litt, in Stresssituationen umbringen.

Der Faktor-X-Mangel war als angeborener Defekt aber sehr selten, und konnte nur vererbt werden, wenn beide Eltern Träger dieses Gendefekts waren.

Dr. Naumann hatte den Kontakt zu einem Blutspezialisten gesucht, einem Kenner der Vererbungslehre – das schrie ja geradezu nach einer Verwicklung mit Verwandtschaft. Genau da würde ich weiterbohren, wenn ich die Ermittlerin wäre. Vielleicht konnte ich das ja wirklich noch werden. Wenn das alles hier vorbei war.

Erstaunt von meinen eigenen Gedankengängen hielt ich kurz inne und sah mich im Laden um. Ich war die Einzige an den stationären Computern. Ein anderer Kunde und der Ladenbesitzer starrten in ihre Handys und schlürften Kaffee aus XXL-Bechern. Sie waren – genau wie die Leute in der S-Bahn eben – ganz und gar in ihrer eigenen Gedankenwelt.

Also kehrte ich in meine zurück. Darin kam ich mir langsam wie ein Mathematiker vor. Wieder einmal wurde mein ganzes Denken nur von der Frage nach der großen Unbekannten bestimmt. Früher hatte ich über die Identität meines Vaters gegrübelt, jetzt versuchte ich einer Stimme, die ich durch eine Klotür gehört hatte, ein Gesicht zu geben.

Auf der Twitterseite der Polizei war das Phantombild der Unbekannten veröffentlicht worden, das dank der Damen Minke und Kuschka erstellt werden konnte.

Es zeigte eine blonde Frau mit einem ovalen Gesicht und gleichmäßigen Gesichtszügen und sah absolut nichtssagend aus. Ihre Kleidung wurde als »weißes Kleid mit heller Jacke« beschrieben. Das war also die Spur, die Rieb inzwischen verfolgte? Er musste ziemlich verzweifelt sein, wenn er bereit war, die Bevölkerung zur Suche nach einem Allerweltsmenschen aufzufordern. Gab es wirklich keine andere Möglichkeit, dieser vermaledeiten Mörderin auf die Schliche zu kommen?

Auf den Treppen zu meiner Wohnung überkam mich ein freudiger Schauer, als ich auf den Zettel mit Rickys Handynummer schaute – ich wollte ihn so schnell wie möglich anrufen. Ich hatte mir im Handyladen ein Prepaidhandy gekauft und ein Telefonguthaben von 25 Euro.

Als ich die Wohnungstür aufschloss, war mir sofort klar, dass ich den Anruf würde verschieben müssen – Fanny rumorte in der Küche, und der Flur stand voller Umzugskisten. Im ersten Moment dachte ich, dass es meine wären und Fanny mich jetzt rausschmiss. Aber dann sah ich, dass die Kisten mit Fannys Sachen gefüllt waren. Ich überlegte kurz, ob ich zu ihr in die Küche gehen und sie darauf ansprechen sollte. Ließ es dann aber. Ich war immer noch sauer auf sie und wollte viel lieber Ricky anrufen.

Also rief ich ihr vom Flur aus ein »Hallo – und tschüss!« zu und beeilte mich dann, in mein Zimmer zu kommen, aber das nützte nichts, denn Fanny kam mir nach.

»Wo warst du denn?«, fragte sie aufgebracht. »Was hast du gemacht? Deine Matratze wurde geliefert! Ich hab sie in dein Zimmer geschleppt! Außerdem hab ich gekocht und auf dich gewartet! Hast du deine Mailbox nicht abgehört?«

Ich beschloss, nicht darauf einzugehen. Was ging es sie denn an, wo ich mich herumtrieb? Nach der Aktion mit meiner Mutter war ich ihr keine Rechenschaft mehr schuldig. »Fanny, lass mich einfach in Ruhe, okay?«

»Nein, ich muss was mit dir besprechen!«

Sie setzte sich ungefragt auf meine neue Matratze, die noch in Plastikfolie eingeschweißt war, und klopfte auf eine Stelle neben sich. Ich verschränkte die Arme demonstrativ und blieb stehen.

Sie schaute sich um, zeigte auf die geschrubbten Wände und sagte: »Ist ja richtig gut geworden. Hast du das allein gemacht?«

Ich reagierte nicht, schaute sie nur an.

»Also gut, pass auf – ich werde vorübergehend zu meinem Vater ziehen. Die Miete hier zahl ich natürlich weiter, oder wir finden einen Untermieter. Nur für ein paar Wochen, höchstens drei, vier Monate. Bis mein Vater sich wieder eingekriegt hat. Er dreht sonst völlig ab.«

Ich nickte. Endlich mal eine gute Entscheidung, eine, die nicht nach Eigennutz stank.

»Stell dir vor, er will das Haus verkaufen! Hallo? Er sagt, es sei ihm zu groß. Also sorry, aber das geht gar nicht.«

Also doch reiner Eigennutz.

»Klar, mach das, zieh zu ihm. Ich komm klar.«

»Echt? Ich weiß nicht, du kommst mir grad ein bisschen komisch vor. Ist es wegen deiner Mutter? Du hättest sie auch gern getroffen, stimmt's? Ich hab ja versucht, sie dazu zu überreden, zu dir zu fahren, aber der Umweg wäre zu groß gewesen. Sie mussten sich doch um das Hostel kümmern.«

»Wo wollen sie es noch mal eröffnen?«, stellte ich mich dumm.

»In Bozen.«

»Und wie weit ist das von Innsbruck entfernt? Hundert Kilometer?«

»Sie mussten da sowieso hin, irgendwelche Möbel abholen. Oder glaubst du vielleicht, sie sind extra meinetwegen dahin gefahren?«

Ich zuckte die Schultern. »Keine Ahnung, Fanny. Ich weiß überhaupt nicht mehr, was ich glauben soll. Ich weiß ja nicht mal, warum ihr euch überhaupt trefft. Du und meine Mutter. Das frage ich mich. Umweg oder nicht.«

Aus großen, unschuldigen Augen blickte Fanny mich an und hatte doch tatsächlich die Frechheit, mir von meiner eigenen Mutter etwas vorzuschwärmen. »Sie ist cool. Sie kennt viele Leute. Sie ist eine Freundin. Und sie hat mich nach Australien eingeladen. Also, wenn du demnächst hinfliegst, komm ich mit.«

»Vergiss es.«

»Aber sie hat dich doch schon eingeladen, oder nicht?«

»Ja, aber weißt du, das ist mir einfach ein zu großer Umweg.«

»O Mann, Nina, das ist voll kindisch, weißt du das? Sie ist deine Mutter! Da kann man doch wohl drüberstehen, findest du nicht? Sieh dir meinen Vater an, der hat auch voll die Macken, und trotzdem besuche ich ihn, ja, ich zieh jetzt sogar zu ihm!«

»Das machst du nur, weil du verhindern willst, dass er das Haus verkauft.«

»Na und? Auf jeden Fall ist er dann nicht mehr allein, und das ist es, was zählt.«

»Nein, das zählt nicht.«

»Doch, das zählt.«

Von mir aus. Ich hatte keine Lust, mich mit Fanny zu streiten. Wahrscheinlich war die ganze Sache sowieso mehr ein Problem zwischen mir und meiner Mutter als zwischen mir und Fanny.

»Zum Glück hat er genug Alkohol im Haus, der alte Säufer. Ich halte das sonst nicht aus, wenn er die ganze Zeit von Mama redet.« Fanny seufzte schwer.

»Dann sei doch froh, dass er das Haus verkaufen will. Vielleicht kommt er ja besser klar, wenn er die Erinnerungen an sie loswird.«

So war es jedenfalls bei mir und Oma gewesen. Ich würde heute noch in unserer alten Wohnung sitzen und heulen, wenn ich nicht sofort alles hinter mir gelassen hätte und weggezogen wäre. Das hätte ich wahrscheinlich nicht gemacht, wenn meine Mutter zur Beerdigung gekommen wäre. Womöglich hätten wir uns dann darüber gestritten, was aus Omas Sachen werden soll, wer den Polo bekommt und ob man den Schrank aus Kirschholz vielleicht besser bei eBay verkaufen sollte, anstatt ihn den Nachbarn zu schenken.

So aber hatte ich alles weggegeben und war gegangen. Trotzdem würde ich es meiner Mutter niemals verzeihen, dass sie nicht da war, als es darauf angekommen wäre.

Und dieses Gefühl war etwas, das auf ewig zwischen uns stehen würde, egal, welche Gründe sie für ihr Verhalten nannte.

Drei Tage vor der Beerdigung meinte sie, sie hätte den Flug schon gebucht, einen Tag später war dann eine weinerliche Ausrede auf dem AB, irgendwas mit einem Taxistreik oder einer Reifenpanne auf dem Weg zum Flughafen, ich weiß nicht mehr genau. Dabei war sie einfach nur zu feige und hatte ein schlechtes Gewissen. Ich glaube, sie wollte nicht vor all ihren ehemaligen Klassenkameraden, Freunden und Nachbarn stehen und von ihnen mit stummen Blicken für alles, was sie jemals getan oder nicht getan hatte, verurteilt werden.

»Du solltest deinem Vater beim Hausverkauf helfen«, sagte ich zu Fanny. »Das wäre ein Neuanfang.«

»Bist du verrückt? Weißt du, wie lange meine Mutter gebraucht hat, um die Dielen so hinzubekommen, wie sie jetzt sind? Sie hat sie eigenhändig abgebeizt! Und die ganzen Vorhänge und Möbel! Die Stoffe dafür hab ich ihr aus Mexiko mitgebracht. An denen hat sie wochenlang gesessen. Alles ist total schön geworden und passt zusammen! Das kann man nicht einfach verkaufen!«

Sie war außer sich. Das war sie oft, aber sonst sah sie gut dabei aus. Jetzt machten sich auf Hals und Wangen hektische rote Flecken breit, und ihre Augen wirkten glasig. Oder waren sie mit Tränen gefüllt? Sie wischte sich tapsig über Stirn und Nase, wie ein verwirrtes Kind. Ich hatte es geahnt: Der Tod ihrer Mutter ging ihr viel näher, als sie es sich selbst eingestand. Vielleicht hatte sie sich deshalb mit meiner Mutter getroffen – weil sie ihre vermisste.

»Dann behaltet ihr einfach alles, und du ziehst ganz zu deinem Vater«, schlug ich vor. »Dann hast du die Sachen immer um dich.«

Auf einmal heulte Fanny los, laut und hemmungslos, alle Dämme brachen. Überrumpelt setzte ich mich nun doch neben sie und legte eine Hand auf ihre zuckende Schulter. Sie wurde von Heulkrämpfen geschüttelt. Ich reichte ihr Papiertaschentücher und tätschelte ihren Rücken. Als sie sich wieder etwas beruhigt hatte, versuchte sie zwischen den Schluchzern etwas zu sagen, aber ich verstand immer nur »Ich hasse sie«.

Ich sagte: »Nein, du hasst sie nicht, du bist nur sauer, dass du ohne sie weiterleben musst.«

Das löste einen neuerlichen Weinkrampf aus. »Nein, ich hasse sie nicht ...«, schluchzte Fanny. »Ich hasse mich, weil ich keine gescheiten Fotos von ihr gemacht habe. Ich hab immer sofort alle Mailboxnachrichten von ihr gelöscht, sobald ich sie abgehört hatte. Es gibt keine Aufnahmen ihrer Stimme, kein Video.« Sie schnäuzte sich laut trompetend die Nase. »Und der Geruch in ihren Kissen und Kleidern, der wird auch immer weniger. Ich mach mir ihr Parfüm drauf, aber es riecht ganz anders an mir. Sie ist weg! Nirgendwo ist noch etwas von ihr. Mein Vater findet auch nichts, irrt herum wie Hänsel ohne Gretel. Wieso hat er denn nicht mehr Fotos von ihr gemacht? Idiot!«

Sie weinte die zweite Packung Taschentücher leer. Ich wusste nicht, was ich Fanny sagen, womit ich sie trösten sollte. *Deine Mutter ist nicht weg, denn sie lebt in euch weiter. Im Herzen trägst du sie immer bei dir.* Diese Sätze würden jetzt nichts bringen. Es waren wahre Worte, die ihre Wirkung erst zeigten, wenn man durch den Schmerz durchgegangen war.

Ich holte Fanny lieber ein Wasserglas und noch eine Packung Taschentücher.

Sie trank einen Schluck und sagte: »Du hast es gut, deine Mutter ist noch jung. Ihr versteht euch jetzt vielleicht nicht, aber ihr habt noch so viel Zeit. Und sie ist so ein toller Mensch. Sie hat mich von Anfang an verstanden. Ihr geht's in so vielem ähnlich wie mir, ich glaube, wir sind seelenverwandt.« Fanny schniefte und schaute mich aus rot geweinten Augen an. »Bitte entschuldige, dass ich dir nichts von den Anrufen erzählt hab. Ich wollte nicht, dass du sauer wirst, weil sie mich öfter anrief als dich.«

Sie nahm noch einen Schluck Wasser, und ich biss die Zähne zusammen, weil ich mir diese Beichte überhaupt nicht anhören wollte. Vor allem wollte ich die nächste Frage nicht stellen. Aber um den Gang durch den Schmerz kam ja wohl keiner von uns herum.

»Hast du von der Europareise gewusst? Hat sie dir davon erzählt?«

Fanny nickte. »Ja und ich gebe zu, dass ich es dir hätte ausrichten sollen, es aber nicht gemacht habe. Ich wollte sie alleine treffen. Deswegen hab ich ihr erzählt, dass du mich nach Innsbruck begleitest. Und als sie dann gesehen hat, dass du nicht da warst, hab ich ihr gesagt, du wärst kurz vorher krank geworden.«

Ich konnte nicht glauben, was ich da hörte. Mir drehte sich alles. Gleich würde meine Schädelplatte abheben, und aus meinen Ohren würde es pfeifen wie aus einem Dampfkessel.

»Sie war wirklich enttäuscht, dass sie dich nicht gesehen hat. Es tut mir leid, dass ich dir das Treffen mit ihr versaut hab. Ich bin echt eine Egosau. Aber du kannst sie jederzeit besuchen, auf ihre Kosten, hat sie extra noch mal gesagt. Eigentlich hab ich dir nichts weggenommen, im Gegenteil: Dir wird doch jetzt erst klar, dass du sie gern gesehen hättest, stimmt's? Gib's zu!«

Ich stand auf, ging aus dem Zimmer, umkreiste die Couch im Wohnzimmer und blieb schließlich am Küchentisch stehen.

Aus meinem Zimmer waberten Fannys Rechtfertigungen hinter mir her: »Ich dachte mir, du legst ja sowieso keinen Wert drauf, mit ihr zu reden. Du warst immer genervt, wenn sie auf den AB gesprochen hat und wenn sie Englisch sprechen wollte. Mir hat das nichts ausgemacht. Es ist mir leichtgefallen, und wir haben uns gern unterhalten. Ich hab ja nichts Schlimmes gemacht. Ich hab nur geredet.«

Auf dem Küchentisch lag Fannys Handy. Damit hatte sie wochenlang (oder monatelang?) mit meiner Mutter telefoniert, während ich schon längst damit aufgehört hatte, auf ihre Anrufe zu warten.

Ich öffnete das Küchenfenster und warf das Handy in hohem Bogen hinaus.

»Hey!«, hörte ich Fanny schreien. »Mein Handy!«

Ich hab doch nur das Fenster aufgemacht, dachte ich, und dann ging ich auf Fanny zu, und sie wich in mein Zimmer zurück, hockte sich auf die Matratze und gab sich zerknirscht.

Aber das kaufte ich ihr nicht ab. Sie nahm nur eine Pose ein, von der sie wusste, dass sie angebracht war. In Wirklichkeit ging es ihr auch jetzt nur um sich selbst.

Zum ersten Mal im Leben hatte sie mit offenen Augen ins Publikum geschaut und begriffen, dass außer ihrer Mutter dort nie jemand gesessen hatte und dass nun auch dieser Platz in Zukunft leer bleiben würde. Und das bereitete ihr eine Scheißangst.

Ich stellte mich in den Türrahmen und fixierte Fanny mit kaltem Blick. »Wann hat das angefangen? Wie lange geht eure *Seelenverwandtschaft* schon?«

»Hey, wie du das sagst«, beschwerte sich Fanny. »So, als hätten wir was miteinander.«

»Wann hat das angefangen?« Ich blieb knallhart, und Fanny gab klein bei.

»Ein paar Wochen nach der Beerdigung. Oder war es davor? Ich konnte kein gutes Foto von meiner Mutter für die Trauerfeier finden. Ich musste dann eins nehmen, auf dem sie dreißig Jahre jünger war. Da ist mir aufgefallen, dass ich sie gar nicht richtig gekannt hatte, dass ich überhaupt nicht wusste, was für ein Mensch sie gewesen war. Vielleicht hatte sie ja schon in dem Moment, in dem ich auf die Welt gekommen war, angefangen zu verschwinden.«

Und meine Mutter war in dem Moment, da ich auf der Welt war, tatsächlich verschwunden. Auf einmal fühlte ich mich unglaublich müde, und ich konnte nichts dagegen tun, dass die ganze Wut auf Fanny aus mir herausströmte wie aus einem kaputten Ballon.

Ich brauchte sie nicht, keine von beiden.

Ich wollte nur noch allein sein, mich hinlegen, das Licht ausknipsen und nichts mehr denken oder fühlen müssen. Genug Wahrheit für heute.

»Sie wollten noch nach Venedig und dann zurück nach Australien. Dons Hostelkette läuft total gut. Weißt du, wie sie das neue in Bozen nennen wollen?«

»Sag jetzt nicht Ninella«, bat ich mit resignierter Stimme.

»Nein! Natürlich Pritilata – soll doch einen indischen Look haben.«

Wenn Fanny jetzt nicht augenblicklich ging, würde mein Gehirn implodieren. Ich konnte ihre Anwesenheit keine Sekunde länger ertragen.

»Fanny, geh jetzt bitte, ich brauch 'ne Pause.«

»Bist du denn nicht mehr sauer auf mich?«

»Doch, aber ich bin jetzt zu kaputt dafür.«

»Ich weiß echt nicht, was in mich gefahren ist. Nimmst du meine Entschuldigung an?«

»Sobald du aus dem Zimmer raus bist.«

Fanny sprang auf und umarmte mich. Ich nutzte die Gelegenheit, sie aus der Tür zu schieben. Dann ließ ich mich bäuchlings auf meine Matratze fallen, so kraftlos und schlapp, dass die Plastikfolie quietschte. Die Tür ging wieder auf, und Fanny maulte: »Hey, hast du Mäuse da drin? Ich hoffe nicht, dass du total verwahrlost, wenn ich weg bin. Im Küchenschrank wimmeln schon die Motten. Ab und zu muss man das alte Zeug auch mal wegschmeißen!«

»Raus!«, brüllte ich.

Sie knallte die Tür zu und erlöste mich endlich von ihrem Wahnsinn. Ich blieb noch ein paar Minuten regungslos liegen, so lange, bis ein Detail in mein Bewusstsein gedrungen war, das meinem eigenen Wahnsinn einen neuen Impuls gab. Dann drehte ich mich auf den Rücken und starrte mit großen Augen zur Decke. Mäuse.

Ja, genau, Mäuse!

18

Dr. Naumann war ein beliebter Kiezarzt, viele Leute aus dem Brunnenviertel waren bei ihm in Behandlung gewesen. Und genau da wollte ich mit der Mäusesuche beginnen. Ich hatte auf einen Zettel geschrieben: *Oscars Maus gefunden!* Darunter auf eingeschnittene Streifen eine Telefonnummer. Den Zettel kopierte ich dreißigmal und hängte ihn im Brunnenviertel und darüber hinaus in einigen Straßen Richtung Gesundbrunnen und Humboldthain aus. Wenn Naumann wirklich das Ziel des Giftanschlags gewesen war, dann würde sich die Unbekannte auch in seinem Dunstkreis bewegen. Und nur sie allein würde die Anspielung auf die Maus und das Restaurant verstehen – und hoffentlich Rickys Prepaidnummer anrufen. Er hatte sich bereit erklärt, Telefondienst zu schieben und sich zu melden, sobald jemand Verdächtiges anrief.

Wir forderten die Unbekannte heraus, ohne uns in Lebensgefahr zu begeben. Ich fand die Idee großartig.

Nach drei Stunden war ich dann nicht mehr so begeistert. Bisher hatte sich nur ein Typ gemeldet, der Ricky die Maus für fünf Cent als Schlangenfutter abkaufen wollte, und dann noch ein kleines Mädchen, das einfach nur vorbeikommen wollte, um die Maus zu streicheln. Ricky meinte, die Idee sei total schwachsinnig gewesen. Wenn die Mörderin den Zettel wirklich lesen sollte, würde sie sich doch auf keinen Fall melden. Das Einzige, was wir mit dieser Aktion erreichen würden, war, dass sie unruhig wurde und zu grübeln anfing.

»Und worüber, meinst du, denkt jemand nach, der schon ein paar Leute mit Zyankali vergiftet hat?« Rickys Stimme hörte sich durchs Telefon besorgt an. Aber auch großartig – am liebsten wäre ich durch die Leitung zu ihm geflogen, es war aber besser, wenn wir erst mal getrennt agierten.

»Wir haben keinen Schimmer, wer diese Frau ist und warum sie zur Mörderin wurde. In ihrer Welt wird sie sicher einen Grund dafür gehabt haben. Vielleicht steckte sie so sehr in der Klemme, dass sie glaubte, sich anders nicht befreien zu können.«

»Welche Klemme?«

»Na, nehmen wir mal an, der Doc wusste was über sie, etwas Schlimmes.«

»Zum Beispiel?«

Am anderen Ende der Leitung blieb es still. Ricky überlegte.

»Keine Ahnung«, sagte er schließlich. »Ich kann mir nicht vorstellen, was so schlimm sein könnte, dass man jemanden deswegen umbringt.«

»Vielleicht wollte sie sich ja für irgendwas rächen? Oder er hat sie erpresst!«

»Auf jeden Fall musste er sterben. Und wenn es dabei wirklich um ihn ging, dann waren die anderen Leute im Restaurant nur ein Kollateralschaden. Deren Tode hat sie in Kauf genommen, weil sie nicht voraussehen konnte, welchen Teller der Kellner an welchen Gast verteilen würde. By the way: Ich wollte ja Austern bestellen.«

Ich hörte es rascheln und stellte mir vor, wie Ricky sich bei der Erinnerung an die Zwiebelsuppe schüttelte.

»Dann hätte es uns auch erwischt. Sie hat ja auch die Eisbombe vergiftet. Und der war anzusehen, dass sie nicht für den Arzt war«, gab ich zu bedenken. »Ich meine, das Glas war riesig, mit zwei Waffelstangen und zwei Löffeln – eindeutig für zwei Personen.«

»Sie wollte verschleiern, wen sie in Wirklichkeit treffen wollte. Die Frau ist das Böse.«

»Hm, aber wieso hat sie mich dann in der Toilette angesprochen, als ich am Heulen war? Da hatte sie Mitleid.«

»Im direkten Kontakt vielleicht. Teller vergiften ist ja eher unpersönlich. Sag mal, wieso hast du denn geheult? Ich dachte, du bist weggerannt, weil du kotzen musstest.«

»Wenn ich kotze, muss ich immer heulen.«

»Wirklich?«

»Sie handelt also spontan und impulsiv«, lenkte ich das Gespräch wieder auf die Mörderin. »Sie hat Stofftaschentücher mit Beruhigungsduft bei sich und kümmert sich um heulende Mädchen.«

»Und wir wissen noch was«, ergänzte Ricky. »Wir wissen, dass die Frau aus dem Hinterhalt agiert, dass sie sehr vorsichtig ist und sich vor Gewalt scheut.«

»Was? Sie hat drei Leute umgebracht, fast fünf!«

»Ja – klammheimlich vergiftet. Das ist was anderes als körperliche Gewalt, also von Angesicht zu Angesicht. Sonst hätte sie auch einen Raubmord vortäuschen oder den alten Mann im Treppenhaus abstechen können.«

»Versteh ich richtig? Du meinst, sie ist keine Mörderin, die ihr Opfer direkt angreift, sondern mehr so eine unberechenbare Irre, die Leichenberge produziert, nur um unerkannt zu bleiben?«

»Du bist so was von gut! Soll ich dich Sherlock nennen?«

»Bloß nicht!«

Nach dem Telefonat mit Ricky ging ich sofort los, um die Mauszettel wieder abzuhängen. Es gefiel mir nicht, dass seine Nummer so öffentlich aushing. Außerdem hatte er vollkommen recht: Diese Frau würde niemals aus ihrer Deckung kommen. Wenn unsere Einschätzung stimmte, dann war sie jemand, der nicht nur einen Mord, sondern mehrere beging, nur um nicht entdeckt zu werden.

Ein paar Zettel waren schon abgerissen worden, die restlichen fand ich nicht mehr wieder. Ich wusste auch nicht mehr so genau, wo ich sie überall aufgehängt hatte, und ärgerte mich darüber, dass ich es mir nicht notiert hatte. Gerade fummelte ich einen ab, der an der Fußgängerampel vor einer Grundschule klebte, als mich zwei

Mädchen dabei beobachteten und mich schließlich ansprachen. Sie waren vielleicht neun Jahre alt.

»Wir haben auch Mäuse«, sprudelte es aus dem einen heraus. Es trug zwei Zöpfe und sah selbst aus wie eine kleine Maus. »Und Kaninchen.«

Das andere Mädchen, das eine Glitzermütze trug, zeigte auf den Zettel in meiner Hand. »Wir kümmern uns um die Maus, wenn Oscar sie nicht mehr will.«

»Nett von euch, aber ich glaub, ich behalte sie selber.«

»Die darf aber nicht allein bleiben, sonst stirbt sie«, sagte das Glitzermädchen streng.

»Weil Mäuse sind nämlich Herdentiere, die brauchen andere Mäuse um sich rum«, versuchte das Zopfmädchen die Behauptung ihrer Freundin zu untermauern.

»Ihr kennt euch aber gut aus«, sagte ich. »Wie viele Mäuse habt ihr denn?«

»Hundert!«, antwortete das Glitzermädchen stolz.

»Eigentlich sind es nur zwanzig.« Das Zopfmädchen schaute ihre Freundin ärgerlich an. »Auf jeden Fall nicht mehr als dreißig.«

»Also ziemlich viele«, fasste ich zusammen. »Und wo habt ihr sie?«

»Na, da!«

Beide zeigten zum Schulgebäude und erklärten mir den Weg zum Gehege. Vom Eingang aus hätte ich ihre Beschreibung gar nicht gebraucht, ich hätte den Weg mit geschlossenen Augen gefunden, so stark roch es im Treppenhaus nach Streu. Wahrscheinlich hätte ich das auch schon von der Ampel aus riechen können, aber ich war nach der Buttersäuredosis bei Frau Arden etwas abgestumpft und hatte mich zu sehr daran gewöhnt, die Geruchsvielfalt als allgegenwärtige Kulisse wahrzunehmen. Ein Fehler, den ich nicht noch einmal machen würde. Solange ich diese Gabe hatte, würde ich auf sie achtgeben und sie nicht als Selbstverständlichkeit hinnehmen. Ab sofort waren alle meine Sinne wieder scharf und auf vollen Empfang eingestellt.

Die Mäuse in dem riesigen Gehege der Heinrich-Heine-Grundschule waren allesamt weiß. Genauso weiß, wie Horn die Maus beschrieben hatte, die ihn im *Oscars* von den Tellern in der Durchreiche abgelenkt hatte.

War ich hier an dem Ort, an dem die Mörderin sich die Maus geholt hatte? Ich schaute mich um: Links lief eine Putzfrau über den Gang, rechts verschwand eine Lehrerin in einem Zimmer. War die Mörderin jemand, der hier arbeitete? Oder war sie die Mutter von einem der Schulkinder? Vielleicht sogar von einem der beiden Mäusemädchen an der Ampel? Vielleicht war sie auch nur zufällig auf die Mäuse aufmerksam geworden und hatte ganz spontan eine geklaut.

Ich rief Ricky an und erzählte ihm von meiner Entdeckung.

Er versprach zu kommen. Mir fiel ein, dass er ja dieses Mitfahrproblem hatte und dass sein Rad bei mir stand.

»Kannst du S-Bahn fahren?«

»Mach dir darüber keine Gedanken«, meinte er. »Ich bin ganz schnell bei dir, auf jeden Fall werde ich nicht laufen.«

Bis er hier war, wollte ich mich in der Schule umsehen. Es war ein altes Gebäude mit dem für diese Gemäuer typisch muffigen, leicht schimmligen Geruch. Kinder waren kaum noch da, nur ein paar spielten draußen auf dem Schulhof. Es war jetzt halb sechs und die Hortzeit sicher bald zu Ende. Ich lief eine ganze Weile unbeachtet durch die Stockwerke, vorbei an Türen mit Klassenfotos, Trinkbrunnen und Wänden voller Kinderzeichnungen, bevor mich eine Lehrerin ansprach und wissen wollte, nach welchem Kind ich denn suchte. Ich sagte, ich würde hier in die Nähe ziehen und wollte mir die neue Schule für mein Kind ansehen.

»Sie heißt Elli und geht in die erste Klasse«, log ich und wunderte mich darüber, wie selbstverständlich mir der Name für meine

Tochter über die Lippen gekommen war und wie gut es sich anfühlte, über sie zu reden, als gäbe es sie bereits. »Ich hoffe, Sie haben überhaupt noch einen Platz frei?«

»Das müssen Sie mit unserer Direktorin besprechen, aber ich kann Sie ja trotzdem mal ganz kurz rumführen.«

Sie gab mir die Hand und stellte sich als Frau Pandel vor. Frau Pandel roch nach Mentholzigaretten, war ausgesprochen nett und zeigte mir die Aula, die Mensa sowie die Werkstätten und fragte mich nach Ellis Vorlieben und Talenten. Ich erzählte von ihren Malkünsten und wie gut sie schon lesen konnte und dass sie ein richtiger Kletteraffe war.

Die Klassenzimmer waren leider abgeschlossen, aber dafür konnte ich noch einen Blick in die Sporthalle werfen, die hinter den Garderoben lag. »Die wird Ihrer Tochter gefallen, wir haben da Netze aufgehängt, ganz toll zum Klettern.«

Und als wir durch die Garderobe gingen, traf es mich wie ein Blitzschlag. Da war ein Geruch, den ich sehr gut kannte und den ich unter einer Million Gerüchen immer wiedererkannt hätte – der Duft der Kräuterwiese! Er war hier ganz stark. Ich blieb wie angewurzelt stehen, während Frau Pandel weiterging, und sah mir die Garderobenreihe an, aus der dieser Duft kam. Es war die Reihe der dritten Klasse. Ich spürte dem Duft nach. Er kam aus einem grünen Sportbeutel, der am letzten Haken hing. Auf dem Namensschild über dem Haken stand: Lena.

Frau Pandel hatte inzwischen bemerkt, dass ich nicht nachgekommen war, und steckte verwundert den Kopf in meine Garderobenreihe.

»Nanu?«, sagte sie, als sie mich mit der Nase in Lenas Sportbeutel erwischte.

»Äh ... so einen Beutel hat meine Tochter auch«, versuchte ich es mit einer Erklärung. Ich hängte den Sportbeutel zurück an den Haken, obwohl ich ihn viel lieber eingesteckt hätte.

»Hm«, machte Frau Pandel und musterte mich argwöhnisch. »Ich muss jetzt wieder zurück auf den Hof. Sie melden sich am besten morgen telefonisch im Sekretariat.« Ihr Tonfall war plötzlich spitz und abweisend.

Ich tat so, als wenn nichts gewesen wäre, und bedankte mich für den Rundgang. Sie begleitete mich noch bis zum Ausgang, sagte aber kein Wort mehr. Als ich die Außentreppen des Schulgebäudes hinunterging, spürte ich ihren misstrauischen Blick in meinem Rücken, und dann hörte ich, wie sie die Tür zuknallte und abschloss.

Bei der Ampel kam Ricky mir entgegen.

»Was ist los? Haben sie dich rausgeschmissen?«, fragte er.

»Egal!« Ich konnte meine Aufregung nicht mehr länger verbergen. »Ich hab ihn! Ich habe ihn!!!« Ich sprang vor Ricky herum und kriegte mich nicht mehr ein.

Er griff mich fest an beiden Armen und sah mich fragend an. »Wen? Wen hast du?«

»Ihren Namen!«, rief ich. »Den Nachnamen der Mörderin! Er stand innen im Sportbeutel ihrer Tochter!«

Wir überlegten hin und her, was wir jetzt mit dieser Information machen sollten. Die Polizei verständigen, klar! Aber wen genau? Koller? Auch wenn ich eigentlich zu stolz war, mich bei ihm zu melden, wollte ich es tun. Notfalls auch bei Rieb. Ging aber nicht, denn mein altes Handy lag ja noch bei Frau Arden, und auf meinem neuen Prepaidhandy hatte ich die Nummern nicht gespeichert. Blieb nur der Gang ins Präsidium.

»Oder du rufst 110 an und lässt dich durchstellen«, schlug Ricky vor. »Geht bestimmt.«

Nein, ging nicht – der Typ am anderen Ende wollte mich nicht mit der Mordkommission verbinden, sondern meinen Hinweis nur weiterleiten. Das klang nicht sehr vielversprechend.

Ich gab trotzdem alle Informationen durch, meinen Namen, den von Lena Finke und warum sie in welcher Angelegenheit so relevant war. Ich erwähnte das Kräutertaschentuch aus dem Giftmordfall im *Oscars* und hoffte, dass Rieb sofort die Wichtigkeit erkennen würde, wenn er davon hörte.

Ich legte auf und schaute Ricky fragend an – und nun? Wir wussten beide, dass »abwarten« die vernünftigste Antwort gewesen wäre, aber keiner von uns sprach sie aus.

»Finke«, sagte ich stattdessen und lauschte dem Klang des Namens nach, prüfte, welches Gefühl er auslöste, ob er schuldig klang.

Klang er zwar nicht, aber es fühlte sich unglaublich gut an, ihn auszusprechen. Fast wie ein Triumph. Ich hatte von Anfang an gewusst, dass dieser Kräuterduft zur Mörderin führen würde. Und jetzt hatten wir ihren Namen!

Ricky versetzte meiner Euphorie einen Dämpfer: »Das ist der Name des Mädchens, dem der Turnbeutel gehört. Es ist nicht sicher, ob sie die Tochter der Mörderin ist. Das Mädchen könnte das Taschentuch auch von einer Freundin bekommen haben, von einer Nachbarin oder sonst irgendwem.«

Er hatte recht. Die Frau, die dem Mädchen das Taschentuch gegeben hatte, musste nicht zwangsläufig ihre Mutter sein, nicht einmal jemand, bei dem sie wohnte. Es konnte *Werauchimmer* sein. Schließlich hatte die Mörderin auch mir ein Taschentuch gegeben.

»Wieso reden wir nicht mit dem Mädchen?«

»Morgen vor der Schule abfangen? Wir wissen doch gar nicht, wie sie aussieht.«

»Nicht vor der Schule. Wo ein Name ist, gibt's auch eine Adresse«, sagte Ricky und zeigte auf die Schule.

»Ich kann da nicht wieder rein«, wehrte ich ab.

»Dann geh ich mal eben.« Und schon war Ricky die Treppen zum Schuleingang hinaufgesprintet und drückte auf die Klingel. Ich schüttelte den Kopf. Frau Pandel würde diesen unseriösen Kerl in Schmuddelpulli und mit Brandzeichen auf der Stirn sowieso nicht reinlassen.

Doch wieder einmal unterschätzte ich ihn.

Er verschwand in der Schule und kam erst nach zwölf Ampelphasen wieder raus. Grinsend und mit seinem Handy wackelnd.

Als er mir das Display hinhielt, damit ich mir die Fotos anschauen konnte, die er gemacht hatte, sah ich, dass jemand mit Kuli eine Telefonnummer auf seinen Unterarm geschrieben hatte.

»Sag bloß, das ist die Nummer von der Pandel.«

»Nein, das ist die Nummer ihrer jüngeren Schwester!«

Als Ricky meinen Gesichtsausdruck sah, winkte er ab.

»Nur Spaß. Jetzt schau dir mal die Fotos an. Kackauflösung, aber man kann trotzdem was erkennen. Hier, bei der 3a kleben Pferde an der Tür. Hast du schon mal versucht, ein Pferd zu malen? Dann haben sie noch ihre Gesichter aus Passfotos ausgeschnitten und auf einen Haufen von Kreisen geklebt – das sollen Pferdeäpfel sein. Ist das nicht doof?« Ricky rief das nächste Foto auf. »Und hier, die 3b, noch geiler: Aufgeklebte Blumen und die Kinder sind – na klar doch – Bienen! Die Pandel meinte, die Kinder hätten sich die Motive selbst ausgesucht.«

In den Köpfen der Bienen klebten wieder die aus Passfotos ausgeschnittenen Gesichter der Kinder, und das Praktische war, dass in den dazugehörigen Bienenkörpern ihre Vornamen standen. In der 3b gab es eine hübsche, aber sehr ernst dreinschauende Lena.

Von den Pferdeapfel-Gesichtern führten Strichlinien zu den Pferden, in denen die Vornamen der Kinder standen. Auch dort hieß eines der Mädchen Lena. Im Gegensatz zur Bienen-Lena grinste die Apfel-Lena breit und mit großen Hasenzähnen.

»Auf welche tippst du?«, fragte Ricky. »Die Ernste oder die Lustige?«

Er hatte von beiden Nahaufnahmen gemacht, die wir uns abwechselnd und intensiv anschauten, so als könnten wir daraus irgendetwas schlussfolgern.

»Die so ernst schaut, hat ganz traurige Augen.«

»Doch nur, weil sie ernst schaut.«

»Nein, sie guckt so, als würde sie etwas wissen, was keiner erfahren darf. Die wird's sein.«

»Die Lustige versteckt's einfach nur besser. Schau, sie hat Schatten unter den Augen.«

»Sie hat lange Wimpern, daher die Schatten. Die Ernste hat Grübchen, das ist so niedlich.«

»Sie wirkt geheimnisvoll, weil sie auch noch einen dunklen Pulli anhat. Dunkle Augen, dunkle Haare, dunkles Geheimnis.«

»Die mit den Hasenzähnen hat eine süße Stupsnase. Mit so einem Gesicht kann man ja nur lustig aussehen.«

Letztendlich ließ sich nur feststellen, dass wir beide bereit waren, uns in jedes Mädchen zu verlieben, das auch nur im Entferntesten so aussehen könnte wie unsere eigene Tochter. Und dass wir jetzt, da wir ein Gesicht vor Augen hatten, noch weniger so tun konnten, als ginge uns ihr Schicksal nichts an.

»Hoffentlich lebt sie noch.«

»Wieso?«

»Na, wenn sie das Tuch von der Mörderin hat? Könnte doch so was wie ein Todesbote sein. Immer da, wo der Geruch auftaucht, passiert gleich was.«

Rickys Gedanken jagten mir einen Schrecken ein.

»Verdammt! Wir brauchen Lenas Adresse. Wir müssen sie warnen, wir müssen die ganze Schule warnen!« Ich schrie fast, so aufgeregt war ich. »Wir müssen noch mal rein. Wenn wir der Pandel alles erklären, wird sie uns helfen!«

Ricky hielt mich an der Schulter fest und drückte mir ein Brillenetui in die Hand. Ich wusste zuerst nicht, was das sollte, bis mir klar wurde, dass ich das Ding schon einmal gesehen hatte, in Lenas Sportbeutel. Es war das Etui einer Schwimmbrille. Ich schaute Ricky fragend an.

»Dreh es um.«

Auf der Rückseite war ein Aufkleber, auf den Lena mit Krakelschrift ihre Adresse geschrieben hatte.

Streustraße 283, in Weißensee.

Unfassbar – wir hatten ihre Adresse!

Ich fiel Ricky um den Hals, nur ganz kurz. Dann wählte ich noch einmal die 110, gab Lenas Adresse durch, nannte auch die der Heine-Grundschule und äußerte den Verdacht, dass an beiden Orten womöglich die nächsten Zyankalivergiftungen anstanden. Außerdem drängte ich darauf, dass diese Informationen so schnell wie möglich an die Soko *Oscars* weitergeleitet werden sollten, speziell an Hauptkommissar Rieb.

In dem Moment, in dem ich das Telefonat beendete, überkam mich ein mulmiges Gefühl. »Was, wenn Lena wirklich die Tochter der Mörderin ist? Dann wohnt sie bei ihr und wird alarmiert sein, wenn die Schule unter Quarantäne gestellt wird. Scheiße, ich hätte nicht anrufen dürfen!«

Ricky nickte und zog die Stirn kraus. Seine Brandwunde bekam Beulen und färbte sich rot.

»Je nachdem, ob die Info bei Rieb ankommt und wie ernst er sie nimmt«, überlegte er laut und verstärkte mein dumpfes Gefühl.

»Oje.«

»Vielleicht nimmt Rieb sie ja ernst und fährt direkt hin«, spann Ricky die düsteren Gedankengänge weiter, »mit ein paar Streifenbeamten. Die treiben die Frau mit Verdächtigungen in die Enge und verstehen nicht, was hinter ihrer Fassade vor sich geht. Nina, ich kenne solche Leute«, sagte er mit einer Stimme, die plötzlich dumpf und heiser klang. Ich schaute Ricky in die Augen und bekam es mit der Angst zu tun.

Sie waren dunkel und flimmerten. Seine Wangen und sein Mund schienen zu vibrieren, auch sein Hals, die Halsschlagader war hervorgetreten und pulsierte. Sein ganzer Körper schien unter Strom zu stehen. Instinktiv legte ich meine Hand zwischen seine Brust und den Bauch, dahin, wo ich den Solarplexus vermutete. Irgendwo hatte ich gelesen, dass die Erwärmung dieses Nervengeflechts beruhigend wirken sollte.

Ricky rang nach Worten, und ich ließ ihm die Zeit dafür.

»Ich weiß, wie gut ihre Fassade funktioniert. Mein Vater war auch so ein Typ«, sagte er schließlich. »Wenn meine Mutter ihm nicht ins Lenkrad gegriffen hätte, dann wären wir im Gegenverkehr gelandet und nicht an einem Baum. Er hätte nicht nur uns, sondern wildfremde Leute mitgenommen.«

Ich schaute ihn sprachlos an. Was sagte er da? Dass der Autounfall, bei dem seine Eltern umgekommen waren und den er als Neunjähriger miterlebt hatte, nicht durch unglückliche Zufälle oder Unaufmerksamkeit verschuldet worden war, sondern mit Absicht? Von seinem Vater?

»Er wollte, dass wir alle draufgehen«, erzählte er weiter. »Meine Eltern haben sich jeden Tag gestritten, wegen jeder Kleinigkeit. Ich habe immer gedacht, dass das normal wäre. Aber meine Mutter meinte, dass man sich aussuchen könne, wie man leben will. Und sie wollte keinen Streit mehr, sie wollte lieber allein mit mir in eine eigene Wohnung ziehen. Mein Vater hat ihr angeboten, beim Umzug zu helfen. Sie hätte dem Frieden nicht trauen dürfen.«

Ricky schnappte nach Luft, und ich hielt den Atem an, so als könnte ich damit die Zeit anhalten und verhindern, dass Ricky sich wieder auf die Rückbank zurückversetzt fühlte, vom Licht des Gegenverkehrs geblendet.

Sein Herz schlug so stark, dass ich es in meine Handfläche wummern spürte.

»Keine Angst«, sagte ich, »wir lassen Lena nicht allein.«

19

Die Adresse aus Lenas Schwimmbrillenetui führte uns zu einem dreistöckigen Mehrfamilienhaus mit grünem Hinterhof in einer Straße voller dreistöckiger Mehrfamilienhäuser mit grünen Hinterhöfen. Als eines der wenigen Häuser hier war es noch nicht renoviert worden, sondern trug noch das Aschgrau alter Fassaden. Auf dem Klingelschild standen die Namen von acht Mietparteien. Darunter Lenas Nachname: Finke. Ganz oben auf der linken Seite.

Ein Stück weiter entdeckte Ricky einen roten VW mit der Aufschrift: *F(l)inke Pflege – Immer da, wenn man sie braucht.* Die Schrift war rosa und mit Blumen verziert. Lenas Mutter war also als mobile Pflegerin unterwegs, hatte sogar ein eigenes Unternehmen.

Ich schaute Ricky fragend an. »Kennst du die? Vielleicht von Frau Arden?«

Er legte die Stirn in Falten und schüttelte den Kopf. »Nein, sagt mir nichts. Um Frau Arden hat sich immer schon Bascha gekümmert, mit ihren Leuten. Ich helfe auch manchmal aus. Eine Frau Finke ist mir da noch nie begegnet.«

Wir stellten uns in einen Hauseingang gegenüber und taten so, als würden wir klingeln und auf jemanden warten, dabei schauten wir zu den linken Fenstern im dritten Stock hinauf. Keine Gardinen, dafür bunte Vorhänge. Und Blumentöpfe.

An zwei der Fenster klebten Einhorn-Fensterbilder – die gehörten bestimmt zu Lenas Zimmer. Einmal war ein Arm zu sehen, der eins der Einhorn-Fenster ankippte. Also war jemand zu Hause.

Es war jetzt kurz vor sieben Uhr abends und schon sehr dämmrig. Wir überlegten, was es bringen sollte, hier zu stehen und auf die Fenster zu starren. Aber wir konnten auch nicht weg. Das hätte sich angefühlt, als würden wir ein Raubtier, das gerade schlief, aus den Augen lassen.

»Wir warten hier, bis die Polizei kommt, egal, wie lange«, sagte ich zu Ricky, dessen innere Unruhe ihn dazu trieb, seine Fingerknöchel knacken zu lassen. Aber das machte nichts, denn je unruhiger er war, desto ruhiger wurde ich.

»Wir müssen dafür sorgen, dass sie über Lena Bescheid wissen und keinen Fehler machen.«

Ich nickte. »Machen wir. Aber hier können wir nicht stehen bleiben. Was, wenn die Mörderin aus dem Fenster schaut und uns erkennt? Vielleicht hat sie uns im Restaurant gesehen!«

»Hm«, machte Ricky, »schade, dass es keine Telefonzellen mehr gibt.«

Ich schaute mich um. Es gab weit und breit nichts, was sich als unauffälliger Beobachtungsposten geeignet hätte, kein Café, keinen Spätkauf, keinen Laden, in den man hätte gehen können.

»Wir könnten ja bei jemand anderem aus dem Haus klingeln und uns ins Treppenhaus stellen. Dann wären wir drin und aus dem Blickfeld.«

»Aber was, wenn Lena das Taschentuch gar nicht von ihrer Mutter, sondern von einer Nachbarin hat?«

»Dann sollten wir umso schneller aus deren Sichtfeld verschwinden«, meinte Ricky, nahm meine Hand und lief mit mir zum Haus der Finkes.

Er holte eine Karte aus seinem Portemonnaie und versuchte damit, das Schloss aufzudrücken.

»Das funktioniert nur im Film«, sagte ich.

Ricky schüttelte den Kopf. »Schon mal Werbung verteilt? Da machen die wenigsten Leute die Tür auf – und trotzdem haben sie dann ihren Flyer im Briefkasten.«

»Klingt so, als hättest du schon genauso blöde Jobs gemacht wie ich.«

Als Ricky gerade sein Einbruchswerkzeug wechseln wollte, ging die Tür auf, und eine blonde Frau in weißem Kittel kam heraus. Sie mühte sich mit einem großen Koffer ab. Ricky reagierte schnell, packte seine Karten in die Jackentasche, sagte freundlich: »Na, aber schönen guten Abend«, und hielt die Tür so auf, dass sie mit ihrem Gepäck gut rauskonnte. Die Frau grüßte reflexartig zurück und ging (nach Apfelkuchen riechend) an mir vorbei weiter zu ihrem Auto. Das parkte ganz in der Nähe, denn ich hörte, wie es mit einem elektronischen Geräusch antwortete, als sie den Türöffner betätigte. Ricky winkte mich ins Haus, aber ich sah mich nach der Frau um, weil ich wissen wollte, in welches Auto sie wohl einsteigen würde.

Es war das *F(l)inke-Pflege*-Auto.

Sie wuchtete ihr Gepäckstück in den Kofferraum. In dem Moment wurde mir klar, dass das weiße Kleid, von dem auf der Anzeige mit dem Phantombild die Rede war, gar kein Kleid, sondern ein weißer Kittel war. Genau so einer, wie Frau Finke ihn trug. Die blonden Haare, die sie zu einem Zopf gebunden hatte, passten auch zur Beschreibung, die die beiden alten Damen abgegeben hatten. Das Allerweltsgesicht dieses Phantombildes wurde hier vor meinen Augen mit Frau Finke lebendig. Ich konnte sehen, dass ihre Wangen geröteter waren und die Nase spitzer und dass der Abstand zwischen Kopf und Schultern kürzer war, was ihr Erscheinungsbild wesentlich gedrungener wirken ließ. Ich beeilte mich, zu Ricky in den Hausflur zu kommen, bevor ihr auffiel, dass ich sie musterte. Dann drückte ich die Tür so schnell es ging hinter mir zu und versuchte, ein Kichern zu unterdrücken, das mich unsinnigerweise befiel.

»Das war sie!«, flüsterte ich, nachdem ich mich wieder eingekriegt hatte. »Sie packt ihr Auto. Das Pflegeauto – sie will abhauen!«

»Was?« Rickys sprang zur Tür und riss sie auf, bevor ich noch etwas sagen konnte. Frau Finke schaltete gerade einen Gang höher und fuhr am Haus vorbei.

»Fuck!«, rief Ricky. »Sie fährt weg!«

Er lief aus dem Haus und sah den VW noch um die Ecke biegen.

»Verdammt!«, ärgerte er sich. »Ich hab das Kennzeichen nicht ganz erkennen können! Bin ich blind, oder was? Wir hätten es uns aufschreiben sollen.«

»B-XT-981«, sagte ich.

Ricky schaute mich erstaunt an und zeigte mir den erhobenen Daumen: »Gut gemacht.«

»Und was machen wir damit? Noch mal die Polizei anrufen?«

Ricky überlegte kurz. »Bist du sicher, dass die Frau die Unbekannte vom Klo war? Zu wie viel Prozent bist du sicher?«

»Hundert! Ich glaube sogar, dass ich ihre Stimme erkannt habe. Sie hat zwar nur ›Guten Abend‹ gesagt, aber wenn ich jetzt dran denke, dann stellen sich mir die Nackenhaare auf!«

»Sag mal, die Kleine hat nicht im Auto gesessen, oder?«

»Nein.«

»Gut.«

Ich dachte eine Weile darüber nach, ob das wirklich so gut war. »Wieso verreist sie ohne sie?«

»Vielleicht ist sie bei einer Schulfreundin.«

»Der Koffer war ganz schön riesig, findest du nicht?«

»Wahrscheinlich hat sie für zwei Personen gepackt.«

Ricky sah mich vielsagend an. »Oder da sind überhaupt keine Klamotten drin.«

Ich folgte seinem Gedankengang und überlegte, ob der Koffer groß genug gewesen war, um eine Achtjährige zu transportieren.

»Scheiße«, sagte ich, und dann fiel mir die schwere Eingangstür in den Rücken. Ricky hatte sie losgelassen und rannte die Treppen hinauf, immer zwei Stufen auf einmal nehmend.

»Hey!«, rief ich ihm hinterher. »Was hast du vor?«

»Das überleg ich mir oben!«, brüllte er durchs Treppenhaus.

Ich folgte ihm, so schnell ich nur konnte, und kam dazu, als Ricky versuchte, die Tür von Frau Finke mit dem Spatenblatt einer Schaufel aufzuhebeln, die er einem Sortiment von Gartenkram und Kinderspielzeug entnommen hatte, das neben der Tür stand.

»Spinnst du? Lass den Quatsch!«

»Ich will wissen, was sie mit ihr gemacht hat! Da drin ist ein Tatort!«

Ich versuchte, Ricky die Schaufel wegzunehmen.

»Das weißt du doch gar nicht. Beruhige dich mal!«

Ricky überließ mir die Schaufel und warf sich ohne Vorwarnung mit der rechten Schulter gegen die Tür, die krachte, aber kein bisschen nachgab. Dabei knallte er ungeschickterweise mit der Stirn dagegen und biss sich auf die Zunge. Kopfschüttelnd sah ich ihm dabei zu, wie er versuchte, mit den Schmerzen klarzukommen. Nach ein paar Minuten trollte er sich zum Flurfenster auf halber Treppe hinunter, öffnete es und hielt seinen Kopf in die kühle Luft.

Ich stand da, ratlos darüber, wie es weitergehen sollte, als ich ein leises Quietschen hinter mir wahrnahm, begleitet vom Duft nach frisch gebackenem Apfelkuchen.

Langsam drehte ich mich um und sah, dass die Wohnungstür einen Spalt geöffnet worden war. Aus zwei dunklen Augen schaute mich ein kleines Mädchengesicht fragend an. Ich erkannte in ihm sofort die ernst dreinblickende Bienen-Lena.

»Hast du geklopft? Was machst du mit meiner Schaufel?«, fragte sie.

Erst jetzt bemerkte ich, dass ich sie noch immer in der Hand hielt.

»Ach so, ja, also, ich dachte, ich könnte sie dir vielleicht abkaufen.«

»Warum denn?«

»Es ist ein Notfall. Ich muss ...« Ich hatte keine Ahnung, wohin mich dieser Satz führen sollte, ich improvisierte einfach. »Ich muss einen kleinen Hund retten, der in ein Loch gefallen ist.« Dann drehte ich die Schaufel so hin und her, als würde ich sie begutachten, um den Preis abzuschätzen. »Gibst du sie mir für zehn Euro? Ich brauche sie wirklich ganz dringend.«

»Wenn es so dringend ist, dann ist sie dir bestimmt noch mehr wert.«

Die Kleine schien sich nicht sonderlich für kleine Hunde zu interessieren, oder aber sie glaubte meine Geschichte nicht.

»Na schön, dann sag du mir, wie viel du dafür haben willst.«

Sie öffnete die Tür noch ein bisschen weiter und musterte mich mit ihrem ernsten Blick. Genau wie auf dem Foto trug sie ihr dunkles, schulterlanges Haar offen. Eine große gestreifte Küchenschürze reichte ihr bis über die Knie.

»Da muss ich erst meine Mama fragen, die hat die Schaufel gekauft«, sagte sie schließlich.

Ich nickte. »Na klar, mach das.«

Kaum hatte sie die Tür geschlossen, drehte ich mich aufgeregt zu Ricky um. Er hatte sich in die Fensterecke gehockt, um aus dem Sichtfeld zu sein, und reckte grinsend beide Daumen hoch.

»Und jetzt? Sie ruft die Mutter an!«, flüsterte ich ihm zu.

»Umso besser, dann kommt sie vielleicht zurück. Wir fangen sie hier ab, sie kommt nicht mehr an Lena ran. Ruf noch mal die Bullen an und sag, es ist dringend! Alle Kräfte hierher!«

Ich nickte und ging die Treppen hinunter. »Okay, mach ich unten.«

»Nein, bleib hier oben. Ich geh runter und pass auf, dass die Finke nicht hochkommt, notfalls fessle ich sie und bring sie in ihrem eigenen Auto ins Präsidium. Bleib du hier bei dem Mädchen, egal, was kommt!«

Er winkte und eilte die Treppen runter, ich beugte mich übers Geländer und sagte: »Und wenn irgendwas ist?«

»Was meinst du?«

»Na, was Blödes?«

»Dann klingel ich!«

Das klang nach einem Plan. Trotzdem hatte ich das Bedürfnis, noch viel mehr klären zu müssen.

»Ricky!«, rief ich ihm im Treppenhaus nach. Er stoppte und beugte sich so über das Geländer, dass wir uns sehen konnten. »Ich war noch mal am Eichplatz, ich hab dein Bild gesehen. Also das, das du von mir gemacht hast.«

Ricky schaute mich abwartend an. »Und? Gefällt's dir?«

Ich nickte und schluckte ergriffen, mir blieb die Spucke weg. »Und wie!« Mehr als ein Flüstern bekam ich nicht zustande. Ricky warf mir einen liebevollen Blick zu und setzte seinen Weg ins Erdgeschoss fort. Ich blieb mit einem Kloß im Hals zurück, atmete durch, setzte mich schließlich auf die oberste Stufe und rief wie versprochen nochmals die 110 an. Ich drängte darauf, dass jemand hierherkommen sollte, und gab auch noch das Autokennzeichen von Frau Finke durch, für alle Fälle. Dann lauschte ich in die Stille des Treppenhauses hinein und versuchte zu hören, was hinter Lenas Wohnungstür vor sich ging. Aber es blieb alles ruhig. Nur ab und an waren Geschirrklappern und kleine Huster zu hören.

Ich konnte verstehen, dass Lena die Tür nicht mehr aufmachte. Hätte ich an ihrer Stelle auch nicht gemacht. Als Kind war ich oft allein, wenn meine Oma zu einer Geburt gerufen wurde, tags wie nachts, und dann hatte mich immer ein mulmiges Gefühl beschlichen. Wenn es schlimmer wurde, fing ich an, die Kristalle in meiner Tapete zu zählen, und jedes Mal kam am Ende eine andere Summe dabei raus. Es waren nur blaue Ornamente, aber für mich sahen sie aus wie Tausende von Eiskristallen, die aneinander gefroren waren. Ich dachte, so muss sich dieser Kai aus dem Märchen fühlen, der im Palast der Schneekönigin sitzt und versucht, aus Tausend Eissplittern das Wort »Ewigkeit« zu formen, während er erfriert.

Wieder quietschte es, als Lena die Klinke runterdrückte und die

Tür einen Spalt öffnete, wieder strömte Kuchenduft in den Hausflur. Mit ihrem dünnen Ärmchen schob sie eine Tupperdose mit Essen in meine Richtung.

»Für den Hund.«

Ich nahm die Dose, bedankte mich und fragte nach, was ihre Mutter wegen der Schaufel gesagt hätte. Aber die Tür war schon wieder zu. Falls Lena Frau Finke wirklich angerufen hatte, gab es nur zwei Möglichkeiten. Erstens: sie würde abhauen (wofür der Koffer sprach). Oder zweitens: einen U-Turn einlegen und sofort zurückkommen. Ich war mir nicht sicher, was besser war. Sie würde Ricky nicht überwältigen können, falls sie hier auftauchte. Sie war klein, ihm würde schon nichts passieren. Andererseits war sie eine durchgeknallte Mörderin. Unberechenbar und eiskalt.

Ich machte die Tupperdose auf und schaute nach, was Lena eingepackt hatte: ein paar Wurstscheiben, Brot und ein zerfleddertes Kuchenstück, das besser roch, als es aussah – nach leckerem Teig, Butter, Apfelstücken und Mandeln. Nur, dass keine Mandeln zu sehen waren. So sehr ich den Kuchen auch zerpflückte. Kein noch so kleiner Mandelsplitter weit und breit. Und doch war da dieser Duft – genau wie bei der Zwiebelsuppe.

Ich sprang auf und hämmerte an Lenas Wohnungstür. »Lena! Mach auf! Hallo, hallo!«

Sie schien hinter der Tür gestanden zu haben, denn sie öffnete sofort. Zwar wieder nur einen Spalt, aber das reichte mir. »Lena, hast du was vom Kuchen gegessen?«

»Woher weißt du denn, wie ich heiße?«

Ich wollte Lena nicht anlügen, aber ich wusste nicht, wie ich ihr erklären sollte, wieso ich hier war. Also sagte ich: »Das hat mir dein Schutzengel erzählt. Nein, ehrlich gesagt bin ich dein Schutzengel. Ich bin hier, weil der Kuchen schlecht ist. Du darfst kein Stück davon essen, okay?«

»Das glaub ich dir nicht.«

»Kannst du aber! Das mit dem Hund und der Schaufel war gelogen, ich geb's zu. Aber das müssen Schutzengel manchmal machen, damit sie unerkannt bleiben.«

Lena machte die Tür ein bisschen weiter auf. »Wieso?«

»Na ja, eigentlich sind wir ja unsichtbar oder kommen nur in Träumen vor, ist dir bestimmt schon passiert. Nur, wenn es gar nicht anders geht, dann klopfen wir direkt an die Tür.«

»Und du bist wegen dem Kuchen hier?«

»Ja. Hast du schon was davon gegessen?«

Lena schüttelte den Kopf.

»Gut. Zeigst du mir bitte die Zutaten? Dann kann ich dir sagen, welche krank macht.«

Bereitwillig öffnete sie die Tür, und ich ging der Nase nach in die Küche. Obwohl die ganze Wohnung vom Kuchenduft erfüllt war, konnte ich unterschwellig den charakteristischen Kräuterduft wahrnehmen, der mich hergeführt hatte. Falls ich noch einen letzten Zweifel gehabt hatte, dann war er damit verflogen: Hier war ich hundertprozentig richtig.

Meine Sinne waren aufs Äußerste geschärft, ich versuchte nicht nur die Nase, sondern auch Augen und Ohren offen zu halten und auf jedes noch so kleine Detail zu achten. Im Flur gab es nur zwei Kleiderhaken an der Wand, einen leeren in Erwachsenenhöhe und einen in Kinderhöhe, an dem eine hellblaue Jacke hing. Die Küche war ebenso pragmatisch eingerichtet, aber etwas gemütlicher. Am Kühlschrank waren Fotos von Lena mit bunten Magneten angepinnt, auf einem war sie noch ein Baby. Ansonsten gab es nichts Persönliches, von allem nur das, was wirklich benötigt wurde: zwei Topflappen neben dem Herd, kein Gewürz war doppelt, zwei Stühle, zwei Tassen auf einem Regal neben einer Zuckerdose und einem Behälter für losen Tee. Es wirkte nicht ärmlich, sondern durchdacht. Alles hatte seinen Platz, und so gab es auch genug Platz für alles.

Lena zeigte auf den Kuchen, der auf einem Blech auf dem ausgeschalteten Herd stand. Ich beugte mich darüber und fächelte mir den Duft zu. Er hatte eindeutig eine starke Mandelnote. Musste nicht unbedingt Zyankali, konnten auch geriebene Mandeln sein.

»Hast du deiner Mutter beim Backen geholfen? Weißt du noch, was ihr alles dafür gebraucht habt?«

Lena nickte stolz. Dann holte sie den Rest Mehl, Butter, eine halbe Packung Eier, Zucker, Salz und eine leere Schüssel hervor und stellte alles auf den Tisch.

»Was war in der Schüssel?«

»Die Äpfel.«

»Sonst sind alle Zutaten dabei?«

Lena nickte, überlegte dann kurz und ging zu einer Schublade, aus der sie ein kleines Fläschchen mit einer Pipette holte. Ich riss es ihr fast aus der Hand, aber es war nur konzentriertes Vanillearoma. Ich schnupperte auch an allen anderen Zutaten, roch jedoch nichts Ungewöhnliches.

»Mandeln habt ihr nicht reingemacht?«

»Nein.«

»Auch keine geriebenen?«

»Nein, ich bin doch allergisch dagegen.«

»Wirklich?«

»Ja, auch gegen Äpfel, aber nur, wenn sie roh sind. Im Kuchen werden sie ja gebacken.«

Lena wusste ziemlich viel. Bestimmt wusste sie auch eine Menge über den Kräuterduft. Als ich sie danach fragte, holte sie ein Taschentuch aus ihrer Hosentasche und gab es mir. Es sah fast genauso aus wie das, das mich im Klo des *Oscars* vor dem Nervenzusammenbruch bewahrt hatte. Nur dass es nicht braun-rot-weiß, sondern grün-weiß kariert war.

Ich roch daran, und die Gegenwart der Kräuterwiese überwältigte mich wie die Male zuvor. Die Hügelkuppe schien schon wieder ein Stück näher gekommen zu sein. Die Bienen summten lauter. Die Sonne schien wärmer. Es war berauschend. Wonnegefühle wärmten mich von innen, mein Pulsschlag beruhigte sich.

»Wow«, sagte ich, »was ist das für eine Mischung?«

»Hat meine Mama für mich gemacht. Damit ich mich nicht aufrege.«

»Warum sollst du dich denn nicht aufregen?«

Lena nahm das Taschentuch von mir zurück und steckte es sich in die Schürzentasche.

»Du bist doch mein Schutzengel. Wieso weißt du das dann nicht? Und wo sind deine Flügel?«

Gute Fragen, schlaues Kind.

»Die sind unsichtbar, und klar weiß ich, warum du dich nicht aufregen darfst, ich wollte nur höflich sein. Dir wird schlecht, stimmt's?«, tippte ich ins Blaue.

Lena warf mir einen verschwörerischen Blick zu. »Und ich kippe um und kriege Nasenbluten. Mama sagt, ich könnte sogar sterben dabei.«

»Das klingt gefährlich.«

»Ja. Ist eine ganz schlimme Krankheit, nicht mal ein Arzt kann da was machen«, sagte sie nicht ohne Stolz. »Aber meine Mama kennt sich aus, sie ist die Einzige, die mir helfen kann.«

»Dann hast du ja schon einen Schutzengel«, stellte ich fest und räumte den Kuchen weg. Für alle Fälle. Ich packte ihn in eine Plastiktüte und verstaute ihn ganz oben auf dem Kühlschrank, sodass Lena ihn nicht erreichen konnte.

»Für wen habt ihr den Kuchen eigentlich gebacken?«

So, wie Lena mich anschaute, wusste sie nicht, was ich von ihr wollte.

»Hat vielleicht jemand Geburtstag? Oder erwartet ihr Besuch?«

»Nein, den haben wir einfach so gebacken. Als Abendbrot. Ich durfte mir aussuchen, ob ich Pizza will oder Kuchen. Da hab ich Kuchen gesagt.«

»Aha. Weißt du, wann deine Mama wiederkommt?«

»Ich weiß nicht, sie ruft nachher an.«

Ich musste schlucken. Dass es tatsächlich Frau Finkes Plan war, sich aus dem Staub zu machen und Lena allein und mit vergiftetem Abendessen zurückzulassen, war hart. Obwohl die Frau schon bewiesen hatte, wie kaltblütig sie war, wollte ich es nicht glauben.

»Du hast doch bestimmt gesehen, dass deine Mama einen Koffer dabeihatte.«

Lena nickte.

»Weißt du auch, was sie eingepackt hat?«

»Nein! Und was ess ich jetzt?«, maulte sie. »Ich hab Hunger.«

»Ich bestell eine Pizza, okay?«, schlug ich vor.

»Na gut.«

Sie band sich die Schürze ab und hängte sie an den dafür vorgesehenen Haken. »Ich muss jetzt aufräumen.«

Sie ging aus der Küche über den Flur in ihr Zimmer, das genau auf der anderen Seite der Wohnung lag.

Ich schaute mich um. Auf dem Tisch lag eine Packung Knäckebrot. Im Kühlschrank standen etliche Marmeladen, Wurst war da, Butter und Eier auch. Aber aus dieser Küche würde ich Lena ganz bestimmt nichts zu essen geben. Es war die Küche einer Giftmischerin. Ich knallte die Kühlschranktür so heftig zu, dass die Fotos daran wackelten. Fast alle zeigten Lena, nur auf einem war Frau Finke mit drauf. Sie hielt Baby-Lena auf dem Arm, da war sie vielleicht ein Jahr alt. Lenas Haare waren noch ganz hell, und von ihrem ernsten Blick war noch nichts zu sehen – sie grinste wie ein Honigkuchenpferd. Ich fotografierte es mit meinem Handy ab und schickte es an Ricky.

Dann überlegte ich, ob ich tatsächlich einen Pizzadienst anrufen sollte oder ob der Spuk hier bald vorbei sein würde. Wie lange würde die Polizei noch auf sich warten lassen? Vielleicht war es besser, wenn ich mit Lena die Wohnung verließ? In einer Pizzeria würde sie keiner vermuten. Ob ich nun hier oder dort den Babysitter spielte, machte keinen Unterschied. Doch. Das eine war nur unbefugtes Betreten, das andere Kindesentführung.

Ich schickte Ricky eine Nachricht: *Bin in der Wohnung. Alles okay bei dir?* Er antwortete umgehend mit: *Okay hier. Fass nichts an!* Zu spät. Ich öffnete den Schrank unter der Spüle mit meiner Schuhspitze und fand tatsächlich ein paar Gummihandschuhe, die ich anzog.

Dann schaute ich aus dem Küchenfenster, aber das ging nicht nach vorn zur Straße, sondern zum Hinterhof raus. Von dem war nicht sehr viel zu sehen, die Blätter eines großen Kastanienbaums verdeckten den Blick.

Das hier war eine Zwei-Raum-Wohnung. Vom Flur gingen auf der linken Seite zur Straße hin zwei Türen ab. Eine war aus Glas und führte ins Badezimmer. Wanne und Waschbecken waren schemenhaft zu erkennen. Die andere Tür war abgeschlossen, sicher Frau Finkes Schlafzimmer, Brutzelle aller Mordgedanken.

Ich schaute zu Lena ins Zimmer. Es war nicht ganz so ordentlich wie die Küche. Aber die systematische Art, mit der Lena es aufräumte, ließ erkennen, dass es das bald sein würde. Sie hatte sich ein Hörspiel angemacht, *Momo*, und sortierte Blätter, die auf dem Boden lagen.

Ich ging zurück in die Küche, um sie gründlicher zu durchsuchen. Im Medizinschränkchen neben dem Hängeregal erschnüffelte ich kein Zyankali. Vielleicht hatte Frau Finke es ja dabei oder bereits verbraucht. Dann öffnete ich ein paar Schubladen. Gleich die erste ließ tief blicken: Da waren jede Menge Einwegspritzen und Kanülen, um Flüssigkeiten zu dosieren, außerdem ein Fläschchen Chloroform. Auch davon machte ich ein Foto, das ich Ricky schickte. In der zweiten Schublade lag ein kleines Mitteilungsheft, wie ich es selbst noch aus meiner Schulzeit kannte. Es war an einer

Stelle aufgeschlagen, an der die Lehrerin etwas mitzuteilen hatte: *Liebe Frau Finke, heute hatte Lena während des Wandertags so starkes Nasenbluten, dass wir mit ihr zu einem Arzt mussten. (Bitte Krankenkarte nachreichen! Adresse von Dr. Naumann steht auf dem Behandlungszettel.)*

Unser Tagesprogramm am Flakturm haben wir nicht geschafft. Im Interesse der anderen Kinder und um unserer Aufsichtspflicht nachkommen zu können, bitte ich Sie darum, uns auf zukünftige Wandertage und bei Klassenfahrten zu begleiten. Andernfalls muss Lena bis auf Weiteres davon ausgeschlossen werden. Bitte setzen Sie sich mit Dr. Naumann in Verbindung, er kennt einen Spezialisten für Lenas Problem.

Die Mitteilung war mit *Frau Jaschke* unterzeichnet und auf Donnerstag, den 20. September, datiert. Den Tag vor dem Giftmordanschlag. Ich konnte das triumphierende Gefühl, das mich beim Lesen überkam, nicht unterdrücken. Und ich wollte es auch gar nicht. Ja, Dr. Naumann war das eigentliche Ziel gewesen. Noch eine Vermutung, bei der ich richtiggelegen hatte!

Ich rief sofort Ricky an, bei dem noch alles ruhig war, und las ihm die Nachricht vor.

»Aber wieso?«, wollte er wissen. »Was war denn so schlimm an diesem Nasenbluten? Mein Gott, dann darf sie halt beim nächsten Wandertag nicht mit – na und? Ich hab Wandertage immer gehasst!«

Unter dem Mitteilungsheft lugte eine Info-Broschüre hervor, wie sie in Arztpraxen auslagen. Vorsichtig zog ich sie mit meinen behandschuhten Fingerspitzen hervor und blätterte sie durch. Sie behandelte das Thema Faktor-X-Mangel. Die Krankheit, über die ich im Zusammenhang mit einer anderen Geschichte erst kürzlich einen Artikel gelesen hatte. Der Geschichte von Adriana Samu. Auch sie hatte diese seltene Blutkrankheit gehabt, die laut Broschüre nur in einem von fünfhunderttausend Fällen auftrat.

Ich teilte Ricky meine Gedanken mit, las ihm Details aus der

Broschüre vor: »… wird nur vererbt, wenn beide Eltern selbst Träger dieses Gendefekts sind« und resümierte: »Derselbe Faktor-X-Mangel. Dieselbe Krankheit.«

»Und was heißt das jetzt? Dass Lena mit Adriana verwandt ist? Dass es hier eigentlich um Adriana Samu geht? Wo ist da bitte das Motiv nach acht Jahren?«

Und im Moment der Fragestellung wussten wir beide die Antwort.

Nach dem Telefonat waren Ricky und ich entschlossener denn je, Lena vor Frau Finke zu beschützen.

Ich überlegte, noch einmal die 110 zu wählen, ließ es dann aber bleiben. Bereits die ersten Male musste ich nicht besonders überzeugend geklungen haben, sonst wäre längst ein Streifenwagen aufgekreuzt. Stattdessen fotografierte ich alle Beweisstücke doppelt und dreifach und schickte sie an Ricky.

Dann lehnte ich mich an Lenas Türrahmen und schaute ihr beim Aufräumen zu. An der Wand über ihrem Kopf prangten vier Großbuchstaben L E N A. Aus Pappe geschnitten und mit Herzen gefüllt. Ich fragte mich, wie Adriana sie wohl genannt hätte. Lena war ein sehr schöner Name, aber er war der falsche. Alles hier fühlte sich falsch an.

Das Hörspiel lief immer noch, Lena schien der Geschichte konzentriert zu lauschen. Und ich stand da wie ein Eindringling, der von einem Beobachterposten aus zusah, wie ihre Welt in sich zusammenbrach. Aber noch war es nicht so weit, noch hielt die Fassade. Ihr Bett war mit Regenbogenbettwäsche bezogen. Auf dem Kissen lag ein Plüscheinhorn. Noch mehr Einhörner in verschiedenen Größen auf dem Bücherregal und auf dem Schreibtisch.

»Du magst Einhörner, stimmt's?«

»Mama muss immer an mich denken, wenn sie eins sieht. Und dann kauft sie es mir.«

Die Wände waren auf zwei Seiten in einem kühlen Blau gestrichen. Wäre nicht meine Wahl für ein Kinderzimmer gewesen, aber zu Lena passte es. Nur auf der Stirnseite ihres Bettes und hinter der Tür war die Tapete nicht überstrichen worden. Es war ein ähnliches Ornamentmuster, wie ich es aus meiner Kindheit kannte, nur nicht mit blauen, sondern roten Kristallen.

Im Hörspiel war der Sprecher verstummt, Musik erklang.

»Schöne Tapete«, sagte ich.

»Nein, hässlich!«, schoss es aus Lena heraus. »Mama sagt, dass ich sie mir selber ausgesucht habe, als ich noch ganz klein war. Deshalb will sie sie behalten. Ich möchte aber lieber alles blau haben.«

Die Musik hörte auf, die *Momo*-Geschichte ging weiter. Lena verstummte wieder und hörte zu. Es fühlte sich an, als würde ich schon einen halben Tag mit ihr verbringen, obwohl gerade mal zehn Minuten vergangen waren. Ich fragte mich, was mit Lena passieren würde, sobald Frau Finke festgenommen worden war. Wer würde sich um sie kümmern? Ob sie noch am selben Tag ins Heim kommen würde? Oder würde sie erst mal von einer Psychologin befragt werden, um Material für die Anklage gegen Frau Finke zu bekommen?

Am Fensterbild vorbei warf ich einen Blick hinunter zur Straße zu Ricky. Doch er war nirgends zu sehen. Ich holte mein Handy hervor und wählte seine Nummer. Der Ruf ging ins Leere. Auch wenn ich mich aus dem Fenster lehnte, war von Ricky weit und breit keine Spur zu sehen. Was hatte das zu bedeuten? Ich spürte sofort mein Herz lauter schlagen. Irgendetwas war schiefgelaufen.

Ich ging zur Wohnungstür, um sie von innen zu verschließen. Aber da war kein Riegel, keine Kette, und nirgends hing ein Schlüssel. Als ich Lena danach fragte, wollte sie ihn mir nicht geben.

»Ich lass mich nicht einschließen!«

»Will ich doch gar nicht, ich will nur, dass niemand von außen reinkann, das ist was anderes.«

Lena wurde sauer. »Das ist genau dasselbe!«

Sie ließ die Blätter, die sie eben noch so akribisch sortiert hatte, auf den Boden fallen.

»Hör mal ...«, sagte ich so versöhnlich wie nur möglich. »Ich bin extra hergekommen, um dich zu beschützen.«

»Das glaub ich dir nicht!«, rief sie, griff nach einem Kuscheltier und pfefferte es in meine Richtung. »Es gibt keine Schutzengel! Das denkst du dir bloß aus! Einhörner gibt es auch nicht!«

Sie griff nach einem der Keramikeinhörner auf ihrem Schreibtisch und warf es zwei Meter neben mir gegen die Wand. Es zersplitterte. Und ich bekam weiche Knie.

Was zum Teufel passierte hier? Die ganze Sache flog mir total um die Ohren!

»Lena, ganz ruhig ...«, versuchte ich es mit sanfter Stimme. »Alles gut. Bald kommt die Pizza, und du kriegst was zu essen, ja? Du hast Hunger, und wenn man Hunger hat, wird man wütend.«

»Nein!« Sie schüttelte so heftig den Kopf, dass ihre Haare flogen. »Du hast überhaupt nichts bestellt! Du hast den Pizzadienst nicht angerufen. Du lügst! Die ganze Zeit lügst du!«

Die Haare hingen ihr wild ins Gesicht, und als sie sie zur Seite strich, sah ich, dass ihr Blut aus der Nase auf die Oberlippe tropfte und von da auf ihr blaues T-Shirt.

Sie bemerkte es selbst – was sie noch viel mehr aus der Fassung brachte. Panisch griff sie nach dem Taschentuch in ihrer Hosentasche, aber es war nicht da. Natürlich nicht! Sie hatte es mir in der Küche gezeigt und danach in ihre Schürzentasche gesteckt! Ich stürzte sofort los, um es zu holen. Warf dabei einen der beiden Küchenstühle um, riss mit bebenden Fingern die Schürze vom Haken, während Lena in ihrem Zimmer wimmerte. Als ich über den Flur zurückrannte, ging plötzlich die Wohnungstür auf und krachte mir mit voller Wucht ins Gesicht, direkt gegen Nase und Stirn. Ich ging zu Boden und sah Sterne. Als ich wieder etwas erkennen konnte, stand Frau Finke über mir und tröpfelte etwas auf Lenas Taschentuch, das mir aus der Hand gefallen war.

»Die Tapete ...«, stammelte ich unsinnigerweise. »Die Tapete ...« Obwohl ich doch eigentlich nach Ricky rufen wollte. Wo war er? Wieso hatte er die Frau nicht abgefangen, wieso nicht geklingelt? Hatte sie ihn überrumpelt? Ihn, den vorbestraften Körperverletzungsexperten? Was, wenn sie ihn diesmal wirklich erwischt hatte, wenn sie ihn ...

Den Gedanken konnte ich nicht mehr zu Ende bringen; Frau Finke drückte mir das Taschentuch mit solcher Kraft auf Mund und Nase, dass meine Gegenwehr, angeschlagen wie ich war, nicht ausreichte. Ich nahm den berauschenden Kräuterduft wahr, gemischt mit etwas anderem, Einschläferndem, und diesmal schaffte ich es, die Hügelkuppe zu erreichen. Hier oben waren alle Blüten noch viel bunter und ihr Duft intensiver. Auf der anderen Seite des Hügels erstreckte sich die Wiese noch weiter, hin zu riesigen Wildrosenbüschen, die wunderbar dufteten. Davor standen gelbe Kästen, Bienenstöcke. Überall summte und brummte es. Eine Biene taumelte, schwer mit Nektar beladen, über mich hinweg, und dann schnüffelte mir eine Hundeschnauze im Gesicht herum. Ich kannte die Schnauze, sie gehörte Grizzly, dem Hund meiner Kindheit. Sein Besitzer, der Nachbar und Imker Herr Krüger, stand ein Stück entfernt von uns. Er war kaum wiederzuerkennen ohne den grauen Vollbart, der sonst sein halbes Gesicht verdeckte. Auch sein Haar war anders, als ich es in Erinnerung hatte, kürzer und nur an den Schläfen grau. Er unterhielt sich mit jemandem, der aussah wie meine Mutter, als sie noch ganz jung war und so eine löwenmähnenartige Dauerwelle hatte wie auf den Reisefotos.

Sie schien aufgebracht, gestikulierte wild. Herr Krüger griff nach ihrem Arm, sie wehrte ihn ab und – mehr sah ich nicht, konnte es nicht sehen, denn Grizzly leckte mir das Gesicht ab. Und auf einmal ging eine Sirene an, nah und ohrenbetäubend laut.

Ich wusste zuerst nicht, woher dieser Lärm kam, aber dann merkte ich, dass ich ihn anscheinend selbst erzeugte, dass ich es war, die schrie. Ich sah meine Arme, die in der Luft herumfuchtelten – dicke, kurze Arme eines kleinen Kindes, das zwar noch nicht laufen, aber immerhin schon über die Wiese krabbeln konnte. Grizzly verschwand, und Herr Krüger beugte sich zu mir, hob mich hoch, ganz nah an sein Gesicht, und ich konnte sehen, wie sommersprossig es war.

Vom Vollbart verdeckt, hatte ich bisher immer nur ein paar Punkte auf seiner Nase bemerkt, die außerdem viel blasser waren und ineinander verschwammen. Hier in diesem Sonnenlicht aber waren sie wie dunkle Sterne. Und da am rechten Mundwinkel saßen drei von ihnen im selben Abstand nebeneinander wie Mintaka, Alnilam und Alnitak im Gürtel des Orion. Wie nah unsere Gesichter sich waren! In seinen Augen spiegelte sich das Grau meiner eigenen wider, mitsamt dem grüngelben Kranz um die Pupille herum. Oder waren es seine Augen, die sich in meinen spiegelten?

Jetzt drückte er mich an sich und sagte etwas Nettes, Beruhigendes. Ich mochte seine Stimme, mochte den Mann, der meine Oma mit Honig versorgte. Wenn er mein Vater war, dann konnte ich froh sein. Er war ein netter Mann. Mit einer netten Familie. Seine vier Kinder spielten bereitwillig mit mir, obwohl sie alle älter waren. Seine Frau brachte mir Kuchen, wenn sie sah, dass der Polo meiner Oma nicht in der Einfahrt stand und ich mal wieder allein war.

Über seine Schulter hinweg sah ich meine Mutter bis hinunter zu den Rosensträuchern laufen, so weit, dass sie für meine Kinderaugen nur noch schemenhaft zu erkennen war. Gut erkennbar waren hingegen die Bienenstöcke, an denen sie vorbeigekommen war. Sie brannten nämlich lichterloh. Dicke Rauchwolken stiegen von ihnen auf. Hatte meine Mutter sie angezündet?

War das wirklich eine tief verschüttete, frühkindliche Erinnerung von mir, die hier ans Licht kam, oder verursachte das Betäubungsmittel solche Halluzinationen? Ich spürte dumpfe Schmerzen in meinem Kopf, an der Stelle, gegen die die Tür geschlagen war. Ein gutes Zeichen: Ich erlangte das Bewusstsein zurück. Ich versuchte, meine Augen aufzumachen, aber die Lider flatterten nur, und es fiel mir unheimlich schwer zu atmen, so als läge ein Schwamm auf meinem Gesicht. Und (hatte ich die Augen nun offen oder zu?) – es roch nach Rauch.

Ich spürte mein Herz in meinem Brustkorb rebellieren und an die Rippen schlagen, spürte, wie mir das Adrenalin durch die Adern schoss, wie alles sich drehte und aufbäumte, wie Tausende von Bienen in meinem Kopf zu summen anfingen.

Ja, ich war wach, nur konnte ich nichts sehen, weil mir der Rauch in den Augen brannte. Er kam aus Lenas Zimmer und zog über mich hinweg Richtung Küche. Diesmal war die Panik, die mich bei Brandgeruch überkam, überaus nützlich – sie puschte mich hoch, machte mich hellwach und stark genug, um mich aufzurappeln. Die Wohnungstür war abgeschlossen, es gab kein Entkommen in den Hausflur. Das Fenster in der Küche stand offen, ich wollte schon die Küchentür hinter mir zuknallen, da sah ich Lenas kleine Füße auf dem Bett in ihrem Kinderzimmer. Sonst war kaum etwas zu erkennen, Rauch waberte durch den Flur und brannte mir in den Augen. Ich machte ein Geschirrtuch nass, band es mir vor den Mund und rannte in Lenas Zimmer. Ein Klamottenberg, der halb im Schrank und halb davor lag, brannte. Flammen züngelten an den Schranktüren empor. Dünne Rauchspiralen wirbelten herum, heiß und giftig. Lena lag von Frau Finke umklammert auf ihrem Bett, beide hatten die Augen geschlossen. Ohne weiter darüber nachzudenken, griff ich nach Lenas Fußgelenken und zog sie aus der Umarmung heraus, vom Bett, über den Teppich und die Türschwelle, in den Flur und über die Schwelle zur Küche. Das war nicht die sanfteste Methode. Lena hatte ein paar Schrammen am

Kopf und an den Ellbogen, hustete wie verrückt, aber sie war bei Bewusstsein und aus der unmittelbaren Gefahrenzone.

Kaum hatte sich ihr Husten beruhigt, wollte sie sofort wieder zurück zu ihrer Mutter. Ich konnte sie nur davon abhalten, indem ich ihr versprach, ihre Mutter ebenfalls zu retten. Während ich das tat, sollte sie die Feuerwehr rufen, ich tippte die Nummer ein und drückte ihr mein Handy in die Hand. Dann machte ich die Küchentür hinter mir zu und blieb im Flur stehen. Es kostete mich große Überwindung, tatsächlich noch einmal in Lenas Kinderzimmer zu gehen. Warum sollte ich mein Leben und das meines Kindes für eine Mörderin riskieren? War es nicht für alle besser, wenn sie aus der Welt war?

Mir fiel ein, dass sie den Wohnungsschlüssel in ihrer Hosentasche haben könnte, und dann dachte ich an Lena. Sie wusste ja nicht, wen sie da ihre Mutter nannte. Ich setzte mich in Bewegung und blieb auf der Schwelle zu Lenas Zimmer erschrocken stehen – das Bett war leer! Frau Finke lag nicht mehr darauf, sondern kroch auf allen vieren über den Teppich auf mich zu. Ich wurde panisch und stolperte rückwärts zur Küche zurück. Diese Frau war wahnsinnig, ich durfte sie nicht zu mir und Lena lassen, auf keinen Fall!

In der Küche verrammelte ich die Tür so fest es nur ging. Schob den Tisch davor. Eine Sekunde später wurde an der Klinke gerüttelt, dass fast die Schrauben herausflogen. Es folgte ein Jaulton, markerschütternd und nicht von dieser Welt, dann hämmerte Frau Finke an die Tür und schrie Lenas Namen.

Was sollte ich machen? Die Tür zulassen, klar. Es musste sein, auch wenn Lena versuchte, den Tisch wieder wegzuschieben und die Tür für ihre Mutter aufzumachen. Sie hatte ganz schön viel Kraft für eine so zierliche Achtjährige. Ich kämpfte regelrecht mit ihr und konnte nur hoffen, dass die Feuerwehr bald kam. Auf einmal durchfuhr ein stechender Schmerz meinen Bauch; Lena hatte mir einen Boxhieb in den Unterleib verpasst. Und dann noch einen.

Mit Absicht oder nicht – es tat so weh, dass ich nichts anderes machen konnte, als mich wie ein zuckender Wurm über der Spüle zu krümmen. Aus dem Augenwinkel nahm ich wahr, wie Lena den Tisch wegschob und die Tür aufschloss. Ich konnte es nicht verhindern. Das war der Moment, in dem mir die Beine wegsackten und der Küchenboden auf mich zukam.

20

Das Erste, was ich spürte, war ein gewaltiger Druck auf der Nase, so als würde sie von einer Klammer zugehalten.

Atmen funktionierte nur durch den Mund und riechen gar nicht. Im Augenblick störte mich das allerdings kein bisschen, es kam mir eher wie eine Erholung vor.

Das Erste, was ich sah, war ein Ballon. Ein roter Ballon in Herzform. Prall mit Helium gefüllt strebte er zur Decke hinauf und hielt das Geschenkband, mit dem er an der Metallstrebe am Fußende meines Krankenhausbettes festgebunden war, straff gespannt.

In den ersten Minuten nach dem Aufwachen war meine ganze Aufmerksamkeit auf diesen Ballon gerichtet.

Von wem war er? Von Ricky? Wann hatte ich ihn das letzte Mal gesehen? Wo war ich überhaupt? Ein Blick aus dem Fenster sagte mir, dass ich in einem Zimmer eines der oberen Stockwerke eines Krankenhauses lag, mit Blick auf Baumkronen, die im Licht der Septembersonne golden leuchteten und vom Herbstwind durchgeschüttelt wurden. Darüber tanzten kleine, bunte Trapeze am Himmel. Solche Drachen hatte ich zuletzt von der U-Bahn-Linie aus gesehen, die am Gleisdreieck vorbeifuhr. Vermutlich lag ich also in einem Krankenhaus am Tempelhofer Feld, und es war Ende September. Nachdem mir das klar geworden war, kehrten auch noch andere Erinnerungen zurück. An Lena, die Einhörner nach mir warf, während ihr Blut aus der Nase rann; an die grün-weißen Karos des Taschentuchs, das mich auf diese fantastische Wiese katapultiert hatte; an das Gefühl, bei meinem Vater auf dem Arm zu sitzen, und an die Kristalltapete meiner Kindheit, die in ähnlicher Variante in Lenas Zimmer hing. Ich erinnerte mich auch daran, dass diese Art von Tapete aus DDR-Zeiten nicht mehr hergestellt wurde. Es konnte also nicht stimmen, dass Lena, die nach der Jahrtausendwende geboren worden war, die Tapete selbst ausgesucht hatte. Auch in diesem Punkt hatte ihre Mutter sie belogen.

All diese Lügen. Wofür?

Jetzt erinnerte ich mich, dass Koller mir darauf bereits eine Antwort gegeben hatte. War das gestern gewesen oder heute? Hier am Fensterbrett lehnend, hatte er mir erzählt, dass Sandra Finke lange Zeit vor Lena ein leibliches Kind gehabt hatte. Dieses Kind war es gewesen, das die Tapete in Lenas Zimmer ausgesucht hatte. Es war noch im Kleinkindalter an einer Lungenentzündung gestorben. Frau Finke hatte ihren Beruf als Labortechnikerin aufgegeben, auf Krankenschwester umgeschult und arbeitete in einer Lungenklinik, wo sie vor allem Patienten mit Lungenentzündung bis zur Selbstaufgabe pflegte, fast so, als wäre sie besessen von dieser Krankheit oder vielmehr von dem Wunsch, sie zu besiegen.

Die Tür ging auf, und eine Krankenschwester kam herein, die mich fröhlich begrüßte: »Na, wie geht's dem Kopf?«

Jetzt, da sie fragte, nahm ich den Druck hinter der Stirn nicht mehr nur als dumpfes Hintergrundgrollen, sondern als Schmerz wahr, außerdem brachte die Nasenklammer mich fast um. Ich tastete danach, aber da war keine Klammer auf meiner Nase, das Ding zwischen meinen Fingern fühlte sich nicht einmal wie eine Nase an.

»Keine Ahnung«, krächzte ich mit einer Reibeisenstimme, die mich selbst überraschte. »Ich glaub, ich weiß nicht mal, ob ich einen Kopf habe.«

»Das kommt von der Gehirnerschütterung. Sie haben einen gehörigen Schlag abbekommen. Die Nase ist angeknackst und zugeschwollen. Außerdem haben Sie eine Rauch- und Chloroformvergiftung, da ist man schon mal ein bisschen durcheinander«, sagte die Krankenschwester freundlich und schmierte mir unvermittelt Salbe auf den Nasenrücken, was ziemlich wehtat.

»Au!«

»Sieht schon besser aus.«

Sie nahm ein kleines Fläschchen aus ihrer Tasche, drehte die Kappe ab und hielt es mir unter die Nase. »Riechen Sie schon wieder was?«

Ich hielt die Luft an – ganz sicher würde ich nicht an irgendeinem Fläschchen riechen. Schon gar nicht an einem, das mir von einer Krankenschwester hingehalten wurde!

Mein Vertrauen in diese Berufsgruppe war – im wahrsten Sinne des Wortes – angeschlagen. Ich schüttelte den Kopf oder deutete vielmehr ein Kopfschütteln an, und sie steckte das Fläschchen wieder ein.

»Wird schon wieder.« Sie richtete sich auf und schraubte an dem Beutel herum, aus dem Flüssigkeit durch einen Tropf in meine Blutbahn gelangte. Durfte sie überhaupt den Beutel anfassen? Ich beobachtete jede ihrer Bewegungen mit besorgter Miene.

Sie bemerkte das und deutete es auf ihre Weise: »Keine Sorge – Sie werden noch ganz viele Babys bekommen können. Da bleibt kein Schaden zurück.«

Noch ganz viele Babys? Erschrocken fasste ich nach meinem Bauch. Was war mit Elli?

»O, ich dachte, Sie wüssten das noch. Wir hatten gestern schon darüber geredet.« Die Krankenschwester drückte meine Schulter. »Sieben Wochen sind nicht viel; fünfzehn Prozent aller Schwangerschaften enden vor der zwölften.« Sie lächelte mitfühlend. »Sie sind noch so jung, Ihr Leben fängt jetzt erst an.«

Dann musste ich eingeschlafen sein, denn als ich wieder aufwachte, war eine andere Schwester im Zimmer. Sie stand neben meinem Bett und wollte wissen, ob sie etwas für mich tun könne.

Am Fußende des Bettes schwebte noch immer der rote Herzballon.

»Von wem ist der?«, krächzte ich. Mein Mund war staubtrocken, es war, als hätte ich keine Spucke mehr.

»Na, aus dem Geschenkeshop im Erdgeschoss. Sie wollten ihn auf die Intensiv bringen, Zimmer zwölf. Wenn Sie sich fit fühlen, hole ich Ihnen den Rollstuhl, dann können Sie gleich hin, na?«

Sie sah mich auffordernd an, ich nickte mechanisch, und schon war sie aus dem Zimmer verschwunden.

Wieso Rollstuhl? Stimmte etwas mit meinen Beinen nicht?

Die andere Schwester hatte auch was von einem Schaden erzählt, der zurückblieb, oder nicht? Vor Schreck wusste ich nicht mehr, wie ich mit den Zehen wackeln sollte, und schüttelte stattdessen meine Knie – die Bettdecke bewegte sich. Erleichtert atmete ich durch. Doch nur für einen kurzen Moment, schon im nächsten dachte ich über etwas anderes nach, das die Schwester gesagt hatte: Ich wollte den Ballon auf die Intensiv bringen. Was meinte sie damit? Lag Ricky etwa auf der Intensivstation? War ihm etwas zugestoßen?

Vielleicht war Sandra Finke über den Hinterhof ins Haus gelangt und hatte Ricky hinterrücks niedergeschlagen oder mit einer ihrer Giftspritzen aus der Küchenschublade ausgeschaltet. Auf jeden Fall hatte sie ihn so schlimm erwischt, dass er jetzt auf der Intensivstation lag.

Auf den Rollstuhl würde ich nicht warten. Ich schlug die Decke zurück, setzte mich an den Bettrand und hielt inne, alles drehte sich. Auf dem Beistelltisch lag mein Turmalin. Immerhin, er war noch da.

Konnte Einbildung sein, aber als ich ihn in die Hand nahm, hörte das Karussell auf sich zu drehen.

Ich stand ganz vorsichtig auf, wobei ich mich an der Tropfstange festhielt, die auf einem fahrbaren Gestell steckte, sodass ich sie mitnehmen konnte. Nachdem der nächste Schwung tanzender Sterne verflogen war und auch das mächtige Schädelbrummen und die Hammerschläge in der Nasenwurzel nachgelassen hatten, wagte ich ein paar Schritte ans Fußende des Bettes. Doch jede Erschütterung brachte den Schmerzvulkan erneut zum Grollen. Vielleicht wartete ich doch besser auf den Rollstuhl.

Ich setzte mich aufs Bett zurück und fühlte mich auf einmal unglaublich schwach. Mein Baby war weg, und ich war wieder im Chaos angekommen. Mit Elli hatte sich die Welt so viel logischer angefühlt. Sinnvoller.

Sieben Wochen waren wirklich nicht sehr viel. Und wenn man es genau nahm, dann hatte ich ja überhaupt erst vor einer Woche von ihrer Existenz erfahren. In dieser einen Woche hatte Elli so viel für mich getan. Sie hatte mich mit Ricky zusammengebracht. Sie hatte mich vor dem vergifteten Essen bewahrt. Sie hatte mir Fähigkeiten verliehen, die außergewöhnlich waren, und eine Kraft, die ich mir niemals zugetraut hätte. Sie hatte mir das Leben gerettet.

Eine Rückkehr ins Chaos würde es nicht mehr geben – Elli hatte mir den Weg hinaus gezeigt.

Die Krankenschwester kam mit dem Rollstuhl. Ich ließ mir von ihr dabei helfen, mir eine Hose und einen Pulli anzuziehen, mich in den Rollstuhl zu setzen und vom Tropf zu befreien.

Als sie mir die Ballonschnur ans Handgelenk band, fragte ich: »Kriegen Sie noch Geld von mir? Für den Ballon, meine ich.«

»Ich nehm's gerne, aber fragen Sie doch die Kollegin, die ihn gekauft hat. Sie hat heute wieder Nachmittagsschicht.«

Dann schob sie mich mit meinem Herzballon zum Fahrstuhl, drückte den Knopf und erklärte mir, wie ich zur Intensivstation kam. »Und machen Sie schön langsam. Zum Abendbrot sind Sie wieder im Bett, ja?«

Ich versprach es und sah ihr nach, wie sie den Flur zurücklief, mit ebenso energischen wie lautlosen Schritten. Ob dieser Gang allen Krankenschwestern eigen war?

Sandra Finke auf jeden Fall. Nach allem, was ich von ihr erfahren hatte, war sie eine ebenso zielstrebige wie unauffällige Frau. Eine Pragmatikerin, die schnell und ohne Aufsehen zu erregen handelte, während andere noch das Für und Wider abwägten. Wusste sie schon, was sie tun würde, als sie der schwangeren Adriana das erste Mal begegnete?

An jenem verhängnisvollen Tag, an dem Adriana im Supermarkt mit Nasenbluten zusammengebrochen war. Noch vor Dr. Naumann war Sandra Finke bei ihr gewesen, hatte die taumelnde Adriana gestützt, ihr ein Taschentuch gereicht. Dann erst war Naumann dazugekommen und hatte Adriana Medikamente gegeben, ihr Nasenbluten gestillt und sie mit in seine Praxis genommen, wo sie eine Stunde lang blieb. Eine Stunde, in der der Doktor ihrer seltenen Krankheit auf den Grund ging. Er untersuchte sie, nahm ihr Blut ab und erklärte ihr die Einnahme von Gerinnungsmitteln mit Händen und Füßen, denn Adriana sprach nur wenige Worte Deutsch. Doch so sehr Dr. Naumann sich auch um sie bemühte, er hatte noch andere Patienten.

Als Adriana aus der Praxis herauskam und nicht wusste, wo sie hinsollte, war Sandra für sie da. Sie lud sie zu sich ein und bot ihr später einen Unterschlupf in einem Bungalow in der Kleingartenanlage am Stadtrand an, nahe dem Wald. Damals hatte sich Sandra bereits mit ihrem Pflegedienst selbstständig gemacht. Der Bungalow gehörte einer ihrer Patientinnen, die nicht wusste, dass Sandra den Schlüssel an sich genommen hatte.

Meine Gedächtnislücken schlossen sich. Ich hatte Kollers Stimme ganz deutlich im Ohr, erinnerte mich an den Tonfall, wenn er Sandra Finkes Namen aussprach, und an das Knistern seines Bartes in den Momenten, da er schwieg. Heute Morgen hatte er mich besucht und mir all diese Dinge über die Frau erzählt, nach der wir so lange gesucht hatten.

Konnte aber auch gestern gewesen sein.

Die Fahrstuhltür ging auf, ein Sanitäter stand drin. Wir begrüßten uns mit einem Kopfnicken. Den Rest der Fahrt starrte er meinen Herzballon an und ich die weiße Thermobox, die er mit beiden

Händen vor sich hielt. Mit roten Buchstaben stand darauf: *Human Organ for Transplant.*

Als der Fahrstuhl anhielt und sich öffnete, stiegen wir beide aus. Der Mann mit der Organspenderbox eilte den Gang links entlang, Richtung OP-Saal, ich bog rechts ab, Richtung Intensivstation.

Ich wusste nicht, wie lange Sandra Finke Adriana in diesem Bungalow in der Kleingartenanlage hatte wohnen lassen, aber ich wusste, wann sie sie das letzte Mal dort besucht hatte: am Tag von Lenas Geburt – oder besser gesagt, an dem Tag, den Sandra Finke zum Geburtstag von Lena bestimmt hatte.

Ob Adriana der Gedanke an die bevorstehende Geburt Sorgen bereitet hatte, ließ sich nur vermuten. Die Polizei hatte auch keine Hinweise darauf finden können, ob sie Dr. Naumann noch einmal kontaktiert hatte. Fest stand, dass Sandra Finke mit Adriana einen Spaziergang in den Wald unternommen hatte, von dem nur eine der beiden Frauen mit einem Baby zurückgekommen war.

Ich bog auf den Gang zur Intensivstation ein, er war rundherum verglast und gab den Blick auf den riesigen Park des Klinikgeländes frei. Die Nachmittagssonne tauchte alles in warmes Licht. An diesem Tag vor acht Jahren, Adrianas Todes- und Lenas Geburtstag, hatte die Herbstsonne das Gelb der Blätter vielleicht genauso golden leuchten lassen wie heute.

Adriana hatte Sandra Finke vertraut. Sie wusste nicht, dass in dem Tee, den Sandra ihr gereicht hatte, ein Mittel war, das Wehen auslöste, außerdem noch einige Aspirin, die schmerzlindernd wirkten – und blutverdünnend. Sie war mit Sandra Finke in den Wald hineinspaziert, bis die Wehen eingesetzt hatten. Von da an war es für Adriana unmöglich gewesen, den Rückweg noch zu schaffen. Sie hatte ihr Kind mit Sandras »Hilfe« mitten im Wald bekommen. Und während sie langsam verblutete, versorgte Sandra das Neugeborene und trat mit ihm voller Vorfreude den Heimweg an.

Ich war an der Intensivstation angekommen. Die Türen öffneten sich per Knopfdruck automatisch, sodass ich keine Probleme mit dem Rollstuhl hatte. Außer, dass der Ballon mir jedes Mal ans Ohr knallte, wenn ich meinen Rädern Schwung gab. Dumme Idee, ihn ans Handgelenk zu binden. Aber egal, auf dem Rückweg würde ich ihn los sein. Ich meldete meinen Besuch für Zimmer zwölf an und wartete darauf, eingelassen zu werden.

Hoffentlich ging es Ricky besser, als es der Aufenthalt auf dieser Station vermuten ließ. Ich erinnerte mich nicht daran, dass Koller etwas über seinen Zustand erzählt hatte. Warum eigentlich nicht? Über Sandra Finke wusste ich anscheinend jede Einzelheit, aber von Ricky nicht mehr als die Zimmernummer. Ob das an der Gehirnerschütterung lag?

Die Schwestern hier trugen Mundschutz und bewegten sich noch konzentrierter und leiser. Jemand wurde mitsamt dem Bett von einem Zimmer ins andere geschoben. Ich hörte Geräte surren, Herzmaschinen piepsen. Angst um Ricky packte mich. Der knallrote Herzballon kam mir auf einmal lächerlich vor. Vielleicht war Ricky nicht einmal bei Bewusstsein. Vielleicht starb er, während ich hier Däumchen drehte. Ich wollte jetzt sofort zu ihm. Eine Krankenschwester gab meinem Drängen nach und ließ mich mit Mundschutz in Rickys Zimmer. Als ich ihn sah, stockte mir der Atem. Er war komplett an Geräte angeschlossen, mit Schläuchen verbunden, hatte eine Beatmungsmaske auf dem Gesicht und wirkte winzig, abgemagert, klein wie ein Kind. Der Raum hatte keine Fenster, das künstliche Licht tauchte alles in ein scheußliches Grün, das durch die Tränen in meinen Augen ins Graue verschwamm.

Aus einer Ecke löste sich unvermittelt eine Gestalt, die ich aus den Augenwinkeln zwar wahrgenommen, aber für einen Stuhl voller Klamotten gehalten hatte.

»Hallo, Buck, wollten Sie nicht schon eher kommen?«

Ich erkannte Koller allein an der Stimme, denn durch den Tränenschleier konnte ich kaum noch etwas sehen. Außerdem trug Koller einen Mundschutz und saß im Rollstuhl – genau wie ich.

Ein Schluchzen durchschüttelte mich und ließ meine Kopfschmerzen neu aufflammen. Koller hielt mir Papiertücher hin. Ich nahm sie und drückte sie mir an die Augen und – ganz vorsichtig – auch an die Nase, wobei der Mundschutz verrutschte.

»Gestern sahen Sie irgendwie fitter aus. Ihre Nase ist ja fast so groß wie meine. Sollte sie nicht schon ein bisschen abgeschwollen sein?«

Ich hatte keine Kraft, etwas zu erwidern. Wie lange war ich eigentlich schon im Krankenhaus? Hatte ich vielleicht sogar im Koma gelegen oder so etwas?

Die Frage hatte ich anscheinend laut gestellt, denn Koller sagte: »Rieb kam in Finkes Wohnung an, da kippten Sie gerade um. Zwanzig Minuten später waren Sie schon im Krankenhaus, das war vorgestern Abend. Gestern Mittag sind Sie zum ersten Mal aufgewacht, eingeschlafen, aufgewacht, eingeschlafen, wieder aufgewacht ... na ja, auf jeden Fall hatten Sie eine kleinere Nase als jetzt. Sie sehen schlimm aus. Soll ich einen Arzt holen?«

Ich musterte Koller im Rollstuhl, sein rechtes Hosenbein sah leer aus, ganz offensichtlich trug er seine Prothese nicht.

»Sie sehen auch nicht besser aus, Koller.«

»Also kein Arzt.«

»Nein«, sagte ich und hielt Koller das zusammengeknüllte, feuchte Taschentuch hin, das er seltsamerweise auch annahm. Wie im Reflex, so wie Eltern von ihren Kindern alles annehmen, was die ihnen hinhalten, vom abgenagten Apfelrest bis zum ausgefallenen Zahn. Vielleicht war er ja doch nicht so allein, wie er mir immer vorkam, vielleicht hatte er Kinder, eine Familie.

Er nickte zu Rickys Bett hinüber. »Es geht ihr schon besser. Sie wird durchkommen.«

Sie? Ich folgte seinem Blick und erkannte, dass Ricky gar nicht abgemagert und auf Kindergröße geschrumpft war, sondern dass da wirklich ein Kind im Bett lag – Lena. Für sie war der Herzballon gedacht!

»Was ist mit ihr?«, flüsterte ich.

»Sie hat eine schlimme Rauchvergiftung. Hab ich Ihnen doch gestern schon erzählt. Auch verschlafen? Na schön, die Einzelheiten erzähl ich Ihnen draußen, nicht hier. Wir wissen nicht, ob sie uns hören kann.«

Eine ganze Weile schauten wir Lena schweigend zu, wie sie atmete.

Irgendwann sagte Koller mit leiser Stimme: »Wir kommen morgen wieder, Lena, einverstanden?« Und dann an mich gewandt: »Gehen wir?«

Ich warf einen Blick auf unsere Rollstühle, verkniff mir aber einen Kommentar. Dann fummelte ich den Ballon von meinem Handgelenk und band ihn an Lenas Bett. Wenn sie aufwachte, sollte er das Erste sein, was sie sah.

Die Krankenhausgänge waren breit genug für zwei nebeneinanderfahrende Rollstuhlfahrer wie uns.

»Sie hat eine Cyanidvergiftung. Ja, wirklich. Beim Einatmen von Rauchgasen bildet sich auch Blausäure«, erklärte Koller. »Aber sie wird durchkommen. Verdammt noch mal, Buck. Wie konnten Sie sich nur so in Lebensgefahr bringen?«

»Ich hatte der Polizei ja die Adresse gegeben ...«

»Das dauerte leider, bis die ankam! Wieso haben Sie mich nicht direkt angerufen?« Koller war richtig sauer.

Ich aber auch. »Sie meinen, mit dem Handy, das Sie rund um die Uhr geortet und abgehört haben? Das hätte ich vielleicht dabeigehabt, wenn Sie mich nicht so link bespitzelt hätten. Außerdem waren Sie suspendiert!«

Ich hatte so viel Druck in der Stimme, dass mir schwindlig wurde und Koller schon wieder einen Arzt holen wollte.

»Alles gut«, krächzte ich und winkte Koller zurück, der auf dem Gang herumkurbelte und erfolglos nach Krankenhauspersonal Ausschau hielt.

»Tut mir leid«, rief er beim Näherfahren. »Ich wollte unbedingt mit Ihnen die Sanddornspur verfolgen und die Nelkenspur auch. Das hat den Fall ja weitergebracht, und wenn ich was Wichtiges rausgefunden habe, dann hab ich es Rieb zukommen lassen, die Beschreibung der beiden alten Damen zum Beispiel, ich hab nichts zurückgehalten.«

»Vor Rieb vielleicht nicht.«

»Sie sind ein Sonderfall, Buck. Sie hätten alles sein können – Mörderin, Opfer, Ermittlerin. So was gibt es nicht alle Tage, und besondere Situationen erfordern nun mal besondere Maßnahmen.«

»So kann man's auch nennen.«

»Einmal war ich kurz davor, Ihnen alles zu erzählen – an dem Abend, als Ricky bei Ihnen an die Tür geklopft hat, als Sie so in Panik waren und wir dann bei Ihnen in der Küche Tee getrunken haben, wissen Sie noch?«

Ich würde Koller nicht den Gefallen tun zuzugeben, wie gut mir der Abend im Gedächtnis geblieben war.

Mit einem Schulterzucken schaute ich ihn an.

»Ich möchte mich dafür entschuldigen. Aus der jetzigen Sicht war das Ihnen gegenüber keine angemessene Methode. War es generell nicht, und dafür werde ich auch geradestehen, das Verfahren läuft schon. Und vorhin, also das sollten keine Vorwürfe sein, Buck, ich habe mir einfach nur Sorgen gemacht.«

»Ich weiß«, sagte ich, aber eigentlich hatte ich es nur gehofft. Und dass Koller jetzt ganz offiziell zur Rechenschaft gezogen wurde, wollte ich nicht, auch wenn er es verdient hatte.

»Wissen Sie, wann ich das letzte Mal in so einem Ding gesessen habe?« Koller tippte auf die Rollstuhlgriffe.

Ich hatte sofort das traurige Bild von ihm mit struppigem Vollbart vor Augen, im Rollstuhl sitzend, und dem schwarzen Trauerflor an Sherlocks Foto.

»Vor zwei Jahren? Ich hab Bilder im Internet gesehen.«

»Ach ja.« Koller verstummte kurz. Dann setzte er wieder an: »Ein Kind kann man nicht mit einem Hund vergleichen, ich weiß. Aber ich habe eine ungefähre Vorstellung, wie Sie sich jetzt fühlen müssen, das wollte ich nur damit sagen.«

Das bezweifelte ich, trotzdem tat seine Anteilnahme gut.

»Danke, Koller. Sie werden diesen Schattenmann bestimmt noch schnappen. Garantiert.«

»Hm«, machte er, und ich wartete darauf, dass er noch etwas hinzufügte, aber da kam nichts. Diese Rechnung blieb offen.

»Wenn Sie wollen, helfe ich Ihnen dabei, wenn ich wieder fit bin.«

»Nein. Zu gefährlich.«

»Ich mach's trotzdem, das wissen Sie ja.«

Koller schaute mich an und fuhr gegen einen Mülleimer. Seine Speichen verhakten sich mit dem Fußpedal, es dauerte eine Weile, bis wir weiterfahren konnten.

»Kann ich Sie mal was fragen, Koller, und Sie antworten mir ganz ehrlich?«

»Ich werd's versuchen.« Diese Antwort war wohl tatsächlich die ehrlichste, die Koller mir bisher gegeben hatte.

»Wie nah waren Sie an Frau Finke dran? Ich meine Rieb, die Polizei. Wären sie ohne mich auch auf sie gekommen?«

»Sie wissen, dass ich nicht mit Ihnen über so was reden darf.«

»Ich dachte, Sie hätten sich extra dafür suspendieren lassen«, maulte ich.

Koller schaute mich von der Seite an. »Wenn es Sie beruhigt,

Buck: Sie haben den Wettlauf gewonnen, wenn auch nur knapp. In den Patientenakten von Dr. Naumann war Rieb bereits über Lenas Klassenlehrerin gestolpert.«

»Lenas Klassenlehrerin?«

»Sie war diejenige, die die ganze Geschichte überhaupt erst ins Rollen gebracht hat.«

Frau Jaschke. Ihre Aufforderung an Frau Finke, die Krankenkarte nachzureichen und sich bei Dr. Naumann zu melden, hatte alles ins Rollen gebracht. Der Zusammenhang zwischen Lena, Frau Finke und dem Tod von Adriana Samu vor acht Jahren stand kurz davor, von Dr. Naumann aufgedeckt zu werden. Frau Finke hatte sich zum Handeln gezwungen gefühlt.

»Sie haben den Fall gelöst, Buck, mit Ihrer Nase. Das hab ich von Anfang an gerochen. Zufrieden mit der Antwort? Liegt Ihnen noch etwas auf der Seele?«

»Was ist mit Ricky?«

»Die Streife, die Sie zu Finkes Adresse bestellt hatten ... Also, die Kollegen haben Ricky vom internen Fahndungsaufruf wiedererkannt und ...«

»Erschossen?«

»Was? Nein!«

»Dann haben sie ihn festgenommen?«

»Mehr oder weniger, das lief nicht reibungslos. Ricky ließ sich nur von einem Elektroschocker beeindrucken.«

»O Gott!«

»Keine Sorge. Ihm geht's gut.«

»Wirklich? Und wo ist er jetzt? Im Präsidium?«

»Ich nehm's doch an. Seine Aussagen zum Finke-Fall sind wichtig.«

Das war eine gute Nachricht, damit konnte ich leben.

»Und was ist mit Sandra Finke?«

»Liegt in einem anderen Krankenhaus und hat ein umfassendes

Geständnis abgelegt.« Koller schüttelte den Kopf. »Sie gehört in Therapie. Wir müssen nur noch klären, woher sie das Zyankali hatte. Ich meine, Rieb muss das klären. Dann geht's vor Gericht.«

Die Finke lebte also einfach weiter. Wieso kam ihr, die sie so viel Unheil angerichtet hatte, diese Gnade zuteil und meinem Kind nicht? Ich biss mir so heftig auf die Lippen, dass die schmerzende Nase kaum noch zu spüren war.

Koller warf mir einen kurzen Blick zu und sagte: »Sie haben Lena gerettet, Buck. Denken Sie immer daran.«

Ob mir der Gedanke helfen würde? In dieser Geschichte war anscheinend nur Platz für ein Kind.

Koller besaß so viel Taktgefühl, auf dieses Thema nicht weiter einzugehen und den Mund zu halten. Nach einer Weile fühlte ich mich wieder in der Lage zu sprechen. Es gab noch so viele Fragen.

»Haben Sie den Zyankalikuchen gefunden?«, wollte ich wissen. »Er stand auf dem Kühlschrank. Ich hoffe, Heffner hat nichts davon gegessen.«

»Wieso?«, wunderte sich Koller. »Das war ein ganz normaler Apfelkuchen. Keine Spur von Gift.«

»Aber er hat nach Mandeln gerochen, ohne dass welche drin waren.«

»Muss Mandelaroma gewesen sein.«

»Und was war in dem Koffer? Den Sandra Finke in ihr Auto gepackt hat. Der war richtig schwer.«

»Da waren Bücher fürs Altenheim drin.«

»Bücher …?«

Sie hatte also nicht abhauen, sondern nur kurz Bücher abliefern wollen. Und mit dem Kuchen war auch alles in Ordnung gewesen. Erst als ich in der Wohnung war, als es kein Zurück mehr gab, hatte sie den Entschluss gefasst, sich aus dem Staub zu machen, sich und Lena in einer Wolke aus Rauch und Nebel in Luft aufzulösen und aus dieser Welt zu verschwinden, wie durch einen magischen Trick. Nur dass es kein Trick war, es war ein brutaler Mordversuch. Sie hatte Feuer gelegt und Lena, ebenso wie mich, mit Chloroform betäubt, sich mit ihr aufs Bett gelegt, sie in ihren Armen gehalten, ihr die Haare aus der Stirn gestrichen und ihr flüsternd versprochen, dass alles gut werden würde.

Sie hatte sie ein weiteres Mal angelogen und in Kauf genommen, dass nicht nur Lena, sie selbst und auch ich, sondern das ganze Haus mitsamt den Nachbarn abfackelte.

Ich würde eine Weile brauchen, um das alles zu begreifen.

»Was passiert jetzt mit Lena?«

»Wir suchen nach Verwandten von Adriana Samu. Immerhin wissen wir schon, dass sie Ende der Neunziger in die USA ausgewandert sind.«

Ich dachte daran, was Lena alles überlebt hatte, und hoffte, dass diese Erlebnisse sie stärker machten, so stark wie Ricky. Und mich.

»Was wird aus Ihnen?«

Koller zuckte die Achseln und klopfte auf sein Bein. »Eine neue Prothese steht an, die alte passte einfach nicht. Und dann ... ich weiß noch nicht. Solange der Schattenmann noch frei herumläuft, wird das nichts mit Dienst nach Vorschrift bei mir.«

Ich nickte.

»Kaffee?«, fragte Koller. »Ich hab hier vorhin einen Automaten gesehen.«

Als jemand, der von oben bis unten mit einem Laken zugedeckt war, auf einem rollbaren Krankenbett an uns vorbei zum Fahrstuhl geschoben wurde, blieben wir gleichzeitig stehen. Der Tod war in letzter Zeit zu oft in unserer Nähe gewesen.

»Adriana, die Dahlmanns, Dr. Naumann ... und alles nur, um was? Ein Kind zu haben?«

»Nicht nur ein Kind«, sagte Koller, »eine Familie.«

Ich schaute ihn an und sah, dass er es ernst meinte. Ein Teil von ihm schien Sandra Finkes Beweggründe zu verstehen.

»Schräge Definition von Familie.«

»Es geht um die Rolle, die man darin spielt, und wie sehr man sich damit identifiziert. Also mit der Rolle, meine ich.«

»Sie meinen, Sandra Finke wollte um alles in der Welt Mutter sein. Darum brauchte sie ein Kind. Und jeder, der es ihr wegnehmen wollte, bedrohte ihre Identität. So in etwa?«

»Ich bin kein Psychologe. Aber so denke ich mir das. Vermutlich gibt es sogar einen Namen für diesen Irrsinn.«

Koller hielt an. »Wir haben uns verfahren. Kann es sein, dass wir vorhin im falschen Stock raus sind?«

Wir sahen uns um.

»Nein, das Stockwerk stimmt, vielleicht hätten wir an der letzten Kreuzung linksherum gemusst.«

Koller drehte sich mitsamt dem Rollstuhl um und fuhr zurück, um am Ende des Ganges in die andere Richtung abzubiegen. Ich beeilte mich, hinterherzukommen.

»Übrigens hab ich endlich mit Ihrer Mutter gesprochen«, teilte er mir beiläufig über die Schulter mit. »Sie rief gestern auf der Station an und ließ sich in Ihr Zimmer durchstellen. Wir haben nett geplaudert. Das stört Sie doch nicht? Sie waren ja nicht ansprechbar.«

Ich antwortete mit sarkastischem Unterton: »Kein Problem, ich bin's gewöhnt, dass jeder außer mir mit ihr spricht.«

»Wieso denn?«, fragte Koller und wirkte ehrlich erstaunt. »Sie hat gesagt, dass Sie in den letzten Monaten regelmäßig miteinander telefoniert haben. Stundenlang. Es stimmt also nicht, was Sie mir erzählt haben, Buck. Dass Sie keinen Kontakt zu Ihrer Mutter haben, die ganze traurige Geschichte.«

»Was?« Hatte ich richtig gehört? Koller fuhr einfach weiter. Ich holte auf, bis unsere Räder auf gleicher Höhe waren, und haute seine Bremse rein, sodass er abrupt anhielt und dabei ein klein wenig von seinem Sitz abhob.

Er schaute mich verwundert an. »Nun, machen Sie sich darüber mal keine Gedanken. Ich war auch nicht immer ehrlich zu Ihnen. Da stehen wir doch drüber.«

»Tun wir nicht. Aber egal jetzt, es geht um das, was meine Mutter Ihnen erzählt hat.«

»Was?«

»Na, dass sie mit mir telefoniert hat, die letzten Monate.«

»Ja, und?«

»Das stimmt nicht! Das war ich nicht. Sie hat mit Fanny geredet. Aber anscheinend wusste sie das nicht. Sie dachte, sie redet mit mir.« Ich schlug mir an die Stirn. »O Mann.«

Koller kam nicht mehr mit. »Soll das heißen, dass Fanny sich als Sie ausgegeben hat? Kann sie denn Ihre Stimme so gut nachahmen?«

Ich zuckte die Achseln.

»Keine Ahnung. Sie ist schon eine gute Schauspielerin.«

Verblüfft schaute Koller mich an. »Das muss sie wohl sein – Ihre Mutter meinte, Sie hätten am liebsten geskypt. Sie fragte gleich nach einer Skype-Möglichkeit im Krankenhaus.«

»Skypen? Mit Kamera?«

Das war jetzt echt zu viel, ich war sprachlos.

»Wie soll das gehen?«, wunderte sich Koller laut. »Hat Fanny sich vielleicht Sommersprossen angemalt? Ja, gut, so eine Livecam-Übertragung ist nie die beste Qualität. Vielleicht hatte sie auch eine Mütze auf. Und Ihre Mutter hat sie ja schon seit fünf Jahren nicht mehr gesehen, das ist eine lange Zeit. Aber bei diesem Treffen in Innsbruck – hat Fanny das dort auch durchgezogen?«

Mir fehlten immer noch die Worte.

»Sie brauchen jetzt einen Kaffee!«, sagte Koller. »Ich auch. Ich hol uns einen. Rühren Sie sich nicht vom Fleck!«

Auf die Idee wäre ich gar nicht gekommen. Ich saß einfach da und versuchte mir vorzustellen, wie Fanny mich imitierte. Warum? Wieso hatte sie mich nachgeahmt? Hingen deshalb meine T-Shirts in ihrem Schrank? Die ganze Zeit war ich davon ausgegangen, dass sie mit meiner Mutter eine Freundschaft verband. Eine seltsame zwar, aber trotzdem etwas, das unabhängig von mir existierte. Und nun? Hatte meine Mutter ein besseres Verhältnis zu meinem Plagiat als zu mir.

Wie krank war das? Ob Fanny jetzt wohl eine Therapie machen musste?

Und was war schlimmer: dass Fanny sich für mich ausgegeben hatte oder dass meine Mutter ihr das abgekauft hatte?

Oder hatte sie das Spiel womöglich nur in dem Glauben mitgespielt, dass Fanny sich für mich ausgegeben hatte, weil ich das so wollte, weil ich keine Lust hatte, sie zu sehen? Wenn ich, was das betraf, wirklich sicher sein wollte, würde ich mit meiner Mutter reden müssen. Von Angesicht zu Angesicht.

Aber das musste warten, mindestens bis meine Nase abgeschwollen war.

Koller kam ohne Kaffee zurück.

»Ich kann nicht mit einer Hand fahren«, entschuldigte er sich. Ich winkte ab. »Tut mir sehr leid, Buck. Wirklich.«

»Vergessen Sie den Kaffee, ich komm schon ohne klar.«

»Ich meine doch die Sache mit Fanny und Ihrer Mutter ...«

»Ach so.« Mehr fiel mir nicht dazu ein. Und vielleicht reichte das ja auch. Ich hatte jedenfalls das Gefühl, dass Koller mich verstand.

»Das ist schon ein verflixtes Ding mit der Familie«, sagte er nach einer Weile. »Jeder will eine haben. Aber es gibt Leute, denen wächst dieser Wunsch über den Kopf. Und manche kommen über einen Verlust einfach nicht hinweg. Da ist so ein Sehnsuchtsgefühl nach etwas, das man unmöglich bekommen kann. Man kann nicht loslassen, weil man Angst hat, sich selbst zu verlieren. Und dann versucht man vielleicht, jemand anderer zu sein.«

Vergebliche Trauerbewältigung und unendliche Sehnsucht. Klang fast schon wie der Vortrag, den Koller mir am Kreidefelsen über Romantik gehalten hatte.

Wollte er etwa, dass ich für die Finke Mitleid aufbrachte? Oder für Fanny? Mehr als ein Schulterzucken bekamen die beiden Egomanen nicht von mir, ich wollte nur noch runter von dieser Psychoschiene und direkt ins Bett, zwölf Stunden schlafen, mindestens.

Wir waren an meinem Zimmer angekommen, Koller griff zur Klinke, drückte sie aber nicht herunter, sondern sah mich abwartend an. »Ich hab gerade gar nicht über die Finke gesprochen und auch nicht über Fanny, sondern über Sie, Buck. Sie und Ihren Vater. Ich hoffe, Sie finden ihn irgendwann.«

Und als hätte Koller eine Leinwand in meinem Kopf gespannt, sah ich die brennenden Bienenstöcke wieder. Den Rauch, die Wiese, das Fahrrad, die Silhouette meiner Mutter bei den Rosensträuchern, Grizzlys schnüffelnde Schnauze, Herrn Krüger, wie er sich zu mir beugt, sein bartloses Gesicht, der Gürtel des Orion nicht weit von seinem Mundwinkel entfernt. Die Erkenntnis, dass er womöglich mein Vater war, dass ich in seiner Nähe aufgewachsen, ihn immer schon um mich gehabt hatte, überrollte mich fast noch schlimmer als beim ersten Mal. Da hatte ich mich auf Finkes Flurboden in die Bewusstlosigkeit flüchten können, jetzt war das nicht möglich, immerhin hatte ich eine Menge stabilisierende Medikamente intus und wurde obendrein von Koller neugierig beäugt.

»Wozu brauche ich einen Vater, wenn ich Sie hab?«, witzelte ich. »Nein, vergessen Sie es, Koller. Ich brauche keinen Aufpasser mehr, ich bin erwachsen. Und ich weiß, was ich mit meinem Leben machen will.«

»Und was?«

»Na, ich mach eine Weltreise, trampe nach Indien.«

Koller schaute mich regungslos an.

»Oder ich hol den Schulabschluss nach und bewerbe mich an der Polizeischule. Ich lass 'ne Münze entscheiden.«

Endlich drückte er die Klinke herunter und stieß die Tür auf, sodass ich ungehindert durchrollen konnte. Er selbst verharrte auf der Schwelle.

Ricky lag auf meinem Bett, einen Blumenstrauß in seinen Händen, so, als hätte ein Bestatter ihn zur letzten Ruhe gebettet. Ein röchelnder Schnarcher verriet, dass er eingeschlafen war.

»Na ja«, sagte Koller, »er hatte bestimmt keine bequeme Nacht in der Zelle. Und die Couch bei Frau Arden ist ja auch nicht die gemütlichste.«

»Ab heute schläft er bei mir. Fannys Zimmer ist frei geworden.«

»Dann müssen Sie sich aber mit Ohropax eindecken«, sagte Koller. Er tippte sich an die Nasenspitze und zeigte auf mich. »Wie geht es eigentlich Ihrer Nase?«

»Ach, ich bin ganz froh, dass die gerade nicht funktioniert. In Krankenhäusern riecht es ja immer deprimierend, aber im Moment kommt davon nichts bei mir an. Ich glaube, nicht mal Rieb könnte mir mit seinem Salbeiatem die Laune verderben.«

Koller nickte. »Jedenfalls geben die Ärzte Entwarnung«, sagte er. »Sobald die Schwellung zurückgeht, werden Sie auch wieder riechen können, genauso wie vorher, vielleicht sogar noch besser.«

»Die Ärzte? Sie haben also mehrere gefragt?«

»Und nicht irgendwelche. Diese hormonelle Geschichte ist nicht die einzige Möglichkeit, einen guten Geruchssinn auszubilden. Wenn die Rezeptoren einmal so empfänglich waren wie Ihre, lässt sich darauf aufbauen. Es gibt spezielle Übungen, Schnupperkurse für ...«

»O, Gott, was haben Sie mit mir vor?«

»Eine Menge. Aber ich bin ein guter Trainer und kenne die wichtigste Lektion: alles zu seiner Zeit«, sagte Koller. »Wir sehen uns dann morgen wieder, Bouv?«

»Klar, Grizzly, wenn Sie sonst nichts zu tun haben …«

Danksagung

Die Geschichte der *Schnüfflerin* hatte über ihren langjährigen Entstehungszeitraum sehr viele Unterstützer, denen ich hiermit von Herzen danken möchte. Allen voran Axel Haase für seinen Glauben an das Projekt und die erfolgreiche Vermittlung zum Droemer Knaur Verlag. Ich möchte Peter Hammans dafür danken, den Gruß der *Schnüfflerin* erwidert und ihr die Tür geöffnet zu haben und natürlich meiner Lektorin Frederike Labahn für die intensive Arbeit am Text und die ebenso produktive wie motivierende Zusammenarbeit. Darüber hinaus danke ich allen Mitarbeitern des Verlages für ihren Anteil daran, dieses Buch mit diesem schönen Cover auf den Weg gebracht zu haben.

Ich danke außerdem von Herzen …

… den *Mörderischen Schwestern* für die Verleihung des Arbeitsstipendiums 2016, das die Fertigstellung der *Schnüfflerin* beschleunigt hat, und für die vielen spannenden Begegnungen mit Gleichgesinnten. Ganz besonderer Dank für ihre vielfältige Unterstützung gebührt Fenna Williams, Nicole Neubauer, Christiane Dieckerhoff, Anja Marschall, Ingrid Werner und Ella Danz.

… dem Leitenden Kriminaldirektor des Landeskriminalamts Berlin Jörg Dessin für seinen korrigierenden Blick hinter die Polizeiarbeitskulissen. Danke dafür, dass dieser Blick vor allem wohlwollend und augenzwinkernd war. Bei der Darstellung der Berliner Kripo habe ich mir tatsächlich sehr viel künstlerische Freiheit genommen.

… meinen Freunden für ihre stärkenden und inspirierenden Kräfte: Annett Grüner, Tobias Palmer, Andrea Schneider, Hendrik Fischer, Axinia Bielig, Alexandra Rose, Katja Hesse-Paland, Daria

Czarlinska, Marlene Mudlaff, Charlotte Cordes, Daniela Bieneck, Janet Weishart, Julia Neller, Antje Wilkening, Annett Briese, Anna Niedhart, Bianca Lohr, Daniela Iwanski und Beatrice Jacob.

… meinen Dramaturgie-Kollegen für ihre kontroversen Meinungen: Csongor Baranyai, Peggy Utz, Ileana Stanculescu, Matt Kempke und Sabine Franke.

… meinen Eltern dafür, dass sie immer für mich da sind und ich mich bei ihnen jederzeit zum Schreiben einquartieren kann. Meiner Schwester Angela Laurent für ihre allumfassende Unterstützung – immer und in jeder Lebenslage. Dirk Laurent für die medizinische Beratung und die Einladungen zum Schreiben auf Sylt. Meiner Schwester Danea Körner für die mentale Unterstützung und die inspirierenden Düfte. Meiner Nichte Nele und meinen Neffen Heinz und Timon für ihr Interesse und ihren Input. Holger Körner für seine alles zusammenhaltende Kraft im Hintergrund und auch meiner süddeutschen Familie – den Vaszarys in München und den Birzeles in Nürtingen und Wendlingen – für ihren Support.

Last but not least möchte ich den drei Menschen danken, ohne die es dieses Buch mit Sicherheit gar nicht gäbe: meinem Mann Laszlo und unseren beiden Kindern Lucy und Vincent.

Während der Schwangerschaft mit Lucy habe ich erfahren, dass diese Phase für eine Frau über das Kindbekommen hinaus etwas Magisches hat. Ich konnte plötzlich wieder Äpfel essen – ohne die geringste allergische Reaktion. Natürlich habe ich das reichlich getan, und so bleibt mir diese Zeit als das ultimative Apfelabschiedsfest in Erinnerung. Passend dazu fällt Lucys Geburtstag im keltischen Baumhoroskop auf den Apfelbaumtag.

Während der Schwangerschaft mit Vincent veränderte sich mein Geruchssinn auf Nina Buck'sche Weise und formte den ersten Plotentwurf für *Die Schnüfflerin*.

Beide Kinder haben mir aber vor allem durch ihr Wesen eine vollkommen neue Sicht auf die Welt eröffnet.

Nun zu meinem Mann. Um ihn und seine Wirkungskraft angemessen zu beschreiben, braucht es mehrere Bücher. Eins davon halten Sie in der Hand (die anderen schreibe ich noch). Laszlo hält mir seit über zwanzig Jahren fürs Schreiben bedingungslos den Rücken frei. Was seinem Handeln zugrunde liegt und die Kraft, die dadurch entstanden und auch in dieses Buch geflossen ist, kann nur mit einem Phänomen beschrieben und beantwortet werden: Liebe.